DEANA ZINSSMEISTER

Der Hexenschwur

GOLDMANN
Lesen erleben

Buch

Der Dreißigjährige Krieg kommt im Jahr 1635 dem Land an der Saar immer näher. Um den marodierenden Soldaten zu entgehen, will der gebürtige Thüringer Johann seine Familie in Sicherheit bringen. Er versucht, mit seiner Frau Franziska, der gemeinsamen Tochter Magdalena und dem Sohn Benjamin aufs Eichsfeld in seine alte Heimat zu fliehen. Doch ihre Reise führt sie den Schrecken des Krieges entgegen, und sie werden mit der eigenen Vergangenheit konfrontiert, als sie von den wieder aufflammenden Hexenverfolgungen hören – denn Franziska wurde einst als Hexe angezeigt. Als die Familie bei einem schwedischen Tross Unterschlupf findet, der Richtung Norden zieht, verliebt sich die siebzehnjährige Magdalena in einen den feindlichen Truppen angehörigen Arzt – eine Liebe, die nicht sein darf. Doch Arne ist möglicherweise der Einzige, der Magdalena helfen kann, ein düsteres Geheimnis ans Licht zu bringen.

Autorin

Deana Zinßmeister widmet sich seit einigen Jahren ganz dem Schreiben historischer Romane. Bei ihren Recherchen wird sie von führenden Fachleuten unterstützt, und für ihren Bestseller »Das Hexenmal« ist sie sogar den Fluchtweg ihrer Protagonisten selbst abgewandert. Die Autorin lebt mit ihrem Mann und zwei Kindern im Saarland.

Mehr von Deana Zinßmeister:
Das Hexenmal · Der Hexenturm · Die Gabe der Jungfrau · Der Schwur der Sünderin · Das Pestzeichen
Alle Bücher sind auch als E-Book erhältlich.

Deana Zinßmeister

Der Hexenschwur

Roman

GOLDMANN

Dieses Buch ist auch als E-Book erhältlich.

MIX
Papier aus verantwortungsvollen Quellen
FSC® C014496

Verlagsgruppe Random House FSC® N001967
Das FSC®-zertifizierte Papier *München Super* für dieses Buch
liefert Arctic Paper Mochenwangen GmbH.

2. Auflage
Deutsche Erstveröffentlichung August 2013

Umschlaggestaltung: UNO Werbeagentur München
Umschlagmotiv: © »Die Margerite«, Benjamin Vautier/
Christie's Images Ltd – ARTOTHEK,
© »Gefährliche Liebschaften« (Russland; Buch nach dem Roman
von Choderlos de Laclos). Szenerie-Entwurf. Gemälde,
2007, von Maria Saikina (geb. 1984). Acryl auf Karton./akg images
Redaktion: Eva Wagner
AG · Herstellung: Str.
Satz: omnisatz GmbH, Berlin
Karte: Peter Palm, Berlin
Druck und Bindung: GGP Media GmbH, Pößneck
Printed in Germany
ISBN 978-3-442-47641-1
www.goldmann-verlag.de

Besuchen Sie den Goldmann Verlag im Netz:

Für meine Verwandten
auf dem Eichsfeld

Das Reich 1635
Lippe
Paderborn
Dortmund
Düsseldorf
HZM.
WESTFALEN
Köln
LGFT
HESSE
Aachen
NASSAUISCHE
FSMR.
Rhein
Gießen
Koblenz
(Bad) Homburg
EBM.
TRIER
Königsstein
im Taunus
Frankfurt
Mosel
Mainz
Trier
Luxemburg
Idar Oberstein
Baumholder
Mettlach
Wellingen
KURPFALZ
Saarbrücken
Rhein
Finstingen

Braunschweig
Magdeburg
Dingelstedt
Goslar
Elbe
Quedlinburg
Saale
Duderstadt
Mingerode
ttingen
Gerblingerode
Teistungen
Burg Bodenstein
zenhausen
Hundeshagen
Worbis
Leipzig
Mühlhausen
llendorf
Eschwege
ad) Sooden
KURSACHSEN
Weimar
SSEL
Werra
SÄCHSISCHE HERZOGTÜMER
BM. FULDA
Fulda
N
W
O
S
DEUTSCHES REICH
KGR. BÖHMEN
BM. WÜRZBURG
Main
Bayreuth
Bamberg
Würzburg
Nürnberg
Regensburg
100 km

Nachtschatten pfleget sanft den schlaf zu flößen ein,
Und Zeiget träume drauf, daher ich mir erwehlet
Den Nahmen mit dem Kraut: Jch wil befließen sein
Als ich vorhin auch war, als ich die träum' erzehlet
Zu träumen mehr und mehr, bey nacht und tagesschein
Und Zwar mit ofnem aug': Es sol sein unverhehlet
Was vor geschickligkeit wird träumen meinem fleiß'
Auf das der Träumend' ich viel Hohe Sachen heiß.

Johann Michael Moscherosch, 1601–1669

Personenregister

Die mit einem * Versehenen haben tatsächlich gelebt.

Wellingen

Eheleute Johann und Franziska Bonner
Magdalena, ihre Tochter
Benjamin, ihr Sohn
Clemens, Johanns Freund
Christel, Ehefrau von Clemens
Georg, Sohn von Clemens und Christel
Sebastian, Sohn von Clemens und Christel
Regina Rehmringer, Besitzerin des Gestüts in Wellingen
Johann Michael Moscherosch* (1601–1669), Amtmann von Wellingen

Hundeshagen

Karoline Schildknecht, Johann Bonners Schwester
Jodokus Schildknecht, Karolines Ehemann
Josefine, Grete, Helene, Tine, Bauersfrauen

Unterwegs

Joost van den Vondel* (1587–1679), niederländischer Dichter und Dramatiker

Schweden-Heer

Arne, Soldat und Arzt
Erik Gustavsson, Soldat
Brigitta, Marketenderin

Ingeborg, Marketenderin
Jan Banér* (1596–1641), schwedischer Feldmarschall im Dreißigjährigen Krieg

Allendorf
Christoph Kirchmeier*, Bürgermeister von Allendorf sowie der Saline in Sooden
Augustin Jehner*, Pfannenbesitzer in Sooden
Josephi*, Superintendent und Magister
Hans und Gabriel Kell*, Pfannenbesitzer in Sooden

Prolog

1628, während des Dreißigjährigen Kriegs im Reich

Die Gestalt lief zu dem Baum, der am Ortsrand stand, und presste sich dicht gegen den Stamm. Sie trug einen schwarzen Umhang, der ihre Konturen vor der dunklen Farbe der Baumrinde verwischte, sodass sie unsichtbar wurden. Mit wachem Blick schaute die Frau zum Dorf hinüber und zählte die Katen, deren Umrisse sich schwach im Licht des Mondes zeigten. »Rechts, links, rechts, rechts, links …«, flüsterte sie mehrmals, da die Hütten nicht in einer Reihe standen. Sie schloss die Augen, um die Worte in Gedanken zu wiederholen. Als ihr die Aufzählung fehlerfrei gelang, blickte sie zum Himmel empor. Sie sah, dass eine Wolke den Halbmond bald ganz verdecken und dass dann vollkommene Dunkelheit herrschen würde. Zufrieden stülpte die Frau sich die Kapuze ihres Umhangs über den Kopf und holte tief Luft. Mit jedem Atemzug schien ihr Herz heftiger zu schlagen. Soll ich es wirklich wagen?, befragte sie sich leise, während sie sich den Schweiß von der Stirn wischte. Was ist, wenn auch sie versagt?

»Unfug«, schimpfte die Frau leise mit sich selbst und rief sich in Erinnerung, dass die Alte dafür bekannt war, Unmögliches möglich zu machen. Sofort regten sich weitere Zweifel: Nicht jeder wusste Gutes über sie zu berichten. Aber es gab kein Zurück, entschied die Frau und straffte die Schultern. Als sich die Finsternis vollends ausgebreitet hatte, stieß sie sich entschlossen von der Baumrinde ab und schlich in gebückter Haltung über den Weg zur ersten Kate, die rechts des Weges stand. Danach zur linken, rechten, rechten, linken. Sie war in Gedanken bemüht, sich an die Richtung zu erinnern, sodass sie den Hofhund erst bemerkte, als er sie anknurrte. Erschrocken sprang sie zur Seite, wobei ihre Hand zum Messer griff, das in ihrem Gürtel steckte. Als sie erkannte, dass der Hund an einer Kette lag, atmete sie erleichtert aus. Vorsichtig blickte sie sich um, um festzustellen, ob das Knurren des Hundes jemanden geweckt hatte. Alles blieb ruhig, und so rannte die Frau beherzt zur nächsten Hauswand. Nun trennten sie nur noch wenige Schritte von ihrem Ziel. Ein letztes Mal beugte sie sich nach vorn, um klein und unscheinbar zu wirken und nicht erkannt zu werden. Dann lief sie los.

Vor Angst und Anstrengung keuchend blieb sie vor der Bretterwand der Hütte stehen. Als die Wolke weiterwanderte und das Mondlicht das Dorf wieder beschien, lehnte sie sich gegen die Kate, sodass ihre Gestalt vom Schatten verschluckt wurde. Bebend drehte sie sich zur Tür und klopfte dagegen. Gleichzeitig presste sie ihr Ohr an das Holz. In der Hütte blieb alles ruhig, ebenso im Dorf, das in tiefer Stille lag. Wieder schlug die Frau gegen die Brettertür. Nichts! Sie wollte bereits aufgeben, als der Riegel von innen zur Seite geschoben und die Tür geöffnet wurde. Ein grauer Schopf erschien im Rahmen, und aus einem von Falten zerfurchten Gesicht blinzelten verschlafene Augen.

»Was willst du mitten in der Nacht?«, krächzte die Alte und stützte sich am Holz ab.

»Deine Hilfe!«, flüsterte die Frau und zog die Kapuze vom Kopf, sodass ihr langes Haar ihr über die Schultern fiel.

»Ich kenne dich«, sagte die Alte und kniff leicht die Augen zusammen. »Du bist von dem Hof in …«

»Schweig!«, raunte die Frau und blickte sich beunruhigt nach allen Seiten um. »Lass mich herein, bevor mich jemand sieht.«

Der Blick der Alten wanderte über den Umhang der Frau. »Ich ahne, warum du hierherkommst. Das hat Zeit bis morgen.

Ich brauche meinen Schlaf. Komm wieder, wenn es hell wird«, forderte sie ungehalten und wollte die Tür schließen.

Die Frau schob rasch den Fuß in den Türrahmen.

»Verschwinde, oder ich schreie«, fauchte die Alte.

»Wenn ich wollte, dass man mich bei dir sieht, dann wäre ich nicht zu dieser Unzeit erschienen«, schimpfte die unwillkommene Besucherin leise und griff in ihre Rockschürze. Langsam zog sie ein kleines Säckchen hervor, in dem Münzen klimperten. »Das ist für dein Schweigen, für deine Hilfe und für die entgangene Nachtruhe«, sagte sie und ließ das Beutelchen in die ausgestreckte Hand der Alten fallen.

Die wog den Geldbeutel in der Hand und nickte. Daraufhin drängte die Frau die Grauhaarige mit einem leisen Lachen zur Seite und betrat die Hütte.

Zwei Jahre später

Ein Raunen ging durch die Menge, als die Glocke ertönte. Geschwind bildeten die Menschen eine Gasse, durch die der Henker schritt. An einem Strick, der der Verurteilten um Hals und Hände gebunden war, zog der Henkersknecht eine Frau durch den Gang aus Gaffern. Einige der Schaulustigen spien ihr vor die Füße, während andere sie beschimpften oder den Blick angewidert von ihr abwendeten. Das faulige Gemüse, das nach der Verurteilten geworfen wurde, traf sie an Kopf und Rücken. Wehrlos blieb sie stehen und fixierte mit ihren kleinen Augen den Werfer, der das nächste Wurfgeschoss bereits in die Höhe hielt.

»Ich habe dir auf diese Welt geholfen, dich als Erste in den Armen gehalten und umsorgt, und jetzt willst du mir Schmerz zufügen?«, zischte die Frau ihn an. »Haben deine Eltern dir keinen Anstand beigebracht, Michel Betzler?«

Das Gesicht des Jungen rötete sich, und er ließ die Hand mit dem Kohlkopf sinken.

Die Frau strauchelte, als der Henker mit heftigem Ruck am Strick zog. Als sie nach vorn stolperte, hob der Bursche seinen Arm und warf ihr das Gemüse mit voller Wucht an den Hinterkopf, sodass sie aufjaulte. Die Meute lachte, und der Henkersgehilfe stieß die Verurteilte ungerührt in Richtung Richtplatz.

»Wie ein Stück Vieh, das zur Schlachtbank gebracht wird«, flüsterte ein Weib, das am Straßenrand das Schauspiel mit entsetztem Blick verfolgte.

»Sie ist eine Hexe, und Hexen müssen verbrannt werden, damit sie kein weiteres Unheil heraufbeschwören können«, belehrte ihr Mann sie mit verständnislosem Gesichtsausdruck.

»Ohne sie wäre ich bei der Geburt der Zwillinge gestorben«, flüsterte sein Eheweib mit tränenerstickter Stimme. »Sie kann nicht böse sein.«

»Was weißt du schon? Behalt dein unkundiges Geplapper für dich, Frau«, zischte der Mann. »Schon seit Langem munkelt man, dass sie in Buhlschaft mit dem Teufel stehe. Jetzt wurde sie überführt! Während der peinlichen Befragung hat sie gestanden.«

Die Blicke der Verurteilten und der Ehefrau trafen sich.

»Habt Erbarmen mit mir«, jammerte die Hebamme und hielt ihre von der Folter angeschwollenen Hände in die Höhe.

Als die Angesprochene sich wegdrehte, schloss die Verurteilte kurz die Augen, um dann anderen Schaulustigen zuzurufen: »Ihr kennt mich seit vielen Jahren! Nie habe ich einem von euch geschadet. Ich habe euren Kindern in die Welt geholfen. Warum wollt ihr mich bestrafen?« Tränen traten ihr in die Augen, als sie eine Frau erblickte, die sich in der Menschenmenge zu verbergen versuchte. Alle Farbe wich aus dem Gesicht der Greisin, und Wut verzerrte ihre Gesichtszüge. »Warum willst du mich brennen sehen?«, schrie sie und trat auf die Frau zu, so weit der Strick um ihren Hals es zuließ. Doch bevor sie eine Antwort bekommen konnte, zog der Henker sie weiter zum

Scheiterhaufen, wo sie unter dem Beifall der Zuschauer an den Pfahl gebunden wurde. Als der Henker Reisig um die Füße der Verurteilten häufte, trampelte sie es keuchend fort. »Ich bin unschuldig!«, schrie sie. Ihr Blick fiel suchend auf die Menschenmenge, bis er bei der Frau hängen blieb, die mitleidlos die Verurteilte anstarrte.

»Warum?«, rief die Hebamme ihr zu, sodass die Meute sich neugierig umdrehte.

Ohne den Blick von der Verdammten zu lösen, zog die Frau zwischen ihren Brüsten einen Schlüssel an einem blauen Band hervor. Sie hielt ihn wie eine Trophäe in die Höhe, damit ihn die Alte sehen konnte. Mit verzerrter Stimme beantwortete sie die Frage der Hebamme: »Deshalb!« Dann steckte sie den Schlüssel zurück in ihr Gewand und drehte sich auf dem Absatz um.

In diesem Augenblick traf sie der gellende Schwur der verdammten Frau: »Dein Leben soll fortan von Angst, Krankheit und Seuchen gezeichnet sein. Ungeziefer soll über dich und die Deinen kommen. Du wirst Hunger und Not leiden. Das schwöre ich im Angesicht meines Todes!«

Ein Raunen ging durch die Menge, das stetig lauter wurde. Die Frau spürte finstere Blicke in ihrem Rücken, und sie vernahm, wie sich die Menschen um sie herum zuriefen: »Die alte Hebamme hat den Hexenschwur über sie gebracht. Haltet euch von ihr fern!«

Erschrocken blickte die Frau in die vertrauten Gesichter ihrer Freunde und ihrer Nachbarn. Das Mitgefühl, das ihr zuvor entgegengebracht worden war, hatte sich in pure Angst verwandelt. Sie sah Unverständnis und sogar Hass in den Blicken der anderen.

»Du wirst doch wohl nicht an einen Hexenschwur glauben?«, fragte eine Nachbarin.

»Gott wird mich schützen«, erwiderte die Frau. Mit diesen Worten straffte sie die Schultern und verließ den Richtplatz.

Kapitel 1

Oktober 1634, Wellingen im Land an der Saar

Johann trat aus der Hintertür des Wohngebäudes und schnaufte heftig ein und aus, um die Lunge mit frischer Luft zu füllen. Mit sorgenvoller Miene kratzte er sich über sein kantiges Gesicht und ging auf das Fuhrwerk zu, das inmitten des Hofs abgestellt war, um sich anzulehnen. Plötzlich spürte er einen stechenden Schmerz hinter der Stirn. Er rieb sich mit der linken Hand mehrmals die Schläfen. Johann versuchte sich zu entspannen, doch er konnte das totenbleiche Gesicht der sterbenden Frau, die nur noch ein Schatten ihrer selbst war, nicht aus seinem Kopf vertreiben. Auch an diesem Morgen hatte er bestürzt zusehen müssen, wie sich Regina Rehmringers Zustand weiter verschlechterte. Johann ahnte, dass das Leben der Frau zu Ende ging, die vor vielen Jahren ihn, sein Weib Franziska und seine damaligen Weggefährten selbstlos bei sich aufgenommen hatte. Dank ihrer Hilfe hatten sie in der Fremde ein neues Zuhause gefunden.

Der Kopfschmerz ließ nach, und Johann verschränkte mit einem tiefen Seufzer die Arme vor der Brust. Gedankenverloren starrte er auf die Hühner, die im Misthaufen scharrten.

»Unglaublich«, flüsterte er. »Siebzehn Jahre ist es her, seit wir unsere Heimat, das Eichsfeld, verlassen und hier ein neues Leben begonnen haben.«

Es war im Jahr des Herrn 1617 gewesen, als das Schicksal einige Menschen zusammenbrachte, die alle auf der Flucht waren. Einer von ihnen war Johann, der mit seiner geliebten Franziska dem tyrannischen Vater entfliehen musste, weil der ihre Heirat verhindern wollte. Der Großbauer verfolgte die beiden quer durchs Reich und fand sie im Land an der Saar. Getrieben von Hass versuchte er Franziska und ihre kleine Tochter zu töten. Beide wurden gerettet, den Großbauern traf der Schlag.

Auch Clemens war zu dieser Zeit auf der Flucht gewesen. Er wurde vom Ehemann seiner Schwester verfolgt, der vor einem Mordanschlag nicht zurückschreckte. Als man in der abgebrannten Scheune eine verkohlte Leiche fand, glaubte man, dass Clemens der Tote war; doch ihn hatte ein Mönch gerettet und versteckt. Um seine Schwester zu schützen, ließ Clemens sie in dem Glauben, er sei tot. Auf seiner Flucht begegnete Clemens Johann und Franziska und schloss sich ihnen an. Er war ein mürrischer Wegbegleiter, denn das Feuer hatte sein Gesicht mit hässlichen Brandnarben entstellt, sodass er glaubte, auf andere abschreckend zu wirken. Doch dann begegnete er in Wellingen Christel, der Tochter des damaligen Amtmanns …

»Nun sind sie scheinbar schon eine Ewigkeit verheiratet«, murmelte Johann, als er vor dem Haus Stimmen hörte. Eine Frau, die in eine schwarze Nonnentracht gekleidet war, kam um die Häuserecke. »Hier steckst du«, sagte sie und umarmte ihn.

»Sei gegrüßt, Maria«, flüsterte Johann und drückte sein Gesicht an ihre Haube. »Schön, dass du sofort gekommen bist.«

»Das bin ich ihr schuldig«, erwiderte die Frau und blickte Johann aus schwarzen Augen traurig an.

Johann zog leise die Tür des Schlafzimmers zu. Während Maria seine Tochter Magdalena umarmte, die stumm am Bett der

Sterbenden saß, blieb er abseits stehen. Müde fuhr er sich über die buschigen Augenbrauen. Er wollte sich den Anblick der kranken Frau ersparen, von dem er wusste, dass er ihn nicht ändern konnte.

Maria trat näher an das Bett heran. Bestürzt blickte sie in das bleiche Gesicht von Regina Rehmringer, die abgemagert daniederlag und ihre Umgebung kaum noch wahrnahm. Maria kämpfte mit den Tränen. Zwar ahnte sie seit ihrem letzten Besuch zwei Wochen zuvor, dass die Frau schon bald vor ihren Schöpfer treten würde, doch sie so daniederliegen zu sehen versetzte ihrem Herzen einen Stich.

Maria atmete tief ein und rümpfte dabei leicht die Nase. Sie glaubte bereits den Geruch des Todes wahrzunehmen. Allein der Gedanke daran erschwerte ihr das Durchatmen. Maria schaute Magdalena bewundernd an, die seit Tagen bei der alten Frau wachte und sie kaum allein ließ. Die Sechzehnjährige schien gegen den Geruch, die Düsternis und das Elend unempfindlich zu sein. Sie saß da und beobachtete mit einem zärtlichen Lächeln den Schlaf der Frau.

Frische Luft, dachte die Nonne und blickte zu dem Fenster, das mit dicht gewobenem Stoff zugehängt war und das Tageslicht wegsperrte. War der Vorhang schon immer so verschlissen?, überlegte Maria kurz. Der schwache Schein der Talglampen spendete kaum Helligkeit, sodass die Misslichkeit, in der sich das Haus befand, im Schatten blieb. Die Auswirkungen dieses unsäglichen Kriegs sind auch hier zu erkennen, dachte Maria betrübt. Obwohl die Gefechte das Land an der Saar noch nicht erreicht hatten, mussten die Menschen tagtäglich ums Überleben kämpfen. Zu Beginn waren es politische und konfessionelle Gründe gewesen, diesen Krieg zu entfachen. Doch mittlerweile hatte man den Eindruck, dass jeder gegen jeden kämpfte und die Gefechte deshalb nicht enden wollten.

Maria seufzte kaum hörbar und blickte zu der Todgeweihten. Erneut wurde ihr die Vergänglichkeit des Lebens bewusst, denn erst vor Kurzem hatte sie einen geliebten Menschen beerdigen müssen. Die Äbtissin des Augustinerklosters zu Fraulautern war nach kurzer, heftiger Krankheit gestorben. Es war ein schwerer Verlust für Maria gewesen, denn seit ihrem zwölften Lebensjahr lebte sie unter der Obhut der Äbtissin im Kloster. Auf Wunsch der Verstorbenen war Maria zur neuen Leiterin des Nonnenstifts ernannt worden. Ich hätte gern auf dieses Amt verzichtet, wenn Sophia weiterleben würde, dachte Maria und wischte sich über die Augen. Nun müsste sie sich schon bald auch von Regina Rehmringer verabschieden, der sie so viel zu verdanken hatte. Gerne hätte sie ihr noch einmal gedankt, doch sie wusste, dass die Frau sie nicht mehr hören konnte.

Maria hatte plötzlich das Gefühl, als ob jemand ihr Herz zusammenpresste. Ihre Augen brannten von aufsteigenden Tränen. Doch sie konnte nicht weinen. Regina Rehmringer hatte ein hohes Alter erreicht, und dafür war die Nonne ihrem Herrgott dankbar.

Sie ging neben Magdalena, die vor dem Bett auf einem Schemel saß, in die Hocke. Die Äbtissin flüsterte: »Geh an die frische Luft, mein Kind, und lass dir etwas zu essen zubereiten. Ich werde dich ablösen.«

Magdalena ergriff Marias Hand und drückte sie sanft. Mit müdem Blick stand sie auf und ging zur Tür, wo ihr Vater sie umarmte. »Kommst du mit hinaus?«, fragte sie ihn leise.

Er schüttelte den Kopf. »Ich bleibe noch eine Weile. Vielleicht wacht Regina ein letztes Mal auf.«

Magdalena nickte, doch ihr Blick verriet Zweifel. »Ruf mich, falls das geschehen sollte«, flüsterte sie und verließ mit hängenden Schultern den Raum.

Johann zog den Stuhl, der neben der Wäschetruhe im Zimmer stand, zu sich und setzte sich. Als Maria aufblickte, nickte er ihr kurz zu. Lächelnd wandte sich die Nonne der alten

Rehmringer zu und nahm deren schlaffe Hand in ihre. Maria erinnerte sich an die Zeit, als sie nach Wellingen gekommen war.

Sie war ein kleines Kind gewesen, als ihr Vater der Hexerei beschuldigt und verbrannt wurde. Von da an quälten Maria schlimme Alpträume, in denen sie Menschen sah, die mit dem Teufel tanzten. In einem dieser Träume glaubte sie ihre Stiefmutter zu erkennen. Als ein Nachbar die Stiefmutter des Schadenszaubers anklagte und ihr unterstellte, dass wegen ihres bösen Blicks die Kuh weniger Milch gebe, erzählte Maria dem Richter von ihrem Traum. Fortan galt das Kind als Hexenerkennerin.

So kamen sie ins Land an der Saar in den Ort Wellingen, wo sie Regina Rehmringer kennenlernten, die das Kind ins Herz schloss und von seinen bösen Träumen befreien wollte. Sie stellte das Mädchen unter die Obhut der Äbtissin von Fraulautern. Tatsächlich verschwanden in der Abgeschiedenheit hinter den Klostermauern und durch zahlreiche Gebete sowie Gespräche die bösen Träume, und Maria wurde geheilt.

»Kannst du dich an den Tag erinnern, als ich zu euch gekommen bin?«, fragte Maria mit leiser Stimme.

»Wie könnte ich ihn je vergessen?«

Ohne aufzuschauen, flüsterte sie heiser: »Wer weiß, was aus mir geworden wäre, wenn Frau Rehmringer und ihr euch nicht um mich gekümmert hättet.«

»Vielleicht hättest du einen netten Mann geheiratet, wärst Mutter geworden und nicht ins Kloster gegangen«, sagte Johann mit einem Schmunzeln in der Stimme.

»Oder ich wäre auf dem Scheiterhaufen gelandet«, erwiderte Maria ernst.

»Sag so etwas nicht«, bat Johann verhalten.

Mit starrem Blick schaute Maria ihn an. »Die meisten Menschen hatten Angst vor mir, schließlich zog ich mit einem Magier übers Land, um bei der Hexenfindung zu helfen.«

»Das war nichts Schlechtes«, erklärte Johann. »So konnte man gewiss sein, dass keine unschuldige Frau verurteilt wurde.«

Maria zog zweifelnd eine Augenbraue hoch. »Ich bin nicht sicher. Je älter ich werde, umso mehr denke ich darüber nach, ob unser Handeln damals rechtens war. Manchmal sehe ich im Traum die Frauen, denen ich als Mädchen begegnet bin, nachts vor meinem Bett stehen.«

»Sind die Träume zurückgekehrt?«, fragte Johann. Maria schüttelte den Kopf. »Nein, nicht diese Art von Träumen, die ich als Kind fürchtete und die mich jede Nacht wach hielten. Ich sehe Frauen vor meinem Bett stehen, die mir keine Angst machen. Sie stehen nur da und blicken mich an.«

»Du weißt nicht, was sie wollen?«

Maria schüttelte den Kopf.

»Und du bist sicher, dass du ihnen früher schon einmal begegnet bist?«

Maria zuckte mit den Schultern und vermied es, ihn anzusehen. »Ich kann es nicht mit Bestimmtheit sagen, aber ihre Gesichter erscheinen mir vertraut.«

»Wie furchtbar«, murmelte Johann.

Maria wandte sich ihm zu, legte den Kopf leicht schief und lächelte.

»Was ist?«, fragte Johann verunsichert.

»Weißt du, dass ich in dir immer einen Ersatzvater gesehen habe?«

Johann riss seine Augen weit auf. »Ich dachte immer, ich bin wie ein Bruder für dich. Schließlich trennen uns nur knapp acht Jahre.«

»Einem Bruder hätte ich widersprochen, einem Vater nicht.«

»Ich wollte nicht, dass du Nonne wirst …«

»Du hast es nie laut ausgesprochen.«

»Jetzt bin ich schuld«, lachte er verhalten.

»Ich bin glücklich mit meinem Leben und bereue nichts«, erklärte Maria mit fester Stimme.

»Dann ist es gut. Es ist ein schlimmes Gefühl, falsche Entscheidungen getroffen zu haben.«

Der Tonfall seiner Stimme ließ Maria aufblicken. Nachdenklich legte sie die Stirn in Falten. »Was ist?«, fragte sie.

Johann sah sie an und schien zu zögern, doch dann sagte er leise: »Ich überlege, zurück aufs Eichsfeld zu gehen.«

»Was?«, rief Maria aus und schlug sich sofort die Hand auf den Mund. Erschrocken blickte sie zu der Kranken, die jedoch regungslos dalag. »Wie kannst du so etwas sagen? Geschweige denn es ernsthaft erwägen«, wisperte sie.

Johann beugte sich auf seinem Stuhl nach vorn und stützte die Unterarme auf den Oberschenkeln ab. Nachdem er die Hände gefaltet hatte, rieb er die Handflächen aneinander. »Der Krieg kommt näher, Maria«, erklärte er mit gedämpfter Stimme.

»Ich weiß! Letzte Woche brachte ein fahrender Händler Flugschriften aus Saarbrücken mit, sodass ich die Neuigkeiten lesen konnte«, stimmte sie ihm ebenso leise zu. »Aber wenn du in Richtung Eichsfeld marschierst, läufst du dem Krieg entgegen und begegnest ihm eher als wir.«

»Ich weiß das und plane deshalb, durch die Gebiete zu ziehen, wo keine Gefechte mehr stattfinden. Falls wir doch durch ein Kriegsgebiet gehen müssen, werde ich meine Familie hinter die Kampflinien bringen.«

»Du bist kein Soldat und weißt nichts von Kampf- oder Verteidigungslinien. Du verfügst nicht über das Wissen, das man benötigt, um solch ein Wagnis einzugehen. Du bringst euch alle in Gefahr«, erregte sich Maria. Ihre Augen blitzten ihn an. »Sieh dich um, Johann, und sei vernünftig! Auf dem Gestüt seid ihr in

Sicherheit. Zwar hat auch dieser Hof hier schon bessere Jahre erlebt. Aber ihr habt ein Dach über dem Kopf und genug zu essen. Unser kleines Land Westrich ist bis jetzt vom Krieg verschont geblieben. Selbst wenn die Flugschriften die Wahrheit sagen und die Truppen bis ins Land an der Saar vordringen, wird es die letzte Etappe des Krieges sein. Was willst du auf dem Eichsfeld, wo dich womöglich Hunger, Leid und Zerstörung erwarten?«

Johann holte tief Luft und blickte auf die Sterbende. »Seit der Geburt meiner Kinder hat Regina bei ihnen die Stelle der Großmutter ersetzt. Ihre wahre Großmutter haben sie nie kennengelernt. Auch wenn wir hier in Wellingen ein Zuhause gefunden haben, es ist nicht unsere Heimat. Ich habe Sehnsucht nach meiner Mutter, nach Hundeshagen und nach den Orten meiner Kindheit.«

»Ausgerechnet jetzt, wo das Reich in Schutt und Asche liegt, willst du deine Kinder in Gefahr bringen? Warum willst du nicht warten?«, fragte Maria und blickte ihn zweifelnd an.

»Deine Bedenken sind berechtigt. Aber niemand weiß, wie lange dieser verdammte Krieg andauern wird. Er hält das Land bereits seit sechzehn Jahren umklammert, und es können noch mal so viele Jahre werden.«

»Jetzt übertreibst du«, rügte ihn Maria.

Johann zuckte mit den Schultern. »Wer weiß?« Er setzte sich auf und blickte erneut zu der alten Rehmringer. »Ich denke nicht erst seit gestern darüber nach, sondern schon seit geraumer Zeit. Versteh bitte, dass ich meine Mutter nicht erst auf dem Krankenbett wiedersehen möchte. Ich würde mir nie verzeihen, wenn ich an ihrem Grab stehen müsste, nur weil ich mit der Rückkehr gezögert habe.« Er fuhr sich mit beiden Händen durch das dunkelblonde Haar, das an den Schläfen bereits grau wurde. »Ich war neunzehn, als ich sie verlassen habe. Nun bin ich fast doppelt so alt. Wie lang soll ich noch warten?«

Maria konnte seine Gründe nachvollziehen. Unglücklich

schloss sie die Augen und presste die zitternden Lippen aufeinander. Dieses Mal hielt sie die Tränen nicht zurück. Als sie über ihre Wangen liefen, legte sie Regina Rehmringers Hand auf das Betttuch und zog ein Taschentuch aus dem Ärmel ihrer schwarzen Nonnentracht. Nachdem sie sich die Tränen weggewischt hatte, fragte sie: »Weiß Franziska von deinen Plänen?«

Johann schüttelte den Kopf, und sein Blick verriet seine Ängste.

Erstaunt weiteten sich Marias Augen. »Deine Frau wird nicht mit dir gehen wollen.«

»Ich weiß«, sagte Johann leise und räusperte sich. »Aber sie hat keine andere Wahl.«

»Bist du sicher?«

»Nein«, sagte er mit schwacher Stimme.

Kapitel 2

Die Kellerassel kam langsam aus dem Mauerloch hervorgekrochen und krabbelte geschwind mit ihren spinnendünnen Beinen über den Lehmboden. Plötzlich sauste eine Hand auf sie hernieder und zerquetschte sie.

Das Kind hob vorsichtig die Hand und spähte auf den Boden darunter. Als es die tote Kellerassel sah, quiekte es vor Freude. Mit den Fingerspitzen nahm das Kind das plattgedrückte Tier und hielt es sich dicht vor die trüben Augen. Brabbelnd betrachtete es die kleine Beute. Dann steckte es das Ungeziefer in den Mund und schluckte es.

Das Kind schaute sich sofort nach dem nächsten Opfer um, das nicht lange auf sich warten ließ. Immer wieder schlug das Händchen auf den Boden. Doch die kleinen Tiere stillten den Hunger des Kindes nicht. Als keine Kellerassel mehr aus dem

Loch zwischen Mauersteinen gekrochen kam, fing das Kind an zu schreien. Es riss sich zornig an den Haaren und brüllte aus Leibeskräften. Erst als es hörte, wie sich ein Schlüssel knarrend im Schloss der Tür oberhalb der Treppe umdrehte, verstummte es und blickte mit tränennassem Blick die Stufen hinauf.

Kaum hörte es die Schritte, kroch es auf allen vieren in eine Ecke des Raums und presste sein Gesichtchen gegen die kalte Mauer.

Kapitel 3

Auf dem Eichsfeld

»Schon in den frühen Stunden des Tages habe ich neun Ratten in meinem Keller totgeschlagen«, erzählte die Bäuerin Josefine den Frauen, die mit ihr am Bach Wäsche wuschen. Obwohl sie am seichten Ufer standen, waren ihre Röcke bis zu den Knien mit Wasser vollgesogen und klebten ihnen an den Waden. Die klirrende Kälte des Morgens hatte ihre nackten Füße und Hände gefühllos gemacht und gerötet. Das eisige Wasser brannte in den feinen Wunden ihrer Haut, die an den Fingerkuppen vom Scheuern der Wäsche aufgeplatzt war.

»Es ist in dieser Jahreszeit nichts Ungewöhnliches, Ratten im Keller zu haben. Besonders im Winter zieht sich das Ungeziefer in die Häuser zurück«, mischte sich Grete, eine grauhaarige Frau, in das Gespräch ein und presste ihre Hände zwischen die Oberschenkel, damit sie warm wurden.

»Der aufkommende Winter allein ist nicht schuld daran«, widersprach Josefine und dämpfte ihre Stimme. »Sie hat uns das eingebrockt«, erklärte die Bäuerin und schaute vorsichtig zu dem Hof hinüber, der am Ortsrand stand. Die Blicke der drei anderen Frauen folgten dem ihren.

»Meinst du wirklich, dass es damit zusammenhängt?«, wisperte Helene, eine junge Frau, die sich wegen ihrer fortgeschrittenen Schwangerschaft kaum bücken konnte.

»Erinnert ihr euch nicht mehr, wie die alte Hebamme den Hexenschwur hinausgeschrien hat, bevor die Flammen über ihr zusammenschlugen?«, fragte Josefine gereizt und schleuderte das Leinen gegen die flache Seite eines großen Steins.

Tine, eine kräftige Frau, die erst vor Kurzem zugezogen war, nachdem sie einen Witwer des Dorfes geheiratet hatte, hielt im Waschen inne und steckte ihre feuerroten Hände unter die Achseln. Bibbernd stand sie da und schaute auf den Berg Wäsche, den sie noch waschen musste. »Wie konnte ich einen Mann mit sechs Kindern heiraten?«, murmelte sie und hob einen der zahlreichen Kittel auf. »Welcher Hexenschwur?«, fragte sie dann, während sie die Kleidung einseifte.

Die Bauersfrau hielt in der Arbeit inne und antwortete: »Es ist vier oder fünf Jahre her, da wurde eine Hebamme aus dem Nachbarort zum Tod auf dem Scheiterhaufen verurteilt.«

»Jesus und Maria«, flüsterte Tine und bekreuzigte sich dreimal. »Nur Hexen werden zum Tod durch die Flammen gerichtet«, sagte sie und blickte die Frauen angsterfüllt an.

»Ich kann mich sehr gut an die Hinrichtung der alten Berta erinnern. Wie Schlachtvieh wurde sie an einem Strick zum Scheiterhaufen geschleift«, sagte die schwangere Helene und stützte ihren Rücken mit beiden Händen ab.

»Hexen müssen brennen!«, brummte die Bäuerin und schlug nun mit einem breiten Stock auf die Bettwäsche.

»Ohne Bertas Hilfe wäre ich bei der Geburt der Zwillinge gestorben. Deshalb kann ich dem Weib nichts Schlechtes nachsagen. Ich wäre froh, würde sie mir bei dieser Geburt ebenfalls beistehen«, verteidigte die werdende Mutter die Hebamme zaghaft und bückte sich umständlich, um das Betttuch aufzunehmen.

»Wenn du von ihrer Unschuld überzeugt warst, warum hast du damals geschwiegen und sie nicht verteidigt?«, fragte Josefine bissig.

Helene schluckte und antwortete leise: »Du weißt, wie schnell man bezichtigt wird, mit der Hexe gemeinsame Sache zu machen. Außerdem hatte mein Mann mir verboten, mich zu äußern.«

»Warum hat man die Hebamme der Hexerei für schuldig befunden?«, fragte Tine, während sie den Stoff mit der Bürste bearbeitete.

Josefine schnaufte laut und legte die gewaschenen Teile in den Korb. Dann blickte sie zu dem Gehöft hinüber, das das größte in der Umgebung war, und erzählte die Geschichte, die sich damals zugetragen hatte: »Es war schon lange das Gerücht im Umlauf, dass die alte Berta mit dem Teufel im Bunde stehe. Die Leute schwiegen dazu, denn die Hebamme hatte vielen geholfen, ihre Kinder auf die Welt zu bringen.« Sie schielte zu der Schwangeren hinüber. »Zu Berta kamen aber auch Frauen, die nicht empfangen konnten. So war die Ehe einer Frau aus unserem Dorf lange kinderlos geblieben. Ihr Mann wünschte sich sehnsüchtig einen Sohn, doch die Frau wurde nicht schwanger. Die Arme war so verzweifelt, dass sie mitten in der Nacht Berta aufsuchte und der Alten ihr Leid klagte. Ich weiß nicht, was ihr die Hebamme gab. Aber wenig später wurde die Frau schwanger und schenkte einem Knaben das Leben. Ich habe das Kind nie gesehen, aber es soll rosige Wangen, sonnenhelle Locken und große blaue Äuglein gehabt haben. Auch soll er selten geweint und die meiste Zeit geschlafen haben.«

»Die Eltern konnten sich glücklich schätzen«, meinte die Frau des Witwers. »Die Kinder meines Mannes haben dünne dunkle Haare, Rotznasen, und ihre Haut ist von Flohbissen übersät«, erklärte sie verächtlich und knetete die Wäsche im klaren Wasser, bis keine Seife mehr im Stoff war. Dann schaute sie auf und fragte: »Warum aber war die Frau mitten in der Nacht zu der Hebamme gegangen?«

Die Bäuerin zuckte mit den Schultern. »Ich sagte bereits, dass die Berta mit dem Teufel im Bunde stand. Vielleicht hat er bei der Schwangerschaft mitgeholfen«, lachte sie gehässig, und auch Grete grinste hämisch.

»Ihr redet Unfug!«, schimpfte Helene und widersprach: »Die Frau wollte sicher nicht, dass das Dorf sich über ihr Unglück lustig machte – so wie ihr jetzt.«

»Ich sage dir eins: Mir ist es einerlei, ob jemand Kinder hat oder nicht oder wie viele. Aber mir ist es nicht einerlei, wenn jemand mit dem Teufel tanzt«, sagte Josefine aufbrausend.

»Was haben die Frau und ihr prächtiges Kind mit deinem Ungeziefer im Keller zu tun?«, versuchte Tine die Streitenden abzulenken.

Die Bäuerin schüttelte den Kopf. Bevor sie weitererzählte, wanderte ihr Blick erneut hinüber zu dem Gehöft. »Ja, alles schien gut zu sein bis zu dem Tag, als das Unglück über die Arme hereinbrach«, sagte sie kaum hörbar.

Grete und Helene zuckten zusammen. Rasch sammelten sie ihre Wäsche ein, während die Frau des Witwers in ihrer Arbeit innehielt und die anderen fragend anschaute.

»Was ist geschehen?«, fragte sie mit angespannten Gesichtszügen und stellte sich neben Grete und Helene.

Josefine zögerte mit der Antwort: »Es war ein heißer Sommertag, und die Frau verrichtete ihre Arbeit im Hof. Plötzlich hörte sie im Schlafzimmer ihr Kind jämmerlich wimmern. Zwei Stufen auf einmal nehmend, rannte sie die Treppen hoch zur Wiege, und da erwartete sie das Schreckliche.« Die Bäuerin legte eine Atempause ein. Als sie weitersprach, zitterte ihre Stimme. »Wie die arme Mutter uns erzählte, lag nicht mehr ihr schönes Kindchen in dem Bett, sondern ein heulender Wechselbalg. Hässlich anzusehen mit vom Weinen feuerrotem Gesicht und Ärmchen und Beinchen, die krumm, verzerrt und verdreht schienen.«

»Jesus und Maria«, flüsterte die Kräftige und schlug ihre rissige Hand gegen den Mund.

»Ein Wechselbalg«, nickte die Grauhaarige, und ihre hellblauen Augen wurden feucht.

»Ein Alptraum!«, flüsterte die Schwangere und legte ihre Hände schützend um den gewölbten Leib.

»Ein Wechselbalg?«, fragte das Weib des Witwers. »Ich habe noch nie ein solches Kind gesehen. Woher kam es?«

»Dämonen haben ihr eigenes hässliches Kind gegen das zarte und schöne Menschenkind ausgetauscht und es mitgenommen«, antwortete mit zitternder Stimme die Bauersfrau.

»Aber warum?«, fragte die andere, und auch ihre Stimme bebte.

»Der Wechselbalg ist ein unschönes Kind. Es ist ein Nimmersatt, der ständig Hunger hat. Er schreit und brüllt den lieben langen Tag, dass man ihn erwürgen möchte. Trotz des vielen Essens wächst er kaum und bleibt kleinwüchsig. Seine Gliedmaßen sind verkrüppelt, sodass er weder aufrecht stehen noch gehen kann. Auch lernt er nicht fehlerlos sprechen, sondern grunzt wie ein Tier.« Düster senkte Josefine ihre Stimme. »Warum, frage ich dich, sollen die Dämonen ein solches Kind aufziehen, wenn sie es gegen ein schönes und gesundes Menschenkind austauschen können?«

»Jesus und Maria«, stöhnte das Weib des Witwers. »Wie furchtbar! Aber was hatte die Hebamme damit zu tun?«

Die drei Frauen blickten sich verschwörerisch an und schwiegen. Erst als Tine bettelte: »Nun sagt schon!«, trat die Bäuerin einen Schritt auf sie zu und flüsterte:

»Die Hebamme hat den Dämonen verraten, welches Kind das schönste ist im Dorf. Und sie hat ihnen geholfen, es auszutauschen.«

»Woher wollt ihr das wissen?«, fragte die Frau ungläubig.

»Die Kammer des Kindes war mit dem Geruch der Hebamme gefüllt.«

Die kräftige Frau runzelte die Stirn. »Wie riecht eine Hebamme? Riecht sie wie die Kräuter, die sie sammelt?«

Die Bäuerin blickte die Frau düster an und zischte: »Sie riecht wie der Schwefel des Teufels!«

Nun wurde das Weib des Witwers kreidebleich. »Nur gut, dass man sie verbrannt hat. So kann sie nicht als Untote zurückkehren und ihr Unwesen treiben«, stammelte sie und konnte doch Zweifel nicht unterdrücken. »Ich verstehe immer noch nicht, was es mit dem Ungeziefer auf sich hat.« Sie rieb sich fröstelnd über die Oberarme.

Die Bäuerin sog die Luft zwischen ihren schwarzen Zähnen ein und schüttelte sich. Mit scharfem Blick erklärte sie: »Es war die Mutter des gestohlenen Kindes, die die Hebamme der Hexerei bezichtigt hatte. Als man Berta verbrannte, verhängte sie gegen die Frau den Hexenschwur. Sie verfluchte und verdammte sie und schrie, dass sie fortan von Angst, Krankheit und Seuchen gezeichnet sein werde, dass Ungeziefer über sie und ihresgleichen kommen werde. Auch solle sie Hunger und Not leiden.«

»Jesus und Maria«, sagte das Weib erneut und bekreuzigte sich dreimal. »Ist alles eingetreten?«

Die übrigen Frauen blickten sich an und zuckten gleichzeitig mit den Schultern. »Seit jenem Tag wird die Frau im Dorf gemieden. Wir sprechen nur selten mit ihr, um nicht Unglück über uns selbst zu bringen. Die vom Schicksal hart getroffene Frau ist oft geistesabwesend. Der Hexenschwur hat sie verdammt, und es gibt keine Rettung für sie.«

»Die arme Frau! Und ihr Mann?«

»Er bewirtschaftet mit ihr den Hof. Manchmal sehe ich ihn beim Gottesdienst, dann steht er da und betet stumm zu unserem Heiland.«

Josefine nahm ihren Korb mit der nassen Wäsche auf und trat den Heimweg an. Auch die anderen Waschfrauen folgten ihr. Dabei lief das Wasser in feinen Rinnsalen am Geflecht der Weidenruten ihrer Körbe entlang und versickerte in der Kleidung der Frauen.

»Ich wasche erst wieder, wenn es wärmer ist. Von mir aus kann mein Alter in seiner schmutzigen Wäsche laufen, bis der Frühling kommt«, schimpfte Grete und wischte sich die kalten Wassertropfen von der Brust. Gemeinsam beschritten die vier Frauen den schmalen, glitschigen Weg, der nach oben zur Straße führte.

»Weiß sie, was aus ihrem prächtigen Kind geworden ist?«, fragte Tine und setzte achtsam einen Fuß vor den anderen, damit sie auf dem aufgeweichten Boden nicht ausrutschte.

Die Bäuerin schüttelte den Kopf. »Seit diesem Unglückstag ist ihr Sohn verschwunden. Das ganze Dorf hat damals nach ihm gesucht, aber nirgends eine Spur gefunden. Die Frau klammert sich an die Hoffnung, dass die Dämonen eines Tages im Austausch gegen ihr eigenes Kind den Wechselbalg zurückfordern, wenn der Krüppel nur schlecht genug behandelt wird. Aber einerlei, was sie mit ihm anstellt, die Dämonen sind bislang nicht gekommen, ihn zu holen.«

Das Weib wurde hellhörig. »Was macht sie mit dem Dämonenkind?«

Mit einem Seitenblick streifte die Bäuerin die Grauhaarige, und diese antwortete: »Sie hat es in den Keller gesperrt, und nur sie hat den Schlüssel zu der Tür. Da meine Hütte ihrem Hof am nächsten steht, höre ich das Dämonenkind manchmal weinen. Keine Ahnung, was sie mit ihm macht, aber die Frau hat keine andere Wahl. Nur wenn sie den Krüppel schlecht behandelt und die Dämoneneltern seine Schreie hören, werden sie ihr eigenes Kind retten wollen und das Menschenkind zurückbringen.« Mit strengem Gesichtsausdruck erklärte sie: »So ein Wechselbalg muss leiden.«

»Ich glaube nicht, dass sie unmenschlich ist und den Balg quält. Dieser Tage habe ich gesehen, wie sie mit einem Korb voller Kräuter gegen Fieber und Erkältungen aus der Hütte der Kräuteranni kam«, schilderte Helene ihre Beobachtungen.

»Die können auch für sie selbst oder ihren Mann und nicht für das Kind gewesen sein«, warf die Bäuerin ein, doch die Schwangere schüttelte den Kopf.

»Sie sah gesund aus, und Männer kippen eher einen Selbstgebrannten, als dass sie einen Sud trinken«, lachte sie verhalten. »Nein, ich denke, dass der Wechselbalg kränkelt, denn es lagen Spitzwegerich und Baldrian im Korb. Das Kraut brühe auch ich meinen beiden Kindern auf, wenn sie Fieber und Halsschmerzen plagen. Welche Mutter wäre so herzlos und würde den Dämonenbalg sterben lassen, wenn sie nur durch Tausch ihr eigenes Kind zurückbekommen kann?«, flüsterte sie. Nachdenklich blieben die drei anderen Frauen stehen.

»Zum Glück musste ich mir nie solche Gedanken machen. Meine Kinder waren nicht so hübsch, dass Dämonen sie hätten entführen wollen«, lachte Grete und zeigte dabei ihren zahnlosen Mund.

Die drei anderen Frauen stimmten in das Gelächter ein. Dann ging jede ihres Weges.

Kapitel 4

Clemens stand am Rand der Weide und schärfte mit fließenden Bewegungen die Sense. Seine Frau hatte ihn beauftragt, Brennnesseln zu schneiden, weil sie sich seit Tagen erschöpft und müde fühlte. Da dem Kraut eine aufmunternde Wirkung nachgesagt wurde, wollte sie einen Sud aufbrühen. Clemens hielt kurz inne und lächelte. Die Schwangerschaft war nun nicht mehr zu übersehen. Überglücklich erwarteten Christel und er ihr zweites Kind, nachdem sie beide bereits die Hoffnung aufgegeben hatten, nochmals Eltern zu werden.

Er prüfte mit dem Daumen die Schärfe des Sensenblattes und steckte zufrieden den Wetzstein in das Futteral, das an seinem Gürtel hing. Gleichmäßig schnitt er die Stängel der Brennnesseln dicht über dem Boden ab, als sein zehnjähriger Sohn aufgeregt auf ihn zurannte. Außer Atem blieb der Junge vor ihm stehen und stützte keuchend die Hände auf den Oberschenkeln ab.

»Ist etwas geschehen?«, fragte Clemens voller Sorge und wollte schon losstürmen, doch Georg schüttelte den Kopf.

»Nein«, japste er und versuchte zu lächeln. Der Knabe wies mit dem Zeigefinger hinüber zu dem Acker, auf dem sonst das Getreide wuchs. »Ich habe ein Rehkitz gefunden.«

»Ist es tot?«, fragte der Vater.

Georg verneinte.

»Ich hoffe, du hast es nicht angefasst.«

Georg schüttelte so heftig den Kopf, dass sein halblanges, dunkles Haar ihm ins Gesicht schlug. »Man darf Kitze nicht anfassen, weil die Mutter es sonst verstößt.«

Clemens streichelte dem Jungen über das Haupt. »Du bist ein schlauer Bursche und weißt, dass die Ricke Angst vor Menschengeruch hat«, lobte er ihn. »Jetzt nimm den Leinensack und sammle die Brennnesseln ein, damit es Mutter bald besser geht.«

»Die brennen!«, erklärte der Junge und hielt sich die Hände auf den Rücken.

»Mutter hat mir einen Handschuh mitgegeben. Damit spürst du das Brennen nicht.«

Georg nahm den Handschutz, der viel zu groß für seine kleine Hand war, und stülpte ihn über. Während er die Brennnesseln in den Sack stopfte, fragte er den Vater mit ernster Miene: »Wann wird das Kind auf die Welt kommen?«

»Wir schätzen, im Februar«, rechnete Clemens nach. »Freust du dich?«, wollte er wissen, während er weitermähte.

Der Junge zuckte mit den Schultern. »Der Schuster Peter hat jetzt die fünfte Schwester bekommen und ist deshalb ziemlich mürrisch. Er hatte unbedingt einen Bruder haben wollen, und außerdem schreit die Kleine den ganzen Tag, sodass die anderen Mädchen jedes Mal mitheulen.«

Clemens lachte laut. »Ja, der Peter hat ein schweres Schicksal. Fünf Jahre lang jedes Mal eine Schwester – das verträgt kein Mensch. Ich kann mir vorstellen, wie die Kleinen um die Wette schreien. Aber sorge dich nicht, dass uns das gleiche Schicksal blüht, mein Sohn. Deine Mutter und ich sind froh und dankbar, dass zehn Jahre nach deiner Geburt wieder ein Kind zu uns in die Familie kommt. Mehr werden es sicher nicht werden.«

Von den Worten des Vaters beruhigt, stopfte der Junge die Pflanzen in den Sack. Als genügend Brennnesseln geschnitten waren, schulterte Georg den Leinenbeutel und sein Vater die Sense. Auf dem Weg zurück ins Haus kam Johann ihnen über die Wiese entgegen und winkte ihnen von Weitem zu. Clemens sah sofort am Gesichtsausdruck seines Freundes, dass Johann mit ihm sprechen wollte. Darum sagte er zu seinem Sohn: »Geh schon vor und gib deiner Mutter das Kraut. Ich werde gleich nachkommen.«

»Gott zum Gruß!«, rief der Zehnjährige und lief an Johann vorbei.

Clemens ließ das Schneideblatt der Sense zu Boden gleiten und stützte sich auf dem Stielknauf auf. Abwartend blickte er seinem Freund entgegen. Als er vor ihm stand, fragte er leise: »Ist sie tot?«

Johann schüttelte den Kopf. »Aber es kann nicht mehr lange dauern. Maria und Magdalena sind bei ihr. Ich habe den Pastor gerufen, damit Regina die Letzte Ölung bekommt.«

»Dann ist es Zeit, dass wir uns von ihr verabschieden«, sagte Clemens, und Johann nickte.

Beide Männer schwiegen für einen Augenblick, als Johann in die Stille sagte: »Ich werde mit meiner Familie zurück aufs Eichsfeld gehen.«

»Das meinst du nicht ernst«, unterstellte Clemens dem Freund und blickte ihn ungläubig an.

Doch Johann nickte ein zweites Mal. »Ich spüre schon seit Langem diese Sehnsucht, die täglich größer zu werden scheint. Ich bin geblieben, weil ich mich für Regina Rehmringer verantwortlich fühle. Sie hatte nur uns, und wir waren ihre Ersatzfamilie. Doch wenn sie stirbt, hält mich hier niemand mehr. Ich fühle mich frei zu gehen.«

»Was ist mit mir?«, fragte Clemens leise. »Ist unsere Freundschaft es nicht wert, dass du in Westrich bleibst? Hier, wo die Heimat deiner Kinder ist?«

»Du warst mir immer ein treuer Gefährte und Freund«, antwortete Johann, atmete tief ein und erklärte: »Aber wenn ich eines Tages von dieser Welt Abschied nehmen muss, möchte ich nicht in fremder Erde beerdigt werden. Ich will heim nach Hundeshagen.« Johann flüsterte mehr, als dass er sprach, und Clemens musste sich leicht nach vorn beugen, um ihn verstehen zu können.

»Bist du krank?«, fragte er bestürzt.

»Nicht dass ich wüsste«, erklärte Johann und lächelte schief. »Ich hoffe, dass der Herrgott mir noch einige Jahre schenkt, bevor er mich zu sich ruft.«

Clemens klopfte ihm erleichtert auf den Rücken. »Ich bitte dich, deine Entscheidung zu überdenken«, bat er Johann.

Der schüttelte den Kopf. »Mein Entschluss steht fest, und deshalb wollte ich dich fragen, ob du mit deiner Familie mitkommen willst. Auch du bist auf dem Eichsfeld geboren. Hast du kein Verlangen danach zu wissen, ob deine Schwester und ihre Familie noch in Dingelstedt leben? Hast du nicht den Wunsch zu wissen, wie es ihnen geht?«

Clemens starrte in die Ferne. Ein Bussard schreckte in einer Baumkrone mehrere Krähen auf, die schimpfend davonflogen. Clemens sah ihnen nach, schluckte hart und blickte dann Johann an: »Ich kann deine Sehnsucht verstehen, denn auch ich spüre sie. Jeden Tag denke ich an meine Schwester Anna und frage mich, wie es ihr und ihrer Familie geht. Doch ich kann nicht mitkommen, Johann. Die Reise wäre für Christel zu anstrengend. Ihre Schwangerschaft wird täglich beschwerlicher, und ich möchte nichts riskieren.« Als er sah, wie bei der Erwähnung von Christels Schwangerschaft ein Schatten über Johanns Gesicht fiel, sprach er schnell weiter. »Außerdem herrscht Krieg. Weite Teile des Reichs sind verwüstet, die Menschen leiden Hunger. Überall gibt es Mord und Totschlag. Willst du deine Familie wirklich einer so gefährlichen Reise aussetzen? Wir können glücklich sein, dass das Land an der Saar vom Krieg verschont geblieben ist. Wir haben zu essen und ein Dach über dem Kopf. Hier in Wellingen sind unsere Familien in Sicherheit«, gab er zu bedenken.

»Der Krieg kommt näher! Selbst Maria hat es in den Flugschriften gelesen. Wir haben die Möglichkeit, ihm zu entgehen, wenn wir uns durch die Landstriche bewegen, durch die die Truppen bereits gezogen sind.«

»Das ist Irrsinn!«

»Irrsinn ist es zu bleiben«, widersprach Johann.

Doch Clemens schüttelte den Kopf. »Der Krieg wird bald vorbei sein. Seit über sechzehn Jahren wütet er im Reich. Wie lange soll er noch Angst und Schrecken verbreiten? Er hat bereits Zehntausende Opfer gefordert. Menschen verhungern, siechen an der Pest oder anderen Seuchen elendig dahin, und andere werden …« Clemens stockte und schaute erschrocken seinen Freund an, der seinem Blick standhielt.

Johann ahnte, was Clemens hatte sagen wollen. »Du kannst es laut aussprechen«, forderte er ihn auf, und Clemens führte den Satz zu Ende:

»... und andere werden auf dem Scheiterhaufen verbrannt, weil sie für die Not der Menschen verantwortlich gemacht werden.«

Beide Männer hatten vor vielen Jahren beschlossen, das Wort »Hexenverfolgungen« nicht mehr auszusprechen, um hässliche Erinnerungen zu unterdrücken. Doch Nachrichten, dass Menschen auf Scheiterhaufen verbrannt wurden, kamen aus allen Reichsgebieten, und auch in Westrich schlugen die Flammen der Feuer empor. Der Geruch des verbrannten Fleisches der Opfer, den der Wind mit sich brachte, drang manchmal bis nach Wellingen vor.

»Niemand – auch keines der Kinder – weiß, dass Franziska damals der Hexerei bezichtigt wurde und wir deshalb aus dem Eichsfeld fliehen mussten. Es liegt so viele Jahre zurück, dass mich der Gedanke daran nicht mehr ängstigt.«

»Dann ist es gut«, murmelte Clemens und blickte Johann forschend an. Als sein Freund den Blick abwandte, sagte Clemens mit fester Stimme: »Du irrst, wenn du glaubst, dass du auf dem Eichsfeld glücklich werden könntest und alles wieder wie früher wird. Du nimmst deine Schwierigkeiten mit.«

Johanns Kopf ruckte herum. »Wie meinst du das? Ich habe dir erklärt, dass ich mich nicht vor neuer Verfolgung fürchte. Die haltlosen Vorwürfe gegen Franziska sind längst vergessen. Ich aber kann die Sehnsucht nicht länger unterdrücken, endlich meine Mutter wieder in die Arme zu schließen.«

Clemens hob beschwichtigend die Hände. Dann widersprach er: »Es ist nicht allein die Sehnsucht nach deiner Mutter und der Heimat, die dich forttreibt. Es ist die Vergangenheit, die dich nicht ruhen lässt. Glaube mir, mein Freund: Auch wenn du fortziehst, du wirst dein Schicksal überallhin mitnehmen.«

Johann schloss gequält die Augen. Seine Beine zitterten, und er musste sich ins Gras setzen. Clemens legte die Sichel auf den Boden und ging neben ihm in die Hocke. »Weiß deine Frau, was du planst?«

Johann schüttelte den Kopf.

»Sie wird nicht mitgehen wollen. Und wenn sie dir nicht folgt, werden auch die Kinder sich weigern mitzukommen«, prophezeite Clemens, während er Grashalme zupfte.

»Ich weiß«, flüsterte Johann und blickte seinen Freund bekümmert an. Dann sagte er mit nachdrücklicher Stimme: »Ich bin der Herr im Haus, und sie wird sich fügen müssen. Ebenso die Kinder. Es wird nicht leicht werden, doch es gibt keine andere Möglichkeit. Wenn wir bleiben, bedeutet das schon bald das Ende meiner Ehe und das Ende unserer Familie. Ich habe kaum noch Kraft, das alles zu ertragen. Hier werde ich ständig daran erinnert.«

Clemens wusste, dass Johann nicht übertrieb. »Ich möchte nicht in deiner Haut stecken«, sagte er ehrlich und richtete sich auf. »Ich muss zurück. Kommst du mit?«

Johann verneinte und streckte sich im Gras aus.

Clemens wartete einen Augenblick. Doch als Johann die Arme hinter dem Kopf verschränkte und die Augen schloss, nahm er achselzuckend die Sichel auf und sagte: »Ich werde mit Christel und Georg zu Regina gehen, um Abschied zu nehmen.«

Als Johann sicher war, dass Clemens ihn nicht mehr sehen konnte, stand er auf. Der Boden zwischen den Grashalmen fühlte sich feucht und kühl an, und seine Hose war nass geworden. Plötzlich fröstelte es ihn so sehr, dass er Gänsehaut bekam. Es war Mitte Oktober, und die Tage wurden kürzer und kühler. Johann stützte sich an einem Zaunpfosten ab und streckte sein Hinterteil der Sonne zum Trocknen entgegen. Er ließ seinen Blick über den Hain schweifen. Das Laub zeigte sich um diese

Jahreszeit in unterschiedlichen Farben, von Ackerbraun, Hell- und Dunkelrot bis hin zu abgestuften Rosttönen waren die warmen Herbstfarben vertreten. Die Bäume wirkten, als würden sie brennen, da das Laub im Licht golden leuchtete. Das Leben könnte so schön sein, dachte Johann und spürte, wie ihn Bitterkeit überkam.

Es war nicht Regina Rehmringers nahender Tod, der ihn niederdrückte. Alle Menschen mussten einmal sterben. Johann tröstete die Gewissheit, dass die Sterbende älter als viele andere im Dorf geworden war und zudem die meisten Jahre ein schöneres Leben als andere gehabt hatte. Nun würde sie bald nicht mehr sein, und alle würden trauern. Aber noch mehr belastete Johann sein eigenes Schicksal. Über fünf Jahre war es her, dass sich sein Leben und das seiner Familie jäh verändert hatten.

Bei dem Gedanken daran musste Johann die Zähne fest zusammenbeißen, um nicht laut aufzuschreien. Seit jenem Tag, der der schwärzeste in seinem bisherigen Leben war, haderte er mit Gott und seinem Glauben. Franziskas Liebe zu ihm und zu ihren Kindern hatte sich seitdem verändert, und dadurch ihrer aller Leben.

Jedes Mal, wenn Johann seine Frau ansah, fragte er sich, ob sie noch Gefühle für ihn, Magdalena oder Benjamin hegte. Die Liebe, die sie beide bei ihrer Flucht quer durchs Reich alle Anstrengungen und Entbehrungen hatte vergessen lassen, schien versiegt. Franziskas Verhalten gegenüber ihrem Ehemann war abweisend und befremdend geworden, und Johann konnte das kaum ertragen. Es zerriss ihm schier das Herz, wenn sie ihn von sich stieß, denn er liebte sie wie am ersten Tag.

Franziska sprach nur noch das Nötigste mit ihm, und er vermied es, sie anzusprechen. Doch wenn sie miteinander sprechen mussten, machte Franziska voller Hass ihren Mann und den Rest der Welt für ihr Schicksal verantwortlich. Sie tobte und klagte, bis sie zusammenbrach und weinend auf dem Boden kauerte. Anschließend verließ sie das Haus und kam erst Stunden später wieder – das Gesicht verquollen. Johann wagte nicht zu fragen, wohin sie gegangen war. Er litt schweigend und hegte doch die Hoffnung, dass es eines Tages wieder wie früher werden würde.

Johann holte tief Luft und strich sich über die Stirn. Wenn ich doch die Zeit zurückdrehen könnte, dachte er. Nur seine Kinder gaben ihm die Kraft, Franziskas Ablehnung zu ertragen. Bei dem Gedanken an die beiden zog ein Lächeln seine Mundwinkel nach oben. Magdalena war noch keine elf Jahre alt gewesen, als das Unglück geschehen war. Das Kind hatte versucht, seine Mutter zu trösten. Doch Franziska stieß auch ihre Tochter immer wieder barsch von sich. So übernahm Magdalena irgendwann die Pflichten der Mutter, die meist geistesabwesend in der Stube saß und Löcher in die Wand starrte. Der sechsjährige Benjamin hingegen kannte seine Mutter nicht anders. Er gab sich mit dem wenigen zufrieden, was Franziska ihm zu geben bereit war. Aber je älter er wurde, desto öfter beobachtete Johann, wie sein Sohn mit unglücklichem Blick seine Mutter betrachtete. Auch Magdalena bemerkte die Niedergeschlagenheit ihres Bruders. Nur Franziska erkannte die Sehnsucht ihres Sohnes nicht.

Johann blickte zum Himmel und murmelte: »Gott, was habe ich getan, dass du uns so strafst?« Wie immer bekam er keine Antwort. Niedergeschlagen wandte er sich um, als er seinen Sohn Benjamin rufen hörte, der auf ihn zulief.

»Magdalena sagt, du sollst kommen«, rief er und ließ sich in die ausgestreckten Arme seines Vaters fallen. Johann ahnte, warum seine Tochter ihren Bruder schickte. Er hob den Jungen auf seine Schultern und rannte, so schnell er konnte, zum Gestüt.

Im Hof ließ Johann den Jungen über seinen Rücken auf den Boden gleiten. Der Lauf mit Benjamin auf den Schultern hatte ihm den Schweiß aus den Poren getrieben. Er wischte sich mit dem Ärmel seines Hemds über die Stirn und schnaufte mehrere Male durch. Als er durch die Tür ins Haus gehen wollte, trat ihm der Pastor entgegen.

»Ist sie …?«, fragte Johann hastig, doch der Mann schüttelte den Kopf.

»Sie scheint ein starkes Herz zu haben. Ich kann nicht länger warten, denn in Schwallbach benötigt ein anderer Sterbender die Letzte Ölung«, erklärte er. »Menschen sterben lieber im tristen Winter«, fügte er hinzu und blinzelte in die Sonne, dann ging er rasch davon.

»Menschen sterben zu keiner Jahreszeit gern«, wollte Johann ihm hinterherrufen, doch der Pastor war bereits außer Hörweite. Mit Benjamin an der Hand ging Johann die Treppenstufen hinauf in den ersten Stock. Als er die Tür von Regina Rehmringers Stube öffnete, schlug ihm schlechte Luft entgegen, sodass er versucht war, die Tür offen stehen zu lassen. Doch als das Licht der zahlreichen Kerzen, die den Raum nur schwach erhellten, wegen des Durchzugs flackerte, schloss er die Tür.

Clemens, seine Frau Christel und ihr Sohn Georg standen am Fußende, Magdalena und Maria saßen auf Schemeln neben dem Bett. Benjamin ging zu seiner Schwester und drückte sich gegen sie. Sie legte den Arm um ihn. Johann stellte fest, dass Franziska fehlte, und im selben Augenblick spürte er Zorn und Unverständnis in sich hochsteigen. Selbst jetzt, in der Stunde des Todes der teuren Freundin, schien sie gefühllos zu sein. Johann musste an sich halten, um nicht hinauszustürmen und seine Frau zu suchen.

Doch da flackerte das Licht der Kerzen erneut, und Johann schloss erleichtert die Augen.

Kapitel 5

Das Kind hielt sich die Hände vors Gesicht und schrie. Erst als es hörte, wie die Kellertür ins Schloss fiel, verstummte es. Schluchzend ließ es die Hände sinken und blickte die Stufen hinauf. Tränen und Rotz ließen sein blasses Gesichtchen glänzen. Mit seinen großen Augen starrte es in die Dunkelheit und lauschte. Als es das Weinen der Frau hinter der verschlossenen Tür hören konnte, war es erleichtert. Und als es hörte, wie Schritte sich entfernten, ahnte es, dass sie heute nicht mehr wiederkommen würde – sie, die sich Mutter nannte.

Das Kind wusste nicht, was das Wort bedeutete, aber die Frau hatte es mehrmals gesagt, wenn sie es beschimpfte und schlug.

»*M-u-t-r*«, murmelte das Kind und nahm seine schmutzigen Fingerchen zu Hilfe, um die Unterlippe zu bewegen. Nur es selbst konnte das Wort deutlich hören. Für die Frau hingegen kam seine Sprache einem Grunzen gleich. »Du quiekst wie ein Schwein«, hatte sie dem Kind gesagt, als es nach der Schüssel Essen griff und dabei »*M-u-t-r*« sagte. Dabei wollte das Kind freundlich sein und zeigen, dass es dankbar war.

Gierig hatte es den hellen Brei in seinen Mund gestopft und geschluckt. Doch das Essen reichte nicht. Das Kind war immer noch hungrig. Zornig hatte es die leere Schüssel der Frau vor die Füße geworfen, sodass sie zu Bruch ging.

»Du undankbarer Nichtsnutz«, hatte die Frau es angebrüllt und es an den Ohren gezogen, bis es aufheulte. »Warum kommen die Dämonen nicht, dich zurückzuholen? Was muss ich noch tun, damit ich dich endlich loswerde?«, hatte sie gefragt und den Kindeskopf von sich gestoßen, sodass er gegen die grobe Mauer stieß.

Brüllend hatte das Kind sich die Stelle gehalten, in der der Schmerz pochte.

»*Mutr*«, hatte es gegrunzt und die Händchen in die Höhe gehalten. Doch die Frau verstand nicht. Als sie einen Schritt rückwärts gegangen war, dachte das Kind, sie würde es allein lassen, und hatte zu schreien begonnen.

»Halt dein Maul«, hatte die Frau gebrüllt und sich die Ohren zugehalten. Dann war sie die Stufen hinaufgestürmt und hatte die Tür zugeknallt.

Das Kind gab auf. Hungrig lutschte es an seinem schmutzigen Daumen und blickte sich in dem düsteren Raum um. Es erhob sich mühsam und stakste auf seinen krummen Beinen hinüber zu der Wand, die weit oben eine Öffnung hatte. Diese Öffnung war nicht größer als die beiden Händchen des Kindes, doch von dort fiel etwas Licht auf den Boden vor seine missgeformten Füße. Das Kind setzte sich langsam hin und starrte das kleine Loch in der Wand dicht über dem Boden an. Bewegungslos saß es da und wartete. Es wusste, dass es nur geduldig sein musste. Irgendwann würde eine Kellerassel es wagen herauszukommen.

Karoline lehnte sich mit heftig pochendem Herzen gegen die Kellertür. Als sie spürte, wie Tränen hochstiegen, zwinkerte sie mehrmals mit den Lidern, bis das Brennen nachließ. Mit einem Ruck stieß sie sich vom Türblatt ab und ging in die Küche. Dort stützte sie die Hände auf den blank gescheuerten Küchentisch und schnaufte tief durch. Obwohl ihr Herzschlag ruhiger wurde, zitterte sie. Ihr Blick erfasste den Krug mit dem Sud auf der Fensterbank. Mit steifen Beinen lief sie durch den Raum zum Fenster. Dort fischte sie die zerstoßene Baldrianwurzel aus dem Gefäß und goss die Brühe zusätzlich durch ein Tuch in einen Topf, damit von der bitteren Knolle nichts zurückblieb. Nachdem sie den Sud über den glühenden Kohlen des Herdes erwärmt hatte, schenkte sie sich einen Becher ein. Karoline setzte sich mit einem tiefen Seufzer an den Tisch und nahm einige Schlucke. Ihre Gedanken schweiften zu dem verkrüppelten Wesen, das im Keller ihres Hauses lebte, und sogleich legte sich eine Zornesfalte zwischen ihre Augenbrauen. »Der Wechselbalg bringt mich um den Verstand«, zischte sie leise. Mit beiden Händen umfasste sie den Becher und starrte in das dunkle Gebräu.

Seit fast fünf Jahren war Karolines Leben mit dem Schicksal des Dämonenkindes verwoben. Jeden Tag aufs Neue erinnerte es sie an ihren verschwundenen Sohn. »Wie habe ich mir ein Kind gewünscht«, murmelte Karoline und kniff die Augen zusammen, da ihr Herz wieder heftig zu schlagen begann. Sie trank von dem Baldriansud und hoffte, dass er sie beruhigen würde. Erneut schloss sie die Lider und sah in der Erinnerung ihren kleinen Sohn vor sich, wie er sie mit seinen blauen Augen anlächelte. Seine hellen Locken kringelten sich engelsgleich dicht um sein Köpfchen. »Mein kleiner Sonnenschein«, murmelte Karoline mit erstickender Stimme, denn in Gedanken hörte sie wieder das entsetzliche Wimmern des Wechselbalgs im Kellerverlies, das zu einem Gebrüll anschwoll. »Wäre ich damals bei meinem Kind geblieben, hätten die Dämonen es nicht mitnehmen können«, schluchzte Karoline und schlug die Hände vors Gesicht.

In ihren Gedanken liefen erneut die Bilder ab, wie vor Jahren das Unglück geschehen war. Als sie damals ungewöhnliche Laute aus dem Schlafzimmer gehört hatte, war sie die Treppenstufen hinaufgestürmt. Bereits an der Tür zur Schlafstube ahnte sie Schlimmes und wagte kaum, die Kammer zu betreten. Schwer atmend war sie zur Wiege gegangen. Was sie sah, verschlug ihr die Sprache. Unfähig, einen Ton von sich zu geben, hatte sie in das Bettchen gestarrt, in dem ein hässliches Wesen lag, dessen Gliedmaßen verkrümmt schienen. Es sabberte, grunzte und wimmerte. Aus einem feuerroten Gesicht starrten zwei Kinderaugen mit leerem Blick um sich. Nichts mehr erinnerte Karoline an ihren Sohn. Nur die hellen Haare, die in feuchten Locken dicht am Kopf klebten, schienen dieselben zu sein. Karoline glaubte damals einen Alptraum zu erleben, als sie einen Schrei hörte und nicht wahrnahm, dass sie ihn ausgestoßen hatte. Kurz darauf war ihr Mann Jodokus in die Kammer gestürmt und hatte sie grob zur Seite gestoßen. Als auch er das ihm fremde Wesen in der Wiege erblickte, hatte er wie am Spieß gebrüllt, sodass Karoline aus ihrer Starre erwacht war.

Sie stellte den leeren Becher zur Seite und vergrub ihr Gesicht in beiden Händen. Auch nach so vielen Jahren ließ die Erinnerung sie frösteln. Sie vermisste ihren Sohn schmerzlich, und täglich schien die Sehnsucht nach ihm größer zu werden. Wie er wohl aussieht?, fragte sie sich an diesem wie an vielen anderen Tagen zuvor und rieb sich frierend über die Oberarme. Karoline stellte sich den Jungen vor, wie er lachend über den Hof lief und die Hühner aufscheuchte. »Lange Zeit hatte ich nichts für Kinder übrig«, flüsterte sie und schüttelte ungläubig den Kopf. Sie erinnerte sich, wie sie als junges Ding ein unstetes Leben mit wechselnden Bekanntschaften gemocht hatte. Zu jener Zeit hätte sie sich nicht mit einem Kind belasten wollen. Als jüngste Großbäuerin weit und breit lagen ihr die jungen Männer zu Füßen. Da ihre Mutter sich das Leben genommen hatte und ihr Vater ihren Bruder suchte, der sich mit seiner Braut auf und davon gemacht hatte, musste Karoline sich allein um den großen Hof kümmern. Das damals fünfzehnjährige Mädchen wurde nicht gefragt, ob es die Verantwortung für Hof und Gesinde auf sich nehmen wollte.

Doch dank ihrer herrischen Art konnte Karoline sich bei den alten Bauern durchsetzen, und der Erfolg gab ihr recht. Viele Männer warben um das wohlhabende Mädchen, weil jeder hoffte, der nächste Großbauer auf ihrem prachtvollen Hof in Hundeshagen im thüringischen Eichsfeld zu werden. Doch Karoline ließ sich von den leidenschaftlichen Schwüren der Männer nicht blenden, denn sie glaubte nicht an Liebe, Treue und Familie. Erst recht nicht, seit sie wusste, dass ihre Mutter ihrem Vater einen Bastard untergeschoben hatte – ihren Halbbruder Johann. »Mutter war eine Hure und tat recht daran, ihrem erbärmlichen Leben ein Ende zu setzen«, hatte Karoline damals zornig geurteilt und Johann ebenfalls verflucht. »Warum musste er sich in diese Magd verlieben?«, hatte sie geschimpft. »Wäre er nicht mit der Hexe durchgebrannt, hätte Vater sie nicht gesucht und mich deshalb verlassen«, richtete sich ihre Wut gegen den Bruder.

Seit nunmehr über fünfzehn Jahren hatte Karoline weder von ihrem Vater gehört, noch wusste sie, wo Johann geblieben war. »Hoffentlich verrotten ihre Knochen in ungeweihter Erde«, flüsterte sie bissig.

Karoline holte tief Luft, denn sie spürte, wie sie sich aufregte. »Ich will nicht mehr an sie denken. Nie wieder will ich mich ihrer erinnern«, schwor sie sich, als sie auf dem Hof ein Pferd schnauben hörte. Sie ging zum Fenster und blickte hinaus. Am Stalltor stand ihr Mann und tastete die Beine der Stute ab. Karoline spürte, wie ein Stich durch ihren Körper ging. Jodokus, dachte sie glücklich. Doch das gute Gefühl hielt nur wenige Herzschläge an, dann erstarrte sie wieder. Jodokus war der einzige Mann, der jemals ihr Herz berührt hatte. Der einzige, dem sie sich voller Zuneigung hingeben konnte. Sie hatte ihn auf einem Viehmarkt kennengelernt, und wie ein Blitzschlag war die Liebe durch ihr Herz gefahren. Da er zuerst nicht wusste, wer sie war, glaubte sie an die Ehrlichkeit seiner Gefühle und heiratete ihn. Ihr Leben schien mit der Geburt ihres Sohnes vollkommen zu sein.

Was habe ich alles auf mich genommen, um sein Kind zu empfangen, dachte Karoline traurig. Nachdem ihre Ehe drei Jahre lang kinderlos geblieben war, hatte sie keinen anderen Rat gewusst und war mitten in der Nacht zu der alten Hebamme gegangen, die ihre letzte Hoffnung war. Anschließend schluckte

Karoline wochenlang das bittere Kraut, das ihr die Hebamme gab. Sie hatte nach dem Geschlechtsakt stets die Beine in die Luft gehalten, damit Jodokus' Samen tief in ihr Becken gelangen konnte. Anschließend hatte sie Kerzen angezündet, gebetet, gebangt und gehofft. Ein Jahr später lag der kleine Michael in ihren Armen. Niemals würde sie die leuchtenden Augen ihres Mannes vergessen, als die Hebamme ihm den Jungen gezeigt hatte. Jodokus vergötterte seinen Sohn und trug seine Frau auf Händen. Endlich waren sie eine Familie, und Karoline ging in ihren Mutterpflichten auf. Doch dann waren die Dämonen gekommen und hatten ihr gesundes und schönes Kind gestohlen und statt seiner den Wechselbalg in die Wiege gelegt. Karoline zweifelte nicht, dass nur die Hebamme den Dämonen verraten haben konnte, welch vollkommenes Kind ihr Michael war. Und da schon länger das Gerücht im Dorf umging, dass die Alte mit dem Teufel im Bunde stehe, bezichtigte Karoline sie der Hexerei. Vergeblich hatte sie gehofft, dass Berta unter der Folter die Dämonen bitten würde, die Kinder zurückzutauschen. Zwar hatte die Hebamme gestanden, sich der Zauberei zu bedienen, doch die Dämonen kamen nicht, um ihren hässlichen Krüppel zu holen und Michael zurückzubringen.

Warum sollten sie auch?, dachte Karoline. Sie haben meinen schönen Jungen und ich ihren hässlichen Balg. Es schüttelte sie, wenn sie an das sabbernde Wesen im Keller dachte. Dieses Dämonenkind konnte nicht richtig stehen, nicht gehen, nicht sprechen. »Wie kommt es dazu, mich Mutter zu nennen?«, schimpfte sie laut. »Woher kennt es das Wort?« Zwar hatte sie manchmal geschrien, dass Michael wegen ihm ohne seine Mutter aufwachsen müsse. War dieser Balg so schlau, dass er sich dieses Wort hatte merken können? *»Mutr!«*, wiederholte Karoline, grunzend wie das Dämonenkind, das Wort. »Mutter – ich wäre gern die Mutter meines Kindes«, wimmerte sie, und ihre Gesichtszüge verhärteten sich aufs Neue.

Karoline dachte an den Tag der Hinrichtung und an den Hexenschwur, den die Alte damals über sie gelegt hatte. Bis heute lief ihr bei dem Gedanken daran ein Schauer über den Rücken. Seitdem wurde sie nicht nur von den Nachbarn, sondern auch von vielen anderen Leuten in Hundeshagen gemieden. Die Menschen bekreuzigten sich dreimal, wenn es sich nicht vermeiden ließ, mit der Verfluchten zusammenzutreffen. Karoline wusste auch, dass über sie geredet wurde. Erst unlängst hatte sie mehrere Frauen beim Waschen beobachtet und bemerkt, wie die geschwätzige Josefine ständig zu ihrem Bauernhaus geschaut und den anderen Frauen über den Hexenfluch berichtet hatte. Karoline wusste, dass es so gewesen war, denn sie hatte Abscheu in Josefines Gesicht erkennen können.

Sie wischte sich müde über die Augen und blickte zum Fenster hinaus auf den Hof, wo Jodokus die Stute in den Stall führte. Wieder einmal wurde Karoline bewusst, wie sehr sich auch ihr Mann verändert hatte, wie sehr er unter den Umständen litt. Seine einst kräftige Statur war gekrümmt, seine Schultern hingen herab, und sein Haar war ergraut. Trotzdem fühlte sich Karoline immer noch zu ihm hingezogen, selbst wenn er ihre Gefühle offenbar nicht mehr erwiderte. Auch Jodokus wurde von den Menschen gemieden, sodass er nur noch selten ins Wirtshaus ging und kaum noch mit den Nachbarn sprach. »Der Hexenschwur betrifft nur mich«, murmelte Karoline und schaute ihm traurig hinterher, bis er im Stall verschwunden war. »Ich verspreche dir, Jodokus, dass ich die Dämonen zwingen werde, unser Kind zurückzubringen und ihren Balg zu holen, und dann wird alles wieder wie früher!«, flüsterte sie, und ihre Hand fasste nach dem Schlüssel, der an einem Band um ihren Hals hing.

Kapitel 6

Der Pfarrer schien recht zu behalten. Regina Rehmringers Herz war stärker als ihr von der Krankheit schwer gezeichneter Körper, der zusehends verfiel. Ihre Wangenknochen stachen spitz in ihrem Gesicht hervor, ebenso wie die Rippen unter der Bettdecke. Ihr Atem ging rasselnd, und der Brustkorb hob und senkte sich unregelmäßig. Obwohl jeder, der sie betreute, darauf achtete, dass ihr Körper an den Druckstellen mit Ringelblumensalbe eingerieben wurde, hatten sich einige Stellen entzündet. Der Geruch von Eiter und verfaultem Fleisch hing im Raum, sodass mancher der Anwesenden versucht war, die Luft anzuhalten.

Magdalena, Maria und Johann hofften jeden Tag, dass der Herrgott Regina endlich erlösen und zu sich holen würde. Doch er schien sie noch nicht zu wollen, denn immer wieder wachte sie aus Ohnmacht und Schlaf auf. Dann rief sie mit schwacher Stimme nach ihrem vor langer Zeit verstorbenen Sohn Melchior und suchte ihn mit flatternden Lidern. Verwirrt schaute sie um sich und wusste doch nicht, wo sie war. In den wenigen Minuten, in denen ihr Blick klar schien, versuchte man, ihr vorsichtig Hühnersuppe einzuflößen, doch die Brühe lief ihr aus den Mundwinkeln und versickerte im Leinen des Kopfkissens.

Die Betreuung der Sterbenden zehrte an den Kräften von Johann, Maria und Magdalena, aber keiner von ihnen wollte sich dieser Aufgabe entziehen. »Es kann nicht mehr lange dauern«, trösteten sie sich und wachten abwechselnd Stunde um Stunde, Tag um Tag.

Endlich zeigte der Herrgott ein Erbarmen. Es war am Nikolaustag, als Regina ein letztes Mal die Augen aufriss. »Melchior!«, flüsterte sie, und ein Lächeln ließ ihre trüben Pupillen leuchten. Seufzend atmete sie aus und starb.

Es war Magdalena, die in der Stunde des Todes bei ihr saß und der Sterbenden die Hand hielt. Selbst als die Sechzehnjährige sicher war, dass Regina Rehmringer nicht mehr lebte, ließ sie die Hand nicht los. Sie betrachtete das entspannte Gesicht der Toten, die für sie wie eine Großmutter gewesen war. Magdalena betete: »Ewiger Gott, du hast uns geschaffen, hast uns ins Leben gerufen, du kennst uns mit unseren Namen, du hast die Menschen, die wir liebten, aus dem Leben gerufen. Du weißt, dass sie uns fehlen und ihr Verlust uns schmerzt, und doch sind wir dankbar für all das Schöne, was wir durch sie erfahren durften, und all den Segen, den du in ihr Leben gelegt hast.«

Dann faltete Magdalena Reginas Hände auf der Bettdecke und drückte ihr einen letzten Kuss auf die Stirn. »Bis zum Wiedersehen in der Ewigkeit!«, flüsterte das Mädchen und verließ den Raum.

Die beiden Totengräber hatten Mühe, in dem hart gefrorenen Boden ein Grab zu schaufeln. Bereits im Morgengrauen fingen die Männer an, mit einem Pickel ein Loch zu hacken, und erst beim Anbrechen der Dunkelheit waren sie mit ihrer Arbeit fertig.

Die Haare klebten ihnen feucht an den Köpfen, als sie auf dem Rehmringer-Gestüt vor Johann standen und ihren Lohn forderten. »Das war Schwerstarbeit«, ächzte der eine und drückte sein schmerzendes Kreuz mit beiden Händen durch.

Johann legte jedem eine zusätzliche Münze in die Hand, und Magdalena bot ihnen zur Stärkung einen Selbstgebrannten an.

»Das beugt einer Erkältung vor«, sagte der Größere der beiden und kippte den Schnaps hinunter.

»Aber auf einem Bein lässt sich so schlecht stehen«, meinte der andere und hielt dem Mädchen den geleerten Becher vor die Nase, den sie erneut füllte.

Zufrieden wankten die beiden Männer am späten Abend nach Hause.

Als die Menschen hinter dem Pferdegespann mit dem Sarg zum Friedhof schritten, schneite es dichte Flocken. Doch kaum standen sie vor dem offenen Grab, wandelte sich der Schnee in dicke Regentropfen, die in Strömen vom Himmel fielen. Während der Pfarrer seinen Text sang, stapften die frierenden und durchnässten Menschen im Takt mit den Füßen auf den Boden. Feuchtigkeit und Kälte krochen durch ihre Kleidung, und schon bald verwandelte sich der Boden unter ihrem Schuhwerk zu braunem Matsch, der an ihren Beinen emporspritzte. Zitternd zogen die Leute ihre Schultern in die Höhe, während die Kinder vor Kälte jammerten.

Der Regen lief Johann in den Kragen, und er drückte sich den Hut tiefer ins Gesicht. Während der Grabrede des Pfarrers schweifte sein Blick über die Trauergesellschaft. Es freute ihn, dass die Wellinger trotz des schlechten Wetters in großer Zahl gekommen waren, um der alten Rehmringer die letzte Ehre zu erweisen. Auch weil sie wissen, dass sie anschließend ein warmes Essen erwartet, dachte Johann ohne Groll, denn die wenigsten konnten sich ein Stück Fleisch leisten, und so kam solch ein Leichenschmaus gerade recht. Zwar waren auch auf dem Rehmringer-Gestüt schwerere Zeiten angebrochen, doch hungern musste niemand.

Der Krieg war für das Gestüt ein Segen gewesen. Dank der kräftigen Pferderasse, die bereits Reginas Sohn Melchior gezüchtet hatte, wurde der Verkauf von Schlachtrössern ein einträgliches Geschäft. Da der Krieg jedoch unerwartet lange andauerte, kamen Clemens und Johann, die den Rehmringer-Hof übernommen hatten, mit dem Züchten nicht mehr nach. Zwar waren beide geschäftstüchtig und hatten Rücklagen gebildet, sodass sie lange keine Not leiden mussten. Auch hielten sie das Geld zusammen und gaben kaum etwas aus, was mittlerweile sichtbar wurde. Eines der Scheunendächer zerfiel, und manches Werkzeug war unbrauchbar geworden. Aber das waren für Clemens und Johann Nebensächlichkeiten. Wichtig war ihnen, dass die Menschen auf dem Gestüt nicht hungern mussten und dass man durchhielt, bis der Krieg im Reich endlich vorbei sein würde.

Johann erblickte die alte Kräuterfrau des Dorfes in der Menge der Trauernden. Sie hatte aus Tannenzweigen einen Kranz geflochten, der mit getrockneten Kräutern geschmückt war. Der Tod ihrer Gönnerin war ein großer Verlust für die Kräuterfrau, denn Regina Rehmringer hatte manchmal Johanns Sohn Benjamin mit Brot oder Speck zu der Alten geschickt, die niemanden hatte, der sie versorgte. Johann konnte sich vorstellen, wie viel Mühe es der Frau bereitet hatte, den Kranz mit den durch die Gicht verkrüppelten Händen aus den stachligen Zweigen zu formen. Es war ihre Art, Regina danke zu sagen. Später würde Johann den Kranz auf das Grab legen, denn erst im Frühjahr sollte ein Kreuz mit dem Namen der Verstorbenen aufgestellt werden.

Als Benjamin leise aufschluchzte, schaute Johann seinen kleinen Sohn an. Der Junge hielt die Hand seiner Schwester Magdalena fest umklammert und weinte, während er sein Gesicht an sie presste. Der Tod der alten Frau war ein großer Verlust für Johanns Kinder. Regina hatte versucht, ihnen die fehlende Wärme und Zuneigung zu geben, die ihnen ihre Mutter versagte. Zum Glück war heute Maria an ihrer Seite. Gekleidet in ihre schwarze Tracht, strahlte die junge Äbtissin Stärke aus, doch Johann konnte an dem leichten Zucken ihres rechten Auges erkennen, wie angespannt sie war.

Er schaute zu seinem Freund Clemens, der seit ihrer Ankunft in Wellingen für die alte Rehmringer ein treuer Berater gewesen war. Dank seines Wissens über Pferdezucht war das Gestüt auch nach dem Tod Melchiors weit über die Grenzen Westrichs hinaus bekannt geblieben. Nun stand Clemens da, kreidebleich und hilflos wie alle anderen. Seine schwangere Frau Christel hatte sich bei ihrem Mann eingehakt und tupfte sich fortwährend mit einem Tuch die Tränen fort. Ihr Sohn Georg hatte den Kopf gegen ihre Seite gelehnt und schluchzte in den Stoff ihres Umhangs. Alle Menschen auf dem kleinen Friedhof schienen zu trauern, nur Franziska stand allein und abseits da und starrte mit ausdruckslosem Gesicht in das offene Grab.

Johann wäre gern zu ihr gegangen und hätte sie umarmt, ihr gezeigt, dass sie nicht alleine war. Aber er wusste, dass sie ihn von sich stoßen würde, und so blieb er stehen.

Als der Pfarrer aus dem Johannes-Evangelium laut das Kapitel 16 und daraus den Vers 22 vorlas, wurde Johanns Aufmerksamkeit auf diese Zeilen gelenkt.

»Ihr seid jetzt traurig, aber ich werde euch wiedersehen. Dann wird euer Herz sich freuen, und eure Freude wird euch niemand nehmen.«

Zu seinem Entsetzen stellte er fest, dass er zwar trauerte, aber keine traurigen Gefühle verspürte. Waren seine Empfindungen schon verkümmert?

Die Trauergäste wiederholten im Chor die Worte des Gebets, die der Pfarrer ihnen nun vorsprach.

Kaum begannen die Totengräber, das Grab zuzuschaufeln, verließen die Menschen eilig den Friedhof, um sich auf dem Rehmringer-Gestüt wiederzutreffen. Wer in der guten Stube keinen Platz fand, musste sich mit einem warmem Ort in der Küche zufriedengeben.

Schnatternd löffelte die Trauergemeinde die heiße Suppe, die mit Fleischstücken angereichert war. Frisch gebackenes Brot, dick mit Butter bestrichen, ließ manche Augen vor Freude strahlen.

Johann saß beim Leichenschmaus neben Maria an der gedeckten Tafel in der guten Stube. »Wie geht es dir?«, wollte er von ihr wissen und goss sich heißen Würzwein nach.

Die junge Frau überlegte und sagte: »Ich trauere um Regina, aber ich fühle mich nicht traurig.«

Ohne einen Schluck zu nehmen, stellte Johann den Becher zurück auf die Tafel. Er blickte Maria erstaunt an. »Du sprichst mir aus der Seele«, sagte er und gab zu: »Ich empfinde ebenso und dachte schon, dass mein Herz erkaltet ist, denn ich habe bis jetzt keine Träne geweint.«

Maria schüttelte den Kopf und ergriff seine Hand, um sie sanft zu drücken. »Du bist nicht gefühllos geworden, Johann«, flüsterte sie. »Bedenke, dass wir uns über viele Wochen lang von ihr verabschiedet haben. Ich habe täglich um sie geweint. Ihr Tod hat uns nicht überrascht. Wir waren vorbereitet.« Maria stockte und fügte hinzu: »Nur eben auf dem Friedhof, als ich mir vorstellte, dass Regina von nun an in dieser nassen und kalten Erde liegen wird, wurde mir elend zumute. Aber ich tröste mich damit, dass sie jetzt mit ihrer Freundin, der Äbtissin von Fraulautern, im ewig warmen Himmelsgarten sitzt.« Sie lachte leise.

»Du hast eine blühende Einbildungskraft«, bewunderte Johann die junge Nonne und blickte ihr in die dunklen Augen, die ihn unter der Haube ihrer Tracht schalkhaft anschauten. »Du bist ein wunderbarer Mensch, Maria. Es würde mein Herz zerreißen, wenn du hierbliebest. Komm mit uns aufs Eichsfeld.«

Erstaunt zog Maria eine Augenbraue in die Höhe. »Ich hatte gehofft, du hättest den Plan fallen gelassen«, murmelte sie, blass geworden.

Johann schüttelte den Kopf. »Mein Entschluss steht fest. Mich hält hier nichts mehr.«

»Wirklich nicht?«, fragte sie und schaute vorsichtig zu Franziska, die am Ende der Tafel saß, wie immer keine Regung zeigte und gedanklich abwesend schien.

»Ich habe bereits vor vielen Jahren losgelassen, und das muss sie auch. Es wird den Kindern und Franziska guttun, wenn wir an einem anderen Ort leben.«

»Du kannst nicht von ihr verlangen, es zu verlassen.«

»Ich kann es wohl schlecht mitnehmen«, wurde er laut und dämpfte im nächsten Augenblick seine Stimme, da sich alle Blicke auf ihn richteten. »Ich kann nicht länger über etwas nachdenken, was nicht zu ändern ist«, bekannte er leise und vergrub das Gesicht in beiden Händen. Müde strich er sich die Haare zurück und nahm einen kräftigen Schluck des erkalteten Würzweins.

Maria senkte den Blick und malte mit den Zinken der Gabel Muster auf die Leinendecke, die wegen des Beerdigungsschmauses die rohe Holzplatte des grob gezimmerten Tisches verbarg. »Wann willst du gehen?«, fragte sie und legte die Gabel zur Seite, da sie den Stoff des Tischtuchs leicht beschädigt hatte.

»Ich werde meiner Familie nicht zumuten, im Winter übers Land zu ziehen, und deshalb bis zum Frühling warten. Bis dahin habe ich Zeit, Franziska von meiner Entscheidung zu überzeugen.«

»Du bist blauäugig, wenn du denkst, dass sie dir folgen wird.«

»Ich muss es schaffen, dass sie uns wieder lieben kann.«

Maria schluckte, und ihre dunklen Augen füllten sich mit Tränen. »Was soll ich ohne euch machen?«, fragte sie leise und sah Johann gequält an.

»Überleben!«, sagte er bitter.

Kapitel 7

Seit Tagen herrschte eisige Kälte in dem dunklen Kellerraum, sodass das Wasser auf dem Krug eine dünne Eisschicht gebildet hatte. Das Stroh, auf dem das Kind lag, war feucht, und die Nässe drang durch seinen dünnen Kittel bis auf die Haut. Das Fieber stieg, und obwohl der Körper sich heiß anfühlte, zitterte das Kind am ganzen Leib. Es legte sich auf seine Schlafstatt nieder und zog die missgestalteten Beine, so weit es konnte, gegen den Leib. Mit zittrigen Fingern zog es die dünne Decke über sich. Das Kind wagte kaum zu schlucken, da sein Hals heftig schmerzte. Gelber Rotz lief ihm aus der Nase, den es mit dem Handrücken kaum bändigen konnte.

»Mutr!«, krächzte es, hoffend, dass es gehört würde. Das Kind zitterte so erbärmlich, dass seine Zahnstummel aufeinanderschlugen. Als seine Zunge dazwischenkam, jaulte es schmerzerfüllt auf. Blut rann aus den Mundwinkeln.

Irgendwann schlief das Kind ein und träumte von warmem Essen. Der Schlüssel, der sich knarrend im Türschloss umdrehte, weckte es wieder.

Mutr, dachte das Kind und wimmerte leise. Da es keine Kraft hatte aufzustehen, blieb es liegen und horchte auf den Klang der Schritte, der ihm ankündigte, dass sie kam.

»Was ist mit dir?«, fragte die Frau mürrisch, als sie vor dem Kind stand und es regungslos liegen blieb. Da es nicht mehr als ein Krächzen zustande brachte, drehte es sich auf den Rücken und blickte mit trübem Blick zu der Frau empor.

»Steh auf, sonst mache ich dir Beine«, schimpfte sie, doch das Kind rührte sich nicht. Als ein heftiger Hustenanfall es nach Luft keuchen ließ, kniff die Frau die Augen zusammen und musterte es. Ungerührt zuckte sie mit den Schultern und stellte wortlos eine Schüssel Kohlgemüse neben dem Lager auf den Boden.

Sie wollte gerade die Treppe hinaufsteigen, als ein erneuter Hustenkrampf den dünnen Körper des Kindes schüttelte. Sein Atem ging rasselnd, und es rang nach Luft. Die Frau wandte sich dem Kind zu und betrachtete sein glühendes Gesicht.

»Das fehlt mir noch, dass du krepierst«, murmelte sie ungehalten und blickte sich in dem Kellerraum um. Die Kälte kroch durch ihre Kleider, und sie rieb sich über die Oberarme. »Dann wären all die Jahre umsonst gewesen«, murmelte sie. Ihr Atem war als weiße Wolke zu erkennen. Nachdenklich betrachtete sie das Kind und spielte dabei mit dem Schlüssel, der an einem Band um ihren Hals hing. Der Blick des Kindes folgte der Bewegung ihrer Hand. Es hatte den Gegenstand oft bemerkt, aber nicht begriffen, was es war. »Verdammt, verdammt, verdammt«, blaffte die Frau das Kind an, als es nieste und eitriger Rotz in den Raum flog. »Was soll ich mit dir machen?«, fragte sie und blickte angeekelt in die Ecke, in der das Kind seine Notdurft verrichtete. Die Fäkalien waren gefroren und stanken deshalb nicht.

»Iss, damit du zu Kräften kommst«, befahl sie und hob die Schüssel mit dem Gemüse auf. Als sie dem Kind den Napf reichte, wandte es den Blick ab.

»Seit fünf Jahren bist du ein gefräßiges Ungeheuer, das mir die Haare vom Kopf frisst«, brüllte sie das Kind an. »Iss endlich, damit du nicht hier krepierst.«

Erneut wandte das Kind den Kopf und blickte nun zur Wand. Wütend griff die Frau in die Schüssel und versuchte, dem Kind das Essen mit Gewalt in den Mund zu stopfen. Würgend heulte es auf und erbrach sich. Mit angstvoll aufgerissenen Augen blickte es die Frau an. Doch sie stopfte weiter. Als sich der geschundene Körper hustend aufbäumte, ergriff das Kind den Rocksaum der Frau und hielt ihn fest.

»Nimm deine Tatzen weg«, schrie sie und entriss ihm den Stoff.

Da sah das Kind, dass der Frau Tränen über die Wangen liefen. Es streckte seinen Hände aus und berührte dabei den Schlüssel, der durch die hastige Bewegung an der Schnur zu pendeln begonnen hatte.

»Lass das«, schrie die Frau und stieß das Kind von sich. Zornig rannte sie die Stufen hinauf und schloss die Tür mit einem lauten Knall.

Das Kind beugte vor Anstrengung keuchend den Oberkörper

nach vorn. Der Kohl war auf seinem Lager verstreut. Sogar in seinen Haaren klebte das Gemüse. Mit langsamen Bewegungen zupfte das Kind einzelne Brocken aus den Strähnen und legte sie zurück in die Schüssel. Anschließend lehnte es sich ermattet zurück. Es dachte an die Frau und daran, wie sie geweint hatte. Als es merkte, wie auch ihm Tränen über die Wangen liefen, krächzte es verzweifelt: *»MUTR!«*

Kapitel 8

Das Weihnachtsfest stand kurz bevor, und wie jedes Jahr konnten Georg und Benjamin den Tag kaum erwarten. Die Kinder saßen am Küchentisch und erzählten sich gegenseitig ihre Wünsche, wobei sie lachten und scherzten. Ihre Augen glänzten.

»Ihr glaubt, je lauter ihr eure Bitten hinausschreit, desto eher hört euch der Heilige Christ«, rügte Franziska die Burschen und blickte sie streng an.

Sogleich erlosch Benjamins Lachen, und er schaute auf die Tischplatte. Georg, der sich nichts aus Franziskas Unmut machte, blitzte sie mit seinen Augen schelmisch an. »Bis zum 25. Dezember ist es nicht mehr lang, und ich will gewiss sein, dass ich meine Geschenke bekomme. Und weil alle Kinder ihre Wünsche erfüllt haben wollen, kann es leicht geschehen, dass man vergessen wird. Deshalb muss man die Wünsche laut hinausschreien«, sagte er, breitete die Arme aus und rief in Richtung Küchendecke: »Ich wünsche mir ein Ritterschwert und Honigfrüchte!«

Benjamin zuckte zusammen und starrte weiter auf den Tisch. Magdalena, die das Frühstücksgeschirr abwusch, hielt in der Bewegung inne und schaute mit erschrockenem Blick zu ihrer Mutter, die Clemens' Sohn Georg ungläubig anstarrte.

»Du bist ein unverschämtes Balg!«, beschimpfte sie den Jungen. »Weißt du nicht, dass Krieg herrscht und viele Menschen Hunger leiden? Andere haben nicht einmal ein Dach über dem Kopf, geschweige denn ein Bett, in das sie sich legen können. Du aber schreist nach Spielzeug und Süßigkeiten?«, tadelte sie den Burschen, während sie mit dem Kochlöffel so fest auf den Tisch schlug, dass er zerbrach.

In diesem Augenblick betrat Christel die Küche und blieb erschrocken in der Tür stehen. Fassungslos schaute sie Franziska an, deren Gesicht voller Zornesfalten war.

»Was ist hier los?«, wandte sich Christel an ihren Sohn und blickte zwischen den Kindern hin und her. Magdalena und Benjamin wagten nichts zu sagen, und auch Georg schwieg eingeschüchtert.

Franziska hob den abgebrochenen Teil des Kochlöffels auf und erklärte gereizt: »Ich habe deinem Sohn verständlich gemacht, dass er ein unverschämtes Bürschchen ist.«

»Warum?«, fragte Christel, die Mühe hatte, ihrer Stimme einen festen Klang zu geben. Sie ging zum Küchentisch und stellte sich neben Georg, der sie scheu ansah. Liebevoll strich Christel ihm durchs Haar und drückte ihm einen Kuss auf den Scheitel, woraufhin sich Franziskas Augen verengten und sie keifte:

»Kein Wunder, dass er unersättlich ist, denn du unterstützt sein Verhalten.«

Christel hielt sich den Bauch, da das ungeborene Kind sich heftig bewegte. »Sage du mir nicht, wie ich meinen Sohn zu erziehen habe. Was hat er verbrochen, dass du dich so gebärdest?«, fragte sie und schaute mitfühlend Magdalena und Benjamin an, die verschüchtert dastanden. »Hast du vergessen, was Mutterliebe ist?«, fragte sie leise.

»Was weißt du von meinen Gefühlen?«, zischte Franziska und blickte auf Christels gewölbten Leib. »Niemand weiß, wie ich leide und was ich täglich ertragen muss. Die Leute im Dorf tratschen hinter vorgehaltener Hand über mich, und manch einer verdammt mich«, sagte sie bitter und starrte vor sich hin. Dabei hob sie die Hand und berührte oberhalb ihrer Brüste den Stoff des Kittels.

Christels Blick folgte der Bewegung. Sie ahnte, wonach Franziska tastete.

Es war schon einige Jahre her, dass die beiden Frauen während der Arbeit im Gemüsegarten von einem heftigen Regenschauer überrascht worden waren. Es war ein windiger Oktobertag gewesen, und Franziska und Christel froren in ihrer durchnässten Kleidung, sodass sie nach Hause liefen und sich in der Küche umzogen. Dabei konnte Christel einen Schlüssel erkennen, der an einem hellen Band um Franziskas Hals hing. Sie wusste nicht, zu welchem Schloss er passte, und wagte nicht zu fragen. Weder damals noch heute.

Christel wandte den Blick Magdalena zu, die bewegungslos am Herd stand und ihre Mutter bekümmert ansah. Sie gab dem Mädchen vorsichtig ein Zeichen. Magdalena verstand und schlich mit Georg und ihrem Bruder aus dem Raum. Die beiden Jungen schienen erleichtert, die Küche verlassen zu können. Draußen hörte Christel ihren Sohn sagen: »Deine Mutter spinnt!«

»Setz dich«, bat Christel Franziska freundlich und nahm selbst Platz.

Franziska schien aus ihren Gedanken aufzutauchen und schaute sich verwundert um. »Wo sind die Kinder?«, fragte sie und setzte sich.

»Ich habe sie hinausgeschickt«, erklärte Christel leise und ergriff die Hand der Freundin. »Sage mir, wie ich dir helfen kann.«

Mit von Tränen verschleiertem Blick flüsterte Franziska: »Mir kann niemand helfen, Christel. Ich habe das Gefühl, dass ein Fluch auf mir liegt, den mir kein Mensch nehmen kann.«

»Das redest du dir ein, Franziska. Dich trifft keine Schuld«, versuchte Christel sanft zu erklären.

»Nein, das ist nicht wahr. Ich habe Schuld auf mich geladen. Johanns Vater tat damals recht, mich der Hexerei anzuklagen. Ich bin ein schlechter Mensch und habe Unglück über meinen Mann und meine Familie gebracht.«

Franziskas Verzweiflung trieb Christel die Tränen in die Augen. »Wenn ich dir nur helfen könnte«, flüsterte sie und wischte sich über das Gesicht.

»Niemand kann mir helfen«, wisperte Franziska. »Ich bin innerlich gestorben und wünschte, ich würde neben Regina liegen«, stieß sie hervor.

»Du hast zwei gesunde Kinder! Zählt das nicht?«, fragte Christel.

Franziska zuckte mit den Schultern. »Ihr Vater soll sich um sie kümmern. Ich habe keine Kraft«, erklärte sie mit kaltem Blick und starrte zur Tür.

Christel wandte sich um und sah, dass Johann dort stand. Sein Gesicht war leichenblass, und seine Augen blickten Franziska ungläubig an.

»Das ist nicht dein Ernst, Franziska. Wir sind eine Familie«, sagte er und wollte auf sie zugehen, doch seine Frau stand auf und lief an ihm vorbei in den Flur.

Dort griff sie nach dem Umhang, der über dem Treppengeländer lag, und öffnete die Haustür. Sie stand schwer atmend auf der Türschwelle. Ich muss zur Kräuterfrau, dachte sie, als plötzlich zwei Ratten vor ihr aufschreckten und fiepten. Aus Angst vor dem Ungeziefer lief sie schreiend davon.

Die Vorweihnachtsstimmung auf dem Rehmringer-Gestüt war nicht nur wegen Reginas Tod gedrückt. Christel und Clemens mussten machtlos zusehen, wie Franziska und Johann sich jeden Tag mehr entfremdeten. Besonders die Kinder litten darunter, sodass seit Tagen kaum jemand lachte.

Es waren nur noch wenige Tage bis zum Weihnachtsfest, als Clemens beim gemeinsamen Essen Georg, Benjamin und Magdalena zuzwinkerte und sagte: »Es wird Zeit, dass wir in den Wald gehen und eine Tanne für das Fest schlagen. Sollen wir morgen gemeinsam losziehen?« Clemens richtete diese Frage nicht nur an die Kinder, sondern auch an Johann, der gerne zustimmte. Die beiden Buben waren begeistert, und auch Magdalenas Augen glänzten.

»Gleich nach dem Frühmahl werden wir uns auf den Weg machen. Christel wird uns Brote für unterwegs einpacken«, sagte Clemens zu seiner Frau, die nickte.

Als am frühen Morgen die beiden Männer mit ihren Söhnen und Johanns Tochter aus dem Haus traten, schlug ihnen eisige Luft entgegen. Ihr Atem war als helle, dichte Wolken sichtbar und brannte in ihren Lungen. Sie zogen ihre Schals über Münder und Nasen. Vor der Haustür reichte Christel ihrem Mann einen Beutel mit Wegzehrung, den er sich umhängte. Dann marschierten die fünf los.

Trotz der bitteren Kälte waren die beiden Buben und Magdalena freudiger Stimmung und gingen im Gleichschritt neben ihren Vätern einher. Um den Weihnachtsbaum nicht tragen zu müssen, zog Clemens einen Schlitten mit.

Sie waren kaum aus der Umfriedung des Dorfs heraus, da meinte Georg: »Vater, können wir uns auf den Schlitten setzen, damit du uns ziehst?«

»Du bist wohl schon zu müde zum Gehen?«, erwiderte Clemens lachend und ging weiter. Als auch Benjamin bettelte, gab er nach: »Sobald der Hoxberg ansteigt, geht ihr zu Fuß weiter.«

Die Buben nickten eifrig und setzten sich kichernd auf den Schlitten. Nun fasste Johann mit an, sodass die Holzkufen mühelos durch den Schnee glitten. Magdalena schritt neben ihrem Vater und blickte zu den verschneiten Baumwipfeln empor.

»Nicht eine Wolke ist am Himmel zu sehen«, sagte sie und strahlte, wobei ihre blauen Augen leuchteten.

Liebevoll umfasste Johann ihre Schultern und zog sie zu sich, um ihr einen Kuss auf die Stirn zu drücken. Dann schaute er mit einem Seitenblick zu seinem Freund und musste grinsen. »Wie siehst du denn aus?«

Clemens hatte sich den Schal so um den Kopf gewickelt, dass nur noch seine Augen sichtbar waren. Zudem hatte er seinen Hut tief ins Gesicht gedrückt. »Lach nicht«, schimpfte Clemens freundlich mit seinem Freund. »Bei der Kälte jucken meine Narben«, erklärte er und kratzte mit der Handfläche über den Stoff, der seine Wangen bedeckte. Obwohl es schon siebzehn Jahre her war, dass ihm diese Verletzungen bei einem Brand zugefügt worden waren, litt Clemens bei kaltem Wetter an den Narbengeschwulsten in seinem Gesicht, am Hals und auf dem Oberkörper. Auch seine rechte Hand, die durch den Brand missgestaltet worden war, musste er vor der Kälte schützen.

»Du hättest dich dick mit Fett einschmieren müssen«, sagte Magdalena ernst.

»Hört, hört«, nuschelte Clemens unter dem Schal. »Wir haben eine angehende Heilerin unter uns!«

Klatsch! machte es, und ein Schneeball traf seine Brust, den Magdalena geworfen hatte.

»Na warte«, rief Clemens und verfolgte das vor ihm flüchtende und juchzende Mädchen. Als er sie eingeholt hatte, hielt er sie fest und rieb ihre Wangen mit Schnee ein, wobei sein Hut und der Schal verrutschten. Magdalena quietschte und versuchte sich wegzudrehen. Sofort sprangen die beiden Knaben vom Schlitten auf und rannten hinterher, um mitzumischen. Zum Schluss lagen drei Kinder mit feuerroten Wangen und lachenden Augen im Schnee.

»Bald läuten die Glocken zur Mittagszeit, und wir sind kaum vorwärtsgekommen«, rief Johann und trieb zur Eile an.

Auf dem Rücken liegend zeichneten die Kinder mit Beinen und Armen Abdrücke in den Schnee, um in der weißen Pracht Formen von Engeln zu hinterlassen. Dann standen sie auf, klopften den Schnee von ihren Kleidern und liefen ihren Vätern hinterher, die bereits weitergegangen waren. Kichernd setzten sich Georg und Benjamin wieder auf den Schlitten.

Recht bald stieg die Anhöhe, die von den Einheimischen Hoxberg genannt wurde, mit jedem Schritt an, sodass die Buben absteigen und zu Fuß weitergehen mussten.

»Wann sind wir endlich da?«, maulte Benjamin nach einer Weile, und Georg stimmte jammernd mit ein. »Es ist so anstrengend, und ich habe Hunger.« Lustlos schlurften beide neben ihren Vätern her. »Wie weit ist es noch?«, jaulten die Jungs im Chor.

Magdalena wollte die beiden gerade aufmuntern, als sie sah, wie Clemens mit dem Fuß den Schnee an einer Stelle zur Seite schob. Als er anscheinend gefunden hatte, was er suchte, zwinkerte er ihrem Vater zu, der unmerklich nickte. Magdalena blickte die Männer fragend an, und Johann blinzelte ihr ebenfalls zu. Das Mädchen konnte sich keinen Reim darauf machen und zuckte mit den Schultern.

Plötzlich schrie Clemens, dem Magdalena ansehen konnte, dass er sich nur mit Mühe ein Lachen verbeißen konnte: »Halt! Bleibt stehen!«

Johann riss die Augen auf und fragte mit lauter Stimme: »Um Himmels willen, Clemens, was ist geschehen? Hast du ein wildes Tier gesehen?«

Georgs und Benjamins Gesichtsfarbe veränderte sich. Aufgeregt drängten sie sich dichter an ihre Väter.

»Hier muss es gewesen sein«, flüsterte Clemens und zeigte vor sich auf den Boden. Magdalena spielte das Spiel mit und rief: »Mir wird angst und bange, Vater!«

»Was war hier?«, fragte Georg mit zittriger Stimme und blickte um sich.

»Hier ist der Grenzstein, den der gierige Bauer damals versetzt hat, um sein Land zu mehren«, erklärte Clemens mit verhaltener Stimme und sah sich dabei nach allen Seiten um.

»Welcher Bauer?«, fragte Benjamin flüsternd.

Sein Vater erklärte mit ernster Miene: »Er war ein Mann, der habgierig und böse war. Kurze Zeit nachdem der Bauer den Stein versetzt hatte, damit sein Acker größer werde, starb er. Als er vor unseren Schöpfer trat, strafte Gott ihn für seine Habsucht und schickte ihn als Untoten zurück auf die Erde. Seitdem muss er als Geist umherwandeln und den Stein auf seinem Rücken tragen, bis er erlöst wird.«

Magdalena hatte unterdessen die Butterbrote ausgepackt und jedem eins gegeben. Georg und Benjamin saßen kauend auf dem Schlitten und hörten Johann aufmerksam zu.

»Wie kann er von dem Fluch befreit werden?«, fragte Georg und schob sich den letzten Bissen Brot in den Mund.

Johann zuckte mit den Schultern. »Die Legende erzählt, dass der Bauer jeden, der seinen Weg kreuzt, fragt, wohin er den Stein tragen soll. Doch niemand wusste bis jetzt die Antwort.«

»Der arme Mann«, flüsterte Benjamin. »So ein Stein ist sicher schwer zu tragen.«

»Wäre er nicht so habgierig gewesen, hätte der liebe Gott ihn sicher nicht bestraft«, meinte Georg.

»Ich kenne die Geschichte vom Grenzsteingänger«, sagte Magdalena nachdenklich. »Euer Freund Burghard, der damals für das Dorf hier im Wald die Schweine gehütet hatte, war voller Angst, als der Knecht ihm diese Geschichte erzählte. Jedenfalls hat mir Mutter das erzählt.«

Ihr Vater lachte laut auf. »Ich werde niemals vergessen, wie damals in einer eiskalten Nacht Burghard schweißtriefend zu Hause angekommen war. Er glaubte tatsächlich, dass der Grenzsteingänger hinter ihm her sei, und war voller Furcht von dieser Stelle bis zum Gestüt gelaufen.«

»Wir müssen weiter«, erklärte Clemens schmunzelnd und versprach: »Wenn wir an der Stelle sind, wo die schönsten Tannen stehen, erzähle ich euch noch eine Geschichte.«

»Wieder eine Geistergeschichte?«, fragte Benjamin.

»Nein, diese handelt von schwarzen Schatten«, verriet Clemens geheimnisvoll. »Aber erst müsst ihr ein gutes Stück marschieren.«

Kapitel 9

Das Geräusch des Schlüssels, der sich im Schloss umdrehte, weckte das Kind. Langsam öffnete es die Augen, doch als es Schritte auf der Stiege hörte, kniff es die Lider wieder fest zusammen und traute sich kaum zu atmen. Das Kind hörte, wie die Frau in den Keller kam und etwas auf dem Boden abstellte. Dann war es still, und es ahnte, dass sie an seinem Schlaflager stand und es beobachtete.

»Ich weiß, dass du nicht schläfst«, hörte es die Frau sagen. Als es sich nicht regte, spürte es, wie sie mit der Schuhspitze seine Beine anstieß. Es gab keinen Laut von sich, was die Frau wütend zu machen schien, denn ihre Stimme wurde zornig, als sie die Worte wiederholte: »Ich weiß, dass du nicht schläfst!«

Nun öffnete das Kind langsam die Augen und sah die Frau an, die dicht vor seinem Lager stand. Sie hatte die Hände in die Hüften gestemmt und blickte finster auf es hinunter. Das Kind versuchte sich aufzusetzen, als sein dünner Körper von einem heftigen Hustenanfall geschüttelt wurde. Keuchend schnappte es nach Atem und streckte dabei seine Hände in die Luft.

Der böse Blick der Frau wandelte sich, und sie ließ die Arme sinken. »Was soll's?«, hörte es sie murmeln. »Deine Erkältung wird schlimmer, wenn ich dir nicht helfe«, sagte sie seufzend und kniete sich seitlich auf den Strohsack. Sie schob sein verschwitztes Haar zurück und legte prüfend ihre Hand auf seine Stirn. »Das Fieber ist leicht gesunken«, flüsterte sie und strich ihm über die Wange.

Obwohl das Kind in den letzten Tagen wegen des hohen Fiebers meist dahingedämmert hatte, hatte es gespürt, wie die Frau es umsorgte. Sie hatte das faule, stinkende Stroh seines Lagers gegen frisches ausgewechselt und ein Laken darübergebreitet. Die fahlgelben Halme verströmten einen warmen und reinen Geruch, sodass das Kind manchmal sein Gesicht hineinpresste, um daran zu riechen. Auch hatte die Frau ihm eine dicht gewobene Decke gebracht, die es wärmte. Die Gedanken des Kindes wurden von dem schabenden Geräusch des Eimers abgelenkt, den die Frau näher an ihre Seite heranzog. Das Wasser darin dampfte.

Der Blick des Kindes aus großen, glasigen Augen folgte den Bewegungen der Frau. Es sah, wie sie einen Beutel aus der Rocktasche zog, ihm eine Handvoll getrocknete Kräuter entnahm und sie ins Wasser streute. Schon bald breitete sich ein wohltuender Geruch in dem Kellergewölbe aus. Das Kind schnupperte und spürte, wie die Dämpfe ihm das Durchatmen erleichterten. Tief sog es den Duft in seine Lunge.

Als die Frau das sah, lächelte sie. »Zerstoßener Anis«, murmelte sie leise und tränkte ein Tuch mit dem duftenden Wasser. Dann wischte sie ihm vorsichtig über Gesicht, Hals und die Arme. Ein Kribbeln durchströmte seinen Körper, und es schloss vor Wonne die Augen. Noch nie hatte das Kind sich so wohlgefühlt. Das warme Gefühl, das sich in seinem Bauch ausbreitete, wollte es niemals wieder missen. Es grunzte leise, als sie aufhörte. Aus Angst, das angenehme Gefühl zu verlieren, schlug es die Augen auf. Da sah es, wie die Frau das Tuch erneut in die Brühe tunkte, um ihm dann sanft über seine hellen Haare, die eingefallenen Wangen, die Ohren und die Nase zu streichen. Das

Kind war über diese ungewohnten Berührungen so glücklich, dass ihm vor Freunde ein lautes Grunzen aus der Kehle entwich.

Sofort hielt die Frau in den Bewegungen inne, und ihr Blick veränderte sich. Bestürzt stellte das Kind fest, dass ihre Augenfarbe dunkler wurde und sie bereits die Hand hob. Das Kind zuckte zusammen, doch die Frau ließ die Hand sinken und erhob sich wortlos. Mit einem strafenden Blick wandte sie sich von ihm ab und ging hastig zur Treppe. Das gute Gefühl, das das Kind empfunden hatte, schwand.

»MUTR! MUTR!«, keuchte das Kind und streckte seine Ärmchen nach ihr aus.

Die Frau drehte sich ihm zu und schrie: »Nenn mich nicht so. Du bist nicht mein Kind! Du bist nicht mein Sohn!« Laut aufschluchzend wandte sie sich um und stieg die Stiege hinauf.

Wie erstarrt blickte das Kind der Frau hinterher. Es verstand den Sinn ihrer Worte nicht – wusste nicht, was sie bedeuteten, fühlte nur, dass sie sich schlecht anhörten. Es wünschte sich sehnlich, dass sie zu ihm zurückkommen und ihm wieder mit dem Tuch über das Gesicht streicheln würde, damit das warme Gefühl im Bauch wiederkam. Mit angehaltenem Atem lauschte das Kind nach den vertrauten Geräuschen, die sie begleiteten, wenn sie zu ihm in den Keller stieg. Alles blieb still. Das Kind schrie, strampelte und schlug um sich, sodass es gegen den Eimer stieß. Das Wasser ergoss sich auf den Boden, versickerte im Stroh und verwandelte das Lager in eine nasse, aufgeweichte Masse. Als das Kind die Nässe in seinem Rücken spürte, winselte es und versuchte sich aufzusetzen. Es stützte sich mit seinen missgestalteten Ärmchen ab, doch es hatte keine Kraft und fiel zurück auf sein durchnässtes Lager. Tränen liefen über sein Gesicht, das eben noch gestreichelt worden war. Das Kind begriff nicht, was ihm widerfahren war, aber es wusste, dass das wunderbare Gefühl, das ihm die Wärme beschert hatte, vergangen war. Zurück blieb ein heftiges Pochen in der Brust. Obwohl die

Frau oft böse zu ihm war, vermisste es sie. Seine Augen füllten sich erneut mit Tränen, und es flüsterte: »*Mutr!*« Es verstand den Sinn des Wortes nicht, doch es schien mit ihr zu tun zu haben. Verzweifelt wiederholte das Kind das Wort. Doch wie immer hörte sie es nicht.

Es fror, denn nicht nur sein Lager war nasskalt, sondern ebenso sein Hemdchen und die Decke. Frierend versuchte das Kind sich aufzusetzen, was ihm nach einigen Versuchen gelang. Mühsam rutschte es zur ersten Treppenstufe, wo das Wasser nicht hinreichte. Vor Anstrengung keuchend saß es da und blickte die steile Stiege hinauf, als es vor Erstaunen die Augen weit öffnete. Das Herzchen pochte heftig in seiner Brust, weil es Angst hatte, sich zu täuschen. Das Kind schloss die Augen, riss sie wieder auf und blickte wieder nach oben. Als es begriff, dass es sich nicht täuschte, quiekte es vor Freude laut auf.

Die Kellertür stand weit offen.

Kapitel 10

Johann und Clemens hatten die Tanne in der guten Stube aufgestellt, die nur an besonderen Tagen genutzt wurde. Hier gab es einen großen Tisch mit zehn Stühlen sowie zwei komfortable Sessel, die vor dem kindshohen Kamin standen. In einer Vitrine an der Wand zwischen zwei Fenstern, deren Tür mit geschliffenem Glas versehen war, befanden sich verschiedene Gegenstände, die Regina Rehmringer im Laufe ihres Lebens gesammelt hatte. Da ihr verstorbener Sohn Melchior oft im Reich unterwegs gewesen war, um geeignete Zuchtstuten zu kaufen, hatte Regina ihn oft auf seinen Reisen begleitet. Dabei kaufte sie sich in vielen Städten verschiedene Erinnerungsstücke. Seit ihrem Tod nahmen Clemens oder Johann manchmal ein Stück heraus und schilderten ihren Kindern die Geschichten, die Frau Rehmringer einst ihnen erzählt hatte.

Am Abend vor dem Heiligen Tag versammelten sich beide Familien vor der Tanne. Nun warteten die Kinder ungeduldig darauf, dass der Baum von Schnee und Eis trocknete, damit sie ihn schmücken konnten. Christel reichte Benjamin und Georg den Korb mit dem Weihnachtsschmuck, damit die beiden Strohsterne an die Äste hängen konnten, während Magdalena die Krippe vor der Tanne aufstellte. Umsichtig rückte das Mädchen die Figuren hin und her, bis jede am rechten Platz stand.

Christel und Franziska saßen am Tisch. Während die eine Wolle spann, verrichtete die andere Näharbeit. Beide summten leise Weihnachtslieder. Ihre Männer nahmen ebenfalls Platz. Clemens versuchte den gelockerten Griff eines eisernen Topfes zu befestigen, und Johann schärfte die Schlachtmesser mit einem Wetzstein.

Das brennende Holz im Kamin knisterte, und der Duft der Tanne durchzog die Stube. Die Stimmung war friedlich, und jeder schien sich wohlzufühlen. Sogar Franziska machte einen entspannten Eindruck. Johann stopfte sich zufrieden seine Pfeife, als es an der Haustür klopfte. Die Männer blickten erstaunt zu ihren Frauen, die verwundert von ihrer Arbeit aufsahen.

»Wer kann das so spät sein?«, fragte Christel und runzelte die Stirn.

Clemens zuckte mit den Schultern und erhob sich. »Ich werde nachsehen«, erklärte er und ging durch den Flur zur Eingangstür, die er einen Spalt öffnete, um hinauszuspähen. Als er den Besucher erkannte, sagte er überrascht: »Kommt schnell herein, bevor Ihr erfriert. Was führt Euch zu so später Stunde zu uns?« Er öffnete die Tür weit.

Johann war neugierig hinter ihn getreten. »Moscherosch?«, fragte er ungläubig.

Ein Mann, der über und über mit Schnee bedeckt war, betrat

den Flur und schüttelte sich wie ein nasser Hund. »Die Überraschung ist mir gelungen«, stellte er lachend fest, als er in die erstaunten Gesichter der Männer sah. Er nahm den nassen Hut ab und reichte ihn Johann.

»Das könnt Ihr laut sagen!«, erklärte Clemens erfreut und half dem Besucher aus dem Mantel.

Franziska, die ebenfalls zur Tür geeilt war, nahm ihm das nasse Kleidungsstück ab und legte es in der Stube zum Trocknen auf einen Stuhl, den sie dicht vor den Kamin schob.

Moscherosch begrüßte Christel, die am Tisch sitzen geblieben war.

»Verzeiht, wenn ich Euch nicht an der Tür empfangen habe«, entschuldigte sie sich und zeigte auf ihren gewölbten Bauch.

»Ich bitte Euch, Christel!«, erwiderte der Besucher verständnisvoll und fragte: »Wann ist es so weit?«

»Wenn es nach mir gehen würde, lieber heute als morgen, doch die Hebamme meint, das Kind würde Ende Februar zur Welt kommen.«

»Dann haltet tapfer durch«, riet Moscherosch augenzwinkernd.

»Es wird mir nichts anderes übrig bleiben«, antwortete Christel.

»Dürfen wir Euch einen Würzwein anbieten?«, wollte Franziska wissen.

Der Besucher nickte, und Clemens forderte ihn auf: »Setzt Euch, Moscherosch, und erzählt uns, was es mit Eurem Besuch auf sich hat. Schließlich ist es selbst für einen Amtmann eine ungewöhnliche Zeit, um seine Mitbürger aufzusuchen.«

Moscherosch nahm am Tisch Platz. »Ich weiß, aber ihr sollt die Neuigkeit als Erste erfahren«, sagte er, und sein Tonfall ließ die Anwesenden aufhorchen.

Als Christel die Kinder bemerkte, die neugierig zu den Erwachsenen blickten, sagte sie zu Magdalena: »Ab ins Bett mit euch. Morgen ist der Heilige Tag, und da müsst ihr ausgeschlafen sein.«

Das Mädchen verstand und schob die maulenden Buben zur Tür hinaus.

Franziska kam mit einem gefüllten Krug zurück und reichte jedem einen Becher mit heißem Würzwein. Nachdem jeder das Getränk gekostet hatte, fragte Johann den Amtmann ungeduldig: »Was ist geschehen?«

Moscherosch stellte seinen Becher auf den Tisch und erklärte: »Ich werde zu Beginn des neuen Jahres Wellingen verlassen, denn mir wurde die Stelle des Amtmanns in Finstingen angeboten.«

»So weit weg? Finstingen ist einen Zweitagesritt entfernt. Warum wollt Ihr gehen?«, fragte Clemens überrascht. Er mochte den Amtmann, der erst seit wenigen Jahren seinen Dienst in Wellingen verrichtete. Da die Grafen von Kriechingen und der Graf von Nassau-Saarbrücken sich die Herrschaft des Ortes teilten, hatte Wellingen mehrere Amtmänner. Moscherosch unterstand den Herren von Kriechingen und war für das Wohlergehen ihrer Leibeigenen verantwortlich. Da er seine Aufgabe mit Hingabe verrichtete, war er bei den Bürgern sehr beliebt.

Moscherosch drehte den Becher zwischen den Fingern der rechten Hand hin und her und erklärte mit einem tiefen Seufzer: »Seit mein treues Weib im November gestorben ist, fühle ich mich in unserem Haus nicht mehr wohl. Dies habe ich vor Kurzem gegenüber dem Herzog von Croy-Arschot erwähnt, und sogleich bot er mir die Stelle in der Herrschaft Finstingen an. Da der dortige Amtmann ab Januar seinen Lebensabend antreten wird, habe ich mich heute entschlossen, sein Angebot anzunehmen.« Er nahm einen Schluck Wein und fuhr dann fort: »Da Finstingen unter fünf weiteren Landesherren aufgeteilt ist, wird es nicht leicht werden, mich gegen die übrigen Amtmänner zu behaupten.« Er schmunzelte zaghaft, als er begründete:

»Deshalb ist diese neue Stelle auch eine Herausforderung für mich, von der ich mir erhoffe, dass sie mich von meinem Kummer ablenken wird.«

»Aber Eure Frau ist hier in Wellingen beerdigt«, mischte sich Franziska ein und sah den Mann ungläubig an.

Moscherosch hob die Schultern und ließ sie wieder sinken. »Ich weiß, meine Liebe. Aber ich brauche kein Grab, um zu trauern. Ich trage die Erinnerung in meinem Herzen und werde Barbara Maria niemals vergessen. Doch ich muss an die Kinder denken. Und auch an mich. Mein Leben geht weiter«, sagte er ernst und blickte Franziska dabei streng an.

Johanns Blick schweifte zu seiner Frau, deren Augen sich mit Tränen füllten. Als Franziska spürte, dass alle sie anschauten, sprang sie auf und verließ den Raum.

»Sie ist immer noch nicht darüber hinweg«, stellte Moscherosch fest.

»Wird sie das jemals sein?«, fragte Johann leise.

»Erst wenn sie den Schmerz annimmt, kann sie in Frieden weiterleben«, gab der Amtmann zu bedenken und nahm erneut einen Schluck Würzwein aus dem Becher. Stille breitete sich in der Stube aus.

»Was macht die schreibende Kunst?«, versuchte Clemens von den trüben Gedanken abzulenken.

Sofort erhellte ein Strahlen Moscheroschs Gesicht. »Seit letztem Jahr gibt es den Literaturkreis ›Aufrichtige Tannengesellschaft‹, den ich mit drei geistesverwandten Freunden in Straßburg gegründet habe. Ich muss gestehen, wir hätten nie zu hoffen gewagt, dass unser Gedanke, die Reinheit unserer Muttersprache wiederzugeben, auf dermaßen großen Anklang stoßen würde. Mittlerweile haben wir so viele Anfragen, dass wir unsere Mitgliederzahl bewusst auf zehn beschränken. Es ist ein wahres Vergnügen, mit Gleichgesinnten über unsere Muttersprache zu philosophieren und sich auszutauschen.«

Christel zog verwundert eine Augenbraue in die Höhe. »Ich lobe mir Eure Ansprüche, Herr Moscherosch. Aber ist es nicht verwerflich, sich in Zeiten, in denen seit über einem Jahrzehnt Krieg im Reich herrscht, mit der Reinheit unserer Muttersprache zu beschäftigen?«, fragte sie.

Der Amtmann schaute überrascht auf, doch dann antwortete er höflich auf Christels Einwand: »Gerade in Zeiten des Krieges, in denen die Menschheit zu verrohen droht, ist es wichtig, unsere Rechtschreibung nicht zu vernachlässigen und diese in Gedichten und Geschichten hochleben zu lassen. Schließlich geht es auch um das Erbe unserer Kinder.«

Christel nickte. »Auch wenn nicht jeder schreiben und lesen kann und deshalb Euer Tun nicht zu schätzen weiß, so stimme ich Euch zu.«

Johann sah den Amtmann neugierig an und wagte zu fragen: »Habt Ihr Kenntnisse, ob dieser unsägliche Krieg bald vorbei ist?«

Moscherosch runzelte die Stirn, und sein Blick wurde ernst. »Das kann ich leider nicht beantworten. Allerdings können wir unserem Herrgott danken, dass das Land an der Saar bis jetzt verschont geblieben ist. Ich bete täglich, dass es so bleibt.«

»Ihr als Amtmann wisst sicherlich, wie die Lage allgemein im Reich aussieht«, sagte Clemens und warf seiner Frau einen besorgten Blick zu.

»Ich möchte das alles nicht wissen«, erklärte Christel leise und erhob sich schwerfällig. »Das belastet mich zu sehr«, fügte sie hinzu und stützte mit beiden Händen ihren Leib ab. Sie wünschte allen eine gute Nacht und verließ den Raum.

Moscherosch blickte der Frau hinterher. »Dein Kind wird in schwierige Zeiten hineingeboren«, wandte sich der Amtmann Clemens zu.

Der nickte. »Ich weiß!«, sagte er heiser.

»Aber wenn keine Kinder mehr geboren werden, stirbt die

Hoffnung«, sagte der Amtmann lächelnd und wandte sich an Johann. »Du hast mich nach der Lage im Reich gefragt. Leider weiß ich auch nicht viel mehr als das, was die Flugschriften verraten. Angeblich lässt die Pest nach. Selbst in großen Städten wie München, wo bereits mehr als achtzehntausend Menschen den schwarzen Tod fanden, soll die Seuche rückläufig sein. Zwar flackerte die Pestilenz immer wieder auf, aber dieses schreckliche Massensterben hat nachgelassen. Das lässt hoffen, auch wenn meine liebe Barbara Maria nicht wieder zum Leben erweckt wird.«

Johann und Clemens konnten sich an den Aufschrei erinnern, der durchs Dorf ging, als bekannt wurde, dass Barbara Maria Moscherosch an der Pest erkrankt war. Nach nur wenigen Tagen war sie von den Schmerzen erlöst, ohne ihre Familie angesteckt zu haben.

Der Amtmann schien die Gedanken der beiden Männer zu erahnen. »Zum Glück blieben unsere Kinder und auch ich von der Pestilenz verschont«, sagte er leise und starrte auf die Tischplatte.

»Was wisst Ihr noch über den Krieg, Moscherosch? Ihr müsstet doch bei Euren Empfängen, Reisen und Treffen mit Gleichgesinnten mehr erfahren als wir, das normale Volk«, fragte Johann ungeduldig und riss den Amtmann aus seinen Gedanken.

Moscherosch zuckte zusammen, fing sich wieder und antwortete leise: »Du überschätzt meine Stellung, Johann. Ich bin nur ein einfacher Amtmann in einem kleinen und unbedeutenden Ort in Westrich. Warum interessierst du dich für die Lage im Reich? Sei Gott dankbar, dass du hier im sicheren Wellingen mit deiner Familie lebst.«

Johann blickte Clemens an, der seinen Blick mit trauriger Miene erwiderte, und schluckte. Nachdem er sich einige Male geräuspert hatte, sagte er mit rauer Stimme: »Ich plane, mit meiner Familie in meine Heimat zurückzugehen.«

Moscheroschs Kopf ruckte hoch. Seine Augen weiteten sich ungläubig. »Was willst du?«

Erneut spürte Johann einen Kloß im Hals, und er hustete. »Ihr habt richtig gehört. Ich will zurück aufs Eichsfeld.«

Der Amtmann wusste, dass die beiden Männer mit Franziska und einem anderen Paar lange vor seiner Amtszeit als Fremde nach Wellingen gekommen waren. Zwar hörte er das eine oder andere Gerücht, das sich um sie rankte, aber da sie unauffällig lebten, sich nichts zuschulden kommen ließen, hilfsbereit und freundlich waren, gab er nichts auf das Gerede. Im Gegenteil. Seit er sein Amt in Wellingen ausübte, hatte gegenseitiger Respekt ihre Beziehungen geprägt. Und als seine Frau krank daniederlag, waren sie ihm Hilfe und Stütze gewesen. Moscherosch blickte von Johann zu Clemens. »Gehst auch du?«

Clemens schüttelte den Kopf. »Nein. Allerdings könnte mein Entschluss hierzubleiben ins Wanken geraten. Da nicht nur Johann plant fortzugehen, sondern auch Ihr, ist es betrüblich, allein zurückzubleiben.«

Johann horchte auf, und seine Augen glänzten, doch Clemens raubte ihm die kurz aufflackernde Hoffnung. »Falls ich fortgehen würde, dann erst Ende des kommenden Jahres. Christel soll sich von der Geburt erholen, und das Kind muss kräftig genug sein, um die Anstrengungen unbeschadet überstehen zu können. Da du nicht warten willst, werden sich unsere Wege bald trennen, mein Freund.« Clemens biss sich, mit seinen Gefühlen kämpfend, heftig auf die Unterlippe.

»Verzeih mir meine Neugierde, aber warum willst du zurück? Schließlich weißt du nicht, was dich in Thüringen erwartet.«

Johann zögerte, dem Amtmann seine Gründe zu nennen, doch dann sagte er leise: »Ihr habt Franziska erlebt. Seit das Furchtbare geschehen ist, hat sie ihren Lebensmut verloren. Es geht ihr ähnlich wie Euch, Moscherosch. Alles hier erinnert sie an den Tag vor fast sechs Jahren.«

Der Amtmann nickte verständnisvoll. »Ja, das kann ich sehr gut nachvollziehen. Aber wie ich bereits erwähnte, weißt du nicht, wie es in deiner ehemaligen Heimat aussieht. Wie weit sie durch Truppen verwüstet ist oder ob dort noch feindliche Heere ihr Unwesen treiben. Man hört von marodierenden Soldaten, die den Menschen das wenige fortnehmen, was sie besitzen. Der Krieg ernährt den Krieg, so war das schon zu allen Zeiten.«

»Was bedeutet das?«, wollte Clemens wissen und goss in jeden Becher Würzwein nach, der lauwarm geworden war.

»Es bedeutet das, was ich eben gesagt habe. Bedenkt, wie viele Soldaten durchs Land streifen. Manche Heere sind mehrere Tausend Mann stark. Hinzu kommen ihre Familien, Geistliche, Wundheiler, Flüchtige und die Huren, die einem solchen Heer folgen. Alle wollen verpflegt werden. Irgendwann ist die letzte Kuh, die sie mitführen, geschlachtet und das letzte Schaf gegessen. Es bleibt ihnen nichts anderes übrig, als zu plündern und zu stehlen. Da wird keine Rücksicht genommen, ob der Bauer mitsamt seiner Familie verhungert oder ob selbst Klöster nichts zu essen haben. Irgendetwas finden die Plünderer immer, das sie gebrauchen können und das sie sich mit Gewalt nehmen. Glaubt mir: Das, was ich euch erzähle, ist noch harmlos im Vergleich zu dem, was da draußen wirklich geschieht.«

Als er die fragenden Blicke der beiden Männer gewahr wurde, stöhnte er auf und erklärte leise: »Ich möchte nicht ins Detail gehen, aber Gotteslästerung, Unzucht, Schändung sind an der Tagesordnung. Frauen werden beschuldigt, für das Unheil verantwortlich zu sein, und verbrannt.« Moscheroschs dunkle Augen sahen Johann eindringlich an. »Ich gehe in eine sichere Zukunft, mein Freund. Du aber ziehst mit deiner Familie ins Ungewisse. Bist du dir dessen bewusst? Willst du sie wirklich den Gefahren aussetzen, wo du es nicht musst?«

Johanns Blick wurde trüb. »Ihr verkennt meine Lage, Moscherosch. Wenn ich bleibe, wird Franziska sterben.«

Johann stand am Fenster im Dunkel der Stube und schaute den Schneeflocken zu, die vom Himmel rieselten. Das Licht des Mondes erhellte Büsche, Wege und niedrige Zäune, die von der weißen Pracht verschluckt wurden. Moscherosch war längst nach Hause und Clemens zu Bett gegangen. Anders als Johann hatten die beiden zuletzt einige Selbstgebrannte getrunken, sodass sie sich schließlich betrunken in den Armen lagen und ihren Abschied lautstark bedauerten. Nachdem endlich Ruhe im Haus eingekehrt war, hatte Johann die Kerzen gelöscht und sich ans Fenster gestellt, denn er wusste, dass er kein Auge zumachen würde. Immer wieder gingen ihm Moscheroschs Einwände gegen seine Pläne durch den Kopf.

Vielleicht sollte ich tatsächlich bleiben, grübelte Johann, als er spürte, dass er nicht allein im Zimmer war.

»Wann wolltest du mir von deinem Plan erzählen?«, fragte Franziska hinter ihm.

Johann drehte sich langsam um. In den Augen seiner Frau schimmerten Tränen, und ihre Mundwinkel zuckten. Auch er schluckte.

»Du hast gelauscht!«, warf er ihr vor.

Sofort wurden ihre Gesichtszüge hart. »Zum Glück, denn sonst hätte ich wahrscheinlich erst am Tag der Abreise von deinen Plänen erfahren«, giftete sie.

»Ich hatte mehrmals vor, mit dir zu sprechen, doch immer wieder verließ mich der Mut«, gab er ehrlich zu.

Ihre Augen verengten sich. »Wie kannst du es wagen, über meinen Kopf hinweg zu entscheiden? Es ist nicht nur mein Leben, über das du bestimmst, sondern auch das Leben unserer Kinder.«

»Soll ich einen Sechsjährigen und eine Sechzehnjährige um Erlaubnis fragen?« Johanns Stimme klang entrüstet.

»Ja, das solltest du, schließlich sind wir eine Familie.«

»Ach?«, rief er ungläubig. »Nur weil es dir jetzt in den Kram passt, nennst du uns Familie. Davon war in den letzten Jahren kaum etwas zu spüren.«

Franziska senkte den Blick, und Johann konnte Tränen auf ihren Wangen glitzern sehen. Ihr Anblick zerriss ihm das Herz, und er wollte einen Schritt auf sie zugehen, als sie ihr Gesicht hob und ihn verächtlich anblickte. »Wann hast du ihn das letzte Mal besucht?«

Johann antwortete scharf: »Welche Rolle spielt das?«

»Beantworte mir meine Frage. Wann?«, zischte sie. Als er schwieg, flüsterte sie: »Du hast ihn noch nie besucht!«

Johann stand mit hängenden Schultern da und reagierte nicht.

»Du hast ihn noch nie besucht!«, schrie Franziska erneut und stürzte sich auf ihn, um ihn mit den Fäusten zu schlagen.

Johann wehrte sie sachte ab, umfasste ihre Oberarme und schob sie von sich. »Wann hast du das letzte Mal seinen Namen ausgesprochen?«, fragte er sanft, und seine Augen suchten ihren Blick.

Franziska wand sich in seinem Griff, doch er ließ sie nicht los.

»Nenn seinen Namen«, sagte er laut, als sie in die Knie ging und aufschluchzte. Sie zog ihn mit sich auf den Boden, und er nahm sie in die Arme. Fransiska vergrub ihr Gesicht an seiner Brust und weinte bitterlich. Johann streichelte ihr übers Haar und flüsterte: »Sag seinen Namen!«

»Ich kann nicht«, wisperte sie und stieß ihn von sich. Sie erhob sich zitternd und wiederholte: »Ich kann nicht!« Dann lief sie aus dem Zimmer.

Kapitel 11

Das Jahr 1635 begann mit ungewöhnlich großer Kälte. Regen gefror sofort auf dem Boden, sodass das Land mit einer glänzenden Schicht überzogen wurde. Die Menschen trauten sich nicht ins Freie, denn die Wege waren gefährlich und die Wahrscheinlichkeit, sich die Knochen zu brechen, hoch. Besonders hart traf es die Alten und die Gebrechlichen, die wie Gefangene in ihren Häusern festsaßen.

Die Sonne schien verschwunden, sodass die Tage trüb und grau blieben. Manch einer orakelte, dass das schlechte Wetter noch lange anhalten würde, weshalb man versuchte, Brennholz zu sparen. Doch die klirrende Kälte zwang die Menschen, ihre Herde und Kamine Tag und Nacht zu befeuern. Trotzdem froren sie erbärmlich, denn feuchte und kalte Luft ließ alles erstarren. Sturm, der übers Land fegte, brachte heftiges Schneetreiben mit, sodass man kaum noch die Hände vor Augen sah. Auch brannte der eisige Wind in den Gesichtern der Menschen, und obwohl sie sich die Lippen mit Fett einschmierten, platzte die Haut schmerzhaft auf. Nach wenigen Wochen war das meiste Holz aufgebraucht, doch kaum einer wagte sich in den Wald, um neues zu holen, denn das Heulen des Windes klang unheimlich und ängstigte nicht nur die Kinder.

Auch im zweiten Monat des neuen Jahres hielt das kalte Wetter Natur und Menschen im Griff. Selbst das Vieh, das in Verschlägen in den Häusern der Bauern lebte, spendete kaum Wärme. Durch die Ritzen der Wände pfiff der eisige Wind und ließ den Mist auf dem Boden gefrieren und Eisblumen auf den Fensterscheiben wachsen. Alte und Kinder rutschten in den Betten zusammen, um sich gegenseitig zu wärmen. Doch obwohl sie die Decke bis zu den Ohren zogen, schlugen ihre Zähne aufeinander. Bei vielen ging nicht nur das Holz zur Neige, sondern auch die Lebensmittel. Während sich die einen an heißer Suppe wärmen und laben konnten, hatten andere nur noch heißes Wasser. In fast jeder Familie gab es Kranke, die Fieber und Husten quälten, und nicht jeder überlebte die Kälte.

Johann war mit seiner Familie während der Wintermonate aus seiner Hütte, die am Rande der Koppel stand, aufs Rehmringer-Gestüt gezogen. So konnten sich die Familien gegenseitig helfen, Brennholz sparen und einander Gesellschaft leisten. Da das Rehmringer-Vieh nicht wie üblich im Wohnhaus, sondern in einem abgetrennten Stall stand, mussten die Männer täglich mehrmals den großen Hof überqueren, der leicht abschüssig und dick vereist war. Jeden Morgen und jeden Abend wickelten sich Johann und Clemens Stroh und Lumpen um ihr Schuhwerk, um mit sicheren Schritten das Hofpflaster zu überqueren. Doch als in einer Nacht neuer Eisregen den Hof spiegelglatt machte, verlor Johann das Gleichgewicht, rutschte aus und fiel hin. Gepeinigt heulte er auf.

»Ich habe mir den Steiß geprellt«, schrie er und krümmte sich vor Schmerzen.

»Kriech zurück ins Haus. Ich werde das Vieh allein versorgen«, rief Clemens ihm zu.

Doch Johann schüttelte den Kopf. »Du weißt, dass die eine Kuh sich nur von mir melken lässt. Selbst Franziska darf sie nicht anfassen.«

»Rede keinen Unsinn. Wie soll das Vieh merken, dass ein anderer sie melkt?«

»Sie spürt sofort, wenn ein Fremder ihr Euter berührt. Man darf es beim Ausstreichen der Milch nur zart umfassen und muss die Hände vorher anwärmen, sonst tritt sie«, rief Johann gegen den Wind, der aufgezogen war und über den Hof pfiff.

Doch Clemens ließ sich nicht beeindrucken: »Pah! Das Mistvieh kann froh sein, wenn ich es melke!« Und er krabbelte auf allen vieren zum Stall. Er konnte kaum etwas sehen, denn der Wind peitschte ihm Eiskristalle ins Gesicht, die wie Nadelstiche auf der Haut brannten.

Johann versuchte, auf dem Bauch rutschend das Haus zu erreichen. Unter großen Schmerzen gelangte er zur Tür, gegen die er mühsam hämmerte. Als Magdalena öffnete und den Vater vor sich am Boden liegen sah, schrie sie auf.

»Hilf mir auf, Kind. Ich bin ausgerutscht und habe mir den Steiß geprellt«, stöhnte Johann und streckte ihr die Hände entgegen. Kaum stand er auf den Füßen, hörten sie vom Stall einen zornigen Aufschrei und das Scheppern des Eimers.

»Ich habe ihn gewarnt«, murmelte Johann, der trotz seiner Schmerzen grinsen musste.

Wenig später saßen Johann und Clemens gemeinsam mit schmerzverzerrten Gesichtern am wärmenden Herd in der Küche. Der eine hatte eine Beule am Kopf und ein Auge, das sich langsam blau verfärbte, der andere hing mehr auf dem Stuhl, als dass er saß, denn jede Haltung tat ihm weh.

Mitleidig füllte Magdalena vorm Haus ein Tuch mit Schnee, brachte es in die Küche und reichte es Clemens. »Drück den Lappen auf dein Auge. Die Kälte lindert den Schmerz.«

Clemens nahm ihr dankbar den Eisbeutel ab und presste ihn aufs Gesicht.

»Ich habe dir gesagt, dass man die Kuh sanft anpacken muss«, lästerte Johann stöhnend.

»Sobald es taut, wird das Mistvieh geschlachtet!«, bestimmte Clemens zornig.

»Bist du verrückt?«, schimpfte Christel, die beiden Männern angewärmtes Bier reichte. »Keine andere Kuh gibt so viel Milch wie sie. Wir müssen dankbar sein, dass wir unseren Kindern warme Milch zu trinken geben können«, erklärte sie.

Clemens hob die freie Hand, als ob er sich ergeben wollte:

»Dann behalten wir das Mistvieh. Aber du musst sie allein melken«, sagte er zu Johann.

»Das Wetter scheint sich auch in den nächsten Tagen nicht zu ändern. Im Gegenteil! Der Himmel hängt voller Schnee. Wir müssen Asche sammeln und einen Weg zum Stall streuen, sonst brechen wir uns alle Knochen«, beschied er Clemens, dem der schmelzende Schnee aus dem Tuch von der Hand tropfte.

»Gib mir das Tuch, Onkel, sonst wird dein Kittel klitschenass«, sagte Magdalena und ging hinaus, um den Schnee zu erneuern. Anschließend nahm sie einen Eimer und sammelte erkaltete Asche aus dem Kamin ein.

Am Nachmittag streute Clemens eine dünne Ascheschicht von der Hoftür bis zum Stall, sodass sie sicher über den Hof zu den Tieren gelangen konnten.

Jeden Tag aufs Neue wurde die Asche ausgestreut, doch dann kam starker Wind auf und wehte sie fort. Da das Vieh vor Hunger blökte, blieb den beiden Männern nichts anderes übrig, als auf ihren Hosenböden zum Stall zu rutschen. Durch den durchnässten Stoff spürten sie rasch, wie die Kälte in ihre Körper kroch. Zitternd molken und fütterten sie die Tiere, um anschließend auf allen vieren zurück zum Haus zu kriechen.

Die Kälte hielt nun schon mehrere Wochen an. Besonders die Kinder wurden bei der erzwungenen Stubenhockerei ungeduldig und streitsüchtig. Georg und Benjamin vertrieben sich die Zeit, indem sie im ganzen Haus Nachlaufen, Fangen oder Verstecken spielten. Ihr Grölen hallte zwischen den Wänden wider, sodass Magdalena sich die Ohren zuhielt. Selbst Schelte und Ermahnungen ihrer Mütter nutzten nichts. Übermütig tobten die beiden Burschen durchs Haus.

»Benjamin! Georg! Seid nicht so ungestüm und schließt die Tür zum Flur. Die Kälte kommt rein«, rief Christel entnervt und rieb frierend die Hände aneinander. Schon seit Tagen fühlte sie sich nicht wohl. Dunkle Augenringe zeichneten sich in ihren Gesichtszügen ab. Wegen der fortgeschrittenen Schwangerschaft fiel ihr jede Bewegung schwer, und sie japste bei der kleinsten Anstrengung nach Luft. Franziska und Magdalena kümmerten sich nun allein um die Hausarbeit.

»Setz dich«, forderte Clemens seine Frau besorgt auf, als sie sich mit beiden Händen auf der Tischplatte abstützte.

»Es geht los!«, keuchte Christel und blickte zu Boden, wo sich eine Pfütze ausbreitete.

»Helft ihr ins Bett!«, rief Franziska den beiden Männern zu, die sich nicht regten, sondern Christel mit weit aufgerissenen Augen anblickten, da ihr Keuchen stärker wurde. »Soll dein Kind in der Küche auf die Welt kommen?«, fragte sie bissig und stupste Clemens an.

Daraufhin hakten er und Johann Christel unter und halfen ihr, die Treppe hochzusteigen. Auf jeder dritten Stufe mussten sie stehen bleiben, da Christel vor Anstrengung keuchte und vor Schmerzen aufschrie.

»Ich kann nicht mehr! Es tut so weh«, wimmerte sie schweißgebadet und schaute besorgt zu den beiden Jungen, die am Treppengeländer standen und zu ihr hinaufblickten. Während Benjamin leise weinte, blickte Georg seine Mutter mit schreckensweiten Augen an. Als Christel das sah, flüsterte sie zwischen zwei Wehen: »Hab keine Angst, mein Kind! Mir geht es gut. Dein Geschwisterchen will auf die Welt, und damit es den Weg findet, muss ich schreien.«

Christel erkannte, dass ihr Sohn nicht begriff, was sie sagte, und so versuchte sie bei der nächsten Wehe, die Zähne fest aufeinanderzupressen.

»Komm, Liebes«, ermunterte Clemens seine Frau, als sie nicht weiterging. »Nur noch wenige Stufen, dann haben wir es geschafft.«

»Nichts haben *wir* geschafft! Vor *mir* liegen noch die schlimmsten Stunden. Wie konnte ich es nur darauf anlegen, schwanger zu werden? Wie konnte ich diese Schmerzen vergessen?«, keuchte sie und blickte Clemens hilfeheischend an. Als eine neue Wehe ihren Körper durchzog, presste sie seine Hand so fest zusammen, dass er laut aufstöhnte. »So und noch viel schlimmer ist das, was ich gerade mitmache«, zischte sie und ließ sich ins Schlafzimmer führen.

Die Männer saßen in der Küche und warteten auf die erlösende Nachricht, doch das Kind schien sich Zeit zu lassen. Stunde um Stunde verging. Georg und Benjamin hatten versucht, wach zu bleiben, waren aber irgendwann auf ihrem Lager vor dem Ofen eingeschlafen. Als Christels Schreie während der Nacht nicht nachließen, beschloss Clemens, trotz des heftigen Schneetreibens in den Nachbarort zu marschieren, um die Hebamme zu holen.

»Du könntest dich verirren und erfrieren«, versuchte Johann den Freund abzuhalten.

»Ich kenne den Weg«, erwiderte Clemens erregt, als Christel erneut ihren Schmerz hinausbrüllte.

»Bis du mit der Hebamme zurück bist, ist dein Kind womöglich geboren, und du hast euch umsonst der Gefahr ausgesetzt. Sei vernünftig, Clemens! Franziska weiß, was zu tun ist.«

»Was würdest du an meiner Stelle machen?«, fragte der werdende Vater und strich sich nervös durchs dunkle, halblange Haar.

»Ich hätte wahrscheinlich die gleichen Gedanken wie du und wäre froh, wenn jemand mich von diesem aberwitzigen Plan abhalten würde«, sagte Johann ernst.

Clemens nickte.

Der Morgen graute, als das Weinen eines Neugeborenen zu hören war. Sofort stürmten die beiden Männer die Stufen hinauf. Heftig atmend stand Clemens vor der Tür und zögerte, die Klinke hinunterzudrücken. Da wurde sie von innen geöffnet, und eine blasse Magdalena stand vor ihm.

»Geht es Christel gut?«, fragte Clemens erschrocken.

Das Mädchen nickte. Wortlos ging sie einen Schritt zur Seite und ließ ihn eintreten. »Es ist ein Junge«, verriet sie ihrem Vater und lächelte erschöpft.

Ende März konnte man erahnen, dass der Frühling Einzug halten würde. Schnee und Eis schmolzen, und Bäche und Teiche tauten auf. Endlich hörte man am Himmel das lang ersehnte Geschnatter der heimkehrenden Schneegänse. Der Winter war vorbei.

Viele Familien hatten Tote zu beklagen. Manche waren an unbehandelten Krankheiten gestorben, andere waren verhungert oder erfroren – wie die zwei ledigen Schwestern. Da ihre Kate am äußeren Rand von Wellingen stand und sie zudem zurückgezogen lebten, wurden ihre Leichen erst Ende März entdeckt.

Die Bewohner des Rehmringer-Gestüts aber hatten die Kälte unbeschadet überstanden. Der kleine Sebastian gedieh prächtig, und auch Christel erholte sich zusehends von der Niederkunft. Alles schien vollkommen, doch mit zunehmender Besserung des Wetters spürte Johann eine wachsende Unruhe in sich.

»Es wird Zeit, die Abreise vorzubereiten«, murmelte er, als er zum Himmel hochblickte. »Ich muss mit Magdalena sprechen und sie in meinen Plan einweihen. Vielleicht kann sie ihre Mutter umstimmen.«

»Warum sollte ich hierherkommen?«, fragte Magdalena und setzte sich auf ein leeres Fass, das an einem Holzpfeiler stand. Ihr Blick schweifte durch den Holzschuppen, in dem allerlei Geräte standen.

Groß ist sie geworden und hübsch, dachte Johann und betrachtete seine Tochter voller Stolz. Da er nicht wusste, wie er das Gespräch beginnen sollte, räusperte er sich einige Male, um Zeit zu schinden.

»Geht es dir nicht gut?«, fragte das Mädchen besorgt, doch er schüttelte den Kopf.

»Alles bestens«, beruhigte er sie und fasste sich schließlich ein Herz. »Magdalena, du wirst dich nicht mehr daran erinnern, aber ich habe dir als kleines Kind versprochen, dir eines Tages das Eichsfeld zu zeigen. Dieses Versprechen möchte ich nun einlösen und mit dir und Benjamin dorthin zurückgehen.« Er sah seine Tochter erwartungsvoll an, die die Stirn kräuselte.

»Für wie lange?«

»Für immer!«

Magdalenas Augen weiteten sich. »Und Mutter?«, wollte sie wissen.

Johann konnte Angst in ihrer Stimme mitschwingen hören. »Sie kommt natürlich mit.«

Ihre Stirn zerfurchte sich stärker. »Hat sie zugestimmt?«, fragte sie.

Ihr Vater schüttelte zaghaft den Kopf. »Nein, sie will nicht gehen. Aber ich hoffe, dass du sie umstimmen kannst.«

Nun zog Magdalena zweifelnd eine Augenbraue in die Höhe. »Niemand kann sie umstimmen. Sie wird nicht mitkommen«, stellte sie fest. »Und ich auch nicht!«, fügte sie hinzu und stand auf, um den Schuppen zu verlassen.

»Magdalena«, rief Johann fassungslos. »Ich dachte, du würdest dich freuen, wenn wir zurück in meine Heimat gehen und du endlich deine Großmutter kennenlernen wirst.«

»Regina war meine Großmutter«, erklärte das Mädchen ernst. »Deine Mutter ist mir fremd. Außerdem müsste ich Clemens, Christel und ihre Söhne verlassen, und das will ich nicht. Ich kann Mutter verstehen, wenn sie hierbleiben will. Hier bleibt ihre Erinnerung wach. Auch würde ich niemals ohne Maria fortgehen. Nein, Vater, meine Heimat ist Wellingen, nicht dieses Eichsfeld. Da musst du allein hingehen«, rief sie zornig. Dann drehte sie sich um, stieß die Tür auf und rannte aus dem Schuppen.

Johann blickte Magdalena enttäuscht hinterher, denn mit dem Widerstand seiner Tochter hatte er nicht gerechnet. Als die Tür wieder zuknallte, zuckte er zusammen, und sein Blick wurde hart.

So weit kommt es, dass meine Frau und meine Tochter bestimmen, was ich zu tun habe, dachte er.

Kapitel 12

Magdalena lief aus dem Schuppen über den Hof auf die Wiese, wo ihre Füße in einer großen Wasserlache versanken, die sich durch die Schneeschmelze gebildet hatte. Wie ein Storch stakste sie durch die Pfütze, doch das Wasser hatte ihre Schuhe bereits aufgeweicht. »Vermaledeit!«, rief sie zornig und hielt den Saum ihres Rockes hoch, der sich ebenfalls vollgesogen hatte. Wütend stampfte sie auf. »Wie kann Vater über mich bestimmen? Ich bin kein kleines Kind mehr!«, schimpfte sie. »Andere Mädchen in meinem Alter sind verheiratet und haben Kinder. Ihnen sagt kein Vater, was sie zu tun und zu lassen haben.« Tränen traten ihr in die Augen, und sie blickte sich suchend um. »Gerade jetzt, wo der Schuster Bernd mit mir ausgehen will«, jammerte die Siebzehnjährige. Da erblickte sie Clemens.

»Oheim!«, schrie Magdalena schon von Weitem. Als er sie

sah, winkte er, und sie lief auf ihn zu, sodass Matsch und Wasser an ihr hochspritzten.

»Was ist, mein Kind?«, rief Clemens besorgt, kaum dass sie in Hörweite war.

»Kann ich ein Pferd bekommen?«, bettelte sie.

Clemens kniff die Augen leicht zusammen und musterte sie von Kopf bis Fuß. »Was ist geschehen?«, wollte er wissen.

»Ich muss zu Maria, denn ich werde in ihr Kloster eintreten«, erklärte Magdalena.

Clemens riss erschrocken die Augen auf. »Warum um alles in der Welt willst du Nonne werden?«

»Dann kann Vater mich nicht zwingen fortzugehen, und ich kann bei euch bleiben.«

»Er hat dir von seinem Plan erzählt«, stellte Clemens fest und atmete tief ein.

»Du weißt davon?«

Er nickte.

»Dann mach was dagegen«, rief Magdalena.

»Es ist seine Entscheidung.«

»Aber nicht meine! Mutter will auch nicht mit auf dieses Eichsfeld gehen.«

»Dein Vater ist der Herr im Haus!«, erklärte Clemens sanft.

»Trotzdem kann er uns nicht zwingen«, erwiderte Magdalena und sah Clemens trotzig an, sodass er schmunzeln musste.

»Ich fürchte, das kann er.«

»Dann gehe ich jetzt ins Kloster«, fauchte das Mädchen und rannte in Richtung Stallungen.

»Nimm den Schecken!«, riet Clemens.

Magdalena drehte sich um und antwortete: »Das Pferd kannst du in der Abtei zu Fraulautern abholen, denn ich werde nicht wiederkommen.«

Clemens nickte und murmelte lächelnd: »Dessen bin ich mir nicht so sicher.«

Magdalena trat dem Schecken in die Flanken, sodass er erschrocken aufwieherte und lospreschte. Es wurde nur ein kurzer Lauf, denn rasch fiel der Gaul in den langsamen Trab und schließlich in den Schritt. Egal wie sehr das Mädchen das Pferd antrieb, es war nicht zu bewegen, schneller zu werden.

Magdalena fror mit den durchweichten Schuhen an den Füßen und dem nassen Rock, der an ihren Waden klebte. »Clemens hat mir mit Absicht den Lahmen gegeben«, schimpfte sie. »Er wusste, dass der Schecke langsam wie eine Schnecke ist!«

Nach scheinbar vielen Stunden sah Magdalena die Abtei vor sich, und sie trat dem Pferd zitternd in die Flanken. »Lauf endlich, du dämlicher Gaul«, rief sie. Tatsächlich trabte er los.

Magdalena saß vor der Klosterpforte ab und zog an dem Seil der kleinen Glocke, die an der Mauer befestigt war. Ungeduldig wartete sie, bis der Kopf einer Nonne in der Luke der Tür erschien.

»Magdalena?«, rief die Frau erschrocken, als sie das Mädchen erkannte. Sogleich verschwand sie wieder, und ein Schlüssel knarrte im Schloss. Die eine Seite des Tors schwang auf, und Magdalena führte das Pferd in den Klosterbereich hinein.

»Ist etwas geschehen?«, fragte die alte Nonne und schaute sie mütterlich an.

»Ich muss Maria sprechen«, sagte das Mädchen bibbernd.

»Die Äbtissin ist in der Kapelle. Komm erst mal ins Warme. Deine Lippen sind blau angelaufen. Es ist zu kalt, um mit nasser Kleidung umherzulaufen«, ermahnte die Ordensfrau Magdalena, die keine Antwort gab. »Binde das Pferd hier an dem Ring fest. Ich werde dafür sorgen, dass sich jemand darum kümmert.«

Magdalena saß im Refektorium vor dem mannshohen Kamin, in dem dicke Holzscheite brannten. Die Nonne hatte ihr eine

Decke um die Schultern gelegt und warme Socken sowie einen Becher mit heißem Kräutersud gebracht. Langsam kehrte die Wärme in ihren Körper zurück.

»Liebes, was machst du hier?«, fragte eine freundliche Stimme hinter ihr.

Das Mädchen drehte den Kopf und erblickte Maria. »Sei gegrüßt«, sagte sie schief lächelnd.

»Ist zu Hause jemand krank?«, wollte die Äbtissin besorgt wissen.

Magdalena verneinte und erklärte zwischen zwei Schlucken Sud: »Ich will Nonne werden!«

Maria glaubte sich verhört zu haben, doch der ernste Blick des Mädchens bewies das Gegenteil.

»Wie kommst du auf solch einen Gedanken?«, fragte Maria und musste ein Schmunzeln unterdrücken.

»Ich will Gott dienen!«, erklärte Magdalena und machte ein trotziges Gesicht.

»Du weißt, dass das nicht so einfach geht. Nicht nur, dass man sich selbst sorgfältig prüfen muss. Auch wir, die wir im Kloster leben, unterziehen jede Frau, die diesen Wunsch hegt, einer genauen Prüfung.«

Magdalena sog die Lippe zwischen ihre Zähne und überlegte. »Ich weiß, dass du das nicht musstest«, warf sie schließlich ein.

»Da ich seit meinem zwölften Lebensjahr im Kloster lebe, war ich ausreichend geprüft worden«, erklärte Maria freundlich.

»Du kennst mich mein ganzes Leben lang und weißt, dass ich für das Klosterleben geeignet bin«, erklärte Magdalena ihr Ansinnen leise.

Maria betrachtete das Mädchen, das sie wie eine jüngere Schwester liebte. Magdalena schien sehr aufgebracht zu sein, was die hektischen roten Flecke an ihrem Hals unterstrichen. »Aber das ist nicht der wahre Grund, warum du hier bist«, versuchte Maria die Wahrheit zu erfahren.

Magdalena schwieg und blickte zum Boden. Mit der Fußspitze malte sie unsichtbare Muster auf die glatten Steine.

Die Äbtissin setzte sich auf eine der Bänke, die im Speisesaal vor jedem der fünf Tische standen, und wartete geduldig.

Magdalena schlürfte den Sud und schien nachzudenken. Dann klagte sie leise: »Vater will mit uns fortgehen – in seine Heimat, das Eichsfeld. Ich weiß nicht einmal, wo das liegt oder wie weit das von hier entfernt ist.«

Maria versuchte ruhig zu bleiben, doch ihre Stimme zitterte. »Er hat es euch endlich gesagt«, flüsterte sie.

Sofort ruckte Magdalenas Kopf herum. »Du weißt auch von seinem Plan?«

»Wer noch?«

»Clemens.«

»Geht er mit?«, fragte die Äbtissin.

Magdalena zuckte heftig mit den Schultern, sodass die Decke verrutschte, die sie mit zittrigen Fingern auffing. Mit einem tränenverschleierten Blick sah sie Maria an. »Kann Vater uns befehlen mitzukommen?«, fragte sie verzweifelt.

Maria erhob sich und setzte sich neben das Mädchen auf die Bank, das sogleich den Kopf gegen ihre Brust legte.

»Ich will nicht weg von dir«, schluchzte Magdalena und umarmte Maria.

Die Äbtissin streichelte ihr über das Haar und versuchte sie zu beruhigen, und dabei spürte sie selbst einen Kloß im Hals.

»Dein Vater meint es nur gut, mein Kind. Er hofft, dass deine Mutter in der alten Heimat das Geschehene vergisst und ihr wieder eine Familie werdet.«

»Wir sind eine Familie«, erklärte Magdalena inbrünstig.

»Aber keine glückliche!«

Das Mädchen blickte beunruhigt auf. »Wie meinst du das?«

Maria wählte ihre Worte sorgsam, denn sie wollte das Mädchen nicht noch mehr erschrecken. »Glaube mir, dein Vater hat diese Entscheidung nicht leichtfertig gefällt, denn das Wohl seiner Familie geht ihm über alles.«

»Das bezweifle ich«, entfuhr es Magdalena abfällig.

»Sei nicht voreingenommen, sondern hör mir zu«, forderte Maria sie mit strengem Ton auf. Sie wartete, bis sich der Gesichtsausdruck des Mädchens entspannte, dann sprach sie weiter: »Du hast sicher selbst bemerkt, dass der Geist deiner Mutter sich euch immer mehr zu verschließen droht.« Fragend blickte sie Magdalena an, die zögerlich nickte.

»Alles in Wellingen erinnert deine Mutter an damals. Sie kapselt sich ab. Anders schafft sie es nicht, mit ihrem Schmerz umzugehen.« Maria starrte vor sich hin, doch als sie fortfuhr, lächelte sie sanft. »Einst war deine Mutter ein lebenslustiger Mensch. Sie hat gern gelacht, und man konnte mit ihr Pferde stehlen. Die Liebe zwischen deinen Eltern schien grenzenlos und unzerstörbar zu sein. Doch dann kam dieser schreckliche Tag vor einigen Jahren.« Marias Blick wurde traurig.

»Ich dachte, sie würde sterben«, flüsterte Magdalena mit bleichem Gesicht.

Maria nickte. »Sie ist gefangen in der Erinnerung, aber sie hat sich noch nicht aufgegeben, weil sie Gott vertraut.«

Magdalena zog nachdenklich die Augenbrauen zusammen. »Worauf vertraut sie?«, fragte sie leise.

»Auf Gottes Trost.«

Johann konnte und wollte nicht glauben, was Clemens ihm über seine Tochter erzählte. Sofort sattelte er sein Pferd und ritt nach Fraulautern. Als er die Pforte der Abtei erreichte, wurde es bereits dunkel. Wie verzweifelt muss Magdalena sein, dass sie Nonne werden möchte, dachte er und zog mehrmals hintereinander am Seil der Glocke. Johann wusste, dass zur vorgerückten Stunde keine Fremden mehr ins Kloster eingelassen wurden – erst recht keine Männer. Doch er hoffte, dass man für ihn eine Ausnahme machen würde.

Endlich erschien der Kopf einer Nonne in dem kleinen Fenster. Ohne ihn anzusehen versuchte sie ihn abzuwimmeln. »Kommt morgen wieder!«

»Ich bin Magdalenas Vater, Johann Bonner«, erklärte er.

Die Ordensschwester blickte ihn kurz an und verschwand. Johann ahnte, dass sie zurück ins Haus lief, um der Äbtissin Bericht zu erstatten. Schon bald hörte er eilige Schritte.

Mit sorgenvollem Blick betrachtete Johann kurz darauf seine schlafende Tochter. Er streckte seine Hand aus, um ihr zärtlich übers Haar zu streicheln, doch kurz davor zuckte er zurück. Ungläubig schüttelte er den Kopf. »Was soll ich nur machen?«, fragte er Maria, die neben ihm in der Zelle stand, welche sie dem Mädchen für die Nacht zugewiesen hatte.

Die Äbtissin, deren Hände in den weiten Ärmeln ihrer Nonnenkutte verschränkt waren, machte ein ernstes Gesicht. Nur ihre Mundwinkel zuckten, als sie mit einer Gegenfrage antwortete: »Meinst du, ob du deine Tochter ins Kloster stecken sollst?« Johann ging auf ihren Scherz nicht ein, sodass sie ernst ergänzte: »Sie wird dir folgen, Johann, ebenso wie Franziska es tun wird.«

»Was macht dich so sicher?«

»Sie lieben dich!«

Johann schüttelte verzagt den Kopf. »Ich würde es gerne glauben, aber Magdalena hat das aufmüpfige Wesen ihrer Mutter und wird sich weiterhin gegen mich auflehnen.«

Maria lachte kurz auf, und sein Blick wandte sich ihr zu. »Ich würde eher sagen, sie ist ebenso stur wie ihr Vater.«

»Ich bin nicht stur!«

»Und ob du das bist! Nichts wird dich davon abbringen, zurück auf dein geliebtes Eichsfeld zu gehen«, flüsterte sie und konnte die Tränen nicht mehr zurückhalten.

Johann legte den Arm um ihre Schultern und zog sie an sich, sodass ihre weiße Haube verrutschte. »Ach, Maria!«, murmelte er und küsste ihre Stirn. »Ich würde alles darum geben, wenn ich es ungeschehen machen könnte und wir bleiben könnten.«

»Franziska und du, ihr müsst endlich miteinander reden. Erst dann kann alles wieder gut werden«, riet sie.

»Nicht hier, wo es geschehen ist. Erst wenn wir Wellingen verlassen und aufs Eichsfeld zurückkehren, wird uns die Aussprache hoffentlich gelingen.«

»Aber warum müsst ihr so weit weggehen? Geht in die Kurpfalz oder ins Elsass, sodass wir einander regelmäßig besuchen können«, flehte sie.

Doch Johann schüttelte den Kopf. »Ich will nicht wieder als Fremder irgendwo neu anfangen. Das Eichsfeld ist unsere Heimat. Dort gehören wir hin. Auch will ich wissen, wie es meiner Mutter und meiner Schwester geht.«

Maria legte ihren Kopf an seine Brust und weinte leise. »Versprich mir, dass ihr eines Tages zurückkommen werdet«, schluchzte sie.

»Das kann ich nicht!«, sagte er und sah dabei in die blauen Augen seiner Tochter, die aufgewacht war und ihn anblickte.

Kapitel 13

Es war einer dieser warmen Frühlingstage im April, der die Natur endgültig weckte. Die Sonne feuerte die Knospen an, sich zu öffnen, sodass ihre bunte Pracht die Bienen anlockte. Überall summte und brummte es. Vögel flogen emsig hin und her, und während einige um die Wette trällerten, trugen andere dünne Zweige in den Schnäbeln, die sie für ihren Nestbau wegschleppten. Auf den getrockneten Koppeln fraß sich eine Pferdeherde am frischen Grün satt. Fohlen machten übermütig Luftsprünge, andere wälzten sich im Gras.

Die Welt war erwacht, und alles schien bunt, frisch und harmonisch zu sein. Nur Magdalena empfand das Leben als tiefschwarz, und sie hatte das Gefühl, trotz Sonne zu erfrieren. Wie erstarrt saß sie auf dem Fuhrwerk neben ihrer Mutter, die kein Wort sprach und bewegungslos nach vorn stierte.

In den Augenwinkeln sah Magdalena eine Bewegung, und sie wandte langsam den Kopf zur Seite. Sie erblickte Maria, die sich dicht neben das aufbruchbereite Pferdegespann gestellt hatte. Das Mädchen griff sich an die Brust, denn sie glaubte, jemand würde ihr Herz quetschen. Magdalenas Atem schien nicht ihre Lunge zu erreichen, sodass sie nach Luft japste, während ihr Tränen über die Wangen liefen. »Ich will nicht fort. Bitte hilf mir«, wisperte sie und ergriff die Hand der Äbtissin, die sie aus rotgeweinten Augen anzulächeln versuchte.

»Verzage nicht, Liebes! Wenn der Herrgott es will, werden wir uns eines Tages wiedersehen«, flüsterte Maria und drückte dem Mädchen einen Kuss auf die eiskalten Finger. Dann griff sie sich an den Hals und nahm ihre Kette ab, die sie Magdalena in die Hand legte.

Das Mädchen betrachtete das Kreuz und fuhr mit den Fingerspitzen über die dunkelroten Granatsplitter, mit denen es verziert war. Das Licht der Sonne brach sich in den Steinen, sodass sie blutrot funkelten.

»Es soll dich beschützen und dir Glück bringen«, sagte Maria leise und schloss die Finger des Mädchens um das Schmuckstück. Dann trat sie einige Schritte zurück. Erschrocken schaute Magdalena auf, doch Maria lächelte und beruhigte sie: »Ich bleibe, bis du abfährst.«

Das Mädchen legte sich die Kette um den Hals und blickte sich um. Dabei schwor sie: Niemals werde ich meine Heimat vergessen. Sie betrachtete die Hütte am Rand der großen Koppel, die, seit sie denken konnte, ihr Heim gewesen war – ebenso wie das Haupthaus des Gestüts, hinter dessen Fenster neben der Eingangstür sie eine Bewegung erkennen konnte. Magdalena ahnte, dass Christel dort stand und zu ihnen herüberschaute. Clemens' Frau hatte erklärt, sie könne wegen des schlafenden Sebastian das Haus nicht verlassen. Doch Magdalena wusste, dass sie den Abschied scheute. Bereits am Abend zuvor hatte Christel ihre Freundin Franziska, die wie zur Salzsäule erstarrt dastand, in den Arm genommen. Kein Wort war über Franziskas Lippen gekommen, während Christel ihr weinend am Hals gehangen hatte. Danach hatte sie laut klagend auch von Magdalena, Benjamin und Johann Abschied genommen.

Magdalenas Blick wanderte über Wiesen und Äcker zum Hoxberg und blieb an ihrem Bruder hängen, der Arm in Arm mit seinem Freund Georg dastand und mit ihm herumalberte. Für den Sechsjährigen kam die Reise einem Abenteuer gleich, denn sein Vater hatte ihm in bunten Farben vom fernen Eichsfeld erzählt. Johann hatte die Burg Bodenstein, auf der er und Franziska einst getraut worden waren, lebendig beschrieben. Als der Junge hörte, dass in den alten Mauern der Geist der Anna Susanna umgehen sollte, kannte seine Begeisterung keine Grenzen mehr. Benjamin konnte es kaum erwarten, dass es endlich losging. Vielleicht ist es besser, wenn er noch nicht versteht, dass es ein Abschied für immer sein wird, dachte Magdalena, als ihr Vater rief: »Es wird Zeit!«

Johann war von zahlreichen Menschen umringt, die ihm alle auf die Schulter klopften. Viele aus Wellingen waren gekommen, um der Familie Bonner Lebewohl zu sagen. Zwar verstanden die meisten nicht, warum Johann das Wagnis der Reise auf sich nahm, doch da kaum einer je aus dem Dorf herausgekommen war, konnte sich niemand vorstellen, wo dieses Eichsfeld lag.

Johann ging um den Wagen, drückte Maria an sich und gab

ihr einen letzten Kuss auf die Stirn. Dann umarmte er ein letztes Mal seinen Freund Clemens, der ihm etwas zuraunte, woraufhin er die Hand hob und in Richtung Fenster winkte. Lächelnd fuhr er Georg über den Scheitel und half seinem Sohn auf den Kutschbock, um ihn zwischen Schwester und Mutter zu setzen. Dann nahm Johann neben Franziska Platz. Er hob die Zügel auf, und ohne ein weiteres Wort zu sprechen oder noch einen Blick zurückzuwerfen, schnalzte er mit der Zunge. Die beiden Pferde schritten los.

Stunde um Stunde ruckelte das Fuhrwerk der Familie Bonner über Stock und Stein. Manche Wege waren durch den harten Winter und die anschließende Schneeschmelze tief ausgewaschen, sodass Johann das Gefährt umsichtig durch die tiefen Erdlöcher lenken musste. Vorsorglich hatte er ein Ersatzrad mitgenommen, doch er wollte nicht gleich am ersten Tag einen Speichenbruch heraufbeschwören.

Das Gespann fuhr an Wiesen, Wäldern und Ortschaften vorbei, von denen sie die Namen nicht kannten. Nur selten begegneten ihnen Menschen. Johann war bestrebt, am ersten Tag so weit wie möglich zu kommen. Seit seiner Flucht vor dem Vater und aus seiner Heimat vor mehr als siebzehn Jahren, die ihn quer durchs Reich geführt hatte, wusste er, dass es langsamer vorwärtsgehen würde, je näher sie großen Städten kamen.

Er schielte zu seiner Familie. Noch immer starrten seine Frau und seine Tochter regungslos vor sich hin. Auch sprachen sie kein Wort. Zuerst hatte er versucht, sie mit Fragen zu locken, aber sie taten, als ob sie ihn nicht hörten, und so ließ er sie in Ruhe. Sein Sohn Benjamin hingegen schwatzte unentwegt. Alles, was er sah, teilte er seiner Familie mit – einerlei, ob es ein Sperber in der Luft oder eine gelbe Blume am Wegesrand war. Gab es nichts zu beobachten, fragte er seinem Vater buchstäblich Löcher in den Bauch. Es hatte für Johann den Anschein, als ob sein Sohn die schlechte Stimmung wegschwatzen wollte. Irgendwann legte Benjamin den Kopf in den Schoß seiner Schwester und schlief ein. Als Johann das sah, atmete er erleichtert auf.

Das Ruckeln des Gespanns schien auch Franziska und Magdalena zu ermüden. Als Johann sah, wie der Kopf des Mädchens auf die Schulter ihrer Mutter kippte, spürte er ein warmes Gefühl in seinem Körper. Es wird alles wieder gut, dachte er und lehnte sich entspannt auf seinem Sitz zurück. Seine Gedanken schweiften zurück an den Abend zwei Tage zuvor …

Das Tor zur Scheune öffnete sich, und Clemens trat ein – in jeder Hand einen Krug Bier. »Ist das alles, was du mitnehmen willst?«, fragte er und betrachtete mit gerunzelter Stirn die Ladefläche des Fuhrwerks. Da Johann schon seit Stunden damit beschäftigt war, die Sachen auf dem Gespann zu verstauen, war Clemens ihm in die Scheune gefolgt. Er reichte ihm einen Krug und ging um das Fuhrwerk herum. »Vier Stühle, Töpfe, eine Kommode, Matratzen, Bettzeug, Kleidung. Mehr nicht?«, fragte er wieder, und Johann schüttelte den Kopf. »Was ist mit euren restlichen Möbeln?«

»Je weniger wir mitnehmen, desto leichter wird es für die Pferde, das Gespann zu ziehen, und umso schneller sind wir in Thüringen. Ich hoffe, dass wir die erste Zeit bei meiner Mutter auf dem Hof in Hundeshagen wohnen können – jedenfalls so lange, bis ich uns ein neues Heim geschaffen habe.«

»Was ist, wenn durch den Krieg der Hof zerstört wurde oder deine Familie nicht mehr dort lebt?«

»Clemens, das hast du mich bereits gefragt, und meine Antwort ist dieselbe! Ich halte mich an den bewährten Spruch: Warum sich trübe Gedanken machen, wenn das Ende offen ist?«, erklärte er lächelnd. Johann stellte den Krug auf ein Fass und warf seinem Freund ein Seil zu, das sie über der Plane festzogen, die die Möbel schützen sollte. Nach getaner Arbeit lehnten sie sich gegen das Fuhrwerk und tranken das Bier.

»Du kannst die beiden braunen Hengste mitnehmen. Sie sind kräftig und nervenstark. Es gibt kein besseres Gespann für deine Reise«, erklärte Clemens zwischen zwei Schlucken und wies mit der Hand zu den Pferden, die am Ende der Stallgasse an einen Balken angebunden standen.

»Das kann ich nicht annehmen. Es sind die wertvollsten Zugpferde, die hier im Stall stehen. Ihre Blutlinie ist in Westrich einmalig«, erwiderte Johann.

»Rede keinen Unsinn! Schon seit Jahren weiß niemand mehr gutes Zuchtblut zu schätzen. Wäre den Kriegsherren bekannt, welche Schätze hier stehen, würden sie die Pferde beschlagnahmen. Also halt's Maul und nimm sie«, erwiderte Clemens grinsend. »Außerdem wäre es in Reginas Sinn«, fügte er hinzu.

»Ich werde dich vermissen«, erklärte Johann leise und wagte es kaum aufzublicken.

»Werde nicht weibisch«, wies ihn Clemens barsch zurecht und sah Johann traurig an. Beide prosteten sich zu, als sich die Scheunentür öffnete und ein Mann mit einem Pferd am Zügel eintrat.

»Moscherosch?«, fragte Clemens ungläubig und verschluckte sich, sodass er husten musste.

»Schon wieder überrascht«, freute sich der ehemalige Amtmann von Wellingen, der seit einigen Monaten im entfernten Finstingen seinen Dienst verrichtete.

»Was um alles in der Welt macht Ihr hier?«, wollte Clemens wissen und schüttelte ihm die Hand.

»Ich hatte in Saarbrücken zu tun und bin anschließend hierhergeritten in der Hoffnung, dich noch anzutreffen«, sagte er und wandte seinen Blick Johann zu.

»Mich?«, fragte der erstaunt, denn in den Jahren, als Moscherosch in Wellingen tätig gewesen war, hatte dieser mehr mit Clemens zu tun gehabt.

Der Amtmann nickte und schaute zum gepackten Fuhrwerk. »Es wird also ernst. Ich bin nicht zu früh gekommen«, stellte er fest.

»Übermorgen soll es losgehen«, erklärte Johann und fragte: »Was wollt Ihr von mir?«

»Wie ich schon sagte, komme ich aus Saarbrücken, wo ich einiges erfahren habe, was für dich wichtig sein könnte. Der Ritt hierher war scharf, und es dürstet mich«, erklärte er, und sein Blick schweifte zu den Bierkrügen. »Außerdem müsste mein Pferd versorgt werden.«

»Dem kann Abhilfe geschaffen werden. Bindet das Pferd dort drüben an den Balken und sattelt es ab. Ich bringe Wasser und Heu.«

Nachdem das Ross versorgt war, schlug Clemens vor: »Lasst uns ins Haus gehen«, doch Moscherosch schüttelte den Kopf.

»Ich denke, es wäre besser, wenn eure Frauen nicht mithörten. Ich habe Christel erzählt, dass ich zufällig vorbeigekommen bin«, sagte er und schlug Clemens wohlwollend auf die Schulter. »Einen strammen Sohn habt ihr bekommen!«

Clemens strahlte und nickte. »Klein Sebastian macht uns viel Freude.«

»Wie steht es nun mit einem Bier für mich?«, fragte der Amtmann und leckte sich die trockenen Lippen.

»Ich werde uns welches holen«, sagte Johann und verschwand aus der Scheune, um wenig später mit gefüllten Krügen zurückzukommen.

Moscherosch tat einen kräftigen Zug und wischte sich mit dem Ärmel den Schaum vom Mund. »Das tut gut«, grinste er, doch dann wurde sein Blick ernst.

Sogleich spürte Johann einen Druck im Magen. Schon als

er mit den gefüllten Bierkrügen zurückgekommen war und in Clemens' Augen geblickt hatte, hatte ihn ein ungutes Gefühl beschlichen. »Was ist los?«, fragte er und stellte seinen Krug auf dem Fass ab.

»Der Krieg kommt näher«, sagte Clemens und sah besorgt zu Moscherosch.

»Im Grunde ist er schon angekommen«, erklärte der Amtmann.

»Dann ist meine Entscheidung richtig«, murmelte Johann.

Doch Moscherosch widersprach: »Wenn ihr eine sichere Reise habt und in deiner Heimat der Krieg vorbei ist, lautete die Antwort Ja. Falls nicht, ist es einerlei, wie deine Entscheidung lautet, denn dann ist es überall im Reich unsicher.«

»Was wisst Ihr?«, fragte Johann ernst.

»Im März haben die Spanier Kurfürst Philipp Christoph von Sötern gefangen genommen. Wie es heißt, löste seine Verhaftung kein großes Bedauern aus, da er ein unangenehmer Bursche sein soll. Man erzählt, dass er im österreichischen Linz festsitzt. Zudem haben spanische Truppen die Stadt Trier besetzt und Sierck erobert.« Als er die fragenden Blicke der beiden Männer sah, erklärte er: »Sierck ist eine Festung, die den Herzögen von Lothringen gehört und auf einem Hügel über der Mosel thront. Aber das spielt alles keine Rolle. Wichtig ist, dass du nicht die Handelsstraße nach Kaiserslautern nimmst.«

»Warum?«

»Es heißt, dass Graf von Gallas, der Generalleutnant und oberste Befehlshaber der Artillerie, auf dem Weg dorthin ist. Es wird vermutet, dass er Zweibrücken und Kaiserslautern einnehmen will. Zwar liegt das Gelbe Regiment der Schweden vor Kaiserslautern, um es zu verteidigen, doch wer weiß, ob sie Gallas' Truppe standhalten können. Andererseits heißt es, dass Gallas' Soldaten undiszipliniert sind und er selbst dem Alkohol im Übermaß zuspricht, sodass er es sich vielleicht überlegt und seine Truppen nach Lothringen führt.« Murmelnd fügte er hinzu: »Vorausgesetzt, die Truppen folgen ihm, denn nicht umsonst bezeichnet man ihn auch als ›Heerverderber‹.«

Johann atmete tief durch und antwortete dann nervös: »Ich habe von Kriegsführung keine Ahnung, Moscherosch, und kann mit Euren Erklärungen nichts anfangen. Mein einziges Anliegen ist es, meine Familie sicher aufs Eichsfeld zu bringen. Alles andere ist mir einerlei.«

»Vielleicht ist es sogar besser, wenn du vom Kriegsgeschehen nicht zu viel weißt«, erwiderte der Amtmann und leerte seinen Krug. Mit einem Seufzer blickte er Johann an. »Du solltest auch Trier und das Umfeld der Stadt meiden, da dort die Pest ausgebrochen ist. Soldaten sollen sie mitgebracht haben, und nun ist die Stadt verseucht.«

»Herr im Himmel! Mir würde es besser gehen, wenn ich nichts von alldem wüsste«, sagte Johann erregt und fuhr sich mit beiden Händen durch sein dunkelblondes Haar. »Was ratet Ihr mir nun?«, fragte er verzweifelt und umfasste mit der Hand sein Kinn.

»In Saarbrücken konnte ich eine Karte einsehen. Ich habe dir eine Strecke herausgesucht, die meines Erachtens am sichersten ist.« Moscherosch zog ein Blatt Papier aus seinem Wams. Er hielt es ins Licht und las laut vor: »Von Wellingen in Richtung Mettlach, Mainz, Königstein im Taunus, Homburg und dann in Richtung Kassel aufs Eichsfeld.«

»Diese Strecke ist anders, als ich geplant habe«, warf Johann ein.

»Alle Wege führen nach Rom, das sagten schon die Heiden. Vertraue mir, diese Strecke scheint nach meinen Kenntnissen im Augenblick die sicherste zu sein. Allerdings …« Moscherosch zögerte einige Atemzüge, dann erst fuhr er fort: »Allerdings kann sich das täglich ändern.«

Kapitel 14

Johann wollte während der Reise mit seiner Familie in Gasthöfen übernachten, denn er hatte über die Jahre eine ordentliche Summe zusammengespart, sodass sie sich diese Annehmlichkeit leisten konnten. Das meiste Geld hatte er in einen Gürtel eingenäht, den er um seinen Leib gebunden trug und von dem nicht einmal Franziska wusste. Johann hatte es ihr verschwiegen, da er befürchtete, dass sie bei Gefahr das Versteck ausplaudern könnte. Deshalb führte er in einem Geldbeutel nur so viele Münzen mit, wie er für die Reise benötigen würde. Doch was nützt das Geld, wenn kein Gasthof in Sicht ist?, dachte er und blickte besorgt um sich. Der Forst, den sie seit geraumer Zeit durchfuhren, schien nicht enden zu wollen. Bald würde die Sonne untergehen, und Johann befürchtete, dass sie ihr erstes Lager inmitten des Waldes würden aufschlagen müssen. Doch da erblickte er zwischen den Bäumen die Lichter einer Ortschaft und atmete erleichtert auf.

Kaum graute der Morgen, wurden Magdalena und ihr Bruder vom Vater geweckt. Das Mädchen setzte sich auf und sah zu ihrer Mutter, die ebenfalls wach war. Stöhnend erhoben sich Franziska und ihre Tochter von den Matratzen.

»Mir tut jeder Knochen im Leib weh«, jaulte das Mädchen und blickte ihren Vater mürrisch an.

Auch ihre Mutter hielt sich das Kreuz. »Das stundenlange Sitzen auf dem harten Kutschbock bringt mich um«, schimpfte sie leise und streckte sich.

»Ich spüre nichts«, erklärte Benjamin und machte übermütige Sprünge, sodass Johann lachte.

»Packt alles zusammen«, bat er die Frauen.

»Komm, Benjamin. Wir werden sehen, ob wir hier ein Frühmahl bekommen können. Mit vollem Bauch wird es uns allen besser gehen«, versprach er und zwinkerte Magdalena zu, die ihm daraufhin missgelaunt den Rücken zudrehte.

Nachdem ihr Vater die Kammer verlassen hatte, schaute Magdalena die Mutter nachdenklich an.

»Was ist?«, fragte diese gereizt, als sie die Blicke der Tochter spürte.

»Ich habe euch letzte Nacht streiten gehört.«

Franziska seufzte schwer. »Was soll ich dazu sagen?«

»Wird es irgendwann zwischen euch wieder anders werden?«, wollte das Mädchen wissen.

Franziska setzte sich auf den wackligen Schemel, der vor der kleinen Luke stand, und fuhr sich mit einem grobzackigen Kamm durch ihre rostroten Locken. Seufzend hielt sie in der Bewegung inne. »Ich weiß es nicht«, sagte sie ehrlich und blickte ihre Tochter mit Tränen in den Augen an.

Magdalena lief zu ihr und umarmte sie. »Du hast doch noch uns«, wisperte das Mädchen. »Kannst du nicht für Benjamin und mich wieder da sein? So wie früher, bevor das Unglück geschah? Wir brauchen dich so sehr.«

Magdalena spürte, wie die Mutter ihr die Hand auf den Rücken legte und sie sanft klopfte. Doch nach zwei Herzschlägen zog sie sie wieder weg. Aber das Mädchen nahm es als Beweis, dass nicht alles verloren war. Sie strich ihrer Mutter zärtlich über die weiche Wange und flüsterte: »Wir werden auf dich warten.«

Familie Bonner musste sich mit angebranntem Hirsebrei zufriedengeben, denn mehr hatten die Wirtsleute nicht zu bieten.

Kaum waren die Schüsseln leer, trieb Johann zur Eile. Er hatte die Pferde bereits angespannt, sodass die Reise weitergehen konnte. Als Magdalena und ihre Mutter auf der harten Pritsche Platz genommen hatten, stöhnten beide auf.

»In weniger als einer Woche haben wir es geschafft«, versuchte Johann die beiden zu trösten.

Doch Magdalena giftete: »Falls wir das überleben.«

Nachdem sie den Ort Baumholder durch das Tor verließen, teilte Johann seiner Familie mit: »Heute werden wir bis nach Kreuznach fahren. Ich habe mit den Wirtsleuten gesprochen, die meinten, dass wir die Strecke ohne Hetze schaffen würden.« Er blickte zum Himmel. »Zum Glück ist uns das Wetter auch an diesem Tag hold. Keine Wolke trübt den blauen Himmel, und es ist angenehm warm.« Da niemand etwa sagte, sah er Franziska fragend an. Sie hatte die Augen geschlossen und ihr Gesicht der Sonne zugestreckt. Zufrieden schnalzte Johann mit der Zunge, und die Pferde trabten an.

Die Landschaft wechselte zwischen Wiesen, Äckern und Obstbaumhainen, als der Weg steil anstieg. Mühsam kämpften sich die Pferde die Anhöhe hinauf, als Benjamin jammerte: »Ich muss mal.«

»Und ich habe Hunger«, erklärte Magdalena und sah dabei ihren Vater herausfordernd an.

Johann blickte sich um und erklärte: »Da vorn, wo der Birkenhain beginnt, werden wir rasten. Auf der kleinen Wiese davor können die Pferde grasen und wir eine Brotzeit zu uns nehmen.«

Johann schlug zwei Pflöcke in den weichen Boden, spannte die beiden Hengste aus und band an jeweils einem Pflock ein Pferd fest. Nachdem sie mehrmals laut geschnaubt hatten, grasten sie zufrieden. Franziska hatte derweil für jeden eine Scheibe vom Schinken und vom Brot abgeschnitten, welche Christel ihnen für die Reise eingepackt hatte. Außerdem hatte Clemens dafür gesorgt, dass Johann nicht nur Wasser, sondern auch mehrere Tonflaschen Bier mitnahm.

Johann nahm einen großen Schluck aus der Bierflasche und

reichte sie seiner Frau weiter, die den Kindern Wasser zu trinken gab und sich zu ihnen auf einen umgestürzten Baum setzte. Während er Schinkenbrot kaute, blickte er ins Tal.

Da hörte er hinter sich Hufgeklapper. Aufgeschreckt drehte er sich um und sah zwei Reiter, die den Weg heraufgaloppierten.

»Wer ist das?«, fragte Franziska ängstlich und zog ihren Sohn dicht an sich heran.

Johann zuckte mit den Schultern, doch sein Blick verriet Sorge. »Geht an den Rand des Wäldchens«, forderte er seine Familie auf, und sogleich rannten sie los. Johann nahm das kleine, scharfe Messer auf, mit dem Franziska das Essen geschnitten hatte, und versteckte es in seiner Handfläche.

»Ihr müsst keine Angst vor uns haben«, rief einer der Reiter schon von Weitem, dessen Kopf ein federgeschmückter, großer Hut zierte, der ihn als Edelmann auswies. »Wir wollen euch nichts Böses.«

Sofort blieb Benjamin stehen, doch sein Vater schnauzte: »Tu, was ich dir gesagt habe.« Magdalena kam zurück und zog ihren Bruder mit sich.

»Ihr traut uns wohl nicht?«, lachte der Mann und zügelte sein Pferd nur wenige Schritte vor Johann.

»Wie sollte ich?«, erwiderte Johann und blickte den beiden Fremden argwöhnisch entgegen.

Der Mann lüftete seinen auffälligen Kopfschmuck, sodass braune Locken sichtbar wurden, und sagte: »Mein Name lautet Joost van den Vondel, und das ist mein Begleiter Pieter.«

Als Johann die Namen hörte, zog er fragend eine Augenbraue in die Höhe.

»Wir kommen aus den Vereinigten Niederlanden«, erklärte der Fremde freundlich.

»Wieso sprecht Ihr meine Sprache?«, wollte Johann wissen und blickte die Männer eine Spur misstrauischer an.

»Meine Familie hat in Köln gelebt, wo ich geboren wurde.

Erst als ich neun Jahre alt war, sind wir in die Heimat meiner Eltern zurückgegangen. Ich hoffe, das beruhigt Euch«, sagte er lächelnd und blickte zu der Hand, in der Johann das Messer verborgen hielt.

»Es bleibt mir nichts anderes übrig. Wohin wollt Ihr?«, versuchte Bonner zu erfahren.

»Nach Köln.«

»Sehnsucht nach der Geburtsstadt?«, fragte Johann.

Van den Vondel wiegte den Kopf hin und her. »Ja, so könnte man es ausdrücken, aber in erster Linie bin ich als Geschäftsmann unterwegs. Meiner Familie gehört ein Strumpfhandelsgeschäft in Amsterdam. Ich hatte im Reich zu tun und habe einen kleinen Umweg über Sobernheim gemacht, da mein Vater aus früheren Zeiten dort einen Winzer kennt. Bei ihm musste ich einige Fässer seines vorzüglichen Naheweins bestellen. Da ich Euch nun fast alles über mich erzählt habe, hoffe ich, dass wir absteigen und uns die Füße vertreten können.«

»Warum wollt Ihr ausgerechnet hier rasten?«, fragte Johann und kniff leicht die Augen zusammen.

Der Fremde holte tief Luft und erklärte: »Ich bin nun schon seit einiger Zeit mit Pieter unterwegs, und es gibt nichts, was wir noch bereden könnten. Mittlerweile ist seine Gesellschaft langweilig geworden, und deshalb bin ich froh für jeden Fremden, dem wir begegnen und der mir Neues erzählen kann«, erklärte van den Vondel, immer noch freundlich. Als er Johanns Blick sah, der seinen Begleiter mitleidig betrachtete, lachte er laut auf. »Keine Sorge, Pieter versteht Eure Sprache nicht.« Der Fremde wandte sich seinem Gefährten zu und sagte: *»Nietwaar, Pieter?«*

Der zuckte mit den Schultern und nickte schließlich.

Johann überlegte und schaute zu dem Wäldchen, wo er zwischen den Bäumen seine Familie erkennen konnte. »Also gut!«, gab er schließlich nach. »Dann seid willkommen. Wir haben nicht viel, aber wir teilen gern mit Euch.«

Daraufhin gab van den Vondel seinem Begleiter ein Zeichen, und beide Männer stiegen von ihren Pferden. Johann winkte Franziska und seine Kinder zu sich, die zögerlich aus dem Birkenhain auftauchten. Als der Fremde die beiden Frauen erblickte, machte er eine galante Verbeugung. »Meine Damen, seid gegrüßt.«

Benjamin rannte auf seinen Vater zu und versteckte sich hinter dessen Beinen.

»Auch du, junger Mann, sei gegrüßt«, erklärte der Niederländer und stemmte die Hände in die Hüften. Während Pieter die Pferde absattelte und in Nähe der Hengste anband, ließ van den Vondel seinen Blick über die Landschaft schweifen. »Wenn man diese Ruhe spürt, kann man nicht glauben, dass sich Euer Land im Krieg befindet.«

»Habt Ihr Truppen gesehen?«, fragte Johann besorgt, doch der Niederländer schüttelte den Kopf.

»Wir hatten bis jetzt eine ruhige Reise, aber ich bin gespannt, was mich in Köln erwartet«, erklärte er leise, und sein Blick wurde starr.

Johann reichte seiner Frau das Messer, sodass sie für die beiden Fremden Brot und Schinken abschneiden konnte, die sie ihnen wortlos reichte.

»Dank je wel«, murmelte Pieter und setzte sich abseits ins Gras.

»Wir danken Euch sehr«, sagte van den Vondel und biss herzhaft ins Schinkenbrot.

»Ihr handelt mit Strümpfen?«, fragte Johann neugierig.

»Mit Seidenstrümpfen, genauer gesagt. Mein Vater hat dieses Geschäft gegründet, und da ich der Älteste von sieben Kindern bin, habe ich es mithilfe meines Weibes weitergeführt, bis vor einigen Jahren mein ältester Sohn es übernommen hat. Da er in Amsterdam verhindert ist, bin ich für ihn auf die Reise gegangen. Meine wahre Leidenschaft ist jedoch die Dichtkunst.«

Johanns Kopf ruckte hoch. »Die Poesie?«, fragte er ungläubig, und Joost van den Vondel bejahte. »Wir kennen jemanden, der sich ebenfalls der Dichtkunst verschrieben hat. Sein Name lautet Johann Michael Moscherosch.«

»Moscherosch«, überlegte van den Vondel. »Ich glaube den Namen schon einmal gehört zu haben. Ich erinnere mich, dass es eine Gemeinschaft gibt, die Eure Sprache aufrechthalten will. Aber leider weiß ich nichts Näheres. Woher kommt Ihr, dass Ihr den Mann kennt? Ich weiß nicht einmal Euren Namen«, erklärte er und biss erneut ins Brot.

»Bitte entschuldigt, dass ich vergaß, mich vorzustellen. Mein Name lautet Johann Bonner, und das sind meine Frau Franziska, meine Tochter Magdalena und mein Sohn Benjamin. Wir lebten im Land an der Saar, auch Westrich genannt, und sind nun auf dem Weg in meine alte Heimat, das Eichsfeld. Ich habe meine Mutter und meine Schwester seit fast achtzehn Jahren nicht gesehen und möchte wissen, wie es ihnen geht«, gab Johann preis.

»Warum seid Ihr damals aus Eurer Heimat fortgegangen? Der Liebe wegen?«, fragte der Niederländer schmunzelnd und sah zu Franziska, die leicht errötete.

»Nein, es waren andere Gründe«, wiegelte Johann die Frage ab und schielte zu seiner Frau, deren Gesichtszüge verkniffen wirkten.

Van den Vondel schaute zwischen den Eheleuten hin und her und sagte: »Es ist wichtig, den Ort seiner Geburt nicht zu vergessen. Deshalb werde auch ich nach vielen Jahren meine Geburtstadt wieder aufsuchen. Ich möchte wissen, wie weit sich die Stadt nach der großen Katastrophe vor fast drei Jahren erholt hat.«

Neugierig geworden, sahen ihn nun Magdalena, Johann und Franziska an, während Benjamin gelangweilt zu den Pferden schlenderte.

Der Niederländer zupfte mehrere Grashalme aus dem Boden und rieb sie zwischen den Fingern, während sein Blick in die Gegend schweifte. »Diese schöne Stadt hat es geschafft, sich aus Eurem langen Krieg herauszuhalten, und bot sogar den Schweden Neutralität an. Doch die wollten anstatt des kleinen Fingers die ganze Hand und verlangten die freie Religionsausübung für Protestanten. Das muss man sich vorstellen! Mein geliebtes katholisches Köln sollte Andersgläubige dulden«, ärgerte sich van den Vondel. »Vor drei Jahren jedoch rückte der schwedische General Baudissin gegen Köln vor. Als ich hörte, dass meine Geburtstadt bedroht wurde, schrieb ich sofort ein Friedensgedicht an den schwedischen König Gustav Adolf. Darin bat ich, dass er es dem großen Alexander gleichtun solle, der einst Jerusalem und auch Theben aus Ehrfurcht und Respekt verschonte, weil der Dichter Pindar in Theben lebte. Ich war zuversichtlich, dass die Schweden Köln verschonen würden, schließlich ist es die Stadt des Dichters van den Vondel. Doch was taten die dummen Kölner? Sie verließen sich mehr auf die Macht der Mauern als auf meine Worte und ließen die Festung Deutz verstärken. Das verärgerte die Schweden und General Baudissin dermaßen, dass sie in der Nacht vom 21. auf den 22. Dezember den kurkölnischen Ort angriffen. Da in Deutz schwere Verluste zu verzeichnen waren, halfen die Soldaten der Stadt Köln, die Schweden zu vertreiben. Kurz darauf flog der Turm der Pfarrkirche in die Luft und zerstörte alle Häuser im nahen Umfeld. Über dreihundert Menschen fanden den Tod.« Van den Vondel rieb sich über die Stirn. Man konnte erkennen, dass ihn das Ereignis noch immer tief bewegte.

»Wieso ist nach dem Abzug der Schweden die Kirche explodiert?«, fragte Johann.

Der Niederländer zuckte mit den Schultern. »Das weiß niemand. Vielleicht war es ein Unfall, vielleicht aber auch die Sabotage des Feindes, oder es war sogar das Werk eines Verräters.

Dazu müsste man die Frage klären, wer wusste, dass in der Kirche Pulver gelagert wurde.«

»Ich finde es unverantwortlich, in einem Gotteshaus Schießpulver zu lagern«, empörte sich Franziska. »Hoffentlich wird derjenige im ewigen Fegefeuer schmoren!«

»Da gebe ich Euch recht, Verehrteste«, stimmte ihr der Niederländer zu. »Doch soviel ich weiß, ist bis heute nicht geklärt, wer das Feuer in Sankt Urban gelegt und damit die Explosion ausgelöst hat.« Van der Vondel zog eine goldene Taschenuhr aus dem Wams. »Es wird Zeit, dass wir aufbrechen.« Er blickte seinen Begleiter an und sagte: *»Laten wij gaan, Pieter!«*

Daraufhin sprang der Mann auf und sattelte die Pferde. Auch van den Vondel erhob sich. Er verbeugte sich vor Magdalena und Franziska und gab Johann die Hand. »Ich danke Euch und Eurer Familie für die Gastfreundlichkeit und wünsche Euch eine gute Heimreise.« Dann setzte er seinen prächtigen Hut auf.

Pieter kam mit den Pferden, und die beiden Männer schwangen sich in die Sättel. Ein letzter Gruß, und sie galoppierten davon.

Nachdenklich blickte Johann ihnen nach.

Kapitel 15

Am dritten Tag lenkte Johann das Gespann auf einen Weg, der dem Lauf der Nahe folgte. Mit großen Augen betrachtete Benjamin ein Handelsschiff, das auf dem Fluss Ware beförderte. Da der Wind aufgefrischt hatte, waren Seemänner damit beschäftigt, die Segel auszurichten. Ein bärtiger Seefahrer, der an der Pinne stand, rief den Männern lautstark Befehle zu, die diese wiederholten und befolgten. Einer der Seeleute entdeckte die Reisenden am Ufer und winkte ihnen zu. Benjamin grüßte überschwänglich zurück. Als der Fluss eine Biegung machte, verschwand das Schiff aus dem Sichtfeld der Reisenden. Der Weg entfernte sich von der Nahe und führte das Fuhrwerk landeinwärts.

Sorgenvoll beobachtete Johann, wie vor ihnen dichte graue Wolken am Himmel erschienen und sich auf sie zubewegten. Rasch wurde der Wind einem Sturm gleich, und schon bald peitschte er schwarze Regenwolken vor sich her, die den Tag verdunkelten. Es begann zu schütten, sodass Johann und seine Familie bis auf die Haut durchnässt wurden.

»Schaut, ob ihr eine Unterstellmöglichkeit entdeckt«, schrie Johann gegen das Heulen des Windes an, der ständig stärker wurde. Der Sturm ließ die Wipfel der Bäume hin und her tanzen und bog Buschwerk zu Boden. Als Donnergrollen zu hören war, legte Magdalena schützend einen Arm um ihren Bruder.

»Ich kann nirgends eine Scheune entdecken«, brüllte Franziska und wischte sich den Regen aus dem Gesicht. Johann reichte seiner Frau die Zügel und stellte sich auf den Sitz des Kutschbocks, sodass er über das Land blicken konnte. Während Franziska das Gefährt lenkte, hielt er sich an ihrer Schulter fest, um nicht vom Fuhrwerk geweht zu werden. Als er glaubte, zwischen den Bäumen einen schwachen Lichtschein zu erkennen, kniff er die Augen leicht zusammen, um besser sehen zu können. Ein Blitz zuckte dicht über sie hinweg, und Donner grollte, sodass die Pferde aufgeschreckt wieherten und kaum zu halten waren. Hastig rutschte Johann auf seinen Platz zurück und riss Franziska die Zügel aus der Hand. Mit Geschrei feuerte er die Pferde an, schneller zu werden, und lenkte sie dabei auf den Lichtschein zu.

Es war eine heruntergekommene Holzfällerhütte, aus deren Innerem ein schwaches Licht durch die Ritzen der Bretter fiel.

»Geht ins Trockene. Eure Mutter und ich versorgen geschwind die Pferde, dann kommen wir nach«, sagte ihr Vater.

»Wir warten auf euch«, widersprach Magdalena ängstlich.

»Sei unbesorgt, mein Kind. Wenn Gefahr droht, bin ich sofort zur Stelle«, versuchte Johann seine Tochter zu beruhigen und führte das Fuhrwerk hinter die Hütte.

Magdalena umfasste Benjamins Hand, der sich ängstlich an sie presste. Zögerlich gingen die Geschwister auf den Eingang des Schuppens zu. Das Tor hing windschief in den Angeln und ließ sich nicht mehr schließen. »Ist hier jemand?«, rief das Mädchen zaghaft, während sie vorsichtig eintraten. Auf dem Boden im Inneren war eine notdürftige Feuerstelle, in der ein schwaches Feuer glomm, das kaum Helligkeit spendete und dessen Rauch durch ein großes Loch im Dach abzog. Da Magdalena keinen Menschen sehen konnte, wiederholte sie mit zittriger Stimme ihre Frage. Wieder kam keine Antwort.

»Ich fürchte mich«, jammerte Benjamin leise.

Magdalena versuchte ihren Bruder zu beruhigen und streichelte ihm über den Kopf. »Du musst keine Angst haben. Ich bin bei dir!«, flüsterte sie und ließ dabei ihren Blick durch das Innere der Scheune schweifen.

Plötzlich glaubte sie, in einer Ecke, die im Schatten der kraftlosen Flammen lag, eine Bewegung auszumachen. Erschrocken zuckte sie zusammen. »Wer ist dort?«, fragte das Mädchen. Weil sie keine Antwort bekam, fügte sie hinzu: »Wir sind vom Regen überrascht worden und wollen uns wärmen.« Ängstlich starrte sie in die Ecke.

»Wie viele sind ›wir‹?«, fragte eine raue Stimme zurück.

»Meine Eltern, mein Bruder und ich«, erklärte sie.

»Wo sind deine Eltern?«

»Draußen bei den Pferden. Aber sie werden gleich kommen«, fügte sie hastig hinzu. Jetzt traten ein Mann und zwei Kinder aus der Dunkelheit hervor ans Feuer. Im selben Augenblick kamen Magdalenas Eltern in die Hütte.

Johann erkannte die Lage und musterte mit einem umsichtigen Blick die drei fremden Menschen. Der Mann schien der Vater der Kinder zu sein, denn sie drängten sich verängstigt an ihn. Johann schätzte das eine Mädchen nicht älter als Benjamin und das andere zwei Jahre jünger. Sie waren blass und abgemagert, ebenso wie der Mann, der sicher älter aussah, als er tatsächlich war. Alle schwiegen und musterten einander.

Es war Franziska, die das Wort ergriff. »Dürfen wir uns an deinem Feuer wärmen?«, fragte sie lächelnd.

Der Fremde nickte und setzte sich auf den staubigen Boden, wobei er das kleinere der beiden Mädchen auf seinen Schoß zog. Müde legte sie den Kopf mit den dunklen Zöpfen an die Brust des Vaters und nuckelte an ihrem schmutzigen Daumen.

Johann atmete erleichtert aus, denn von dem Mann schien keine Gefahr auszugehen. »Sei gegrüßt«, sagte er höflich. »Danke, dass wir uns zu dir setzen dürfen. Ich werde Holz suchen, damit wir ein größeres Feuer entfachen können.«

»Hier drin ist keins mehr. Nur draußen im Wald, aber das ist nass und wird uns zuqualmen«, erwiderte der Fremde mürrisch.

»Vielleicht habe ich Glück«, meinte Johann und übergab seiner Tochter die Sachen, die er mitgebracht hatte. Dann lief er hinaus.

Franziska, die neben ihren Kindern stand, blickte die fremden Mädchen an. »Habt ihr Hunger?«, fragte sie die beiden, die sie aus großen Augen anstarrten. Unsicher blickten sie ihren Vater an.

»Meine Töchter haben in den letzten Tagen nur Wurzeln und bittere Beeren zu essen bekommen«, sagte er verlegen und rutschte auf dem kalten Boden hin und her.

Franziska reichte ihm eine Decke. »Darauf sitzt ihr wärmer.«

Dankend breitete der Mann den Wollstoff aus und ließ seine Töchter Platz nehmen, dann setzte er sich zwischen die beiden.

Unterdessen kam Johann mit einem Arm voller Äste zurück.

»Ich habe unter Gesträuch trockenes Holz gefunden«, verkündete er und legte einige Stücke ins Feuer. Sogleich züngelten die Flammen hoch. Schon bald breitete sich Wärme in der Hütte aus.

Franziska und ihre Familie setzten sich auf die beiden anderen Decken, die sie auf den Boden gelegt hatte. Dann kramte sie im Beutel und holte Brot, Schinken, Äpfel und Käse hervor. Als sie die Lebensmittel auf der Decke ausbreitete, sahen die beiden fremden Mädchen mit hungrigen Augen zu.

Johann reichte jedem Kind einen Apfel und ein Stück Käse. Für den Mann schnitt er eine Scheibe Schinken und Brot ab.

»Gott vergelt's euch!«, murmelte der Fremde.

»Wir teilen gern mit dir und deinen Töchtern«, erwiderte Johann.

»In Zeiten wie diesen denkt kaum jemand so großzügig wie du. Jeder ist sich selbst der Nächste«, entgegnete der Mann, während er gierig kaute.

»In wenigen Tagen sind wir zu Hause, und bis dahin werden wir nicht verhungern«, sagte Johann und reichte dem Mann seine Flasche Bier.

»Wohin wollt ihr?«, fragte er und nahm einen tiefen Schluck.

»Nach Thüringen, aufs Eichsfeld.«

Der Mann gab Johann die Flasche zurück. »Seid ihr auf der Flucht?«

Johann verneinte erschrocken. »Wie kommst du darauf?«

Der Mann zuckte mit den Schultern und meinte: »Dann müsst ihr reiche Leute sein, wenn ihr mit Pferden und Fuhrwerk reist.«

Überrascht erklärte Johann: »Wir sind einfache Bauern.«

Der Mann blickte ihn argwöhnisch an. »Seit vielen Jahren herrscht Krieg im Reich, sodass kaum einer weiß, wie er den nächsten Tag überstehen soll, und du hast einen Beutel voll mit Köstlichkeiten«, sagte er mit lauter Stimme. Als er weitersprach, senkte er sie, denn die Kinder starrten aufgeschreckt zu ihnen. »Meine Frau ist im letzten Winter verhungert. Sie war schwanger und stand kurz vor der Niederkunft«, sprach er flüsternd weiter. »Der Winter war verdammt lang und so erbärmlich kalt gewesen. Unsere Vorräte waren aufgebraucht. Tagelang bin ich umhergeirrt und habe nach Wild Ausschau gehalten, aber der Wald war leergejagt. Es gab noch nicht einmal eine Ratte, die ich hätte fangen können. Jetzt sind wir auf dem Weg zu meiner Schwester. Ich hoffe, dass ich die Mädchen bei ihr lassen kann, bis ich eine Stiefmutter für sie gefunden habe.« Als er sah, wie seine Töchter mit Benjamin alberten, zuckte ein schwaches Lächeln über sein Gesicht. »Es ist das erste Mal seit dem Tod ihrer Mutter, dass ich sie vergnügt sehe«, murmelte er, doch dann wurde sein Blick starr, und er wandte sich Johann zu. »Es kann mir einerlei sein, wer oder was du bist, denn ich glaube dir kein Wort. Aber eines ist gewiss: Einfache Bauern können sich keinen Schinken leisten.« Dann steckte er den letzten Bissen in den Mund. »Ich habe seit ewigen Zeiten keinen mehr gegessen«, sagte er kauend und leckte sich die Finger.

Johann räusperte sich unwohl. »Es tut mir leid, dass du deine Frau verloren hast und dass ihr Hunger leidet. Zum Glück haben wir keine große Not ertragen müssen, denn wir kommen aus dem Land an der Saar, das bis jetzt größtenteils vom Krieg verschont geblieben ist«, erklärte er.

Der Fremde schaute ihn ungläubig an. »Ihr wollt mir erzählen, dass ihr aus einem Land kommt, in dem man genügend zu essen hat und wo man sicher leben kann?«

Johann zögerte, doch dann nickte er.

Der Mann kratzte sich an seinen Bartstoppeln und fragte nachdenklich: »Jetzt aber seid ihr auf dem Weg quer durchs Reich, in dem Krieg herrscht?«

Johann wusste, dass das wie Hohn für den Mann klingen musste, und er schämte sich. Der Aberwitz seines Vorhabens war ihm nie so klar gewesen wie in diesem Augenblick. Obwohl Clemens und Maria ihm dasselbe gesagt hatten, führte dieser Mann ihm das gefährliche Abenteuer seines Plans nun deutlich vor Augen.

»Welchen Grund hast du, deine Familie solch einer Gefahr auszusetzen?«, wollte er wissen und schaute zu Franziska, die ihren Blick senkte.

»Meine Frau und ich sind auf dem Eichsfeld geboren. Wir wollen es unseren Kindern zeigen«, erklärte Johann.

»Ausgerechnet jetzt?«, fragte der Mann fassungslos.

Als Johann nicht antwortete und Franziska ihren Mann bitterböse anblickte, mischte sich Magdalena ein. »Meine Großmutter liegt im Sterben, und wir wollen sie noch einmal sehen«, log sie.

Der Blick des Fremden wanderte von einem zum anderen, dann meinte er: »Das ist ein Grund.« Es war offensichtlich, dass er die Lüge nicht glaubte. Ohne ein weiteres Wort stand er auf und ging zum Eingang. »Der Sturm lässt nach, doch es regnet noch. Ich denke, dass es heute kein Weiterkommen geben wird, außer wir wollen wieder nass werden.«

Johann stellte sich neben ihn und schaute zum Himmel. »Es wäre wohl besser, wenn auch wir heute hier übernachten«, sagte er an Franziska gewandt, die ihn nicht anschaute. Er wusste, dass keine Antwort von ihr kommen würde, und murmelte deshalb: »Ich werde unsere Matratzen holen.«

»Ich helfe dir«, bot der Mann an und begleitete ihn hinaus. Kaum waren sie außer Hörweite, sagte er: »Bevor ihr weiterreist, möchte ich dir einen Ratschlag mit auf den Weg geben.« Er musterte Johann abfällig und sagte mit einer Stimme, die zynisch klang: »Ich denke, dass du blauäugig bist.«

Johann schwieg. Der Mann streckte die Hand aus und wies in die Richtung, in die Johann musste. »Einen halben Tag Fußmarsch von hier entfernt sind wir an einem Ort vorbeigekommen, der von einer Soldateska überfallen wurde.«

Johann sah ihn fragend an, und der Fremde erklärte: »Das sind abtrünnige Soldaten der übelsten Sorte. Sie schrecken vor nichts zurück, denn sie haben nichts zu verlieren. Sie rauben, brandschatzen und morden. Zum Glück konnte ich mich mit meinen Töchtern zwischen engem Buschwerk verstecken, sodass sie uns nicht entdeckt haben. Aber ich habe die Schreie der Menschen gehört und das Lachen ihrer Mörder. Nachdem sie weitergezogen waren, habe ich im Ort nach Überlebenden gesucht.« Sein Blick wurde starr. »Nicht einmal die Kinder haben sie verschont.«

Johann schluckte hart.

»Ich erzähle dir das, damit du auf der Hut bist. So wie du das Land an der Saar geschildert hast, muss es paradiesisch sein. Aber hier näherst du dich der Hölle. Du scheinst nicht zu wissen, auf was du dich bei deiner Reise eingelassen hast«, sagte er mit verächtlichem Ton und ging zurück in die Holzfällerhütte.

Johann konnte nicht schlafen, da das Gespräch mit dem Mann ihn beunruhigte. Nachdem er nachgedacht hatte, kam er zu dem Entschluss, dass sie weiterreisen würden. Uns wird nichts passieren. Nur noch wenige Tage, dann haben wir es geschafft, dachte er und rutschte näher an die Bretterwand der Hütte, um sich dagegenzulehnen. Müde schaute er zu seiner Familie, die dicht am Feuer lag. Benjamin drehte ihm sein schlafendes Gesicht zu, sodass es vom Licht der Glut beschienen wurde.

Johann stutzte. Zum ersten Mal bemerkte er, dass sein Sohn seiner Schwester Karoline glich, die er seit über siebzehn Jahren nicht mehr gesehen hatte. Anders als Magdalena, die hellblond und blauäugig war, hatte der Junge dunklere Haare und hellgraue Augen. Johann konnte nicht einordnen, warum ihn sein Sohn an Karoline erinnerte. Vielleicht war es die Art, wie Benjamin im Schlaf den Mund verzog, oder es waren seine langen Wimpern, die Schatten auf seine Wangen malten.

Er rieb sich mit der Hand über die Augen. Viele Jahre hatte er nicht an seine Schwester gedacht, doch seit er sich mit der Reise beschäftigte, tauchte sie immer öfter in seinen Gedanken auf. Als er sie das letzte Mal gesehen hatte, war sie vierzehn Jahre alt gewesen. Inzwischen war sie zweiunddreißig. Ob sie noch auf unserem Hof in Hundeshagen lebt?, überlegte er. Womöglich ist sie verheiratet und hat Kinder. Lächelnd verwarf er den Gedanken. Wer will schon ein so kratzbürstiges Weib als Ehefrau haben?, dachte er, da er sich nicht vorstellen konnte, dass aus seiner Schwester ein liebenswertes Wesen geworden war. Johann erinnerte sich gut an ihre hochnäsige Art, die sie bereits als Kind gezeigt hatte. Karoline kam in ihrem Wesen ihrem herrschsüchtigen Vater gleich. Nichts und niemanden achtete sie, selbst ihrer Mutter hatte das Mädchen keine Spur von Herzlichkeit entgegengebracht.

Was wird Karoline sagen, wenn sie erfährt, dass unser Vater versucht hat, meine Frau und meine Tochter zu ertränken?, dachte Johann bitter und schüttelte sich. Er wollte nicht an damals denken. Nicht daran, dass sie wegen der Verleumdung des alten Bonner, Franziska sei eine Hexe, das Eichsfeld hatten verlassen müssen. Nicht daran, dass sie sich fern der Heimat in Sicherheit glaubten, bis der Vater eines Tages in Wellingen aufgetaucht war – blind vor Zorn und Hass. Und Johann wollte sich auch nicht daran erinnern, dass durch seines Vaters Schuld Franziska und Magdalena, die erst wenige Monate alt gewesen war, in den reißenden Fluss gefallen waren und nur ein Wunder verhindert hatte, dass beide ertranken.

Obwohl diese schrecklichen Geschehnisse schon so lange zurücklagen, lief Johann bei der Erinnerung ein kalter Schauer über den Rücken. Aber der alte Bonner war tot und konnte ihnen nicht mehr schaden. Sicher, dachte Johann, wird auch unsere Mutter Annerose den Alten kaum vermissen, denn sie hatte sehr unter ihrem brutalen und streitsüchtigen Mann zu leiden gehabt.

Als Benjamin Johann den Rücken zudrehte, wanderte Johanns Blick zu Franziska, und er betrachtete ihr schlafendes Antlitz. Mit den Jahren durchzogen immer mehr feine graue Haare ihre rötlichen Locken, was ihrer Schönheit keinen Abbruch tat, denn Johann fand seine Frau immer noch anziehend, besonders, wenn sie ihn mit ihren grünen Augen wütend anfunkelte. Dann wollte er sie stets gerne an sich ziehen und sie küssen. Doch Franziskas abwehrende Körperhaltung ließ keine Zärtlichkeit zu.

Johann seufzte verzagt. Zwar gab es auch Augenblicke, in denen er spürte, dass Franziska ihn verstohlen anblickte. Dann hoffte er jedes Mal, sie würde zu ihm kommen und ihre Arme um ihn schlingen. Doch jedes Mal hoffte er vergebens. Aber er hatte die Hoffnung nie aufgegeben. Obwohl Franziska unter den Anstrengungen der Reise litt, war Johann aufgefallen, dass sie den Kindern gegenüber herzlicher wurde. Auch dass sie mit den Fremden freundlich sprach und Essen mit ihnen teilte, stimmte ihn zuversichtlich, Franziskas Zuneigung wiederzugewinnen. In Hundeshagen werde ich mit ihr über alles sprechen, nahm sich Johann vor, dessen Augen vor Müdigkeit brannten. Er legte das letzte Stück Holz auf die Glut, die sofort wieder aufloderte. Dann streckte er sich neben Benjamin aus. Liebevoll umschloss sein Arm den Jungen, und er schlief ein.

Franziska hatte Johann unter halbgeschlossenen Lidern beobachtet und seine Gedanken erahnt. Sie wusste, dass er sie immer noch liebte, und auch, dass er sich nach Zärtlichkeiten sehnte. Aber sie war innerlich wie erstarrt. Das schlimme Ereignis ließ sie an allem zweifeln, was in ihrem Leben einst wichtig gewesen war, denn die Frage nach dem Warum konnte sie nicht beantworten. Sie hatte nicht gewollt, dass ihr Leben sich so brutal änderte. Doch niemand hatte sie gefragt. Es war plötzlich über sie gekommen. Eines Tages wird er eine Frau finden, die seine Liebe verdient hat, dachte sie und wischte die Tränen fort, die ihr über die Wangen rollten.

Kapitel 16

Am nächsten Morgen hatte sich der Sturm verzogen und der Regen aufgehört. Trotzdem war der Himmel mit dichten Wolken verhangen, und die Sonne ließ sich nicht blicken. Kälte lag in der Luft.

»Wir müssen weiter«, sagte der fremde Mann, kaum dass es hell wurde. Er weckte die beiden Mädchen, die ihn verschlafen anblinzelten. Nachdem er sie dazu aufgefordert hatte, packten sie quengelnd ihre wenige Habe zusammen.

Franziska schnitt Brot und Käse ab. »Mit vollem Bauch geht es sich besser«, sagte sie und reichte jedem Mädchen zusätzlich einen Apfel.

Mit dankbarem Blick wandte sich der Mann dem Ehepaar zu und sagte: »Es ist sehr edelmütig von euch, dass ihr euer Essen mit uns teilt. Gott segne euch dafür.« Dann fasste er jede seiner Töchter an einer Hand und marschierte hinaus.

Johann blickte ihnen nach und ging dann hinter die Holzfällerhütte, wo er die Pferde angebunden hatte. Die Hengste schienen den Sturm gut überstanden zu haben. Während er die Hafersäcke abnahm, die er ihnen am Abend zuvor ums Maul gehängt hatte, redete er leise auf sie ein. Danach spannte er sie vor das Fuhrwerk und führte sie vor die Hütte.

»Wo bleibt ihr?«, rief Johann und blickte zum Eingang, aus dem seine Tochter allein herauskam.

»Benjamin ist krank, und auch Mutter geht es nicht gut«, erklärte sie.

Johann eilte in die Hütte und sah seinen Sohn auf der Decke

liegen. Sofort kniete er sich zu ihm nieder und befühlte Wangen und Stirn, die zu glühen schienen. Besorgt blickte er Franziska an, deren Augen ebenfalls fiebrig glänzten.

»Ihr werdet euch gestern im Regen erkältet haben«, meinte Johann, und seine Frau nickte. Schlapp setzte sie sich zu ihrem Sohn auf die Decke und zog den Umhang enger zusammen.

Magdalena befühlte den Stoff. »Er ist immer noch klamm, Mutter. Nimm meinen, denn er ist getrocknet«, sagte das Mädchen und wollte den Wollstoff ausziehen, doch Franziska hinderte sie daran.

»Behalte ihn an, sonst wirst auch du krank«, sagte die Mutter.

Magdalena nickte. Doch als ein Hustenanfall Franziska quälte, zog sie ihr den Umhang von den Schultern. »Du holst dir mit dem nassen Zeug den Tod«, befand das Mädchen sanft und legte der Mutter eine wärmende Decke um den Leib.

Johann blickte sich in der Holzfällerhütte um. »Hier können wir nicht bleiben. Es zieht durch alle Ritzen. Außerdem benötigt ihr Heilkräuter, damit ihr wieder auf die Beine kommt. Wir müssen in die nächste Ortschaft fahren. Vielleicht können wir dort ein Zimmer mieten.«

Als er Franziskas besorgten Blick auffing, versuchte er sie zu beruhigen: »Mach dir keine Gedanken. Wir haben genügend Geld, um uns das leisten zu können. Auch treibt uns keine Eile. Ich werde auf der Ladefläche Platz schaffen, damit ihr euch dort niederlegen könnt«, sagte er und lief hinaus.

Mit großer Mühe schob Johann die Gegenstände auf dem Karren zusammen und stapelte sie übereinander, sodass eine schmale Liegefläche entstand. Darauf legte er eine Matratze und breitete eine Decke aus. Hustend und zitternd legten sich Benjamin und Franziska nieder. Magdalena nahm eine zusätzliche Wolldecke und breitete sie über die Kranken aus. »Versucht zu schlafen«, riet sie und setzte sich auf den Bock neben ihrem Vater, der die Pferde antraben ließ.

Als sie den Wald hinter sich gelassen hatten, führte der Weg sie auf freies Feld. Johann blickte sich unsicher um. »Sind wir gestern hier entlanggekommen?«, fragte er seine Tochter zweifelnd.

Magdalena zuckte mit den Schultern. »Es war dunkel, und der Regen ist mir ins Gesicht gepeitscht, sodass ich kaum etwas erkennen konnte.«

Ihr Vater nickte. »Mir ging es ähnlich. Wenn am Wegesrand wenigstens ein Wegweiser wäre, nach dem man sich richten könnte.«

»Da du nirgends abzweigen kannst, musst du dem Weg folgen. Hoffentlich werden wir bald auf eine Ortschaft stoßen«, murmelte Magdalena und schaute besorgt zu den beiden Schlafenden.

Johann schnalzte mit der Zunge, und die Hengste liefen schneller.

Magdalena kam es vor, als ob sie schon seit Stunden Ausschau nach Rauchsäulen am Himmel hielt. Der dünne Qualm würde verraten, dass in den Häusern Menschen lebten und Kamine brannten. Doch da der Himmel grau verhangen war, konnte sie kaum etwas erkennen.

Ihre Augen brannten, und sie lehnte sich verzagt zurück. »Es scheint kälter zu werden«, sagte sie und zog ihren Umhang enger um sich.

Ihr Vater hielt die Nase in die Höhe und meinte: »Wenn mich nicht alles täuscht, liegt Schnee in der Luft.«

»Gott bewahre!«, murmelte Magdalena und presste sich fester in den Sitz. Vater und Tochter schwiegen eine Weile, bis das Mädchen die Stille durchbrach.

»Vater«, sagte sie, und Johann schaute auf. »Darf ich dir eine Frage stellen?«

Ihr Vater kräuselte die Stirn und nickte.

»Warum seid ihr, Mutter und du, damals aus dem Eichsfeld fortgegangen?«

Als seine Tochter die Frage ausgesprochen hatte, schlug Johanns Herz schneller. Er hatte schon seit einiger Zeit befürchtet, dass er dem Mädchen eines Tages die Geschichte würde erzählen müssen. Doch jetzt war nicht der rechte Augenblick, und er versuchte es schroff abzuweisen. »Das geht dich nichts an!«, erwiderte er brüsk.

Erstaunt sah Magdalena ihren Vater an, denn mit dieser Abfuhr hatte sie nicht gerechnet. Als sie in sein mürrisches Gesicht blickte, ärgerte sie sich, dass sie ihrer Neugierde nachgegeben hatte. Magdalena schluckte mehrmals, doch dann reckte sie das Kinn. Da es ausgesprochen war, wollte sie nicht nachgeben und erwiderte: »Ich denke schon, dass es mich etwas angeht. Schließlich zerrst du uns trotz Krieg durchs halbe Reich aufs Eichsfeld.« Dabei zog sie das Wort Krieg übertrieben in die Länge, sodass ihr Vater aufgeschreckt nach hinten zu seiner Frau schaute.

»Sie schlafen! Außerdem können sie uns nicht verstehen«, erklärte Magdalena.

»Woher willst du das wissen?«, zischte ihr Vater.

»Als Kind habe ich bei der Heuernte manchmal auf der Ladefläche gesessen, und du und Oheim Clemens vorn. Ihr beide habt lauthals gelacht, und ich wusste nicht, warum, weil ich hinten eure Gespräche nicht verstanden habe. Du kannst mir also alles erzählen!«

»Du bist so aufsässig wie deine Mutter«, schimpfte Johann und hoffte, seine Tochter mit der Schelte zum Schweigen zu bringen.

Aber erneut widersprach sie ihm: »Mir gefällt besser, dass ich so stur bin wie du«, wiederholte sie Marias Worte.

»Du hast uns belauscht!«, brummte Johann.

»Ihr habt vor meinem Lager gestanden und euch über mich unterhalten. Da musste ich zwangsläufig mithören.«

»Wir dachten, du würdest schlafen«, verteidigte sich ihr Vater.

»Nein, ich hielt nur die Augen geschlossen«, gab das Mädchen ehrlich zu. Johann blickte sie wütend an und wollte etwas sagen, doch dann schloss er den Mund, und sein Blick wurde sanft.

»Ich bin die Tochter meines Vaters!«, sagte Magdalena und lächelte zaghaft, sodass Johann laut seufzte. »Erzählst du mir nun, was damals vorgefallen ist?«

Johann grübelte, dann gab er nach. Erneut blickte er zu seiner Frau, die ruhig dalag und zu schlafen schien, ebenso wie sein Sohn. »Also gut, mein Kind. Du gibst sonst keine Ruhe.« Er holte tief Luft und begann zu erzählen: »Ich war damals kaum älter als du, als ich deine Mutter kennen und lieben lernte ...«

Magdalena hing an seinen Lippen und hörte zum ersten Mal, dass man ihre Mutter als junges Mädchen der Hexerei bezichtigt hatte und dass sie angeklagt werden sollte. »Mein Vater hatte für mich bereits die Tochter eines reichen Schweinezüchters als Eheweib ausgesucht. Als ich ihm mitteilte, dass ich deine Mutter heiraten wollte, unterstellte er ihr plötzlich, dass sie Schadenszauber verübt hätte. Er konnte ihr das nicht nachweisen und erklärte schließlich, dass ein Hexenmal auf ihrem Rücken sie verraten würde.«

Als das Mädchen erfuhr, dass man ihre Mutter gefangen nehmen und auf den Scheiterhaufen hatte bringen wollen, riss sie erschrocken die Augen auf.

»Wir hatten uns kaum das Jawort auf Burg Bodenstein gegeben, als eine Meute Männer aus dem Tal zur Festung hinaufstürmte. Mit einer List halfen deine Großmutter und die Burgherren uns zu fliehen. Wochenlang sind wir umhergeirrt und wussten nicht, wohin. Unterwegs lernten wir Clemens und noch einige andere kennen, die ein ähnliches Schicksal hatten. Wir rotteten uns zusammen und kamen gemeinsam ins Land an der Saar, das unsere neue Heimat werden sollte.«

Magdalena war bestürzt und fassungslos. »Was wird dein Vater sagen, wenn wir auf seinen Hof zurückkehren? Wird er Mutter in Ruhe lassen?«, fragte sie ängstlich.

Johann sah seine Tochter an und schwieg, statt ihr eine Antwort zu geben.

»Was ist, Vater?«, fragte Magdalena leise.

»Dein Großvater liegt seit vielen Jahren in Wellingen beerdigt.«

Magdalena glaubte sich verhört zu haben, doch ihr Vater wiederholte seine Worte.

»Ich bin vollkommen durcheinander«, flüsterte das Mädchen. »Hilf mir, das zu verstehen«, bat sie den Vater.

Und er erzählte auch diesen Teil der Geschichte.

»Mein eigener Großvater hat versucht, Mutter und mich zu ertränken?«, fragte Magdalena bestürzt.

Johann wollte seine Tochter nicht noch mehr verunsichern und verschwieg ihr, dass Bonner nicht sein leiblicher Vater und somit auch nicht ihr Großvater war. »Sein Geist war verwirrt«, versuchte er das Thema zu beenden und blickte auf den Weg.

Meine Mutter soll eine Hexe sein?, grübelte Magdalena entsetzt. Unsicher schielte sie zur Ladefläche. War das der Grund für das Elend, das ihre Familie quälte? Wollte Gott sie strafen, weil die Mutter vom Glauben abgefallen war? Vater hätte Mutter sicher davongejagt, wenn sie tatsächlich eine Hexe wäre, dachte Magdalena, um sich zu beruhigen, und kaute auf der Innenseite ihrer Wange.

Johann ahnte die Gedanken seiner Tochter und machte sich Sorgen, ob die Wahrheit ihr geschadet hatte. Er griff nach Magdalenas Hand und drückte sie sanft. »Mein Vater war ein böser Mensch. Er hat mich als Kind oft mit der Hundepeitsche verprügelt, und dafür brauchte er keinen Grund. Auch meine Mutter litt unter seinen Gewaltausbrüchen. Du weißt, Magdalena, dass deine Mutter liebevoll, hilfsbereit und ein wunderbarer Mensch ist, der euch liebt. Was uns vor einigen Jahren zugestoßen ist, hat nichts mit den Verleumdungen meines Vaters zu tun.«

Magdalenas Augen waren angstvoll geweitet und ihr Gesicht kreidebleich. Johann überkamen Zweifel, ob es richtig gewesen war, seiner Tochter die Wahrheit zu gestehen, als sie mit schwacher Stimme fragte: »Warum hat man Mutter nicht der peinlichen Befragung unterzogen? Dann wäre man sicher gewesen.«

Johann glaubte sich verhört zu haben. Sein Gesicht verfinsterte sich, als er erregt ausrief: »Bist du von Sinnen? Warum sollte man deine Mutter der Tortur unterziehen? Sie ist keine Hexe. Sie wurde zu Unrecht beschuldigt.«

»Es hätte Mutters Unschuld bewiesen«, erklärte das Mädchen trotzig.

Johann atmete mehrmals ein und aus, um sich zu beruhigen. Dann erklärte er: »Ein weiser Jesuitenpater namens Friedrich Spee hat erforscht, dass Menschen unter der Folter alles zugeben, damit sie keine weiteren Schmerzen mehr erleiden müssen. Weißt du, was die peinliche Befragung bedeutet?«

Magdalena schaute ihn verwirrt an und schüttelte den Kopf. Dann wisperte sie: »Es heißt, dass man nur unter der peinlichen Befragung erkennen kann, ob eine Frau eine Hexe ist.«

Kaum hatte sie zu Ende gesprochen, riss Johann an den Zügeln, sodass die Pferde wiehernd stehen blieben. Ohne ein Wort zu sagen, fasste er seine Tochter am Arm und drückte ihre Hand so fest, dass sie vor Schmerzen aufschrie.

»Bist du eine Hexe?«, fragte er, und als sie nichts sagte, drückte er eine Spur stärker zu. Tränen schossen dem Mädchen in die Augen, und sie wimmerte vor Schmerzen. »Bist du eine Hexe?«, brüllte er erneut.

Da schrie hinter ihm seine Frau entsetzt auf: »Was machst du mit ihr?«

Hustend ergriff Franziska Johanns Arm und zerrte daran. Er

ließ seine Tochter los, die laut aufheulte und sich die gequetschte Hand hielt.

»So und noch viel schlimmer ist das, was man den Frauen antut«, presste Johann hervor und sprang vom Kutschbock.

Franziska versuchte ihre aufgebrachte Tochter zu beruhigen, doch die stieß sie von sich und schrie: »Fass mich nicht an!«

Erschüttert schaute Franziska von Magdalena zu ihrem Mann, der einige Schritte entfernt den Oberkörper nach vorn beugte.

»Was ist hier los?«, fragte sie ihre Tochter, die ihr nicht antwortete und stur vor sich hin starrte, während Tränen über ihre Wangen rollten.

Franziska sah zu Benjamin, der ungestört weiterschlief. Zitternd krabbelte sie von der Ladefläche und schleppte sich zu ihrem Mann. Sie packte ihn am Arm und keuchte: »Was hast du getan?«

Mit leerem Blick sah Johann seine Frau an und flüsterte: »Ich habe ihr die Wahrheit gesagt.«

Kapitel 17

Das Kind rüttelte an dem Eisen, mit dem sein verkrüppeltes Füßchen an der Wand festgekettet war. Doch der Ring löste sich nicht, sondern scheuerte an seiner stark entzündeten Haut. Als das Kind den brennenden Schmerz spürte, heulte es auf. »Mutr«, wisperte es und schaute scheu zur Treppe. Es hatte Angst, dass nicht die Frau, sondern der böse Mann kommen könnte und ihm wieder Schmerzen zufügen würde.

Er war es gewesen, der ihm das Eisen vor zwei Tagen um den Fuß gelegt hatte. Dabei war das Kind nur die Treppe hinaufgekrabbelt, was es mit seinem missgestalteten Füßchen große

Kraft gekostet hatte. Mit seinen nackten Beinchen musste es über das Holz der Stiege rutschen, sodass sich Splitter tief in seine Haut schoben. Trotz der Schmerzen und der Erschöpfung war es dem Kind gelungen, sich Stufe für Stufe hinauf zur geöffneten Tür hochzuziehen. Immer wieder musste es schnaufend innehalten, bis es endlich auf allen vieren im Gang stand.

Zuerst war es von der Helligkeit, die dort herrschte, geblendet, sodass seine Augen tränten und schmerzten. Es hatte sich hingesetzt und schützend die Hände auf die Augen gepresst. Nachdem es sich an das ungewohnte Licht gewöhnt hatte, schaute es aufgeregt um sich und wusste nicht, wohin es sollte. Als es ein Geräusch aus einem Raum hörte, hatte es sich mit den Füßen vorgezogen und war auf dem Hosenboden dorthin gerutscht. Und da stand sie.

»Mutr«, flüsterte das Kind, und als sie nicht antwortete, rief es laut: »Mutr!«

Doch die Frau hatte nur geschrien, als sie es sah.

Seitdem war das Kind in seinem Verlies angekettet. Schluchzend zerrte es erneut an der Kette, als es ungewohnte Laute hörte. Es schaute nach oben zu der Wandöffnung in Höhe der Decke, durch die schwaches Licht in den düsteren Keller fiel. Von dorther kam der Ton. So weit es die Fesseln zuließen, kroch das Kind zu der Wand mit der Öffnung. Aufgeregt hob es den Blick nach oben und lauschte. Wieder hörte es diese Laute, die ihm gefielen, und sein verweintes Gesichtchen entspannte sich. Mit seinen schmutzigen Fingern wischte es sich die Tränen fort und spitzte den Mund. Angestrengt formte das Kind die Lippen, bis es den Laut nachahmen konnte und ein schwaches »Piep!« zu hören war.

Karoline saß am Tisch in der Küche und schnitt ein Leinentuch in handbreite Streifen. Anschließend rollte sie diese zusammen und legte sie zur Seite. Sie nahm den Tiegel mit dem Schmalz vom Regal und füllte einen Löffel davon in ein kleineres Gefäß. Dann ging sie in den Vorratsraum, wo sie an einem Balken kleine Sträuße Schafgarbe vom letzten Sommer an ihren Stängeln aufgehängt hatte. Karoline schnitt einige der weißen Blüten ab und ging zurück zum Herd, um die Stauden in Wasser aufzukochen.

Während Karoline wartete, bis das Wasser siedete, erinnerte sie sich, wie der Wechselbalg vor einigen Tagen hier gesessen hatte. Sofort schlug ihr Herz bis zum Hals. Als sie das Grunzen in ihrer Küche gehört hatte, glaubte sie zuerst in Ohnmacht fallen zu müssen. Doch sie schrie so laut, dass ihr Mann Jodokus in den Raum gestürmt kam. Er hatte sich schützend vor sie gestellt und den erstbesten Gegenstand ergriffen, mit dem er das Dämonenkind schlagen wollte.

Der Balg heulte jämmerlich auf und hielt sich abwehrend den Arm vors Gesicht. Dabei schaute er verängstigt zu Karoline, die sich hinter ihrem Mann versteckt hielt. Flehentlich streckte das Kind ihr seine Händchen entgegen. Als Karoline diese Geste und den angstvollen Blick in seinen blauen Augen sah, krampfte sich ihr Herz zusammen. Plötzlich schob sich ein Bild vor ihre Augen, das sie tief in der Erinnerung vergraben glaubte. Sie musste an einen Vorfall in ihrer Kindheit denken, als ihr Bruder Johann sie ebenso angsterfüllt angesehen hatte. Diesen Blick würde sie nie vergessen können. Sie war ein kleines Mädchen gewesen und hatte in der Stube mit Johann gesessen, als ihr Vater hereingestürmt kam und ihren Bruder anschrie. Johann hatte vergessen, den Stall zu schließen, was den Vater so erzürnte, dass er ihn vor den Augen seiner Schwester mit der Hundepeitsche züchtigte.

Nun hatte das Dämonenkind sie so angesehen und so aufgeheult wie einst Johann. Karoline glaubte die Schreie ihres gepeinigten Bruders zu hören. Sie hielt sich die Ohren zu. Im selben Augenblick hob ihr Mann das Teigholz in die Höhe, um es auf den Wechselbalg niedersausen zu lassen. Ohne zu überlegen stellte sie sich zwischen den Balg und Jodokus und wehrte das Holz ab. »Nein!«, schrie sie und hielt den Arm ihres Mannes fest.

Ungläubig starrte Jodokus sie an. »Was soll das?«, brüllte er und wollte sie zur Seite stoßen, wobei er zornig rief: »Ich mache dem Ganzen ein Ende und erschlage diesen Krüppel – hier und jetzt!«

Karoline umfasste das Teigholz und heulte: »Das darfst du nicht! Dann werden die Dämonen auch unseren Michael töten.«

»Versteh endlich, Frau! Wir werden unser Kind niemals wiedersehen. Der Wechselbalg wird auf ewig an uns und wir an ihn gefesselt sein.«

Karoline gab nicht auf. Doch erst als sie Jodokus schluchzend anflehte, den Balg zu verschonen, ließ er das Teigholz sinken.

Kraftlos hatte sich ihr Mann an den Tisch gesetzt und angewidert das Wesen angestarrt, das weinend auf dem Boden kauerte. »Wie ist diese Missgeburt hier heraufgekommen?«, fragte er grimmig.

Karoline hatte zuerst mit den Schultern gezuckt, dann aber kleinlaut gesagt: »Wahrscheinlich habe ich vergessen, die Kellertür abzusperren.«

Jodokus hatte schimpfen wollen, doch dann nur geseufzt und erklärt: »Damit das nicht noch einmal geschieht, werde ich den Balg anketten.«

Das Wasser kochte, und Karoline gab die Schafgarbenblüten dazu. Bereits nach wenigen Augenblicken waren sie eingeweicht, sodass sie sie mit einem Schöpflöffel wieder herausfischen konnte. Sie nahm die Leinenstreifen und das Töpfchen mit Schmalz und zog den Schlüssel an dem Band aus ihrem Ausschnitt. Karoline holte tief Luft und ging zur Kellertür.

Das Kind hörte, dass der Schlüssel oben an der Treppe im Schloss herumgedreht wurde. Traurig kroch es zurück auf sein

Strohlager. Die Kette klirrte leise, als es sich ängstlich dicht an die Wand presste und wartete. Die Furcht, dass der böse Mann kommen könnte, ließ das Kind zittern. Doch dann sah es den grünen Rocksaum der Frau, und aus seinem Gesichtchen schwand die Furcht. Das Kind rutschte in die Mitte seines Lagers und schaute der Frau erwartungsvoll entgegen.

Karoline hatte das leise Rasseln bereits auf der Treppe vernommen. Sie wusste, dass das Festketten die beste Lösung war, damit der Balg ihr nicht wieder zu nahe kam. Auch wollte sie nicht, dass er noch einmal die Gelegenheit ausnutzen konnte, wenn sie die Tür offen ließe. Nicht auszudenken, wenn Fremde das verkrüppelte Wesen zu Gesicht bekommen würden, dachte Karoline und schämte sich sogleich für den abfälligen Gedanken. Zum ersten Mal, seit der Wechselbalg bei ihr lebte, dachte sie darüber nach, ob er womöglich seine Eltern vermisste. Sie verwarf den Gedanken sogleich wieder, denn Karoline glaubte fest daran, dass Dämonen keine Gefühle hatten. Allerdings konnte sie nicht leugnen, dass in ihrem Innern ein Kampf tobte. Seit das Dämonenkind sie an ihren Bruder Johann erinnert hatte, grübelte sie unentwegt.

Langsam stieg sie mit dem Schmalztöpfchen und den Leinenbinden in ihren Händen die Treppe hinunter. Es dauerte einige Augenblicke, bis sich ihre Augen an das schummrige Licht gewöhnt hatten, doch dann erblickte sie das Dämonenkind auf dem Strohlager. Sie stellte die Sachen auf dem dreibeinigen Schemel ab und sah das Wesen an. Karoline stutzte, denn sein Gesichtchen zeigte keine Angst, sondern schien ohne Scheu. Es zeigte sogar ein verzagtes Lächeln, sodass sie seine fauligen Zahnstummel erkennen konnte. Als sie hörte, wie der Balg erneut leise »Mutr« grunzte, wollte sie ihn wie so oft zuvor anschnauzen. Aber in diesem Augenblick zeigte sein dünnes Ärmchen zu dem Luftloch an der Decke, und so fragte sie stattdessen unwirsch:

»Was ist dort?«

Während ihm Sabber aus den Mundwinkeln lief, krabbelte der Balg dicht an die Wandseite mit der Öffnung an der Decke heran, bis die Kette stramm gespannt war. Erneut zeigte sein dünnes Ärmchen nach oben. Karoline lauschte. Plötzlich drang das fröhliche Piepen eines Vogels an ihr Ohr, und der Balg quietschte.

»Mutr«, flüsterte er, und als sie sich ihm zuwandte, formten seine Lippen ein leises »Piep! Piep!«.

Karolines Augen weiteten sich vor Erstaunen. Der grunzende Dämonenbalg ahmte das Zwitschern eines Vogels nach! Oder hatte sie sich verhört? Als sie ihn prüfend ansah, kroch er, durch ihren Blick verschreckt, zurück auf sein Lager. Doch dann zeigte er erneut zu der Öffnung.

»Mutr«, flüsterte er grunzend und sang sogleich erneut: »Piep! Piep!«

Karoline stemmte die Hände in die Hüften und blickte den Balg böse an. »So weit kommt es noch«, schimpfte sie. »Wegen dir werde ich mich nicht mit quälenden Gedanken belasten.« Sie drehte sich abrupt um und kletterte die Treppe hinauf, als ihr Blick auf die Leinenbinden und das Schmalztöpfchen fiel. »Ich wollte deine Wunden versorgen«, seufzte sie und stieg die Stufen wieder hinab.

Kapitel 18

Arne war bis tief in den Wald vorgedrungen, doch nun standen die Bäume so dicht zusammen, dass es kein Weiterkommen gab. Leise befahl er seinem Pferd, stehen zu bleiben, und stieg ab. Er schlang die Zügel des Wallachs um einen kräftigen Ast und lockerte den Bauchgurt. Danach löste er die Schlaufe, mit der er einen Beutel am Sattel festgebunden hatte, und klemmte den Stoff unter seinem Hosengürtel fest. Als das Schlachtross verhalten schnaubte, klopfte Arne ihm beruhigend an den Hals. »Sei brav, mein Alter! Ich komme bald zurück«, versprach er.

Mit beiden Händen strich er sich sein schulterlanges blondes Haar zurück und schaute blinzelnd zu den Baumwipfeln empor. Durch das frische Grün der Blätter konnte er den grauen Himmel erkennen. Es riecht nach Schnee, dachte er erstaunt. Mit großen Schritten eilte er durch das Gehölz und ließ seinen Blick dabei suchend über den Waldboden schweifen.

Arne war Soldat, aber auch Arzt im Tross eines schwedischen Heeres. Da etliche Kinder und Frauen über heftige Bauchschmerzen klagten, befürchtete man, dass im Gefolge die Ruhr ausgebrochen war. Aus Angst vor Ansteckung zogen das Heer und der Tross weiter und ließen die Kranken mit einigen wenigen Soldaten als Schutz zurück. Arne hatte der Truppe folgen sollen, doch er weigerte sich und blieb, denn er vermutete, dass nicht die Ruhr der Grund für die Leibespein war, sondern Würmer die Gedärme der Kranken befallen hatten. Deshalb war er nun unterwegs, um frischen Bärlauch zu finden, der nicht nur gegen Entzündungen, Fieber und vieles mehr half, sondern auch Würmer aus den Eingeweiden vertrieb. Arne musste sich mit dem Heilen der Kranken beeilen, denn in wenigen Tagen sollten sie dem Tross folgen, da sie ihn sonst nicht wiederfinden würden.

Der hünenhafte Schwede hielt auf einer Lichtung inne, um nach allen Seiten zu schnuppern. »Weit und breit kein Bärlauch«, murmelte er seufzend und lief suchend weiter. Als er glaubte, den intensiven Geruch der Pflanze riechen zu können, schloss er kurz die Lider und reckte die Nase in die Richtung. Doch sofort riss er die Augen wieder auf, denn ein gellender Schrei zerriss die Ruhe des Waldes. Aufgeschreckt sprang Arne hinter einen umgestürzten Baumstamm in Sicherheit, als ein erneuter Schrei zu hören war. »*Jävlar*«, fluchte er in seiner Muttersprache, um dann wieder ins Deutsch zu fallen. »Ich habe mein Schwert beim Pferd zurückgelassen.« Er griff hastig nach dem Dolch, den er an seinem Gürtel mit sich führte, und hielt ihn vor sich. Langsam hob er den Kopf und horchte über den Stamm in den Wald hinein. Nichts war zu sehen oder zu hören. Er wartete einige Herzschläge lang, und als es ruhig blieb, kam er aus der Deckung hervor. Aufmerksam blickte er sich um, als er glaubte, lautes Lachen und verhaltenes Wimmern zu hören.

Arne wusste, dass es ratsam wäre, zurück zu seinem Pferd zu gehen, doch die Neugierde trieb ihn weiter in den Wald. Seine Sinne waren wachsam. Er pirschte in die Richtung, aus der er die Laute vernommen hatte, und glaubte bei jedem Schritt, dass das Gehölz unter seinen Stiefeln lauter knackte als sonst. Während er die Waffe schützend vor sich hielt, durchsuchte sein wacher Blick die Umgebung. Immer wieder hielt er inne und lauschte. Aber es war nichts mehr zu hören. Der Wald schien wie ausgestorben. Arne schlich einige Schritte weiter, als in seiner Nähe plötzlich wieder Lachen erscholl und gleichzeitig jemand fürchterlich kreischte.

Sein Atem beschleunigte sich, denn er mutmaßte, dass ein Mensch in Todesangst war. Warum habe ich mein Schwert zurückgelassen?, fluchte er in Gedanken, doch er war von seinem Pferd zu weit entfernt, um umzukehren. Vorsichtig pirschte er sich von Stamm zu Stamm, bis er am Rand einer abgeholzten Lichtung stand, auf deren Mitte sich ein kegelförmiger Wall befand. Arne wusste, dass dies ein Meiler war, in dem Holzkohle gebrannt wurde. Er wusste auch, dass nahe dieser mannshohen Aufschüttung eine Köhlerfamilie leben musste. Suchend schaute er sich um und erblickte zwischen Tannen eine armselige Hütte, und vor ihr mehrere zweifelhafte Gestalten.

Arne drückte sich keuchend gegen einen moosbewachsenen Stamm und hoffte, dass man ihn nicht entdeckte. Mit einem

Auge lugte er am Baum vorbei und zählte drei Männer, die wie Söldner gekleidet waren und Waffen trugen. Nun konnte er jedes Wort verstehen, das die Söldner sprachen.

»Sei nicht stur und lass uns an deine Alte. Mich juckt es zwischen den Beinen«, hörte er einen der Söldner höhnen, der schwankend vor der Tür der Köhlerhütte stand.

Ein anderer lag lachend auf dem Boden und trank aus einer Tonflasche. »Du kannst uns aber auch deinen Arsch hinhalten, Köhler«, lallte er zwischen zwei Schlucken. Dann reichte er die Flasche an einen milchgesichtigen Burschen weiter, der einen tiefen Zug nahm und hustend nach Luft rang. Der Mann lachte schadenfroh auf und sagte: »Gib mir die Flasche zurück!« Dann drehte er sich in Richtung Hütte. »Schick dein kleines Mädchen zu uns raus. Der Junge hat noch nie seinen Schwanz in eine Spalte gesteckt. Also mach jetzt die verdammte Tür auf, sonst treten wir sie ein!« Er versuchte sich aufzurappeln, was ihm misslang, und er ließ sich zurück auf die Erde fallen. »Vermaledeit! Der Selbstgebrannte des Alten hat es in sich. Mir wird schlecht«, stöhnte er und rollte sich auf die Seite. Im selben Augenblick erbrach er sich.

»Du kommst in die Jahre, Heinrich, und verträgst nichts mehr«, feixte der Mann vor der Tür, der der Rädelsführer zu sein schien. Schwankend trat er mit dem Fuß dagegen. »Welches Teufelszeug hast du uns gegeben, Köhler? Mach endlich die Tür auf! Das ist meine letzte Warnung!«, schrie er und winkte den Jungen zu sich.

Währenddessen kam ein vierter Mann aus den Büschen hervor und versuchte wankend seinen Hosenlatz zu schließen. »Wenn sie nicht freiwillig herauskommen, werden wir sie ausräuchern. Sammelt Holz!«, befahl er und nahm dem Mann am Boden die Flasche weg. »Sauf nicht alles allein.«

Aus der Hütte hörte man den Köhler angstvoll brüllen: »Lasst uns in Ruhe! Wir haben weder Geld noch Wertsachen.«

»Ja, ja, das sagtest du bereits. Deswegen wollen wir deine Frau und deine Tochter«, brüllte der Anführer, als zwei weitere Soldaten aus dem Dickicht kamen, die grimmig dreinblickten. Einer ging zu dem Anführer, während der andere den Mann am Boden mit dem Stiefel in die Seite stieß.

»Ihr versoffenen Arschlöcher! Wir warten seit geraumer Zeit, dass ihr kommt. Wir wollen weiter und haben für eure Spiele keine Zeit. Wenn ihr uns nicht sofort folgt, werden wir ohne euch weiterziehen.«

»Halt's Maul, Fritz! Ich will erst seiner Alten zwischen die Schenkel fahren! Weil sie nicht freiwillig rauskommen, werden wir sie wie die Ratten aus ihrem Bau jagen«, lallte er mit glasigen Augen und drehte sich schwankend um. »Habt ihr genügend Holz aufgeschichtet?«, brüllte er.

Der Bursche nickte.

»Geh zur Rückseite und pass auf, dass sie nicht aus dem Fenster springen. Sobald sie sich blicken lassen, stichst du sie nieder!« Dann hob er neben der Hütte eine Fackel vom Boden auf und entzündete sie. Kaum hatte er sie auf das aufgetürmte Holz geworfen, fing es Feuer. Flammen und Qualm stiegen auf und drangen durch die Ritzen der Bretter in die Hütte.

Arne hörte in der Hütte Kinder weinen und Menschen husten und um Hilfe schreien. Ratlos stand er da und wusste nicht, wie er ihnen helfen konnte. Er war ein guter Kämpfer und hätte mit Leichtigkeit mehrere der Männer umhauen können, zumal sie stark betrunken waren. Doch ohne Schwert war er machtlos. Es sind zu viele, um mit einem Dolch etwas ausrichten zu können, dachte er und verfluchte sich gleichzeitig. Verzweifelt schickte er ein Stoßgebet in Richtung Himmel, als die Tür der Kate aufsprang und der Köhler mit seiner Familie ins Freie drängte. Doch sie wurden von den Söldnern in die brennende Hütte zurückgestoßen.

Wenig später war die Köhlerhütte niedergebrannt, und die Söldner waren abgezogen.

Arne hämmerte mit der Faust gegen den Baumstamm. »Diese Bestien«, presste er zwischen den Zähnen hervor und sah mit Tränen in den Augen auf die qualmenden Reste der Köhlerhütte. Er traute sich nicht hinzugehen, denn er wollte die verkohlten Leichen nicht sehen. Doch dann wischte er sich über das Gesicht. »Sie müssen beerdigt werden«, entschied er.

Es war früher Abend, als Arne ins Lager zurückkam, wo er bereits erwartet wurde. Brigitta hatte bei den Pferden auf ihn gewartet und stürmte sogleich auf ihn zu, um ihn auf den Mund zu küssen, doch Arne drehte den Kopf zur Seite, sodass sie seine Wange traf. Sie tat, als ob sein Widerstand sie nicht störte, und lächelte ihn an.

»Wo bist du so lange gewesen? Ich habe mir Sorgen gemacht«, flüsterte sie und strich ihm über das Haar. »Du stinkst nach Rauch«, stellte sie fest und sah ihn fragend an.

Arne schwieg und wich ihrem Blick aus.

»Was ist geschehen?«, fragte sie neugierig.

Ohne zu antworten wand Arne sich aus ihrem Griff. »Ich muss mit Erik sprechen«, sagte er und ließ sie stehen, um mit großen Schritten zu den Zelten zu eilen, die am Rand des Waldes standen.

Brigitta schaute Arne begehrlich hinterher. Wie lange wirst du dich mir noch verweigern?, dachte sie. Seit sie dem Mann das erste Mal begegnet war, wollte sie, dass er ihr gehörte. Aber es schien unmöglich, ihm näherzukommen, denn er schaffte es immer, Abstand zu halten.

Bin ich so unansehnlich?, dachte Brigitta und blickte an sich hinab. Ihre Brüste waren prall und stramm, da sie noch kein Kind genährt hatten. Auch war ihr Bauch flach, die Hüften rund und ihre Zähne ebenmäßig und vollständig. Sie wusste, dass sie jeden hätte haben können. Aber sie wollte Arne. Warum gelang es ihr nicht, den Mann auf ihr Lager zu ziehen?

»Du bist eine Marketenderin«, flüsterte eine Stimme ihr ans Ohr.

Aus ihren Gedanken aufgescheucht, drehte sich Brigitta um und erblickte ihre Freundin Ingeborg. »Wie meinst du das?«, fragte sie und kräuselte die Stirn.

»Du steigst mit jedem ins Bett, der dich bezahlt. Glaubst du, dass ein Mann wie unser Arne sich in dich verlieben würde?«

Brigitta zupfte an ihren dunklen Haaren und machte einen Schmollmund. »Er soll mich nicht lieben, sondern nur das Bett mit mir teilen.«

Ihre Freundin zog zweifelnd eine Augenbraue in die Höhe, und Brigitta wusste, dass sie ihr nicht glaubte.

Arne fand Erik Gustavsson vor seinem Zelt am Feuer sitzend. Er war umringt von Kindern, die seinen Geschichten über Trolle lauschten, welche angeblich in Schweden lebten. Die meisten Kinder kannten ihre Heimat nur aus Erzählungen, da sie während des langen Kriegs im Reich geboren waren. Gustavsson verstand es, die Kobolde und das Land in bunten Bildern aufleben zu lassen, und die Kinder dankten es ihm mit leuchtenden Augen.

Arne wartete geduldig, bis sein väterlicher Freund zu Ende erzählt hatte und die Kinder in ihre Zelte scheuchte. Lächelnd blickte er ihnen hinterher und setzte sich zu Gustavsson ans Feuer.

»Da du seit dem Vormittag fort gewesen bist, musst du eine große Menge Bärlauch gesammelt haben«, meinte der Alte und zündete sich eine langstielige Pfeife an der Glut an.

Arne schüttelte den Kopf. »Ich muss morgen erneut los und das Kraut suchen.« Er musterte den Freund, dessen dunkles langes Haar im Laufe der Zeit grau geworden war. Arnes Vater hatte Erik Gustavsson schon aus seiner Jugend gekannt. Er muss uralt sein, und doch kann er es mit zwei Angreifern gleichzeitig aufnehmen. Wäre er doch heute an meiner Seite gewesen, dachte Arne und streckte seine Füße zum Feuer aus.

Gustavsson hatte den prüfenden Blick gespürt und schaute den jungen Freund nachdenklich an. »Was ist geschehen?«

Zögerlich erzählte Arne, was er erlebt hatte. Gustavsson hörte zu und sog an seiner Pfeife. Hin und wieder nickte er.

»Diese Ungeheuer gehörten zu keinem Heer. Das war Soldateska«, schloss Arne seinen Bericht.

»Wohin sind sie gezogen?«, fragte Gustavsson mit sorgenvollem Blick. Arne zuckte mit den Schultern. »Das weiß ich nicht, aber ich hoffe für sie, dass sie um uns einen großen Bogen machen, da ich sonst jeden Einzelnen aufspießen werde.«

»Es ist Krieg. Da passieren die schauerlichsten Dinge.«

»Ich weiß«, stöhnte Arne und verdeckte sein Gesicht mit den Händen. »Aber es ist etwas anderes, ob man sich auf dem Schlachtfeld gegenübersteht oder ob man eine Familie aus einer Laune heraus verbrennt.«

Gustavsson blickte Arne durch den Dunst des Tabakqualms nachdenklich an und sagte: »Verliere nie deine Menschlichkeit, mein Junge!«

Arne nickte.

»Was macht deine Verehrerin?«, versuchte Gustavsson den jungen Freund von seinen trüben Gedanken abzulenken.

Arne rollte mit den Augen.

»Na, na«, lachte Gustavsson verhalten. »So schlimm sieht sie nicht aus. Manch einer wäre überglücklich, wenn er Brigitta unentgeltlich für eine Nacht haben könnte. Da sie jedoch die teuerste Hure im Tross ist, kann nicht jeder sie sich leisten.«

»Du sagst es, Gustavsson. Sie ist eine Hure.«

»Sei ehrlich, junger Freund. Auch du wirst schon die Dienste einer Marketenderin in Anspruch genommen haben.«

Nickend stimmte Arne zu und grinste verhalten. »Wer nicht? Aber bei Brigitta ist es etwas anderes. Ich glaube, sie hegt Gefühle für mich.«

»Wäre das so furchtbar?«, fragte der Freund und sog kräftig an der Pfeife, sodass der Qualm sie einnebelte.

»Ich denke, es gibt Schlimmeres«, antwortete Arne schief lächelnd und fügte hinzu: »Ich will nicht mit einer Marketenderin zusammen sein, die das halbe Heer nackt gesehen hat. Außerdem liebe ich sie nicht. Ich warte, bis der Krieg vorbei ist, und suche mir dann ein Mädchen.«

»Du bist eingebildet, Arne. Brigitta könnte jeden im Tross haben. Ob alt oder jung! Und Liebe? Was bedeutet schon Liebe?«

Arne blickte Gustavsson nachdenklich an und erwiderte: »Liebe ist das einzig Wahre, was bleibt in Zeiten wie diesen.«

»Du bist unverbesserlich!«, rügte der Alte ihn freundlich und stand auf, um in sein Zelt zu gehen. »Komm, mein Junge, lass uns schlafen. Ich werde dich morgen begleiten und will ausgeruht sein, wenn wir zum Bärlauchsuchen losziehen.«

Arne nickte und ging in sein Zelt.

Kapitel 19

Johann blickte sich nach allen Seiten um und sah nichts außer Wiesen, Äckern und Wald. Ich muss mich verfahren haben, schimpfte er im Stillen, denn es war weit und breit keine Ortschaft zu erkennen. Zudem hatten sie seit ihrem Aufbruch am Morgen nicht eine Menschenseele getroffen, die sie nach dem Weg hätten fragen können. Der Tag neigte sich dem Ende zu, und Johann wusste nicht, wohin. Er sah zu seiner Tochter, die kein Wort mit ihm gewechselt hatte, seit er ihr zu zeigen versucht hatte, wie furchtbar schmerzhaft eine peinliche Befragung war. Magdalena saß stumm da und hielt sich die Hand, während Tränen über ihre Wangen kullerten.

Hätte ich mich doch beherrscht, ärgerte sich Johann. Doch er wusste, dass er es nicht rückgängig machen konnte. Er drehte seinen Kopf zur Seite, um nach Frau und Sohn zu sehen, die auf der Pritsche lagen. Benjamin schlief und schien auf dem Weg der Besserung zu sein. Seine Gesichtsfarbe war rosig und sein Atem gleichmäßig. Franziska hingegen hustete unentwegt und rang nach Luft, wobei leises Pfeifen zu hören war. Ihre Stirn glänzte vom Schweiß des Fiebers, und obwohl sie nicht schlief, hielt sie die Augen geschlossen.

»Was sollen wir nur machen?«, fragte Johann seine Tochter, die wortlos dasaß und ihm die kalte Schulter zeigte.

»Sei nicht stur und schau dich um, sonst …!«, schnauzte er.

»Sonst was? Willst du mir dann auch die andere Hand zerquetschen?«, fauchte sie mit funkelnden Augen.

»Ich wollte sagen, sonst müssen wir im Wald übernachten«, erklärte er seufzend. Magdalena schaute trotzig an ihm vorbei.

Johann atmete tief durch, als ein heftiger Hustenanfall Franziska erneut nach Luft keuchen ließ und Benjamin weckte, der sich verängstigt aufsetzte.

»Sieh nach deiner Mutter«, forderte Johann seine Tochter auf.

Magdalena schaute zwar kurz nach hinten, blieb aber sitzen.

»Hast du nicht gehört, was ich gesagt habe?«, fragte Johann unbeherrscht, als sich seine Tochter nicht regte.

»Ich kann nicht«, wisperte das Mädchen schließlich und klammerte sich mit bangem Blick an den Sitz.

»Sie ist deine Mutter«, schrie Johann.

Magdalena rührte sich nicht.

Johann zügelte die Pferde und sprang vom Kutschbock. Vor sich hin fluchend lief er um das Fuhrwerk zu Franziska, deren Gesicht vom heftigen Husten feuerrot angelaufen war. Keuchend rang sie nach Luft. Johann half ihr, den Oberkörper aufzurichten, sodass sie durchatmen konnte. Als er den verängstigten Blick seines Sohnes sah, bat er ihn mit sanfter Stimme: »Benjamin, reich mir die Flasche, die neben dir liegt.«

Der Junge griff nach der Flasche, während er flüsterte: »Muss Mutter sterben?«

Erschrocken sah Johann den Jungen an und schüttelte den Kopf. »Mach dir keine Sorgen, mein Sohn. Deine Mutter hat eine schwere Erkältung, aber sie wird wieder gesund werden.«

Johann nahm Benjamin die Flasche ab und setzte sie seiner Frau an die Lippen. Während Franziska Wasser trank, strich Johann ihr liebevoll das verschwitzte Haar aus dem Gesicht.

»Danke!«, flüsterte sie heiser und legte sich ermattet zurück. Kaum hatte sie die Augen geschlossen, schlief sie ein.

»Siehst du, es geht deiner Mutter besser. Versuch, auch wieder einzuschlafen«, sagte Johann und küsste den Scheitel des Sechsjährigen.

Benjamin nickte und streckte sich neben seiner Mutter aus. Seine kleine Hand griff nach der ihren und streichelte sie. Als Johann die Geste sah, glaubte er, etwas würde seinen Brustkorb zuschnüren. Ich muss mich beeilen, damit wir endlich in Hundeshagen ankommen und unser Leben normal wird, dachte er und schwang sich auf den Sitz.

Kaum waren die Pferde angetrabt, blickte er vorwurfsvoll zu seiner Tochter. »Es ist eine Schande! Warum hast du deiner Mutter nicht geholfen?«

Magdalena traute sich kaum, ihren Vater anzublicken. Seit sie wusste, dass ihre Mutter der Hexerei bezichtigt worden war, hatte sie Angst vor ihr. Aber nicht nur vor ihr, sondern auch vor dem Vater. Da das Mädchen ihn in all ihren Lebensjahren nur als liebevollen Menschen kannte, kam der Verdacht in ihr auf, dass ihre Mutter ihn verhext haben könnte. Warum sonst hatte er ihre Hand fast zerquetscht? Ihr Vater war nie zuvor gewalttätig gewesen. Nachdenklich strich sie sich über die Finger, die leicht geschwollen waren, und schaute misstrauisch und vorsichtig zu ihm. Sein Gesicht war verkniffen und sein Blick zornig nach vorn gerichtet. Magdalena rutschte von ihm ab.

Plötzlich rief er aus: »Gott sei's gedankt! Da scheint ein Gehöft zu sein.« Mit lautem Peitschenknall trieb er die Pferde darauf zu.

Als das Mädchen das Haus sah, war sie erleichtert. Doch beim Näherkommen erkannten Magdalena und Johann, dass der Hof eine Ruine war, die schon seit Langem verlassen sein musste.

»Was machen wir jetzt?«, fragte Magdalena enttäuscht.

Ihr Vater zauderte nicht lang und entschied: »Wir bleiben hier!«

»In der Ruine?« Entsetzt blickte das Mädchen auf die halb verfallenen Mauern.

»Hast du einen besseren Vorschlag?«, fragte ihr Vater heftig.

»Mutter braucht einen Arzt«, murmelte Magdalena verlegen.

Johann zog überrascht eine Augenbraue in die Höhe. »Da ich nicht weiß, wo wir einen finden können, und die Dunkelheit bald hereinbricht, ist es ratsam, hier zu nächtigen«, entgegnete er und hielt die Pferde an.

Johann sah sich auf dem verlassenen Gehöft um und beschloss, dass sie im Stall ihr Nachtlager aufschlagen würden. »Dach und Tor sind in Ordnung, auch wenn eine halbe Wand fehlt. Außerdem ist der Stall groß genug für beide Pferde und das Fuhrwerk. So können Mutter und Benjamin auf der Ladefläche liegen bleiben, und wir machen es uns auf dem Boden bequem«, bestimmte er und schnallte die Pferde aus dem Fahrgeschirr.

Magdalena trug Holz zusammen, das auf dem Hof verstreut herumlag. Während ihr Vater ein Feuer entzündete, suchte das Mädchen auf den umliegenden Wiesen Kräuter, die sie zu einem Sud aufkochen wollte. Enttäuscht kam sie mit einer Handvoll Kamille zurück. »Es ist noch zu früh im Jahr«, sagte sie und warf die Pflanzen in das heiße Wasser.

»Besser als nichts«, entgegnete der Vater.

»Morgen werde ich im nahen Wald junge Fichtennadeln suchen. Der Sud aus den frischen Nadeln lindert Husten.«

»Woher weißt du das?«, fragte Johann seine Tochter.

Magdalena zauderte kurz und verriet ihm: »Von Mutter.«

Franziska wollte nichts essen und trank nur wenige Schlucke von dem Kamillengebräu. Der ständige Husten hatte sie erschöpft, und so schlief sie rasch wieder ein. Auch Benjamin fühlte sich noch schlapp, aß aber einen Apfel und ein Stückchen Brot. Kaum hatte er sich neben seine Mutter gelegt, schlief auch er.

Johann streichelte seine Wange und deckte ihn zu. Wie dünn er ist, dachte Johann, da er unter der Decke die Umrisse des schmächtigen Körpers erkennen konnte. Besorgt schaute er zu seiner Frau, deren Lider leicht flatterten. Dann setzte er sich zu Magdalena ans Feuer.

»Ich bin froh, dass du für deine Mutter Fichtennadeln suchen willst«, versuchte er ein Gespräch mit seiner Tochter zu beginnen und lächelte sie an.

Magdalena hingegen stülpte die Lippe nach vorn und zuckte mit den Achseln. »Ich mache es nicht für sie, sondern für mich«, gab sie leise zu.

Fragend blickte Johann sie an. Als sie nichts weiter erklärte, forschte er nach: »Wie meinst du das?«

Das Mädchen kniff den Mund zusammen und schwieg. Erst nachdem sie zum Fuhrwerk geschaut hatte, flüsterte sie: »Ich habe Angst, dass Mutter mich mit einem Schadenszauber belegt und es mir dann schlecht geht.«

Johann schloss die Augen. Er war entsetzt. Niemals hätte er gedacht, dass seine Tochter solche Gedanken hegen würde.

»Sie ist deine Mutter«, sagte er fassungslos. »Sie würde dir niemals etwas Böses antun.«

»Woher willst du das wissen? Es heißt, dass Frauen ihre Kinder sogar auf den Hexentanzplatz zum Hoxberg mitgenommen haben.«

»Aber deine Mutter ist keine Hexe und der schwarzen Magie nicht mächtig!«, sagte er mit bestimmter, aber verhaltener Stimme.

»Woher willst du das wissen? Du kannst es nicht gänzlich ausschließen«, erklärte die Siebzehnjährige und schaute argwöhnisch zur Ladefläche.

Johann rieb sich über die Stirn. Seine Gedanken sprangen hin und her. Angestrengt suchte er nach einer Lösung. Am liebsten hätte er seine Tochter geohrfeigt, doch er wusste, dass er sie durch Schläge nicht von ihren Gedanken abbringen konnte. Schließlich entschloss er sich, ihr von Barnabas zu erzählen.

»Magdalena, hast du schon einmal den Namen Barnabas gehört?«, fragte er.

Sie überlegte. »Ich glaube, dass Maria einmal den Namen erwähnte, aber ich weiß nicht mehr, in welchem Zusammenhang.«

»Ja«, begann Johann leise, »das stimmt. Maria kannte ihn sehr gut.«

Seine Tochter blickte ihn neugierig an, und er erzählte: »Barnabas gehörte zu den Zauberern, die auch Magier genannt werden. Vor vielen Jahren streifte er durchs Land und ging dorthin, wo seine Hilfe gebraucht wurde, denn dem Berufsstand der Zauberer sagt man nach, dass sie Hexen erkennen können.«

Magdalenas Augen weiteten sich, doch bevor sie etwas fragen konnte, fuhr ihr Vater fort: »Man hat seinen Fähigkeiten vertraut, damit keine unschuldige Frau der Hexerei bezichtigt wurde, und Maria hat ihm als Kind dabei geholfen.«

Johann musste über den entsetzten und gleichzeitig ungläubigen Gesichtsausdruck seiner Tochter innerlich schmunzeln. Seine Miene blieb jedoch ernst, denn er wollte, dass sie ihm glaubte.

»Maria kann Hexen erkennen?«

»Jetzt nicht mehr, aber als Kind konnte sie das.«

»Wieso hat sie diese Fähigkeit verloren?«, fragte das Mädchen.

Johann stöhnte leise auf. Er hätte wissen müssen, dass sie ihn mit Fragen bedrängen würde. Und so erzählte er Marias ganze Geschichte.

»… Maria sah in ihren Kinderträumen Frauen, die auf Hexentanzplätzen mit dem Teufel tanzten und Unzucht trieben. Deine Mutter, Magdalena, war niemals unter ihnen gewesen. Auch Regina Rehmringer wusste von dem Hexenverdacht gegenüber deiner Mutter und hatte sie heimlich beobachtet. Sie erkannte sehr schnell, dass Franziska eine ruhige und unaufdringliche Person ist, die keinem etwas Böses will. Zudem ist Franziska gottesfürchtig und würde niemals von ihrem Glauben abfallen.« Johann sah seine Tochter eindringlich an. »Glaubst du tatsächlich, dass wir auf dem Gestüt hätten bleiben dürfen, wenn auch nur der geringste Zweifel bestanden hätte? Deshalb, mein Kind, kannst du darauf vertrauen, dass deine Mutter zu Unrecht des Schadenszaubers beschuldigt wurde«, schloss er seine Erzählung.

Johann konnte sehen, wie die Gedanken hinter Magdalenas Stirn arbeiteten und wie sie nachdachte. Schließlich rutschte sie näher an den Vater heran und ergriff seine Hand. »Es tut mir leid«, wisperte sie und blickte reumütig zu dem Fuhrwerk.

»Entschuldige dich morgen bei deiner Mutter«, schlug Johann vor, der ahnte, was seine Tochter dachte. »Wir wollen jetzt schlafen!«, sagte er und atmete erleichtert aus.

Magdalena erwachte und streckte sich. Dabei blickte sie durch das kleine Oberlicht der Stallwand in den Himmel, der grau und diesig war. Als sie zu ihrem Vater schaute, blinzelte er sie verschlafen an.

»Ich sammle rasch Fichtennadeln!«, flüsterte das Mädchen und sprang auf. Sie warf sich den Umhang, mit dem sie sich in der Nacht zugedeckt hatte, über die Schultern und schaute nach Mutter und Bruder.

In der Nacht war Magdalena einige Male aufgewacht, weil die Mutter laut gehustet hatte, doch jetzt schlief Franziska tief und fest, und auch Benjamin atmete gleichmäßig. »Bald wird es dir besser gehen«, murmelte Magdalena und strich der Mutter leicht über das Haar. Dann ging sie zum Tor, öffnete es einen Spalt und schlüpfte hinaus in die eisige Luft.

Magdalena sprang über den morschen Zaun der Koppel und rannte durch die nasse Wiese, sodass ihre Schuhe und ihr Rock sich mit Wasser vollsogen. Obwohl sie heftig zitterte und ihre Füße wegen der Kälte kaum mehr spürte, rannte sie weiter. Als Magdalena den Wald erreichte, fielen die ersten Schneeflocken.

»Warum mussten wir schon vor Tagesanbruch losreiten?«, maulte Kurt, der Söldner, und hielt sich den Kopf.

»Hättest nicht so viel saufen sollen«, lachte ein anderer.

»Halt's Maul, Fritz!«, schimpfte Kurt und stöhnte auf. »Ich habe das Gefühl, als ob ein Bienenvolk in meinem Schädel brummt.«

Der milchgesichtige Junge feixte laut, sodass Kurt ihn anblaffte: »Wage es nicht, mich auszulachen, sonst setzt es Prügel!«

Sogleich verstummte der Bursche und drehte den Kopf grinsend zur Seite.

»Wenn ihr euch nicht mit der Köhlerfamilie aufgehalten hättet, wären wir ein gutes Stück weiter«, schimpfte der Anführer der Truppe, der voranritt. Er hatte sich auf seinem Sattel den anderen zugedreht, sodass jeder seinen grimmigen Gesichtsausdruck sehen konnte. »Ich hätte gestern nicht auf euch warten sollen«, fügte er bissig hinzu.

Die Blicke derjenigen, die sich angesprochen fühlten, senkten sich. Nur der Rädelsführer vom Vortag schaute dem Mann in die Augen und grinste. »Ich sag's dir, Albert! Die Alte hatte solch ein Hinterteil«, erklärte er und formte mit den Händen in der Luft die Figur nach.

Der Reiter schüttelte verständnislos den Kopf. »Du hast deinen Verstand versoffen, Kurt. Wie kann man sich an eine Köhlerfrau heranmachen wollen? Köhler sind Wilde, die ihr Leben lang in den Wäldern hausen und sich nur selten den Ruß vom Leib waschen.«

»Du weißt doch, wie es ist, wenn es einen zwischen den Beinen juckt«, erwiderte Kurt und seufzte schwülstig.

»Dich haben höchstens die Sackratten gebissen«, entgegnete Albert und wandte sich wieder nach vorn.

Was hat mich nur bewogen, diese Schwachköpfe mitzunehmen?, fragte sich Albert Hallwich nicht zum ersten Mal. Er, der einst dem kaiserlichen Feldmarschall Christan von Ilow treu ergeben war und mit ihm dem großen Feldherrn Wallenstein in seine Schlachten folgte, hätte sich mit solchem Pack in früheren Tagen nicht abgegeben. Doch was sollte er machen?

Alberts glorreiches Leben war das Jahr zuvor abrupt geendet. Seit der Ermordung seines Herrn im Februar 1634 zog Albert Hallwich kreuz und quer durchs Land, immer in Angst, als Ilows Gefolgsmann erkannt und ebenfalls ermordet zu werden.

Albert Hallwich seufzte, denn er vermisste seinen ermordeten Herrn und das Leben, das er mit ihm geführt hatte. Seite an Seite hatten sie gekämpft, gesiegt und Ehrungen erhalten. Zwar wusste Hallwich, dass Christian von Ilow nicht beliebt bei seinen Leuten war, denn man sagte ihm nach, er sei eingebildet, rücksichtslos und einer der hinterhältigsten Feldherren. Aber trotz all dieser Eigenschaften achtete man ihn als hervorragenden Soldaten. Er war Hallwichs Vorbild gewesen. Wegen seines scharfen Verstands und der Beweglichkeit seines Geistes, gepaart mit zähester Ausdauer und Tapferkeit, war Ilow seinen Gegnern immer einige Schritte voraus.

Doch es schützte ihn nicht vor der Niedertracht seiner Feinde. Während eines Festbanketts wurden nicht nur Christian von Ilow, sondern auch zwei weitere Getreue Wallensteins, die Grafen Adam Erdmann Trčka und Wilhelm von Kinsky, hinterhältig ermordet. Nur zwei Tage später geriet auch der ehemalige Oberbefehlshaber der kaiserlichen Armee, Albrecht Wenzel Wallenstein, in den Hinterhalt. Seine Mörder hatten ihm gnadenlos die Partisane, eine lanzenähnliche Stange, die einen schmerzhaften Tod verursachte, durch den Körper gestoßen.

Albert Hallwich holte tief Luft. Über viele Jahre war das Schlachtfeld sein Zuhause gewesen, und herausragende Feldherren waren seine Freunde. Nun zog er mit versoffenem Pack, dem nichts heilig war, durch die Gegend. Mit Männern, die mordeten, die keine Ehre mehr besaßen und in deren Herzen Krieg herrschte. Doch durfte er über diese armen Seelen richten?

Auch sie hatten einst einem Heer angehört und in Schlachten gekämpft. Doch dann konnte der Feldherr ihnen den Sold nicht mehr zahlen und sie nicht mehr verpflegen. Ein Soldat nach dem anderen verließ das Heer in der Hoffnung, eine andere Truppe zu finden, die sich um sie kümmerte. Aber die Kassen der Kriegsherren waren nach den vielen Jahren, die die Kämpfe bereits andauerten, leer.

Die Trosse, die den Armeen stets mit zahlreichen Wagen folgten und für die Verpflegung der Soldaten zuständig waren, hatten weder Schlachtvieh noch Getreide, um die Menschen satt zu bekommen. Deshalb musste Krieg den Krieg ernähren.

Die Truppen überfielen Dörfer, Städte und Klöster. Sie plünderten die Kornkammern und stahlen Vieh. Sie nahmen selbst dem ärmsten Bauern das Wenige weg, was er noch besaß.

»Soldateska« wurden die umherstreifenden Söldner voller Furcht genannt. Albert Hallwich wusste, dass das Wort aus dem Italienischen stammte und »zügelloser Soldatenhaufen« bedeutete. Und das traf auf die Männer zu, die sich ihm angeschlossen hatten. Es waren sechs Söldner, die nichts zu verlieren hatten außer ihrem Leben, und das war ihnen nichts mehr wert – so wie kein Leben ihnen etwas bedeutete, weshalb sie manches ohne Reue auslöschten. Als vor langer Zeit ein Offizier den Männern die Nachricht überbracht hatte, dass man sie weder bezahlen noch verpflegen könnte, hatte Kurt mit ihm kurzen Prozess gemacht und ihm die Kehle durchgeschnitten. Ohne ein Wort des Bedauerns und ohne Schuldgefühle.

Zügellos, roh, brutal und ohne Disziplin – ja, das waren sie, und auch Albert fürchtete sie.

»Aber irgendwann werde ich euch wieder los!«, murmelte er und gab seinem Pferd die Sporen.

Kapitel 20

Johann sah seiner Tochter nach, wie sie durch das Tor hinausschlüpfte. Er dachte an ihr gemeinsames Gespräch am Abend zuvor und schüttelte den Kopf. Fassungslos hatte er Magdalenas Ansichten über ihre Wahrnehmung von Hexen zugehört. Groll stieg in ihm hoch, doch er schob die schlechte Stimmung beiseite. »Zum Glück hat das Mädchen mich nun verstanden«, murmelte er und erhob sich von seinem Lager.

Er ging zu den beiden Pferden, löste die Stricke, mit denen er die Hengste an einem Pfosten angebunden hatte, und führte sie hinaus ins Freie. Die unerwartet eisige Luft ließ ihn in seinen dünnen Kleidern erschauern, und er zog die Schultern hoch. Als er sich umblickte, sah er noch, wie Magdalena über den Zaun kletterte und zwischen Obstbäumen verschwand.

Johann brachte die Hengste auf die eingezäunte Wiese, die in saftigem Grün stand. Als die Pferde das Gras rochen, zogen sie am Strick und scharrten mit den Hufen.

»Fresst euch satt, denn wir haben heute eine weite Strecke vor uns«, sagte Johann und löste die Führstricke. Sofort liefen die Pferde los, bis sie schnaubend stehen blieben und grasten.

Johann schaute ihnen kurz zu und sammelte dann am Rand der Wiese trockenes Brennholz ein. Er brachte es in die Scheune, wo er in der Nähe der Wand mit dem klaffenden Loch ein Feuer entfachte. Kaum brannten Äste und Bretter, setzte er sich vor die wärmende Flamme und kramte im Beutel mit den Lebensmitteln. Zu seiner Freude fand er eine Stange Grauwurst, von der er dünne Scheiben abschnitt. Da Franziska und Benjamin noch schliefen, legte er für beide mehrere Stücke Wurst zur Seite. Während er eine Scheibe Wurst aß, ging er auf leisen Sohlen um das Fuhrwerk und überprüfte die Sitze. Dann bückte er sich und sah nach Achsen und Rädern. Als er ein Gähnen hörte, kam er aus der Hocke hoch und schaute auf die Ladefläche, wo Benjamin erwacht war und sich die Augen rieb.

»Wie geht es dir?«, fragte Johann liebevoll und legte dem Kind prüfend die Hand auf die Stirn. »Deine Haut fühlt sich immer noch warm an«, stellte er besorgt fest und schlug deshalb vor: »Du bleibst heute liegen und erholst dich. Dann wird es dir morgen besser gehen.«

Benjamin nickte und sagte: »Ich habe Hunger!«

Johann holte ihm eine Scheibe Wurst und ein Stück Brot.

»Kau vorsichtig, denn das Brot ist mittlerweile hart geworden.«

Franziska war ebenfalls erwacht und hatte Johanns Worte

gehört. Auch sie blickte Benjamin besorgt an und versuchte etwas zu sagen, brachte aber außer einem Krächzen nichts zustande. Mit schmerzverzerrtem Gesicht strich sie sich über den Schlund.

»Tut der Hals weh?«, fragte Johann mitfühlend.

Sie nickte stumm.

»Magdalena sucht bereits Fichtennadeln, um dir daraus einen heilsamen Sud aufzukochen«, versuchte er sie zu beruhigen. Franziska zog ihre Stirn in Falten und sah ihn fragend an. Johann verriet ihr leise: »Gestern, als du schliefst, habe ich unserer Tochter die Geschichte von Barnabas und Maria erzählt.« Dabei schaute er besorgt zu Benjamin, der jedoch von dem Gespräch nichts mitbekam und an seiner Wurst knabberte.

Franziskas Augen weiteten sich erschrocken, und Johann beruhigte sie. »Magdalena hat jetzt verstanden, warum wir damals das Eichsfeld verlassen mussten.«

Franziska schloss erneut die Lider, und Johann befühlte ihre Stirn, die zu glühen schien. »Du hast noch Fieber. Möchtest du etwas essen oder trinken?«

Sie schüttelte den Kopf und legte sich erschöpft zurück.

Johann deckte sie fürsorglich zu, als vor dem Stall Stimmen zu hören waren. Im selben Augenblick krachte das Tor gegen die Wand, und alle drei blickten aufgeschreckt zum Eingang.

»Wen haben wir hier?«, rief ein finster dreinblickender Mann, der sich breitbeinig in den Torgang stellte. Er trug eine zerschlissene Soldatenuniform und musterte mit unverhohlener Verachtung die drei Menschen.

Johann erwiderte seinen Blick und fragte: »Was willst du?«

Der Fremde rümpfte die Nase und blaffte: »Nicht so vorlaut, Bauer! Die Fragen stelle ich!«

Johann ließ sich nicht einschüchtern und stellte sich dem Fremden entgegen, als er draußen zwei Männer entdeckte, die die Hengste von der Weide führten. Er wollte hinauseilen und sie zur Rede stellen, doch ein weiterer Mann versperrte ihm den Weg und spottete:

»Schaut, schaut, welch prächtige Rösser wir gefunden haben. Sie scheinen niemandem zu gehören, denn sie standen herrenlos auf einer Wiese.« Dabei blickte er Johann in die Augen und verzog höhnisch die Mundwinkel.

Franziska hatte sich verstört aufgesetzt und Benjamin an sich gezogen. Der kleine Körper des Jungen bebte vor Angst, sodass sie ihm schützend den Arm um die Schultern legte. Mit bangem Blick sah sie zu ihrem Mann, der seine Kiefer fest aufeinanderpresste und mit den Zähnen malmte. Er schien Franziskas Blick zu spüren, denn er drehte sich ihr zu und gab ihr mit den Augen ein Zeichen, ruhig zu bleiben. Franziska nickte zaghaft und betrachtete verhalten die derben Eindringlinge.

Johann zählte fünf Soldaten, aber er fürchtete, dass mehr Männer zu der Truppe gehörten. Ihm war klar, dass er nicht einmal zwei Soldaten würde bezwingen können, denn er hatte keine Ahnung vom Kriegshandwerk. Seine einzige Erfahrung waren Prügeleien Mann gegen Mann und Faust gegen Faust. Den Umgang mit einer Waffe hatte er nie gelernt.

Der Soldat, der das Tor aufgestoßen hatte, schien der kleinste und dickste zu sein. Sein Bauch schob sich über den Gürtel mit der Handfeuerwaffe, sodass man den Ledergurt kaum sehen konnte. Sein Haar war dunkel und kurz geschoren. Mit kleinen Augen im verfetteten Gesicht betrachtete er die Pferde und meinte anerkennend: »Solch prächtige Rösser haben sonst nur Hochwohlgeborene.« Er ging einige Schritte auf Johann zu. »Wem hast du sie gestohlen?«, wollte er wissen. Als dieser nicht antwortete, brüllte er: »Hast du deine Zunge verschluckt?«

»Ich habe Pferde gezüchtet, und das sind zwei davon.«

Ungläubig zog der kleine Soldat seine Brauen in die Höhe, doch dann verengten sich seine Augen. »Du denkst wohl, du kannst mich für dumm verkaufen?«

Johann stemmte furchtlos die Hände in die Hüften und erwiderte: »Warum sollte ich lügen?«

»Ich kenne mich mit Pferden aus, und diese beiden sind von der Blutlinie hervorragend. Niemals hat ein Bauer wie du solche Rösser gezüchtet.«

»Doch, das habe ich!«, widersprach Johann mit fester Stimme und blickte ihm unerschrocken in die Augen, als ein hochgewachsener, dünner Bursche mit großen Schritten in die Scheune eilte. Johann konnte in seinem Gesicht kindliche Züge und Wangen erkennen, die noch nicht rasiert werden mussten. Erregt blieb der Bursche vor ihm stehen.

»Du wagst es, meinem Hauptmann zu widersprechen?«, rief er und verpasste Johann ohne Vorwarnung einen Kinnhaken.

Johann hatte mit dem Angriff nicht gerechnet. Er stolperte gegen das Fuhrwerk und fiel zu Boden. Sogleich stand der Bursche über ihm und drosch auf ihn ein. Die Fausthiebe klangen dumpf in seinen Ohren, und er sah kleine Blitze in den Augen. Auch schmeckte er Blut auf den Lippen.

Der dicke Soldat kam grinsend näher und ließ den Jungen gewähren. Erst als Johann laut aufstöhnte und Blut aus Nase und Mund floss, sagte der Dicke: »Er hat es verstanden!«, und zog den um sich schlagenden Burschen von seinem Opfer fort.

Als Franziska Johann stürzen sah, hatte sie laut schreien wollen, aber es kam nur ein Krächzen über ihre Lippen. Benjamin lag weinend in ihren Armen, hielt sich mit beiden Händen die Ohren zu und kniff die Augen zusammen. Franziska dachte an Magdalena und betete, dass ihre Tochter so lang im Wald bleiben würde, bis die Soldaten abgezogen waren.

Lautlos liefen ihr Tränen über die heißen Wangen. Der Schmerz im Hals glich einem Brennen, und sie konnte weder sprechen noch schlucken. Sie zog ihren wimmernden Sohn auf ihren Schoß und presste sein Gesicht gegen ihre Brust. Innerlich verfluchte sie ihren Mann, weil sie seinetwegen losgezogen waren, und gleichzeitig wollte sie ihm das Blut aus dem Gesicht wischen. Sie hatte das Gefühl, einen Alptraum zu erleben, denn Stimmen und Geräusche drangen verzerrt an ihr Ohr. Sie fuhr sich mit der Hand über die feuchte Stirn, auf der sich Fieberschweiß mit Angstschweiß vermischte, als sie aus dem Augenwinkel sah, wie ein weiterer Soldat den Stall betrat. Langsam drehte sie den Kopf und blickte ihm entgegen. Er hatte eng zusammenstehende, stechend blaue Augen, einen Kopf voller schwarzer Locken und eine Narbe, die über seine rechte Wange verlief.

Sein Blick wanderte über ihre Gestalt und blieb an Benjamin hängen, wobei er sich die Lippen leckte. »Jetzt komme ich doch noch zu meinem Vergnügen!«, lachte er, doch seine Augen blieben kalt. Wolllüstig fasste er sich in den Schritt und trat ans Fuhrwerk heran. Er griff Benjamin brutal am Schopf, sodass der Junge aufschrie, und zog ihn dicht an sich heran. »Erst nehme ich mir die Alte vor, und dann kann der Knabe mir zu Diensten sein«, feixte er und stieß den Jungen zur Seite.

Franziska hob abwehrend die Hände und blickte den Soldaten unter Tränen zornig an, was ihn zu erregen schien.

»Eine Wildkatze bist du also«, stöhnte er und versuchte die Kordel an seinem Beinkleid zu öffnen. »Ich mag es, wenn das Weibsbild unter mir nicht wie ein Stock daliegt. Verdammt, jetzt habe ich einen Knoten in die Schnur gemacht«, fluchte er und zog an dem Lederband. Vor Ärger und Anstrengung verfärbte sich sein Gesicht puterrot, sodass seine Kameraden kicherten.

»Haltet das Maul! Sonst setzt es Hiebe«, rief er böse und fingerte an seinem Latz herum.

Johann lag benommen auf dem Boden. Er sah nichts außer Blut und Füßen, hörte aber, was gesprochen wurde. Voller Furcht, dass die Männer sich an Frau und Kind vergehen könnten, versuchte er sich aufzurichten. Auf Knien und Händen wankte er und spuckte Blut.

»Ihr Alter hat wohl etwas gegen deine Absichten, Kurt«, johlte der kleine Dicke und trat Johann ins Gesäß, sodass er mit dem Gesicht in den Dreck fiel. Seine Nase knackte, und Johann schrie vor Schmerzen auf. Blut tropfte auf den Boden und vermischte sich mit dem Staub.

»Lasst meine Frau und mein Kind in Ruhe«, schnaufte Johann unter Schmerzen. »Nimm mich! Ich kann dir besser dienen«, versuchte er seine Familie zu schützen und schaute mit flehendem Blick den Schwarzgelockten an.

Der Mann musterte Johann kopfschüttelnd und verpasste ihm einen schmerzhaften Tritt gegen die Rippen. »Du hast sie nicht alle!«, schrie er unbeherrscht. »Sehe ich aus, als ob ich dich in den Arsch stoßen will?«

»Ich habe Geld«, sagte Johann und schnaufte durch die geschwollene Nase nach Luft. Mit zittrigen Fingern zog er aus seiner Hosentasche das Beutelchen mit den Münzen hervor.

»Wir sind nicht käuflich«, schimpfte der Dicke und riss ihm den Beutel aus den Händen, den er in seiner Tasche verschwinden ließ. Johann wollte ihm auch den Rest seines Geldes anbieten, den er um den Leib gebunden trug, als er hörte: »Knüpft den dreckigen Bauern am nächsten Baum auf.«

Der milchgesichtige Bursche grinste und suchte nach einem Strick. Er riss die Zügel vom Gespann und band bereits die Schlinge, als einer der Pferdediebe meinte: »Albert soll uns sagen, was mit dem Bauern geschieht. Wenn wir auch diese Menschen umbringen, wird er sicherlich zornig sein. Lasst uns auf ihn warten. Es kann nicht mehr lange dauern, bis er ankommt.«

»Was kümmert mich Hallwich? Er soll mir nicht ständig in die Quere kommen«, blaffte Kurt und nestelte immer noch an seiner Hose.

»Du vergisst, dass er unser Offizier ist und für uns sorgt.«

»Pah! Wir dienen keinem Heer und keinem Mann, der auf der Flucht ist und sich vor Angst in die Hosen pisst.«

»Rede nicht so, nur weil du deinen Schwanz nicht zügeln kannst«, brüllte ein anderer und trat unerschrocken auf den Schwarzhaarigen zu.

»Was ist jetzt?«, fragte der Jüngling und hob die Henkersschlaufe in die Höhe.

Der Dicke nickte, und der Bursche zog Johann an den Haaren hoch.

Als der Soldat ihn am Schopf packte, glaubte Johann, seine Kopfhaut würde reißen. Der Schmerz in seiner Nase pochte, und er schmeckte sein Blut. Er wandte den Kopf zu seiner Frau, die schluchzend ihren Sohn in den Armen wog. »Verzeih mir«, flüsterte er mit aufgeplatzten und geschwollenen Lippen.

Franziska schrie krächzend auf.

Johann sah Benjamins verzweifelten Blick. Was habe ich euch angetan?, dachte er, als der Bursche ihn hinaus ins Freie stieß.

Magdalena fürchtete sich in dem unbekannten Wald. Je tiefer sie in den Forst eintauchte, desto dunkler wurde es um sie herum. Sie versuchte sich Besonderheiten auf dem Waldboden und an den Bäumen einzuprägen, damit sie den Rückweg finden würde, als ein Käuzchen schrie. Erschrocken zuckte sie zusammen. »Wenn man ein Käuzchen rufen hört, stirbt ein Mensch«, murmelte sie die Worte nach, die Regina Rehmringer ihr einst gesagt hatte. Das Mädchen blieb stehen, um sich zu bekreuzigen. »Die arme Seele des Toten soll in den Himmel aufsteigen«, wünschte sie leise.

Langsam und mit umsichtigen Blicken durchsuchte Magdalena die dicht beieinanderstehenden Bäume nach Fichten. Als ihr Magen knurrte, fiel ihr ein, dass sie noch nichts gegessen hatte. In Gedanken sah sie eine Scheibe Brot, dick mit Butter bestrichen und mit Honig beträufelt. Ich hoffe, dass es solche Köstlichkeiten auch auf dem Eichsfeld gibt, träumte sie.

Der Wald lichtete sich und wurde hell, und sie kam zu einer Lichtung, durch die sich ein kleiner Bach schlängelte. Magdalena ging in die Hocke und schöpfte mit der hohlen Hand Wasser, dessen Kälte wie Nadelstiche auf ihrer Haut pikste. Nachdem sie einige Schlucke getrunken hatte, stand sie auf und blickte sich um. Zwischen Laubbäumen versteckt, entdeckte sie eine Gruppe Fichten, die in einer geraden Linie nebeneinander wuchsen. Wie mit einer Richtschnur gezogen, dachte Magdalena und ging zu den Bäumen. Sie hob eine Ecke ihres Umhangs an und sammelte darin die zartgrünen frischen Zweige. Als sie genügend Triebe abgezupft hatte, blickte sie um sich und versuchte sich den Weg ins Gedächtnis zu rufen, den sie gekommen war. Sie umklammerte den Stoff des Umhangs und rannte los.

Endlich lichteten sich die Baumreihen, und sie sah schemenhaft die Umrisse der Scheune, als laute Stimmen und ein Schrei zu ihr drangen. Magdalenas Herz begann zu rasen, und sie blieb abrupt stehen. Mit angehaltenem Atem lauschte sie den Geräuschen. Sie hörte Männer grölen und jemanden weinen.

Magdalena wagte es kaum weiterzuatmen. Zitternd und auf Zehenspitzen schlich sie zu der äußeren Baumreihe. Sie drückte einige Äste zur Seite, damit sie freie Sicht auf das Gehöft hatte. Was sie sah, ließ ihr das Blut in den Adern gefrieren.

Ein Mann, der eine Soldatenuniform trug, zog ihren weinenden Bruder vom Fuhrwerk. Seine Arme hielten Benjamin fest umklammert, während er ihm lachend durch das Gesicht leckte. Ein anderer zog ihre Mutter an den Haaren von der Ladefläche und hinter sich her. Sie weinte und schlug um sich. Als sie den Fremden traf, fluchte er laut und verpasste ihrer Mutter einen heftigen Schlag ins Gesicht, sodass sie zusammensackte und schlaff in seinen Armen hing. »Das hast du davon, Metze!«, brüllte er.

»Wo ist Vater?«, murmelte Magdalena und kämpfte mit den

Tränen. Sie ließ ihren Blick über das Gehöft rasen. Als sie ihn nicht fand, wurde ihr übel.

Dann sah sie ihn doch, und ihre Augen weiteten sich entsetzt. »Vater!«, winselte sie und wollte vor Entsetzen losschreien, als sich von hinten eine Hand über ihren Mund legte und ihren Schrei erstickte.

Kapitel 21

Bereits vor Morgengrauen war Jodokus von Hundeshagen zum Hülfensberg aufgebrochen. Seit vielen Jahren marschierte er einmal im Monat zu der Wallfahrtsstätte, wo er in der kleinen Kapelle vor dem Gnadenkreuz betete. Selbst bei schlechtem Wetter meisterte Jodokus diese Strecke zu Fuß, obwohl er dorthin hätte reiten können. Besonders der steile Weg am Hülfensberg, über den man zur Kapelle gelangte, war sehr beschwerlich und ließ ihn keuchen. Doch für Jodokus kam diese Anstrengung einer Buße gleich. Zwar wusste er nicht, wofür er Reue zeigen sollte, denn er war ein guter Christ, der weder stahl noch log oder betrog. Dennoch glaubte er, dass es nicht schaden konnte, Gott seine Demut zu zeigen. Im Geheimen aber hoffte Jodokus auf ein Wunder, dass diese selbst auferlegte Buße den Heiland bewegen würde, ihm eines Tages den kleinen Michael zurückzubringen. Stand nicht in der Bibel schon geschrieben, dass Jesus Wasser in Wein verwandelt hatte? Warum sollte es solch ein Wunder nicht auch in seinem Fall geben, und sein Sohn würde heimkehren?

Auf dem Rückweg vom Hülfensberg hatte Jodokus versucht, die quälenden Gedanken zu verdrängen. Schließlich war es ein besonderer Tag, denn er machte einen Umweg über Breitenbach. Wie viele Ortschaften auf dem Eichsfeld war auch diese durch die Wirren des Krieges fast menschenleer geworden. Etliche Häuser standen verwaist und verfielen im Lauf der Zeit. Eine gespenstische Stille lag in den verlassenen Straßen. Wo einst Kinder gespielt, Frauen getratscht, Hunde unter Bäumen gelegen und Schweine sich im Dreck gesuhlt hatten, herrschten jetzt Schweigen und Einsamkeit. Die anhaltenden Kämpfe hatten das katholische Eichsfeld, das die nördlichste Exklave von Kurmainz war, schwer in Mitleidenschaft gezogen. In unregelmäßigen Abständen waren die protestantischen Heere der Schweden und der Dänen, die katholischen Truppen der Hessen, der Sachsen und der Kaiserlichen scharenweise durch diesen Landstrich in Thüringen gezogen, um sich mit Proviant zu versorgen. Die Truppen plünderten, brandschatzten und nahmen, was ihnen nicht gehörte. Sie stahlen den Eichsfeldern das Korn zum Säen und das wenige Vieh, das sie schlachten konnten. Schlechtes Wetter verursachte außerdem Missernten, sodass das Getreide auf den Äckern verfaulte und viele Menschen verhungerten. Manche starben an der Pestilenz oder anderen Krankheiten. Wieder andere wurden von der Hoffnung fortgetrieben, anderswo Frieden und Nahrung zu finden, und deshalb verließen sie die Heimat. Menschen, die sich die Anstrengungen nicht zutrauten oder krank daniederlagen, mussten bleiben.

Zu den Zurückgebliebenen gehörte ein alter Weber, der nun allein in Breitenbach lebte. Jodokus hatte dem Alten einen Schinken mitgebracht und dafür Leinen erhalten, denn in diesen Zeiten war Essen mehr wert als ein paar Münzen. »Daraus kann sich Karoline ein neues Kleid schneidern«, freute sich Jodokus und presste den Stoff unter den Arm. Er wusste, dass seine Frau die Gabe hatte, schöne Kleider zu nähen und diese kunstvoll zu besticken. Deshalb hatte er dem Weber noch eine halbe Grauwurst gegeben und dafür Nähnadeln und bunte Garne erhalten, damit Karoline ihr neues Gewand verzieren konnte.

Beschwingt wie ein junger Mann ging Jodokus den letzten Teil der Wegstrecke nach Hundeshagen. Es war spät geworden, und Karoline würde sicher schon schlafen, wenn er zu Hause ankam. Ich werde ihr beim Frühmahl mein Geschenk überreichen, überlegte er lächelnd und stellte sich in Gedanken die leuchtenden Augen seiner Frau vor, wenn er ihr den Stoff gab.

Karoline stand am nächsten Tag am Tisch in der Küche und zerschnitt das grobe Leinentuch. Sie wollte aus dem Stoff einen neuen Kittel für das Dämonenkind schneidern, denn der alte war zerschlissen und zu kurz geworden. Während sie das Muster schwarz einzeichnete, liefen ihr Tränen über die Wangen. Sie hielt inne, legte die Kohle zu Seite und wischte sich mit dem Ärmel energisch über das Gesicht, doch es wurde nur schlimmer, sodass sie sich laut aufschluchzend hinsetzte.

Sie hörte in Gedanken Jodokus wieder schimpfen, und sie erinnerte sich an sein wütendes Gesicht. Nachdem er ihr sein Geschenk übergeben hatte, teilte sie, ohne nachzudenken, ihrem Mann mit, dass sie aus dem Stoff neue Kleidung für den Wechselbalg nähen wollte. Daraufhin hatte Jodokus sie angeschrien, ob sie wahnsinnig geworden sei. »Ich habe Schinken und Grauwurst hergegeben, um dir eine Freude zu machen. Und du denkst an dieses Ungeheuer!«

»Versteh doch, mein Lieber. Sein Kittel ist zu klein geworden, und ich habe genügend Kleider«, hatte Karoline vergeblich versucht, ihn zu überzeugen.

»All die Jahre hast du für diesen Balg das getan, was notwendig war, und es hat gereicht. Doch seit er aus dem Keller gekrochen kam, bist du wie verwandelt. Was ist los mit dir?«

Karoline hatte hilflos mit den Achseln gezuckt. »Ich weiß es nicht, und ich kann es nicht erklären. Vielleicht tut er mir leid, weil seine Dämoneneltern so herzlos waren und ihn allein bei uns zurückgelassen haben«, hatte sie geflüstert. Als sie den ablehnenden und uneinsichtigen Blick ihres Mannes sah, wollte sie ihn besänftigen und ihn umarmen, aber er hatte sie grob zur Seite gestoßen.

»Sie waren uns gegenüber herzlos, denn sie haben uns unser einziges Kind im Tausch gegen ihren Balg entrissen. Dein Mitgefühl sollte allein Michael gelten, denn er wächst ohne seine Eltern auf. Er spürt weder Geborgenheit noch Liebe«, hatte Jodokus geschrien und das Haus mit einem Türenknall verlassen.

Karoline hatte keine Ahnung, wohin er gegangen sein könnte. Während sie sich die Nase schnäuzte, blickte sie besorgt aus dem Fenster. Als sie die ersten Schneeflocken sah, schickte sie ein Stoßgebet zum Himmel, dass Jodokus bald heimkommen möge.

Wütend war Jodokus aus dem Haus und über den Hof gestapft. Erst vor dem Hoftor wurde ihm bewusst, dass er keine Ahnung hatte, wohin er wollte. Der Wind war kalt, und Schnee lag in der Luft, obwohl der Frühling Einzug halten sollte. Doch die Kühle tat Jodokus gut. Er atmete mehrmals ein und aus, um sein erhitztes Gemüt zu beruhigen. Aber der Ärger über seine Frau verflog nicht, sondern wurde größer. »Was hat sie sich dabei gedacht?«, schimpfte er und ging hinüber zum Stall. Jodokus hätte seine Wut gern hinausgeschrien, aber er beherrschte sich und sattelte sein Pferd. Da er schon seit geraumer Zeit nicht mehr in seinem Geburtsort Mingerode gewesen war, beschloss er, dorthin zu reiten. Als er zum Hoftor hinausritt, blickte er zurück zum Gehöft und murmelte: »Soll Karoline mit dem Stoff machen, was sie will.«

Er zog den Mantel eng um seine Schultern und trat der Stute in die Flanken. Er ritt an Teistungen vorbei und versuchte einen Bogen um Gerblingerode zu schlagen. Als er den Ort aus dem Augenwinkel sah, war er froh, dass es ihn nicht dorthin verschlagen hatte. Diese Ortschaft war durch den langen Krieg schwer gebeutelt worden. Wiederholte Plünderungen, Einquartierungen fremder Truppen und Zwangsabgaben von Lebensmitteln hatten die Einwohner ausgesaugt. Seit fünf Jahren mussten auf Befehl von General Tilly, der Heerführer der katholischen und Generalleutnant der kaiserlichen Truppen war, Duderstadt und seine Ratsdörfer jährlich einundzwanzigtausend Reichstaler zahlen, womit auch Gerblingerode gezwungen war, seinen Teil beizusteuern. Da die Bewohner kaum Geld besaßen, mussten sie sich verpflichten, einen Teil der Schuld in Lebensmitteln abzugelten. »Es trifft immer die Falschen!«, dachte Jodokus und galoppierte davon.

Als er Duderstadt vor sich sah, begann es zu schneien. Erneut trat er dem Pferd in die Seiten und trieb es an. Er ließ die Stadt links liegen und ritt über Wiesen und Äcker in Richtung Mingerode. Obwohl er durchgefroren war und kaum noch Füße und Hände spürte, freute er sich, seinen Heimatort wiederzusehen.

Jodokus lenkte die Stute vor das einzige Wirtshaus, saß ab und brachte das Pferd hinter die schäbige Hütte in einen Verschlag, wo es trocken stehen würde. Nachdem er es versorgt hatte, trat er hinaus ins Freie. Das Schneetreiben hatte zugenommen und ließ Jodokus erschauern. Rasch ging er ins Wirtshaus, nahm seinen Umhang ab und schüttelte ihn in der Tür aus.

»Mach das Loch zu«, blaffte ihn der Wirt an. »Sonst geht die Wärme verloren.«

Jodokus schloss wortlos die Eingangstür, ging zu einem kleinen Tisch an der Wand und nahm Platz.

»Das glaube ich nicht«, sagte der Wirt und schaute seinen einzigen Gast prüfend an. »Der Herr Großbauer gibt mir die Ehre.«

»Halt's Maul, Hilarius, und schenk mir ein Bier ein.«

Der Wirt schüttelte ungläubig den Kopf, ging zur Theke und zapfte zwei Krüge Gerstensaft. »Vor drei Tagen aus dem Wasser der Brehme in Duderstadt gebraut«, erklärte er grinsend und setzte sich zu Jodokus an den Tisch. »Wohl bekomm's«, sagte er und prostete ihm zu. »Dir muss es mächtig im Hintern jucken, wenn du nach so langer Zeit und bei solchem Sauwetter nach Mingerode kommst.«

Jodokus stellte seufzend den Krug ab und wischte sich mit beiden Händen durchs Gesicht. »Ja, es ist eine Weile her, seit ich hier war. Dass es zu schneien beginnt, habe ich nicht ahnen können, schließlich ist Frühling.«

Der Wirt lachte freudlos auf. »Leider weiß das der Frühling noch nicht. So kalt wie in den letzten Tagen war es um diese Jahreszeit schon lange nicht mehr. Man munkelt, dass die Frau des alten Schäfers Schadenszauber über das Eichsfeld gelegt hat. Sie wurde verhaftet und der peinlichen Befragung unterzogen. Sobald sie gesteht, wird sie verbrannt, und dann wird es Frühling werden.«

Jodokus blickte erschrocken auf und winkte ab. »Dann wäre ihre schwarze Magie die mächtigste, von der ich bis jetzt gehört habe. Wäre sie schuldig, hätte sie mit dem schlechten Wetter sich selbst und ihrer Schafherde geschadet.«

Der Wirt nickte. »Vielleicht hast du recht. Wer weiß, welche Mächte ihre Finger im Spiel haben«, meinte er nachdenklich. »Womöglich nennt die Schäferfrau bei der Befragung die Namen anderer Hexen, die Unzucht mit dem Teufel getrieben haben. Dann werden eben diese brennen. Hauptsache, der Schadenszauber wird aufgehoben.«

»Steht Mingerode immer noch im Hand- und Spanndienst von Duderstadt und muss Galgen stellen und Brennholz für die Scheiterhaufen liefern?«

Der Wirt nickte und schimpfte: »Ich hoffe, dass unsere Kinder sich eines Tages dagegen auflehnen werden und wir dann nicht länger als Handlanger des Henkers gelten.« Doch dann entspannte er sich und fragte: »Was hast du in Mingerode zu schaffen?«

Jodokus verzog die Mundwinkel, und der Wirt grinste.

»Hast wohl Krach mit deiner Alten«, schlussfolgerte er. Als er Jodokus' Gesichtsausdruck sah, feixte er: »Hättest eine von hier heiraten sollen. Die Auswärtigen sind nichts für unsereinen.«

»Red keinen Unsinn. Karoline ist eine gute Frau. Eine bessere hätte ich nirgends finden können.«

Hilarius zog zweifelnd die Stirn in die Höhe. »Ich habe gehört, dass euch die Menschen in Hundeshagen meiden, da sie vor deiner Alten Angst haben und sich vor den Folgen des Hexenschwurs fürchten.«

Jodokus schloss für einen Augenblick die Augen und schüttelte den Kopf. »Ich kann es nicht mehr hören«, murmelte er und sah den Wirt missmutig an. »Die Hebamme«, erklärte er müde, »hat nur Karoline und mich verflucht. Sie hat uns Angst, Krankheit und Seuchen an den Hals gewünscht. Sie schwor, dass Ungeziefer über Karoline und die Ihren kommen werde. Sie wünschte uns im Angesicht ihres Todes Hunger und Not. Niemand außer Karoline und mir wurde in den Fluch mit einbezogen. Aber glaube mir, Hilarius, auch ohne diesen Hexenschwur leiden wir genug.«

Der Wirt sah Jodokus mitfühlend an. »Sein Kind auf solch grausame Weise zu verlieren ist wohl das Schlimmste, was Eltern passieren kann«, erklärte Hilarius.

Jodokus nickte. »Einerlei, was wir mit dem Wechselbalg anstellen, unser Michael ist verloren, und wir sind an dieses Dämonenkind gefesselt.«

Der Wirt schwieg einen Augenblick lang und fragte dann: »Wie sieht das Wesen aus? Hat es Flügel?«

Jodokus schüttelte den Kopf. »Nein, wo denkst du hin? Leider hat es keine Flügel, sonst würde es womöglich wegfliegen.« Vor seinen Augen entstand wieder das Bild, wie das Wesen vor einigen Tagen kreischend auf dem Boden seiner Küche gesessen hatte. »Es ist blass und schmächtig, obwohl es ständig nach Essen brüllt. Seine Zähne sind klein und spitz und seine Haare hell gelockt und reichen ihm bis zum Arsch. Er kann nicht richtig gehen, da seine Beine krumm und dünn sind. Seine Füße sind verformt, und es ist wahrlich hässlich anzusehen.«

»Ich hätte ihn wahrscheinlich schon totgeschlagen«, urteilte Hilarius und zapfte zwei neue Biere.

»Bist du von Sinnen?«, widersprach ihm Jodokus. »Nur wenn er lebt, wird auch unser Michael leben. Obwohl es kaum Hoffnung gibt, so bete ich inständig, dass die Dämonen eines Tages ihr Kind holen und uns unseren Sohn zurückbringen werden.«

Als der Wirt Tränen in den Augen seines Gastes schimmern sah, blickte er peinlich berührt zu Seite. Um ihn abzulenken, zeigte er auf seine Augenklappe. »Hast du die schon bemerkt?«

Nun musste Jodokus grinsen. Er hatte sofort beim Eintreten die dunkle Klappe gesehen, die über Hilarius' linkem Auge lag. »Es ist rühmlich, ein Gebrechen aus dem Krieg mitzubringen«, erklärte er, da er wusste, dass der Wirt gekämpft hatte.

»Ach ja?«, tönte Hilarius. »Ich hätte darauf verzichten können. Drei Wochen habe ich in einem stinkenden Feldlazarett gelegen und gelitten. Um mich herum lagen die armen Schweine, denen man Beine, Hände oder Arme absägen musste, weil sie von Kanonenkugeln zerfetzt worden waren. Kein schöner Anblick, kann ich dir sagen. Aber was erzähle ich dir das, du hast ja nicht gekämpft. Oder?«

Jodokus schüttelte den Kopf. »Nein, nachdem die Dämonen Michael gegen den Wechselbalg ausgetauscht hatten und unser Sohn verschwunden war, konnte ich Karoline nicht allein lassen. Aber manchmal wünsche ich mir, ich wäre auch aufs Schlachtfeld gezogen.«

Hilarius musterte Jodokus verächtlich. »Du hast keine Ahnung, wovon du sprichst. Ich habe in der ersten Reihe dem Feind gegenübergestanden. Habe seinen Schweiß und seinen faulen Atem gerochen. Was dir widerfahren ist, ist furchtbar. Aber es ist nicht vergleichbar mit dem, was auf dem Schlachtfeld geschieht. Neben mir sind meine Kameraden durch Kugeln verstümmelt worden, und ihre Gliedmaßen sind mir um die Ohren geflogen. Einem Nachbarn aus Mingerode hat die Kugel einer Büchse den Bauch explodieren lassen, sodass er sich in Gedärmen und Blut gewälzt hat. Glaube mir, Jodokus, in solchen Augenblicken würde jeder mit dir und deinem Schicksal tauschen wollen.«

Jodokus schwieg und nippte an dem Bier, das ihm nicht mehr schmecken wollte. Er schob den Krug mit beiden Händen zur Mitte des Tischs. »Man muss erst in den Schuhen des anderen stecken, um ihn beurteilen zu können«, sagte er und stand auf. Nachdem er seinen Umhang angezogen hatte, legte er zwei Münzen auf den Tisch und ging ohne ein weiteres Wort hinaus ins Schneetreiben.

Kapitel 22

»Ich friere mir den Arsch ab«, knurrte Kurt und sah zum Himmel. Er musste blinzeln, da Schneeflocken an seinen Wimpern hängen blieben und schmolzen. Frierend schlug er die Arme um seinen Oberkörper, als sein Blick auf den milchgesichtigen Burschen fiel. »Peter, du Dummkopf! Such Feuerholz!«, befahl er und schaute dabei auf die Frau herab, die aus der Bewusstlosigkeit erwacht war und nun zitternd am Boden kauerte.

Franziska erwiderte bang den Blick des Söldners, während ihr Sohn sich hinter ihrem Rücken versteckte und weinte.

»Hör auf zu flennen«, schnauzte Kurt den Kleinen an, den er kurz zuvor zur Mutter gelassen hatte. Als Benjamin weiterheulte, stieß er ihm mit der Stiefelspitze genervt in die Rippen, sodass der Junge aufschrie.

»Halt die Klappe!«, fauchte er nun den Knaben an, der sich

aber nicht beruhigte. Kurt kniete nieder und fasste der Frau in den Schopf, um ihr Gesicht dicht an das seine zu ziehen. »Mach, dass der Balg Ruhe gibt, sonst setzt es für euch beide Prügel.« Angewidert betrachtete er ihr gerötetes und geschwollenes Gesicht und stieß sie zurück auf den Boden. »Bei dem Geschrei, dem Wetter und deinem Aussehen vergeht mir jede Lust«, maulte er und sah mürrisch dem Burschen entgegen, der auf ihn zugerannt kam.

»Ich kann kein trockenes Holz finden«, rief Peter atemlos und blieb in sicherem Abstand stehen.

»Geht heute alles schief?«, brüllte Kurt und schüttelte den Kopf, sodass seine Locken hin und her flogen. Stöhnend fasste er sich in die Haare. »Mein Schädel brummt noch immer!«, klagte er mit leidender Miene. »Daran ist Albert schuld. Ich habe ihm gesagt, dass wir einen Tag rasten sollen. Wo ist er jetzt? Nur, weil seine Schindmähre lahmt, müssen wir hier auf ihn warten. Hoffentlich bringt er Essen. Jetzt besorg Feuerholz, sonst mache ich dich einen Kopf kürzer«, schnaubte er den Burschen mit funkelnden Augen an.

Franziska versuchte ihren Sohn zu beruhigen und presste seinen bebenden Körper an sich. »Benjamin, sei still. Du hast gehört, was der böse Mann gesagt hat«, krächzte sie an sein Ohr. Ihre Wange und ihr Schlund brannten, und bei jedem Atemzug glaubte sie, dass Nadeln ihre Lunge durchstachen. Ihr Körper glühte, und in ihrem Kopf pochte der Schmerz. Die aufgeplatzte Lippe schmerzte ebenso, und sie schmeckte Blut. Mühsam streichelte sie dem Jungen über den Scheitel, bis er langsam ruhig wurde.

Warum hat Johann nicht auf mich gehört? Wir hätten in Wellingen bleiben sollen, dachte sie und schaute vorsichtig zu den Bäumen hinüber, wohin die Soldaten ihren Mann gezerrt hatten. Das hast du von deiner Sturheit, aufs Eichsfeld zu wollen, weinte sie lautlos. Jetzt müssen wir alle sterben.

Sie blickte in Richtung Wald und glaubte zu sehen, dass sich in der vorderen Baumreihe mehrere Zweige heftig bewegten. Da nichts weiter geschah, atmete sie erleichtert auf. Hoffentlich bleibt Magdalena verschont, betete sie in Gedanken.

»Ich habe trockenes Holz gefunden!«, rief der Bursche Peter und blinzelte die Schneeflocken fort. Lachend wies er zum Fuhrwerk, und Kurts Blick folgte dem ausgestreckten Finger. Gemeinsam gingen sie in den Stall und besahen sich die Ladefläche.

»Fritz, Heinrich, Matthis, Gustav«, brüllte Kurt und winkte die vier Soldaten zu sich, die bei den Pferden standen. »Helft Peter, den Wagen nach draußen zu schieben, damit im Stall mehr Platz ist«, befahl er. »Dann haut ihr das Ersatzrad und die Stühle in Stücke und entfacht im Stall ein großes Feuer. Anschließend nehmt ihr euch die Kommode vor. Beeilt euch! Bevor mir der Schwanz festfriert.«

Die Männer eilten herbei und zogen das Fuhrwerk vor die Stalltür. Dort nahmen sie unter Kurts grimmigen Blicken die Stühle und das Rad vom Wagen. Während sie damit beschäftigt waren, die Gegenstände zu zerhacken, fiel Kurts Blick auf eine Holzkiste, die zwischen den Stühlen versteckt stand und die bis jetzt niemand bemerkt hatte. »Was haben wir hier?«, murmelte er und hob das Tuch, das über dem Kasten lag. Als er den Inhalt sah, weiteten sich seine Augen erfreut, und er schaute rasch um sich, ob er beobachtet wurde. Doch die Männer waren mit dem Feuermachen beschäftigt und froh, im Trockenen zu sitzen.

Kurt leckte sich über die Lippen, denn in der Kiste lagen Speck, Schinken, Grauwurst, mehrere kleine Käselaibe und Äpfel. Argwöhnisch schaute Kurt sich nach seinen Männern um, doch sie schienen von dem essbaren Schatz nichts zu ahnen. Als Peter auf ihn zukam, blaffte er hastig: »Was willst du? Sieh zu, dass die Flammen hochschlagen, damit sie mich wärmen.«

Kaum hatte der Bursche sich umgedreht, deckte Kurt die Lebensmittel wieder zu. Er griff die Kiste und versteckte sie außerhalb der Scheune unter einem Busch. »Wenn alle schlafen, werde ich mir ein Festmahl gönnen«, nahm er sich vor.

Kaum stand Kurt wieder am Fuhrwerk, kamen Fritz und Heinrich, um die Kommode vom Wagen zu heben. Fritz hielt seine Nase in die Höhe und grummelte: »Ich bin so ausgehungert, dass ich mir einbilde, geräucherten Speck zu riechen.«

»Das kenne ich«, lachte Kurt gequält auf und klopfte ihm auf die Schulter, sodass Fritz ihn fragend ansah. »Albert wird sicherlich etwas zu essen mitbringen«, lenkte er ab.

Mittlerweile hatte dichtes Schneetreiben eingesetzt, sodass Franziska und Benjamin vor Kälte und Nässe zitternd auf dem Boden saßen.

»Mich friert es, aber ich will nicht zu den bösen Männern«, flüsterte Benjamin und sah seine Mutter aus rotgeränderten Augen flehend an. Sein Gesicht war kreidebleich und seine Lippen blau verfärbt. Franziska wusste nichts Tröstliches zu sagen und blickte ängstlich hinüber zum Stall. »Hab keine Angst, mein Kind. Uns wird nichts geschehen. Aber wir müssen ins Trockene, sonst wirst auch du wieder krank«, flüsterte sie unter starken Halsschmerzen. Sie versuchte sich zu erheben und kam wankend zum Stehen, wobei sie das Gefühl hatte, als ob ihr Kreuz brechen würde. Franziska biss die Zähne zusammen und zerrte Benjamin in die Höhe. Unbemerkt von den Soldaten verkrochen sich Mutter und Sohn dicht neben dem Eingang an der Bretterwand des Stalls. Obwohl es dort windig war und die Wärme des Feuers sie kaum erreichte, blieben sie dort. Denn dieser Platz lag so, dass sie schnell nach draußen fliehen konnten.

Franziska zog ihren Sohn dicht an sich. Bibbernd legte Benjamin den Kopf auf ihre Brust und schlief ein. Obwohl auch ihren Körper eine bleierne Müdigkeit überfiel, wagte sie nicht, die Augen zu schließen, denn sie hatte Angst, der Soldat mit dem stechenden Blick würde im Schlaf über sie beide herfallen. Mühsam versuchte sie, wach zu bleiben, und ließ ihren Blick über die Wiese vor dem Stall zu der Obstbaumreihe schweifen. Ihre Augen wurden feucht. Auch wenn ich Johann verfluche, weil er uns zu der Reise gezwungen hat – solch ein Ende hat er nicht verdient, dachte sie und versteckte ihr Gesicht in den Haaren ihres Kindes. Fast ohnmächtig vom Schlag des Söldners, hatte sie nur verschwommen gesehen, wie die Halunken ihrem Mann eine Schlinge um den Hals legten und ihn zu den Bäumen zerrten. Als sie ihn grölend an einem Ast hochzogen, war es schwarz um Franziska geworden. Seitdem hatte sie von Johann nichts gehört und nichts gesehen.

Franziska blinzelte zum Himmel. »Gott, warum strafst du uns so sehr?«, fragte sie flüsternd und zog die Knie dicht an den Körper. Zwar hatte es aufgehört zu schneien, doch die Kälte war geblieben. Sie schreckte hoch, als zwei Soldaten laut zu streiten begannen. Schützend legte sie ihre Hand über Benjamins Kopf.

»Gib sofort den Beutel her! Ich habe ihn gefunden, und er gehört mir«, brüllte Matthis und sprang auf.

»Mach die Augen zu! Was du dann siehst, gehört dir«, sagte der kleine Dicke mit den Haarstoppeln und hielt sein Messer Matthis vor die Nase. Erst als der sich wieder hinsetzte, legte Heinrich das Messer zur Seite und kramte in dem Beutel. Triumphierend zog er ein Stück Wurst hervor.

»Mehr ist nicht drin?«, fragte Gustav enttäuscht.

Heinrich schüttelte den Kopf.

»Das will ich sehen«, rief Matthis ungläubig und sprang erneut auf.

»Schau selbst, du Depp!«, sagte der Dicke und warf ihm den Leinenbeutel zu.

Matthis stülpte den Stoff von innen nach außen, und ein verschrumpelter Apfel kullerte heraus. »Verdammt! Dieser Wurstzipfel reicht nicht mal für zwei hungrige Mäuler«, schimpfte er.

»Deshalb esse ich ihn allein«, sagte Heinrich und steckte sich grinsend das Wurststück in den Mund.

»Du verdammter Hurensohn!«, ereiferten sich nun auch die anderen.

»Ich würde für ein Stück trockenes Brot morden«, schrie Gustav und wollte sich auf Heinrich stürzen.

Als Kurt nicht eingriff, fragte Fritz überrascht: »Warum sagst du nichts? Schließlich hat er auch dir nichts abgegeben.«

Kurt zuckte gleichgültig mit den Schultern. »Macht, was ihr wollt. Von mir aus könnt ihr euch die Köpfe einhauen«, erklärte er und streckte sich am Feuer aus. Seelenruhig verschränkte er die Arme hinter dem Kopf.

Verdutzt blickten sich die Soldaten an, als ihnen plötzlich eine fremde Stimme zurief: »Ich grüße euch!«

Franziska hatte die Stimme ebenfalls gehört und guckte um die Ecke der Stallwand. Was sie sah, ließ ihr Herz einen Schlag aussetzen, und sie schloss entsetzt die Lider. Doch im nächsten Augenblick riss sie die Augen wieder auf, da sie hoffte, sich getäuscht zu haben. Aber es war wahr!

Ein fremder Mann zog Magdalena an einem Strick hinter sich her, der dem Mädchen um die Hände gebunden war. Als Franziska das kreidebleiche und tränenüberströmte Gesicht ihrer Tochter sah, wünschte sie sich, wieder in Ohnmacht fallen zu können. Magdalena schaute voller Angst zwischen ihrer Mutter und den Söldnern hin und her, sodass Franziska den Drang spürte, sich auf den Fremden zu stürzen. Aber sie wusste, dass sie gegen ihn und die Soldaten machtlos war, und setzte sich wieder hin. Außerdem lag etwas im Blick ihrer Tochter, das sie zurückhielt. Sie glaubte sogar zu sehen, dass Magdalena fast unmerklich den Kopf schüttelte. Als Benjamin erwachte und seine Schwester sah, wollte er sofort zu ihr hinlaufen, doch Franziska raunte ihm zu, liegen zu bleiben und keinen Laut von sich zu geben. Da kniete sich der Junge mit dem Gesicht auf dem Boden hin und hielt sich die Ohren zu. Franziska strich ihm über den Rücken und schaute angewidert die Söldner an, die beim Anblick ihrer Tochter grienten.

Kurt schwang sich auf die Füße und trat vor seine Männer. »Welch schönes Kind bringst du uns, Fremder?«, fragte er und fasste sich an den Latz.

»Wieso sollte ich euch meine Beute geben?«, fragte der Fremde mit unbeweglicher Miene.

»Warum nicht? Wir sind zu sechst, und du bist allein«, grinste Kurt und schaute seine Männer an. Die verstanden den Blick, erhoben sich einer nach dem anderen und nahmen ihre Waffen auf, die sie neben das Feuer gelegt hatten. Mit regungslosen Mienen stellten sie sich neben ihren Anführer.

»Außerdem bist du alt und unbewaffnet«, erklärte Peter abfällig. Man konnte dem Burschen ansehen, dass er nur darauf wartete zu kämpfen. Er hatte die Spitze seines Schwerts in den aufgeweichten Boden zwischen seinen Füßen gebohrt und hielt den Knauf mit beiden Händen umschlungen, um sofort zuschlagen zu können.

»Woher kommst du? Du bist keiner von uns«, stellte Heinrich fest und zückte langsam sein Messer.

»Willst du mich bedrohen?«, fragte der Fremde.

»Wo denkst du hin?«, lachte Heinrich auf. »Es juckt mich«, erklärte er und fuhr sich mit der stumpfen Seite des Messers mehrmals über den Schädel.

»Was willst du?«, fragte Kurt ungehalten und ging einen Schritt auf den Mann zu. Er hatte keine Angst vor dem grauhaarigen Fremden, um dessen Augen feine Falten lagen. Käme es zum Kampf, würde ein einziger Schwerthieb die hagere Statur des Alten zu Fall bringen.

An seiner Aussprache konnte man hören, dass er nicht aus dem Reich kam, sondern Kroate oder Schwede war, wie Kurt vermutete. Vielleicht ist er des Kämpfens müde und zieht deshalb allein durchs Land, dachte er und sah das Mädchen an, das den Blick ängstlich gesenkt hielt. Schon lange hatte er nicht mehr ein so junges und unschuldiges Wesen berührt.

»Was willst du für sie haben?«, fragte Kurt, als er spürte, wie sein Glied in der Hose steif wurde.

»Was kannst du mir bieten?«

»Im Grunde nichts, denn du wirst sie uns umsonst überlassen müssen«, sagte Kurt grinsend und gab seinen Männern ein Zeichen, die Waffen zu erheben.

»Nicht so schnell. Ich will kein Blutvergießen, denn sie ist es nicht wert«, sagte der Fremde und stieß Magdalena ein Stück vorwärts, sodass sie wimmerte. »Gib mir Essen, und sie gehört dir.«

»Wir haben nichts zu essen«, rief Peter. »Mir knurrt selbst der Magen«, sagte er mit Leidensmiene und griff sich an den Bauch.

»Unser Hauptmann ist auf dem Weg hierher und wird uns Essen mitbringen«, erklärte Gustav.

»Bist du von Sinnen?«, schrie Heinrich und hielt ihm das Messer unter die Nase. »Warum verrätst du das? Willst du etwa mit dem Alten teilen?«

Der Blick des Fremden haftete spöttisch auf Kurt. »Das verstehe ich nicht! Hast du nicht eine Kiste voller Köstlichkeiten unter den Strauch dort drüben gestellt?«, fragte er und wies mit der Hand zum Gebüsch.

Kurt zuckte merklich zusammen und sah zu dem besagten Strauch. Die Blicke seiner Kameraden folgten seinem Blick.

»Was soll da sein?«, fragte Heinrich misstrauisch.

»Nichts«, rief Kurt hastig.

Doch der Alte forderte Heinrich auf: »Sieh nach!«

Zögerlich ging der Söldner zu dem Busch und bückte sich. »Das glaube ich nicht«, rief Heinrich aufgeregt und zog mit beiden Händen die Kiste hervor, die er zu seinen Kameraden brachte. »Seht nur!«, sagte er und hob den Speck in die Höhe.

»Woher wusstest du davon?«, fragte Peter und schaute zwischen Kurt und dem Fremden hin und her.

»Ich beobachtete euren Kameraden, wie er die Kiste dort versteckte, während ihr die Möbel zerschlagen habt«, erklärte der Mann lächelnd.

Peter runzelte die Stirn. »Und wo hast du gestanden?«

Der Alte zeigte mit dem Daumen hinter sich zum Wald.

»Wie willst du von dort in die Kiste schauen können?«

»Das war nicht ich«, lachte der Alte, »sondern er!«, und zeigte auf einen großen blonden Mann, der aus dem Schatten der Scheune hervortrat und sich neben ihn stellte. »Somit wären wir jetzt zwei gegen sechs!«

»Immer noch zu wenig«, erklärte Peter spöttisch und hob sein Schwert.

»Du bist ein verdammter Lügner! Wir schlagen dich tot«, schrie Kurt und wollte seine Kameraden aufhetzen, sich auf den Alten zu stürzen, als Fritz sein Schwert gegen ihn richtete und »Halt!« brüllte.

Überrascht blieben alle stehen und blickten ihn an.

»Ich will wissen, woher diese Kiste kam und wer sie unter dem Busch versteckt hat«, zischte er.

»Die beiden waren es! Sie haben die Kiste dort hingebracht, weil sie Zwietracht unter uns stiften wollen«, brüllte Kurt zurück, doch seine Männer sahen ihn zweifelnd an.

»Aus welchem Grund?«, fragte Fritz.

»Das geht mir am Arsch vorbei! Ich will das Mädchen, und ihr bekommt die Kiste«, rief Kurt und hoffte, seine Männer besänftigen zu können. Doch sie blieben stehen, und sogar Peter sah ihn argwöhnisch an.

»Euer Mann hat sie dort versteckt, denn er will das Essen nicht mit euch teilen«, erklärte der Alte und fügte lächelnd hinzu: »Ihr wisst doch, in Zeiten der Not ist jeder sich selbst der Nächste!«

»Ich glaube nicht, dass unser Anführer uns hintergehen würde. Er weiß, dass wir seit Tagen kaum etwas zu beißen hatten und dass wir für Essen töten würden. Ihr beide aber seid unsere Feinde, die so sprechen wie unsere Gegner«, erklärte Peter mit einfältigem Blick und hob sein Schwert zum zweiten Mal.

Doch erneut war es Fritz, der ihn bremste. Missmutig schüttelte der Söldner sein strähniges Haar. »Ich weiß nicht, ich weiß nicht!«, überlegte er so laut, dass alle ihn verstanden. Er wandte sich zu Heinrich um und fragte ihn: »Als wir die Kommode vom Wagen hoben, was sagte ich da?«

Heinrich überlegte angestrengt und kratzte sich dabei mit dem Messer über die Wange. »Ich glaube, du sagtest, dass du Speck riechen konntest.«

Fritz nickte und zog die Speckseite ein Stück aus der Kiste heraus. Nachdem er sie zurückgelegt hatte, schaute er Kurt eindringlich an.

»Was glotzt du so unverschämt? Ich bin euer Anführer und nicht euer Feind. Außerdem ... woher sollte ich das Essen haben?«

Fragend blickten sich die Männer an und drehten sich dann herausfordernd den beiden Fremden zu.

»Jetzt haben wir den Beweis! Die beiden Feinde lügen!«, schrie Peter, als plötzlich hinter ihnen eine Frauenstimme krächzte: »Mein Mann hatte die Kiste auf dem Fuhrwerk zwischen den Stühlen und der Kommode versteckt. Nur wer die Möbel wegräumte, konnte sie finden.«

Kaum hatte Franziska zu Ende gesprochen, begannen die Männer aufeinander einzuprügeln.

»Du verdammter Hurensohn«, schrie Fritz und stürzte sich auf Heinrich. »Du und Kurt, ihr steckt unter einer Decke! Ich habe gesehen, wie ihr getuschelt habt.«

»Ich habe tagelang nichts zu essen gehabt, und ihr wollt alles allein fressen«, schrie Peter und fuchtelte mit seinem Schwert herum, bis Matthis schreiend zusammenbrach.

In dem Augenblick, als Kurt sich auf den grauhaarigen Alten stürzen wollte, stieß der Fremde Magdalena zur Seite und griff sich in den Nacken, um mit einer fließenden Bewegung ein Schwert aus seinem Umhang zu ziehen. Noch bevor der Söldner merkte, was geschah, wurde er zu Boden gestreckt.

Magdalena war auf beide Knie gestürzt. Rasch löste sie ihre Fesseln und krabbelte auf allen vieren zwischen den Beinen der Männer hindurch zu Franziska, die keuchend am Boden lag. »Mutter«, wisperte das Mädchen und hob Franziskas Kopf an.

Als Franziska die Stimme ihrer Tochter hörte, flimmerten ihre Lider, und sie flüsterte: »Kümmere dich um deinen Bruder!«

Dann wurde sie bewusstlos.

Kapitel 23

Am selben Tag, einige Stunden zuvor

Arne wurde geweckt, weil ihn jemand an der Schulter stupste. Er blinzelte verschlafen und sah in Gustavssons graue Augen.

»Auf, auf, junger Freund! Der Tag erwacht. Wir müssen Bärlauch suchen.«

Seufzend drehte Arne dem Freund den Rücken zu und nuschelte: »Ich möchte einmal eine Nacht und einen Tag durchschlafen können.«

Erik Gustavsson lachte: »Entweder wärst du dann krank oder bereits tot. Steh auf! Das Wasser für den Kräutersud ist heiß. Außerdem wartet frisches Tunnbröd auf dich.«

Arne setzte sich an den Rand seines Lagers und rubbelte sich mit den Fingern über die Kopfhaut. Er strich sich das blonde Haar zurück und streckte sich nach allen Richtungen. Mit einem lauten Seufzer zog er die Stiefel an und legte sich den

Umhang um die Schultern. Dann folgte er seinem väterlichen Freund ins Freie.

»Schnee liegt in der Luft«, sagte Erik und blickte zum Himmel empor.

»Dann lass uns rasch ans Feuer gehen«, gähnte Arne.

Vor dem Feuerplatz lagen mehrere Schaffelle. Arne setzte sich auf eines davon und streckte die Füße dem Feuer entgegen. »Wir haben Frühling! Warum ist es so kalt?«

»Du bist verweichlicht«, stellte Gustavsson fest und blickte den jungen Mann kopfschüttelnd an. »In unserer Heimat Schweden ist es um diese Zeit viel kälter, und trotzdem zieht es die Menschen ins Freie. Sobald der Schnee geschmolzen ist, erwacht das Land zum Leben. Frühling hat etwas Magisches«, schwärmte er. »Der lange Winter ist vorbei, und auch Dunkelheit und Trübsinn.«

Gustavsson schloss die Augen, und seine Mundwinkel zogen sich nach oben. »Die Luft ist erfüllt von den Gerüchen des erwachenden Lebens, dem frischen Grün der Pflanzen, den Aromen der Blumen und dem Rauch der Feuerstellen, über denen wieder im Freien das Essen zubereitet wird. Es gibt keinen köstlicheren Duft als fangfrischen Fisch, der an einem Spieß über den Flammen gegart wird«, sagte er. »Was würde ich dafür geben, einen gebratenen Hering zu essen«, seufzte er und leckte sich über die Lippen.

»Vielleicht kommen wir bei unserer Bärlauchsuche an einem Teich vorbei. Dann fange ich dir einen Karpfen«, wollte Arne ihn trösten, doch Erik schüttelte den Kopf.

»Damit kannst du mir keine Freude machen. Karpfen schmeckt nach Moder. Hering hingegen nach dem Salz des Meerwassers«, erklärte Gustavsson und reichte Arne eine Scheibe des dünnen und knusprigen Brots. »Ich habe die Kräuter für den Sud vergessen«, stellte er fest und verschwand in Richtung Zelt.

Arne knabberte an dem trockenen Brot, als vor ihm eine sanfte Stimme fragte: »So früh schon auf?«

Er blickte hoch und sah Brigitta am Feuer stehen. »Genau wie du«, erklärte er mit gleichgültiger Miene.

»Ich habe die halbe Nacht kein Auge zugemacht«, sagte sie und strich sich müde über das dunkle Haar.

Arne blickte zu ihrem Zelt und meinte spöttisch: »Hast wohl viel zu tun gehabt.«

»Rede keinen Unsinn! Du weißt, dass ich nicht arbeite, sondern Ingeborg pflege. Sie hatte so starke Leibschmerzen, dass ich ihr in der Nacht warme Wickel machen musste«, erklärte sie und verschränkte die Arme vor der Brust.

»Du bist mir keine Rechenschaft schuldig«, erwiderte Arne und blickte stur in die Flammen.

»Warum bist du so abweisend?«, fragte Brigitta leise.

»Das bildest du dir ein«, entgegnete er und aß ein Stück Brot.

»Ich bin nicht blind, Arne. Wenn ich komme, gehst du. Will ich mit dir reden, schweigst du.«

»Ich sitze hier und höre zu«, sagte er und schaute sie entnervt an.

»Ja, jetzt! Aber sonst ist es anders.«

»Was willst du von mir, Brigitta?«, fragte er sie ernst.

Erschrocken über die direkte Frage, wusste sie nichts zu antworten und war froh, als Gustavsson erschien.

Eriks Blick aus grauen Augen wanderte zwischen den beiden hin und her. »Ich grüße dich, Brigitta!«, sagte er schließlich und lächelte.

Die junge Frau erwiderte den Gruß.

»Möchtest du einen Kräutersud?«, fragte er. Als sie nickte, legte er getrocknete Blätter in drei Tonbecher, die er mit heißem Wasser übergoss. Schon nach kurzer Zeit fischte er die Blätter mit einem Löffel heraus und reichte Arne und der jungen Frau je einen Becher. Brigitta nickte dankend und nahm vorsichtig einen Schluck. Als weder Arne noch Brigitta etwas sagten, erklärte Gustavsson: »Es wird hell. Machen wir uns auf den Weg.«

Arne sprang sofort auf.

»Darf ich euch begleiten?«, fragte Brigitta.

»Nein«, antwortete Arne barsch und ging zu den Pferden.

Gustavsson zuckte entschuldigend mit den Achseln und eilte ihm hinterher.

Da Arne am Tag zuvor in dem Forst keinen Bärlauch gefunden hatte, ritten die beiden Männer in ein anderes Waldstück. Sie hatten kaum den Hain erreicht, da setzte leichter Schneefall ein. »Ich wusste es«, lachte Erik und lenkte sein Pferd in den Wald.

Als es zwischen den Bäumen kein Durchkommen mehr gab, mussten die Männer zu Fuß weiter. Dieses Mal ließ Arne sein Schwert nicht zurück und steckte es in eine Schutzhülle, die er auf dem Rücken trug, damit er sich frei bewegen konnte.

»Sicher ist sicher!«, sagte er, und auch Erik schulterte seine Waffe. Schon bald konnten die Männer den besonderen Geruch des Bärlauchs wahrnehmen, dem sie folgten und der sie zu einer feuchten Lichtung führte. Der Boden war in breiter Fläche von der grünen Pflanze mit den langen, schmalen Blättern überwuchert, sodass die Männer mühelos ihre Beutel füllen konnten.

»Das müsste reichen, um die Würmer aus den Gedärmen zu verjagen«, grinste Arne und hob seinen vollen Beutel in die Höhe.

»Und ich habe genügend Bärlauch gesammelt, dass ich uns eine schmackhafte Suppe kochen kann. Lass uns zurück zu den Pferden gehen«, sagte Gustavsson, als er ein Knacken zwischen den Bäumen in der Nähe vernahm. Sogleich beugten beide Männer ihre Oberkörper nach vorn und schlichen in gekrümmter Haltung hinter einen Baumstamm. Von dort blickten sie sich nach allen Seiten um, konnten aber nichts erkennen.

»Hoffentlich ein Rehbock«, frohlockte Arne leise und griff nach seinem Schwertknauf. Bei dem Gedanken an einen Braten beschleunigte sich sein Herzschlag. Als er jedoch kein Wild sehen konnte und alles still blieb, blickte er enttäuscht zu Erik, der mit leicht zusammengekniffenen Augen auf einen bestimmten Punkt starrte.

»Was …«, flüsterte Arne, doch Gustavsson gab ihm ein Zeichen zu schweigen und ihm zu folgen.

Arne ließ das Schwert zurück ins Futteral gleiten und lief auf leisen Sohlen dem Freund hinterher. Da sah er das Mädchen.

Sie kauerte zwischen den Bäumen und hielt mit zittrigen Händen die Zweige eines Busches auseinander. Bewegungslos und wie gebannt starrte sie nach vorne. Der Boden zu ihren Füßen war mit frischen Fichtenzweigen übersät, obwohl Sträucher um sie herumstanden und keine Fichten. Die Unbekannte bemerkte nicht, dass die beiden Männer hinter sie traten.

Arne reckte den Hals, um zu erkennen, was das Mädchen sah. Dann sah auch er die Soldateska.

Er erblickte eine Frau, ein Kind und einen Mann, der mit den Händen um sich schlug. Die grölenden Söldner legten ihm gerade eine Schlinge um den Hals. Einer der Männer – Arne erkannte in ihm den Aufrührer vom Tag zuvor – schlug die schreiende Frau nieder. Der kleine Junge weinte laut auf und klammerte sich an seine Mutter. Doch der Anführer schnauzte ihn an und zog ihn fort.

In diesem Augenblick schluchzte das Mädchen vor ihnen auf. Arne musste kein Hellseher sein, um zu erkennen, dass sie zu den Leuten in den Fängen der Soldateska gehörte. Als zwei Söldner den Mann zu einer Baumreihe zerrten, flüsterte sie kaum hörbar »Vater!« und kam aus ihrer Deckung hoch. Als sie sah, wie zwei Söldner den Strick um den Ast warfen und begannen, ihren Vater hochzuziehen, holte sie Luft, um zu schreien.

Erik griff geistesgegenwärtig nach dem Mädchen und presste ihr von hinten die Hand auf den Mund, sodass er den Schrei erstickte.

Magdalena glaubte zu ersticken, denn die Hand auf ihrem Mund war so fest, dass sie kaum Luft bekam. Sie versuchte vergeblich zu schreien, trampelte mit den Füßen und wollte sich aus dem Griff winden. Aber sie war zu schwach. Ihr Herz raste vor Angst, und sie hörte das Blut in ihren Ohren rauschen. Dann wurde sie zurück in den Wald gezogen. Als ihre Beine weich wurden und einknickten, bewahrten starke Arme sie vor einem Sturz. Eine Stimme an ihrem Ohr flüsterte:

»Du musst keine Angst haben. Wir wollen dir nichts Böses! Ich werde dich jetzt loslassen, aber du darfst nicht schreien, sonst hören dich die Soldaten, und was dann geschieht, hast du gesehen. Hast du mich verstanden, Mädchen?«

Magdalena schloss die Augen, sodass die Tränen ihre Wange hinunterkullerten und auf die Hand des Mannes tropften. Sie hatte den Fremden verstanden, obwohl seine Aussprache sonderbar war. Seine Stimme klang hart und rau, was ihr Angst machte. Sie überlegte, ob sie fliehen sollte, aber rasch verwarf sie den Gedanken, denn sie hatte keine Wahl. Sie musste dem Fremden vertrauen und hoffen, dass er die Wahrheit sprach. Als sie nicht antwortete, fragte er erneut:

»Hast du mich verstanden?«

Magdalena nickte.

Langsam löste sich die Hand von Magdalenas Mund. Sie drehte sich hastig um und erblickte zwei Männer. Als sie losrennen wollte, hielten zwei starke Arme sie auf.

»Was wollt ihr von mir?«, keuchte sie und schaute zu den Büschen, durch die sie ihre Familie beobachtet hatte. »Ich muss zu meinen Eltern und zu meinem kleinen Bruder«, weinte sie. Vor Magdalenas Augen schob sich das Bild, wie die Söldner ihren Vater aufhängten, und sie sank weinend zu Boden. Sogleich sprang einer der beiden Fremden zu ihr und nahm sie in den Arm.

»*Gråt inte!*«, flüsterte er und strich ihr das Haar aus dem Gesicht.

Magdalena hob den Blick. »Ich verstehe dich nicht«, fauchte sie. »Lass mich los! Ich muss meine Mutter und meinen Bruder retten«, sagte sie und wollte ihn von sich stoßen, doch der Griff des Mannes wurde fester.

»Weine nicht!«, sagte er leise. »Wir werden dir helfen. Aber du musst dich beruhigen!«

Magdalena sah ihn zweifelnd an, doch sein Blick und seine Worte klangen so überzeugend, dass sie sich entspannte. Der Mann zog sie auf die Beine, als der andere ihn zu sich winkte.

Der ältere Fremde war zurück zu den Büschen gegangen und beobachtete die Soldaten. Er zeigte nach vorn und zum Himmel. Beide flüsterten in einer Sprache, die Magdalena nicht verstand.

»Wer seid ihr?«, fragte sie, und die Männer drehten sich ihr zu.

»Wir werden uns später vorstellen, denn es ist Eile geboten, um deine Mutter und deinen Bruder zu retten. Doch dafür musst du uns vertrauen. Kannst du das?«

Beide Augenpaare waren fragend auf sie gerichtet.

Magdalena schluckte. »Was heißt das?«

»Ich werde dir das erklären, doch erst muss Arne etwas auskundschaften gehen. Noch nie war ich über Schnee so froh wie heute«, sagte der Ältere und grinste den Jüngeren an, der ebenfalls griente. Beide wendeten sich von Magdalena ab und sprachen wieder in der fremden Sprache, die in den Ohren des Mädchens hart klang. Die Männer klopften sich gegenseitig auf die Schulter, und der Jüngere verschwand zwischen den Bäumen.

Der fremde Mann blickte Magdalena aus seinen hellen Augen nachdenklich an. »Ich muss dir die Hände fesseln«, sagte er.

Sogleich versteckte Magdalena verängstigt ihre Arme hinter dem Rücken.

Als der Mann das sah, lächelte er, wobei sich um seine Augen feine Falten zeigten. »Hab keine Angst! Ich werde dir nun unseren Plan erklären«, sagte er. »Wir haben beobachtet, dass der Anführer eine Kiste vor seinen Kameraden versteckt hält. Wir wissen nicht, was darin ist, doch wir hoffen, dass es wichtig sein könnte. Da dichter Schneefall herrscht, wird Arne hoffentlich unbemerkt auskundschaften können, was die Kiste enthält. Wenn es etwas Wertvolles ist, können wir unter den Söldnern Unfrieden und Verwirrung stiften. Ich werde zu ihnen gehen und dich als meine Gefangene vorführen. Es soll sie ablenken, damit Arne sich hinter ihrer Linie verstecken kann. Sie sollen denken, dass sie es mit einem alten und schwachen Mann zu tun haben.« Er lachte leise auf und zwinkerte Magdalena verschwörerisch zu. »Deshalb, mein schönes Kind, werde ich dir die Hände zusammenbinden. Sei unbesorgt, du wirst die Fesseln selbst lösen können. Du musst so lange die Rolle der Gefangenen spielen, bis Arne erscheint. Einerlei, was du siehst, hörst oder was mit deiner Familie geschieht: Warte, bis Arne da ist. Hast du das verstanden?«

Magdalena schwirrte der Kopf. Sie spürte, wie sie Kopfschmerzen bekam. Sie hatte nichts verstanden, doch sie glaubte jetzt, dass die beiden Fremden ihr helfen wollten. Deshalb nickte sie, und der Mann holte seinen Gürtel, um ihre Hände zu fesseln.

»Wie ist dein Name?«, fragte sie leise.

»Erik«, sagte er. »Erik Gustavsson.«

Arne kam zurück und flüsterte seinem Freund etwas zu. Schließlich klopfte der Alte dem Mann abermals auf die Schulter, und Arne verschwand wieder zwischen den Bäumen.

»Wir warten nur noch wenige Augenblicke, dann gehen wir los.«

»Wird euer Plan gelingen?«, fragte Magdalena mit bebender Stimme.

Eriks Blick war ernst. »Wir hoffen es!«

Als Magdalena ihre Mutter sah, konnte sie die Tränen nicht mehr zurückhalten. Am liebsten wäre sie auf sie zugestürmt, doch sie blieb tapfer an Gustavssons Seite. Mit leichtem Kopfschütteln signalisierte sie Franziska, nicht aufzuspringen und nicht zu ihr zu eilen. Wie schlecht sie aussah! Ihre Lippen waren aufgeplatzt. Blut klebte an den Mundwinkeln und über ihrem linken Auge. Magdalena konnte erkennen, dass sie schwer Luft bekam und heftig keuchte. Da blickte Benjamin um die Bretterwand. »Großer Gott«, dachte Magdalena. »Was haben sie mit dem Jungen angestellt?« Sein Gesichtchen war kreidebleich und die Haut um seine Augen feuerrot. Sein Oberkörper schwankte, und sie konnte sehen, dass er weinte. Als die Mutter etwas zu ihm sagte, kniete sich der Junge an Ort und Stelle mit dem Gesicht auf dem Boden hin und hielt sich die Ohren zu.

Als Arne aus dem Schatten der Scheune trat und der Tumult begann, löste Magdalena die Fesseln und rannte zu ihrer Mutter und ihrem Bruder.

Nachdem er den Stein aus dem Huf seiner lahmenden Stute entfernt hatte, zögerte Albert das Zusammentreffen mit seinen Männern so lang wie möglich hinaus. Er ging zur Jagd. Zwar hatte er nur seine Büchse dabei, aber es gelang ihm, einen Hasen zu erlegen. Die Kraft der Schusswaffe hatte dem Tier den Kopf weggeschossen, doch der Rest würde für eine Suppe mit Fleischeinlage reichen.

Schon von Weitem hörte Albert seine Männer grölen und fluchen. Zwischen den Bäumen sah er schließlich das verfallene Gehöft, seine Soldaten und die Frau mit dem Kind. »Diese verdammten Hurensöhne«, schimpfte er verhalten und zügelte sein Pferd, um die Meute zu beobachten, als er plötzlich einen Fremden sah, der in einem weitem Bogen um seine Männer schlich.

Albert stieg vom Pferd und führte es einige Schritte zurück in den Wald, um es an einem Ast festzubinden. Dann verschanzte er sich hinter einem großen Haselnussstrauch, wo er verborgen das Umfeld beobachten konnte. In ihm waren alle Sinne erwacht. Das Auskundschaften war seine Stärke, denn sein Grundsatz war es, sich stets erst einen Überblick über die Lage zu verschaffen. Nie griff er unüberlegt in ein Geschehen ein, da immer die Gefahr bestand, in einen Hinterhalt zu geraten. Da Albert nicht wissen konnte, was in dem verlassenen Gehöft geschah und woher der Fremde kam, wollte er abwarten, ob vielleicht Mitstreiter aus dem Hinterhalt auftauchen würden. Dann erschien ein Alter mit einem gefesselten Mädchen, und bald darauf geriet die Lage außer Kontrolle. Als auch der andere Mann wieder auftauchte, begann der Kampf.

Zu seinem Entsetzen beobachtete Albert, wie sich seine Männer gegenseitig die Köpfe einschlugen. Er überlegte nur kurz. Dann ging er zu seinem Pferd, saß auf und blickte ein letztes Mal zum Gehöft und zu der wilden Soldateska.

»Ich wusste, dass ich euch eines Tages loswerden würde«, murmelte er grinsend und ritt unbemerkt davon.

Kapitel 24

Magdalena kniete neben ihrer Mutter, als Benjamin auf sie zustürzte und sich weinend an sie klammerte. Sie drückte den Bruder an sich und bat ihn: »Geh zurück in die Scheune, Benjamin. Ich werde Mutter ebenfalls ans Feuer bringen.«

Der Junge blickte sie aus angsterfüllten Augen an und gehorchte.

Das Mädchen achtete nicht auf die kämpfenden und schreienden Männer, denn ihre Sorge galt allein der Mutter. Sie umfasste Franziskas Hände und zog sie mit aller Kraft hoch, um sie in die Scheune zu schleppen. Magdalena sammelte die Decken vom Boden auf und legte sie über die Ohnmächtige. Sie nahm ihren eigenen Umhang von den Schultern und bettete den Kopf der Mutter darauf. Dann schnappte sie sich den Kochtopf und rannte nach draußen, um Schnee einzusammeln, wobei sie dieses Mal die kämpfenden Söldner nicht aus den Augen ließ. Zurück im Stall, stellte sie den Topf auf das Feuer, damit der Schnee schmolz. Magdalena kramte aus ihrer Rockschürze die restlichen Fichtenzweige hervor, die sie in das kochende Wasser warf.

Benjamin saß zitternd neben der Mutter und blickte mit großen Augen zu den schreienden Männern hinaus. Magdalena ging zu ihm und wollte ihn trösten, doch ihr fehlten die Worte. Sie nahm ihn in den Arm und strich ihm über den Rücken. »Es wird alles wieder gut«, flüsterte sie. Und wusste, dass sie ihren Bruder anlog. Nichts würde wieder gut werden und nichts so wie früher.

Plötzlich ließ der Lärm nach. Die Geschwister blickten hinaus und sahen, dass die Männer nicht mehr kämpften. Magdalena erhob sich und ging vor das Tor.

Einige Söldner lagen leblos am Boden, ein anderer wankte und blutete aus vielen Wunden. Erik Gustavsson stand vor einem der auf dem Boden liegenden Männer und richtete seine Schwertspitze auf dessen Hals.

»Ich ergebe mich!«, schrie der Unterlegene und streckte beide Hände in die Höhe.

Gustavsson ging einen Schritt zurück und ließ die Waffe sinken. Stöhnend wälzte sich der Söldner zur Seite.

Magdalena suchte unter den Männern vergeblich nach dem blonden Fremden, der Arne hieß. Dann sah sie ihn.

Er kam schweren Schritts über die Obstbaumkoppel und trug einen Mann, der leblos in seinen Armen hing. Magdalena ahnte, wer er war.

»Vater!«, schrie sie, sodass Benjamins Kopf hochruckte und er zu ihr rannte.

Beide Geschwister liefen Arne entgegen, der ihren Vater zum Fuhrwerk trug und dort sanft ablegte. Magdalena konnte vor Tränen kaum sehen. Schemenhaft erkannte sie, wie Arne das Kinn ihres schreienden Bruders mit dem Zeigefinger anhob, damit er zu ihm aufblickte. Sie sah auch, dass er zu Benjamin sprach, doch seine Worte erreichten nicht ihr Ohr. Wie durch eine Nebelwand schwappten nur vereinzelte Wortfetzen zu ihr, die sie zuerst nicht verstand und dann nicht glauben wollte.

»Euer Vater lebt!«, hörte sie Arne sagen.

Benjamin und sie starrten den Mann ungläubig an. Magdalena schloss die Augen und schüttelte sich, bis die Nebelwand vor ihren Augen verschwand. Als sie Arne anblickte, lächelte er und nickte.

»Ja, er lebt«, wiederholte er, »aber es geht ihm nicht gut.«

Benjamin und Magdalena schauten über den Rand des Fuhrwerks und sahen in die Augen ihres Vaters, der zu lächeln versuchte.

»Wie kann das sein?«, fragte Magdalena. »Ich habe gesehen, wie sie ihn aufgehängt haben.«

Arne berichtete mit ruhiger Stimme: »Die Söldner haben ihn an einem morschen Ast aufgehängt, der abbrach. Euer Vater stürzte auf den aufgeweichten Boden. Als ich die Kiste unter dem Busch ausspionierte, habe ich ihn gefunden und von seinem Strick befreit. Das Seil hat sich tief in seine Haut eingeschnitten und eine hässliche Wunde verursacht, aber er kann sprechen. Wenn auch undeutlich und schwach. Ich denke, dass er wieder gesund wird.« Er schaute Magdalena lächelnd an, die verlegen den Blick senkte. »In unserem Lager werde ich ihm eine Heilsalbe auf die Wunde streichen, damit sie sich nicht entzündet«, erklärte er.

»Bist du ein Heiler?«, fragte Magdalena.

»So könnte man das sagen. Ich bin Arzt.«

»Dann komm schnell zu meiner Mutter, denn sie liegt ohnmächtig in der Scheune«, bat Magdalena und wies Benjamin an: »Du bleibst bei Vater.«

»Fichtennadelsud«, erkannte Arne, kaum dass sie die Scheune betraten. Er kniete sich zu Franziska nieder, befühlte ihre Stirn und hob ihre Augenlider, dann legte er sein Ohr auf die Brust und horchte. »Ihre Lunge ist krank«, stellte er fest. »Nimm den Topf vom Feuer und stell ihn so dicht wie möglich in die Nähe ihres Gesichts, damit sie die heilenden Dämpfe einatmen kann.«

Als Gustavsson ans Feuer trat, erklärte Arne dem väterlichen Freund: »Sie ist schwer krank. Im Lager habe ich Medikamente, um ihr Linderung zu verschaffen.«

»Du willst sie mitnehmen?«, fragte Erik erstaunt.

»Wenn wir sie zurücklassen, stirbt sie, und unser Befreiungsakt war vergeblich«, gab Arne zu bedenken.

Gustavsson schaute ihn nachdenklich an und nickte schließlich. Dann sah er das Mädchen an und fragte: »Wie heißt du?«

»Magdalena.«

»Gut, Magdalena. Komm mit mir hinaus und lass uns nach den Verletzten sehen. Arne kümmert sich um deine Mutter.«

Kurt, Gustav, Peter und Matthis lagen tot im Schnee. Kurt und Matthis waren durch Schwerthiebe getötet worden, die wahrscheinlich von Peter stammten. Der Bursche hatte wie irr um sich geschlagen und war dann auf Erik losgegangen, der ihm den Todesstoß versetzte. Gustav dagegen war im Kampf hingefallen und mit dem Hinterkopf auf einen Stein geschlagen. Rasch hatte der Schnee sich rot gefärbt, und Gustav war gestorben. Der dicke Heinrich und Fritz hatten überlebt und sich ergeben. Nun lagen sie stöhnend auf dem schneenassen Boden.

Als Erik sah, dass ihre Verletzungen nicht tödlich waren, sagte er zu Magdalena: »Wir werden deine Mutter zu deinem Vater aufs Fuhrwerk legen, und du spannst eure Pferde davor. Nachdem wir unsere Pferde aus dem Wald geholt haben, machen wir uns auf den Weg in unser Feldlager.«

»Was geschieht mit den Toten und was mit den beiden da?«, fragte Magdalena leise und zeigte zu Heinrich und Fritz.

Gustavsson entschied: »Sie sollen die Toten beerdigen und dann ihres Weges ziehen oder verrecken.«

Magdalena widersprach wütend: »Ich will, dass sie aufgehängt werden, so wie sie es mit meinem Vater gemacht haben.«

Gustavsson winkte ab: »Es ist die Mühe nicht wert.«

Magdalena nickte erschöpft. Sie hatte keine Kraft mehr, dem alten Mann zu widersprechen. Dann ging sie zur Koppel und holte die beiden Hengste.

Gustavsson lenkte das Fuhrwerk, und Benjamin saß bei seinen Eltern auf der Ladefläche. Dem Knaben war anzusehen, dass er müde, hungrig und durchgefroren war.

Magdalena und Arne ritten hinter dem Wagen. Beide führten ein Soldatenpferd am Zügel mit sich. Die vier anderen Rösser waren rechts und links am Fuhrwerk festgebunden.

Arne schaute besorgt auf die beiden Kranken auf der Ladefläche. Die Frau war noch immer ohne Bewusstsein, und der Mann dämmerte im Halbschlaf dahin. Sein Hals war stark gerötet und geschwollen. Die tiefe Schnittwunde, die der dünne Strick verursacht hatte, eiterte und nässte.

Als Magdalena Arnes Blick bemerkte, fragte sie ängstlich: »Kannst du ihnen helfen?«

»Ich weiß es nicht«, gab er ehrlich zu. »Aber ich hoffe. Zum Glück hat es aufgehört zu schneien, und auch die Kälte hat nachgelassen. Aber wir müssen uns beeilen, damit beide ins Trockene und Warme kommen und sie heilende Kräuter erhalten.«

»Vielleicht hilft meiner Mutter ein Aderlass.«

»Nein! Blut ablassen schwächt den Körper«, erklärte Arne mit einem Ton in der Stimme, der keinen Widerspruch duldete.

»Woher weißt du das?«, fragte Magdalena und sah Arne bewundernd an.

»Ich habe einige Zeit in Heidelberg Medizin studiert. Auch mein Vater ist Arzt, und ich hätte gerne noch mehr von ihm gelernt. Doch dann kam der Krieg, und ich habe mich einem Heer verpflichtet.«

Magdalena schluckte, bevor sie die nächste Frage stellte: »Du und Erik, ihr sprecht untereinander eine sonderbare Sprache, die ich noch nie gehört habe. Auch wenn du mit mir redest, klingen die Worte anders. Woher kommt ihr?«

»Aus Schweden.«

Erschrocken riss Magdalena ihre Augen weit auf, denn Erik und der Arzt gehörten zum Feind, von dem ihr Vater ihr erzählt hatte. Hastig senkte sie den Blick, doch Arne hatte den angstvollen Ausdruck in ihrem Gesicht bemerkt.

»Ich denke, wir haben bewiesen, dass du vor uns keine Angst haben musst«, sagte er mit sanfter Stimme.

Magdalena entgegnete zaghaft: »Aber was wird in eurem Lager sein? Werden die anderen Schweden ebenso denken?«, fragte sie.

Arne erklärte ihr, dass sich im Lager nur Kranke, Frauen und Kinder aufhielten. »Du wirst nur wenige Männer antreffen, die zum Schutz der Zurückgebliebenen abkommandiert wurden und kein Bedürfnis haben, euch etwas anzutun. Glaube mir, wir alle sind froh, wenn wir unsere Ruhe haben, denn wir sind des Kämpfens müde.«

»Wie alt bist du?«, rutschte es Magdalena heraus, sodass Arne laut auflachte. Erschrocken über sich selbst fügte sie hastig hinzu: »Ich meine, weil du des Krieges müde bist und weil du schon studiert hast.«

»In deinen Augen bin ich sicher uralt«, frotzelte Arne, sodass Magdalena ihn verlegen ansah.

»Ich zähle fünfundzwanzig Sommer«, verriet er und blickte sie dabei grinsend an.

Da er über ihre Frage nicht böse schien, entspannte sich Magdalena. »Ich möchte mich bei dir und Erik bedanken. Ohne euch wären wir sicher alle tot«, wisperte sie und wagte es kaum aufzublicken.

Arne betrachtete das Mädchen, von dem er nur den Namen kannte. Ihm gefielen ihre honighellen Haare, und er fand, dass Magdalenas blaue Augen besonders hübsch waren. Sie könnte auch eine Schwedin sein, dachte er. Schon als er sie zwischen den Bäumen hatte stehen sehen, war er von ihrer Schönheit angetan gewesen, und es kostete ihn Mühe, sich davon nicht ablenken zu lassen. Ihre leichte Stupsnase, der Blick aus ihren wachen Augen, ihre schmalen Hüften – einfach alles an ihr schien vollkommen zu sein. Selbst ihre Stimme war liebreizend, sodass er ihr mit Vergnügen zuhörte, wenn sie etwas sagte. Wenn sie lächelte, zeigte sich ein kleines Grübchen in ihrer linken Wange, was Arne besonders liebenswert fand.

Magdalena schien seinen musternden Blick zu spüren, denn ihre Wangen röteten sich.

Arne räusperte sich und versuchte sich von ihrer Schönheit loszureißen, indem er fragte: »Wohin wolltet ihr, als euch die Soldateska überfiel?«

Magdalena spürte, wie ihr das Blut in die Wangen schoss. Der blonde Fremde hatte ihr von Anfang an gefallen. Sie mochte seine graublauen Augen, die ernst, aber freundlich schauen konnten. Ihr gefielen seine blonden Haare, die bis auf die Schultern fielen, und sie mochte auch seine dichten Augenbrauen. Er hatte einen muskulösen Körper und war so hochgewachsen wie kein anderer Mann, den Magdalena kannte. Sicher ist er bereits in festen Händen, dachte sie und erschrak bei diesem Gedanken. Erneut glühte ihr Gesicht, sodass sie verlegen an der Innenseite ihrer Wange kaute.

Zum Glück fragte er nun, wohin sie unterwegs waren, sodass sie ihre Gedanken sammeln konnte. Mit wenigen Worten erzählte sie vom Plan ihres Vaters, in sein Heimatdorf zurückzugehen.

Da hörte sie, wie ihre Mutter laut nach Luft keuchte. Sie beugte sich besorgt nach vorne, während Arne seinem Pferd in die Seiten trat, um zu Erik aufzuholen. Er gab ihm ein Zeichen, das Fuhrwerk anzuhalten. Erschrocken zog Gustavsson an den Zügeln.

Kaum standen die Hengste still, sprang Arne von seinem Pferd, kletterte auf das Fuhrwerk und beugte sich über Franziska, deren Körper sich vor Atemnot aufbäumte. Mit schreckensweiten Augen rang sie nach Luft. Arne beruhigte sie mit leisen Worten und rieb ihr mit dem Daumen über die Stelle zwischen den Augenbrauen. Langsam wurde ihr Atem ruhiger. Franziska schloss die Augen und fiel zurück auf die Unterlage.

»Wir müssen uns beeilen«, rief Arne Erik zu, der die Pferde anfeuerte, kaum dass der Freund vom Fuhrwerk sprang.

Es war bereits später Nachmittag, als sie das Lager der Schweden erreichten. Schon von Weitem schrie Gustavsson seinen Landsleuten etwas in ihrer Sprache zu.

»Was hat er gesagt?«, fragte Magdalena mit bangem Blick.

»Er hat ihnen zugerufen, dass wir es sind und sie keine Angst haben müssen«, erklärte Arne und winkte einigen Kindern zu, die angerannt kamen und neben ihnen herliefen.

Kaum hielt das Fuhrwerk inmitten des Zeltplatzes, kamen auch einige Frauen und Männer herbei. Sie grüßten Arne und Erik freundlich und betrachteten die Fremden argwöhnisch.

Erneut sprach Gustavsson zu ihnen und zeigte dabei auf die Ladefläche. Magdalena glaubte Mitgefühl in den Blicken der Schweden zu erkennen, trotzdem wagte sie nicht abzusitzen.

Arne schwang die Füße auf eine Seite des Sattels und sprang

von seinem Pferd. Dann ging er zu Magdalena, umfasste ihre Oberarme und hob sie offenbar mit Leichtigkeit herab. Obwohl sie auf ihren Füßen stand, ließ er sie nicht los, sodass sie ihn erschrocken anschaute. Er beugte seinen Kopf, sodass ihre Gesichter dicht beieinander waren und sie einander in die Augen schauen konnten. Als sie spürte, dass ihre Wangen vor Hitze glühten und sich ihr Herzschlag beschleunigte, wand sie sich hastig aus seinen Armen.

Brigitta war gerade damit beschäftigt, ihrer kranken Freundin einen krampflindernden Sud einzuflößen, als sie draußen auf dem Platz die Unruhe hörte. Neugierig erhob sie sich und ging zum Eingang des Zeltes, wo sie mit der Hand den Vorhang leicht zur Seite schob.

Ihr Blick fiel sofort auf Arne, und sie sah, wie er ein blondes, hübsches Mädchen vom Pferd hob und länger als nötig festhielt.

In diesem Augenblick wusste sie, dass der Feind ins Lager gekommen war.

Kapitel 25

Der Leinenstoff, den Jodokus seiner Frau mitgebracht hatte, reichte für drei Kinderkittel unterschiedlicher Größen. »So muss ich mir keine Gedanken machen, wenn das Dämonenkind wachsen sollte«, murmelte Karoline und besah sich die Kleidungsstücke. Der grobe Stoff hatte die blasse Farbe wie das Korn im Herbst. »Sieht langweilig aus«, befand Karoline und warf einen Blick auf das rötlich glänzende Garn, das auf dem Tisch neben der Schere lag. »Ich könnte eine kleine Bordüre … nein!«, schalt sie sich wegen ihrer Gedanken erschrocken. »Das kann ich unmöglich wollen.«

Obwohl ihr Verstand sie davon abhielt, die Kittel mit einer Ziernaht zu schmücken, kribbelte es in ihren Fingern, es doch zu tun.

Sie trat zwei Schritte vom Tisch zurück und vergrub die Hände in ihren dunklen Haaren. Dabei lösten sich vereinzelte Strähnen des feinen Zopfs, den sie seitlich geflochten hatte. »Mist«, schimpfte sie und versuchte die Haare zurückzustecken. Dabei fiel ihr Blick erneut auf das Garn. »Jodokus wird mich steinigen«, seufzte sie und kaute nervös auf ihrem linken Daumennagel. »Er wird es nicht mitbekommen«, überlegte sie, denn seit dem heftigen Krach zwei Tage zuvor verbrachte ihr Mann nur wenig Zeit mit ihr.

Sie rieb unruhig die Hände aneinander. Schließlich gab sie ihrem inneren Drang nach und setzte sich an den Tisch. Mit zittrigen Fingern nahm sie das Garn auf und fädelte den feinen Faden durch das Nadelöhr. Nachdem sie mehrmals ein- und ausgeatmet hatte, stach sie die Nadel durch den Stoff. »Raus und rein, raus und rein«, murmelte sie, während sie mit geschickten Fingern die Kante des kleinen Stehkragens verzierte. »Das wird ihn schmücken«, dachte sie und merkte, wie ihr im selben Augenblick der Schreck durch die Glieder fuhr. »Was habe ich gesagt?«, fragte sie sich und blickte ungläubig auf ihre Arbeit. »Diesen Kittel, den ich mit Liebe verziere, wird nicht Michael tragen, sondern das Dämonenkind«, sprach sie zu sich selbst und griff nach der Schere, um ihr Werk zu zerschneiden.

Aber das weißt du doch, schien ihr eine innere Stimme zu entgegnen. Michael ist fort und wird nicht wieder zurückkommen. Statt seiner lebt nun der Wechselbalg in deinem Haus, glaubte sie eine Stimme flüstern zu hören. Sie ließ die Schere fallen, als ob sie glühte. »Ich werde wahnsinnig!«, wisperte sie und vergrub ihr Gesicht in beiden Händen. Ihre Gedanken ließen sich nicht ordnen und sprangen hin und her. Eine vereinzelte Träne rollte über ihre Wange, die sie wegwischte, um erneut auf das verzierte Kleidungsstück zu blicken. Karoline besah sich ihre Arbeit. »Es kann nichts Schlechtes daran sein, wenn das Wesen einen neuen Kittel bekommt, zumal sein alter viel zu kurz geworden ist«, beruhigte sie sich selbst und vollendete ihre Arbeit. Dann stand sie entschlossen auf, zog den Schlüssel aus ihrem Ausschnitt hervor und ging zur Kellertür.

Das Kind zerrte an der Kette, aber das Eisen gab nicht nach. Mit angehaltenem Atem blickte es zu dem Loch oben in der Decke empor und wartete, ob es wieder das Zwitschern hören konnte. Doch es vernahm nur das Pfeifen des Windes, und diese Geräusche gefielen ihm nicht. Stattdessen drang kalte Luft aus der Deckenöffnung, sodass es erbärmlich fror.

Es krabbelte zurück auf sein Lager und versuchte, mit seinem Kittel die Füße zu bedecken, doch der Stoff reichte nicht aus. Auch die Decke war zu kurz, denn wenn es sie um die Beine schlang, fehlte sie an seiner Brust. Klagend rutschte das Kind näher zur Wand, als sein Bauch ein knurrendes Geräusch von sich gab. Es schaute zur Treppe, als der Schlüssel im Schloss knackte. Vor Freude wackelte das Kind mit dem Kopf hin und her.

Karoline stieg die Stufen hinunter und spürte die Kälte, die im Keller herrschte. Auch roch sie den Gestank von Moder und Kot, sodass sie angewidert die Nase rümpfte und durch den Mund atmete. Als sie das zitternde Kind erblickte, das sich frierend über die Arme rieb, sagte sie: »Der Schnee hat den Winter zurückgebracht.« Doch sie wusste, dass es auch im Hochsommer im Keller kühl und feucht bleiben würde. Karoline ging auf das Kind zu, das sie wie jedes Mal mit leerem Blick ansah. Sie räusperte sich einige Male, um seine Aufmerksamkeit auf sich zu lenken, und hielt ihm den neuen Kittel vors Gesicht.

»Für dich«, sagte sie und befahl: »Zieh ihn an!«

Als der Balg sich nicht regte, sondern weiter vor sich hin stierte, warf sie ihm den Stoff zu und ging zur Treppe.

Sofort grunzte das Kind: »Mutr!«

Karoline verharrte in ihrer Bewegung und schloss für einen Augenblick die Augen. Das hast du von deiner Gutmütigkeit, Karoline Schildknecht, schimpfte sie in Gedanken mit sich und wandte sich dem Kind wieder zu. »Du bist wohl zu blöd, um dir den Kittel überzustreifen«, blaffte sie und hob das Kleidungsstück auf. Sie zeigte ihm, dass es die Arme zur Decke strecken sollte.

Das Kind ahmte mühsam die Bewegung nach. Als Karoline jedoch den alten Kittel anfasste, um ihn über seinen Kopf zu ziehen, schlug es schreiend um sich.

Karoline ließ erschrocken von ihrem Vorhaben ab und sah, wie sich das Kind mit schreckensweiten Augen so dicht an die Wand presste, als ob es hineinkrauchen wollte. Sie schaute den Balg grimmig an, denn sie verstand nicht, warum er sich so aufführte. »Warum schreist du, statt dich zu freuen? Schließlich habe ich mir Mühe gegeben und für dich diesen Kittel genäht. Doch du bist undankbar und willst das neue Kleidungsstück nicht anziehen.« Karoline war enttäuscht, dass das Kind sie nur regungslos anstarrte und den schmutzigen Daumen in den Mund steckte. Als plötzlich sein Magen laut knurrte, musterte Karoline es ungläubig. »Es kann nicht sein, dass du schon wieder Hunger hast. Du hast erst dein Frühmahl bekommen«, stöhnte sie. Sie musterte das Kind, das den Oberkörper hin und her wiegte. »Vielleicht zeigst du mehr Begeisterung, wenn du satt bist«, sagte sie seufzend und stieg die Treppe hinauf.

Kaum schloss sich die Tür hinter ihr, zog der Balg den neuen Kittel über seine kalten Füße.

Seltsam, dachte Karoline, als sie die Steckrüben zerkleinerte. Zeitweise hat es den Anschein, als ob das Dämonenkind kleinwüchsig bliebe, doch dann schießt es in die Höhe. Nur dicker wird es nicht, und dabei stopft es unentwegt Essen in sich hinein. Jetzt ist nicht einmal Mittag, und sein Magen knurrt schon wieder, obwohl es heute früh eine große Schüssel voller Brei gegessen hat. Das Dämonenkind frisst uns, wie Jodokus sagt, die Haare vom Kopf.

Sie briet gerade Speck in einer Pfanne, als ihr Mann die Küche betrat. Mit mürrischem Blick sah er auf das geschnittene Gemüse. »Schon wieder Steckrübeneintopf«, stellte er fest und brummte: »Das Futter kommt mir mittlerweile zu den Ohren heraus.«

»Heute werde ich es mit geschmolzenem Fett verfeinern«, erklärte Karoline und versuchte zu lächeln. Als sie seinen abweisenden Gesichtsausdruck sah, fügte sie bissig hinzu: »Es ist nicht meine Schuld, dass unsere Speisekammer nach diesem langen und harten Winter fast leer ist.«

Jodokus blickte auf und seufzte. »Es wird Zeit, dass sich das Wetter ändert, damit wir die Felder bestellen und den Garten bepflanzen können. Doch solange es so kalt ist, erfriert uns alles.«

Plötzlich stutzte er. »Es ist noch keine Mittagszeit, und du kochst bereits das Essen. Hast du etwas vor, wovon ich nichts weiß?«

Karoline senkte den Blick in den Kochtopf und rührte emsig in der Brühe. Sie wusste, dass Jodokus auf eine Antwort wartete, denn er trommelte mit den Fingern auf die Tischplatte. »Was verschweigst du mir?«

»Nichts, mein Lieber! Ich wollte nur fertig sein, falls du früher Hunger bekommen solltest.« Sie wusste, dass ihre Antwort nicht überzeugend klang. Deshalb erklärte sie kleinlaut: »Der Balg hat großen Hunger. Ich denke, er wächst wieder.«

Kaum hatte sie die Wahrheit ausgesprochen, schlug ihr Mann mit der Faust auf den Tisch, sodass sie zusammenzuckte. »Ich kann dieses Wort nicht mehr hören!«, schrie er. »Und ich will es auch nicht mehr hören. Erwähne ihn in meinem Beisein nie wieder, sonst vergesse ich mich! Hast du mich verstanden?«

Karoline nickte.

Jodokus sah das kreidebleiche Gesicht seiner Frau und ließ die Arme sinken. Mit müden Bewegungen strich er sich durch sein ergrautes Haar. Was soll nur aus uns werden?, dachte er, und seine Augen wirkten traurig.

»Ich werde an die frische Luft gehen, um einen klaren Kopf zu bekommen. Vielleicht gelingt es mir, in der Nisse einen Fisch zu fangen, damit wir endlich wieder etwas Anständiges essen«, sagte er und verließ mit hängenden Schultern die Küche.

Kaum schloss sich die Tür hinter ihm, ließ sich Karoline auf einen Stuhl fallen. Als sie spürte, wie ihre Nasenflügel von den aufsteigenden Tränen brannten, presste sie die Lippen aufeinander. »Nein, ich werde nicht heulen. Jodokus kann nicht so tun, als ob er das Leid der Welt allein auf den Schultern tragen würde. Auch ich leide, auch ich trauere täglich über den Verlust unseres Sohnes. Deshalb kann ich das Dämonenkind aber nicht verhungern lassen«, entschied sie und warf die Steckrübenstücke in die Brühe.

Mit der Schüssel, in der der heiße Steckrübenbrei dampfte, stieg sie vorsichtig Stufe für Stufe hinunter in den Keller.

Der Balg saß an der gleichen Stelle, so als ob er sich die ganze Zeit nicht bewegt hätte. Starr blickte er auf einen Punkt an der gegenüberliegenden Wand und nuckelte am Daumen. Er schien nicht wahrzunehmen, dass Karoline zurückgekommen war. Da sie wusste, dass das Dämonenkind kein Gespür für die Wärme der Speisen hatte und sich regelmäßig daran den Mund verbrannte, setzte sie sich auf die untere Treppenstufe und wartete, bis der Brei abkühlte. Hatte es schon immer solche blauen Augen?, überlegte Karoline, als sie das Gesicht des Balgs betrachtete. Seine hellen Haare, die sie an ihren Sohn erinnerten, reichten ihm bis zum Gesäß. Die Locken waren strähnig und verfilzt und sicher voller Ungeziefer. Man müsste ihn baden und ihm den Kopf scheren, überlegte Karoline. Sie verwarf den Gedanken aber schnell wieder, als sie daran dachte, wie ihr Mann reagieren würde. Jodokus müsste mir helfen, aber ihn brauche ich nicht zu fragen, dachte sie und stellte dem Wesen die Schüssel mit dem lauwarmen Brei vor die Füße. »Iss, damit ich dir endlich den Kittel überziehen kann.«

Während sie wartete, dass der Balg den Brei aufaß, setzte sie sich wieder auf die Treppenstufe und besah sich den Keller. Man müsste ihn reinigen, überlegte sie, als ihr Blick auf die schimmligen Essensreste fiel. »Aber wozu? In Kürze würde es wieder genauso aussehen«, murmelte sie, denn Dämonen aßen nur mit den Fingern. Mit einem Löffel wusste der Balg nicht umzugehen. Beim Versuch, mit einem Löffel zu essen, landete der Brei auf dem Boden und an den Wänden, nur nicht in seinem Schlund. Zwar hatte Karoline sich vor einiger Zeit einmal die Mühe gemacht, ihm zu zeigen, wie man einen Löffel benutzte. Schließlich hätte sie auch ihrem Sohn Michael die Handhabe des Essbestecks beibringen müssen. Aber bei dem Dämonenkind war jeder Versuch vergebens, und so hatte sie es entnervt aufgegeben. Seitdem stopfte sich der Balg das Essen mit allen Fingern gleichzeitig in den Mund und schmierte den Rest an die Wände, an seinen Körper, in die Haare, an die Decke – einfach überallhin. Deshalb roch es unten im Keller nicht nur nach seinen Fäkalien, die in jeder Ecke lagen, sondern auch nach verdorbenem Essen und nach Erbrochenem, denn der kleine Dämon hatte kein Gefühl dafür, wie weit er die Finger in den Hals stecken konnte, ohne würgen zu müssen.

Angewidert schaute Karoline das Kind an, das sich wieder den Brei in den Mund hineinstopfte, während ein Teil des Steckrübenmuses sein Gesicht verklebte. »So kann ich dir den neuen Kittel nicht überziehen. Du bist über und über mit Essen verschmiert«, sagte sie und ging nach oben, um kurz darauf mit einem feuchten Tuch zurückzukommen.

Sie nahm dem Kind die leere Schüssel fort und stellte sie außer Reichweite. Dann griff sie sich seine dünnen Ärmchen, sodass es nicht um sich schlagen konnte, und wischte mit hastigen Bewegungen über sein Gesicht und die Finger.

Das Kind wusste nicht, wie ihm geschah, und keuchte vor Schreck und Aufregung. Es sah Karoline entsetzt an und versuchte den Kopf wegzudrehen. Aber als es merkte, dass es sich nicht wehren konnte, brüllte es so heftig, dass es hustend nach Luft ringen musste. Tränen liefen über seine Wangen, die von dem reibenden Tuch feuerrot waren und brannten.

Karoline betrachtete sich das Gesicht. Als sie keine Reste des Breis mehr sehen konnte, ließ sie die Hände des Kindes los. Sogleich kroch es zur Wand.

»Stell dich nicht so an«, schimpfte sie. »Ich kann dir den neuen Kittel nicht über das verschmierte Gesicht ziehen.« Erneut nahm sie das Kleidungsstück hoch und zeigte es dem Kind. Ihre Finger fuhren über die Ziernaht am Kragen. »Sieh, wie schön das geworden ist. Ich werde dir helfen, den Kittel überzuziehen.«

Erneut hob Karoline ihre Arme in die Luft, um dem Balg zu zeigen, dass er es ihr gleichtun sollte. Verängstigt folgte der Blick des Kindes ihrer Bewegung.

»Nun mach schon! Wenn Jodokus mich bei dir erwischt, bekomme ich wieder Schelte«, bettelte sie.

Und tatsächlich hob das Kind seine Arme in die Höhe. Schluchzend ließ es zu, dass Karoline ihm den verdreckten Kittel auszog und den neuen über den Kopf stülpte. Dann drückte es sich sofort wieder gegen die Wand.

Karoline musterte das Kind. »Wenn dein Gesicht gewaschen ist, siehst selbst du menschlich aus.« Sie trat einen Schritt zurück und überlegte: »Man müsste auch deine zottelige Mähne scheren. So siehst du aus wie ein wildes Tier«, sagte sie und ging kopfschüttelnd wieder nach oben.

Kapitel 26

Erik und Arne hoben Franziska vorsichtig vom Fuhrwerk. Sie war immer noch ohne Bewusstsein und lag schwer in Arnes Armen. Der Schwede brachte die Schwerkranke mit festen Schritten zu seinem Zelt, das am Rand des Lagerplatzes stand.

Magdalena blickte ihnen hinterher und half dann ihrem Vater, vom Wagen zu steigen. Besorgt schaute sie zu Benjamin, als Erik ihre Gedanken zu ahnen schien und ihr anbot: »Bring deinen Vater zu Arne. Ich kümmere mich um den Kleinen.«

Das Mädchen nickte Gustavsson dankend zu und hakte sich bei ihrem Vater unter, da er unsicher auf den Beinen stand. Sie führte ihn langsam über den aufgeweichten Platz und merkte dabei nicht, dass die Menschen im Lager sie neugierig betrachteten.

Arne schien Magdalena und ihren Vater zu erwarten, denn kaum waren sie bei dem Zelt angekommen, rief er: »Kommt herein!«

Magdalena schob den Vorhang zur Seite und sah ihre Mutter auf einer Bettstatt liegen. Langsam führte sie ihren Vater, der heftig schnaufte, ins Zelt. Arne sah ihn besorgt an und zeigte auf einen Schemel, der neben dem Bett stand.

»Setz dich, guter Mann. Wie lautet dein Name?«, fragte er freundlich.

»Johann«, krächzte Magdalenas Vater und sah den Fremden misstrauisch an. Dann ließ er sich stöhnend auf dem Hocker nieder. Arne stellte sich ebenfalls mit Namen vor, während er die Wunde am Hals sorgfältig untersuchte. Johann nickte mit ablehnendem Blick. Als Arne mit den Fingerkuppen auf eine Stelle seines Halses drückte, stöhnte Johann schmerzerfüllt auf und stieß ihn zur Seite.

»Ich muss den Eiter aus der Wunde drücken, damit die Umschläge wirken können«, erklärte Arne und drückte erneut zu. Als kein Sekret mehr aus der Wunde lief, ging er zu einer Kiste, in der sich allerlei Flaschen, Tiegel und Töpfe befanden, und holte ein Säckchen heraus. »Ich werde dir einen Umschlag mit Schafgarbe machen. Wenn die heilenden Stoffe der Pflanze lang genug in die Wunde eingezogen sind, werde ich sie zusätzlich mit Ringelblumensalbe behandeln. Auch sie wirkt heilend und hält zudem die Wunde geschmeidig.«

Johann nickte widerstrebend.

Arne spürte die Abneigung des Mannes, was er sich aber nicht anmerken ließ. Er blickte zu Magdalena, die sein Tun aufmerksam beobachtete, nahm das Säckchen mit dem Kraut und erklärte: »Die Schafgarbe muss aufgekocht werden, damit ich sie in ein Tuch packen und deinem Vater als Wickel um den Hals legen kann. Außerdem muss ich dringend meinen Leuten den Bärlauch verabreichen, damit sie ihre Würmer loswerden. Es wird eine Weile dauern, bis ich wieder zurückkomme. In der Zwischenzeit solltest du deiner Mutter die nassen Sachen ausziehen. Ich lasse dir Schnee bringen, mit dem du ihren Körper abreiben kannst. Dadurch sollten Kälte und Fieber gedrückt werden.«

Als Arne das Zelt verlassen wollte, rief Magdalena hastig: »Was ist mit Vater?«

»Was soll mit ihm sein?«

»Er kann nicht hierbleiben, wenn ich Mutter entkleide«, erklärte sie und senkte den Blick.

Magdalena glaubte ein Schmunzeln in Arnes Blick zu erkennen, und sofort überzog eine tiefe Röte ihre Wangen. Da Arne das Mädchen aber nicht noch mehr in Verlegenheit bringen wollte, half er ihrem Vater aufzustehen.

»Komm, guter Mann!«, sagte er. »Wir werden nachsehen, ob Erik ein Wässerchen hat, das deine Wunden auch von innen heilt.«

Erleichtert, dass beide Männer fort waren, begann Magdalena ihre Mutter zu entkleiden. Da Franziska vor sich hin dämmerte, kostete es das Mädchen viel Kraft, den klammen Umhang sowie das Kleid vom Körper der Kranken zu ziehen. Sie war nass geschwitzt, als ihre Mutter entblößt vor ihr lag. Eine feine Gänsehaut überzog Franziskas Körper. Das Mädchen deckte sie mit dem Fell zu, das am Fußende des Bettes lag.

Keuchend vor Anstrengung stand Magdalena da und öffnete die Kordel ihrer Bluse, um sich den Schweiß von der Brust zu tupfen, als jemand vor dem Zelt rief: *»Var hälsad!«*

»Wer ist da?«, fragte sie erschrocken, woraufhin ein Junge erschien, der einige Jahre älter als Benjamin schien. Er stellte einen Trog mit Schnee vor ihre Füße und sagte grinsend: *»Från Arne!«* Dann verschwand er wieder.

Magdalena tauchte seufzend die Hand in den Schnee und wischte sich mit den kühlen, nassen Fingern über ihr erhitztes Gesicht. Dann ging sie zu ihrer Mutter, zog die Felldecke fort und warnte: »Es wird kalt werden.« Vorsichtig legte sie einige Hände voll Schnee auf Wangen, Hals, Brust und den Rumpf. Als der kalte Schnee Franziskas Haut berührte, glaubte Magdalena ein leichtes Zucken bei ihrer Mutter zu erkennen. Das Mädchen wartete einen Augenblick und verrieb dann den weißen Matsch, bis er zu Wasser schmolz.

Immer wieder packte das Mädchen Schnee auf seine Mutter und ertappte sich, dass es dabei unbewusst nach dem Mal Ausschau hielt, das Franziska angeblich als Hexe ausweisen sollte. Erschrocken über ihr Trachten, blickte Magdalena schuldbewusst ihre Mutter an, deren Augen geschlossen waren und die weiter im Dämmerschlaf lag.

Magdalena tupfte das Wasser vom Körper der Mutter und trocknete die Unterlage. Danach bedeckte sie sie mit dem Fell, als Schritte zu hören waren und Arne vor dem Eingang rief:

»Kann ich hereinkommen?«

Kaum bejahte das Mädchen seine Frage, betrat der Schwede das Zelt.

»Wo ist mein Vater?«, fragte Magdalena.

»Ich habe seine Wunden versorgt, und jetzt sitzt er bei Erik am Feuer.«

»Und Benjamin?«

»Er spielt mit unseren Kindern.«

Magdalena runzelte ungläubig die Stirn. »Mein Bruder versteht eure Sprache nicht. Wie will er sich mit den Kindern unterhalten?«

»Da ein Großteil unseres Nachwuchses hier in eurem Reich geboren wurde, sprechen viele unserer Kinder auch eure Sprache. Und das ist auch das Großartige an Kindern: Sie haben keine Schwierigkeiten, sich untereinander zu verständigen, selbst wenn sie die Sprache des anderen nicht verstehen. Kinder kommen ohne viele Worte miteinander zurecht. Im Gegensatz zu den Erwachsenen.«

Magdalena schaute Arne nachdenklich an, als er sagte: »Du trägst eine sehr schöne Kette.«

Hastig zog sie an den Kordeln ihres Ausschnitts, sodass er sich schloss und der Stoff die Kette verbarg.

Ob dieses Schmuckstück von einem Bräutigam oder gar von ihrem Ehemann stammt?, schoss es Arne durch den Kopf, und er spürte Widerwillen bei diesen Gedanken. Um sich abzulenken, ging er zu Franziska und befühlte ihre Stirn, die immer noch heiß war. »Ich hatte gehofft, dass die Kälte des Schnees das Fieber senken würde, aber es hat anscheinend nichts genützt.«

»Was machen wir jetzt?«, fragte Magdalena besorgt.

»Wäre deine Mutter wach, könnte ich ihr einen Saft aus Weidenrinde einflößen, der das Fieber sinken lässt. Auch Kreuzblumensud kann ich ihr nicht verabreichen, damit sich der Schleim von ihrer Lunge löst. Es ist zum Verrücktwerden«, schimpfte er und fragte: »Hast du noch Fichtenzweige?«

Magdalena schüttelte den Kopf. »Ich habe die meisten fallen gelassen.«

Arne nickte. »Ich habe sie auf dem Boden im Wald gesehen, wo wir dich getroffen haben. Du warst unterwegs gewesen, um für deine Mutter junge Fichtennadeln zu suchen. Deshalb warst du nicht bei deiner Familie, als die Soldateska sie überfiel. Habe ich recht?«, fragte er.

Magdalena konnte nur nicken, denn ein Kloß im Hals hinderte sie am Sprechen. Als sie sich gefangen hatte, wisperte sie: »Gibt es kein anderes Kraut, das meiner Mutter das Atmen erleichtern kann?«

Arne überlegte, und ein schwaches Lächeln zuckte über sein Gesicht. Ohne eine Erklärung ging er zu der Kiste und durchsuchte sie, bis er mit lachenden Augen eine kleine Flasche hervorzog.

»Mejram«, triumphierte er, doch Magdalena schaute fragend.

»Ich weiß nicht, wie dieses Kraut in eurer Sprache heißt«, überlegte er und streckte den Kopf zum Eingang hinaus.

»Vad heter mejram påtyska?«

Magdalena hörte Gustavsson lachen und rufen: »Manche nennen es Majoran, andere sagen Wurstkraut dazu!«

Arne blickte Magdalena grinsend an und erklärte: »Es heißt in eurem Land Wurstkraut.« Dann zeigte er ihr die kleine Flasche.

»Der Sud aus der Pflanze hilft gegen viele Krankheiten. Meistens wird er bei Bauchgrimmen oder Magenschmerzen benützt. Deshalb ist mir nicht sofort eingefallen, dass das Öl, eingerieben in die Brust eines Kranken, auch den Schleim aus der Lunge löst.« Arne drückte Magdalena das Fläschchen in die Hand. »Reibe den Brustkorb deiner Mutter damit ein. Leider ist es das Einzige, was wir im Augenblick für sie tun können.« Er zwinkerte ihr zu und ging hinaus.

Er stiefelte über den Platz zu Gustvasson, der mit Johann

am Lagerfeuer saß und in einem großen Topf rührte. Der Geruch des gekochten Bärlauchs durchzog die Luft, und Arne schluckte.

»Hast wohl Hunger?«, fragte Erik grinsend.

»Einen Bärenhunger!«, seufzte Arne und setzte sich neben Johann.

Kaum hatte der Schwede auf dem Schaffell Platz genommen, fragte Magdalenas Vater leise: »Franziska?«

Arne ahnte, was er wissen wollte, und gab ihm über den Zustand seiner Frau Auskunft. »Im Augenblick kann ich leider nicht mehr für sie tun. Sobald sie aufwacht, werde ich ihr Weidenrindensaft verabreichen und Kreuzblumensud zu trinken geben.«

»Danke«, flüsterte Johann. Er kämpfte mit seinen Gefühlen und versuchte mühsam sich zu beruhigen. »Ich war der Überzeugung, dass ich an alles gedacht habe, denn ich hatte die Reise sorgsam geplant. Aber Überfall und Krankheit habe ich in meinen Plan nicht mit einbezogen«, murmelte er und blickte ins Feuer. Mit einem tiefen Seufzer fügte er hinzu: »Und das hätte meiner Familie beinahe den Tod gebracht.« Johann sah Arne und Erik mit feuchten Augen an und flüsterte: »Danke, dass ihr sie gerettet habt!«

Die beiden Schweden nickten. Gustavsson füllte kleine Tonbecher mit einem fahlgelben Schnaps. »Wir wollen auf das Leben anstoßen«, sagte er und kippte das Gesöff in einem Zug hinunter. »Es geht doch nichts über einen Anisschnaps«, lachte er und nahm sich einen zweiten.

Es dämmerte, als sich Magdalena zu den Männern ans Feuer gesellte. Erik verteilte die Bärlauchsuppe und reichte ihr eine Schüssel. Das Mädchen setzte sich mit der dampfenden Suppe neben seinen Vater. Suchend schaute sie sich nach ihrem Bruder um, als Gustvasson in eine Richtung wies und sagte:

»Benjamin ist mit unseren Kindern in diesem Zelt, wo sie zusammen essen und ihr Nachtlager haben.«

»Ihr – du und deine Eltern – könnt in meinem Zelt schlafen. Ich hoffe, dass ich bei Erik Unterschlupf finde«, sagte Arne und blickte den alten Mann neckend an.

»Wage nicht zu schnarchen, denn sonst kannst du im Freien nächtigen«, lachte Erik.

»In meinem Zelt wäre auch noch Platz für dich!«, sagte eine sinnliche Stimme auf Schwedisch.

Magdalena hob neugierig den Blick. Sie traute ihren Augen nicht. Vor ihr stand eine der schönsten Frauen, die sie je gesehen hatte. Das Mädchen konnte nicht anders, als die unbekannte Schöne anzustarren, deren schlanke Statur von einem blutroten Kleid verhüllt wurde. Ihre dunklen Haare reichten ihr bis zum Gesäß und waren zu einem armdicken Zopf geflochten. Augen, die das gleiche Blau wie Kornblumen hatten, blickten selbstbewusst in die Runde.

»Danke, Brigitta! Aber ich habe Erik bereits zugesagt«, erklärte Arne in seiner Sprache und vermied es, sie anzusehen.

»Möchtest du uns Gesellschaft leisten?«, fragte Gustavsson auf Deutsch, damit Johann und Magdalena es verstanden. »Ich habe noch Bärlauchsuppe für dich«, erklärte er und musste sich auf die Lippe beißen, um nicht laut aufzulachen, als er Arnes vorwurfsvolle Blicke sah.

»Nein danke«, lehnte Brigitta freundlich ab, die ebenfalls mühelos die Sprache wechselte. »Aber ich setze mich gerne zu euch, denn ich bin neugierig, wer euer Besuch ist.« Ihr Blick haftete auf Magdalena, als sie sagte: »Da meine Freunde Deutsch mit euch sprechen, nehme ich an, dass ihr aus dem Reich stammt.« Mit leichtem Spott im Blick musterte die Marketenderin das Mädchen.

Obwohl Magdalena die Frau verstanden hatte, war sie zu gehemmt, um zu antworten. Das selbstbewusste Auftreten der Unbekannten schüchterte das Mädchen ein, sodass sie sich hässlich und unbedeutend vorkam. Hilfesuchend schaute Magdalena zu ihrem Vater und dann zu Arne, der erklärte: »Marodierende Söldner hatten Magdalenas Mutter und ihren kleinen Bruder in der Gewalt. Johann war bereits an einem Ast aufgehängt, der zum Glück brach. Durch eine List konnten wir die Söldner überwältigen und die Familie befreien.«

»Das klingt dramatisch«, meinte Brigitta ungerührt. Doch dann kniff sie leicht die Augen zusammen und blickte Magdalena durchdringend an. »Vater, Mutter, Bruder ... Wo warst du gewesen, schönes Kind?«

Magdalena schluckte und stammelte: »Ich war ... Ich wollte ... Mutter ...«

Erik half ihr und erzählte die ganze Geschichte. Ohne Magdalena aus dem Blick zu lassen, hörte Brigitta aufmerksam zu. Als sie von dem Kampf erfuhr, wandte sie sich Arne zu und sagte mit einem rauchigen Ton in der Stimme: »Unser starker Arne ist dafür bekannt, dass er es mit einer Meute Männer aufnehmen kann.« Sie sah ihn durchdringend an, wobei sie die Lippen leicht öffnete und ihre weißen Zähne aufleuchten ließ.

Magdalena konnte nicht anders, als diese Frau anzustarren. Das Mädchen war in ihrem jungen Leben weder mit der Liebe noch mit der Kunst des Verführens vertraut gemacht worden. Aber sie konnte an den Blicken der Männer erkennen, dass Brigitta etwas Besonderes war. Verwirrt starrte Magdalena in die Flammen des Feuers.

Brigitta sah, dass sie das fremde Mädchen verunsichert hatte. Spöttisch fragte sie Arne in ihrer Landessprache: »Wie wird es mit den Fremden weitergehen? Schließlich sind sie unsere Feinde.«

Arne war über ihre Unverschämtheit verärgert, während Erik sich seelenruhig eine Pfeife stopfte und auf Schwedisch antwortete: »Sie werden bei uns bleiben, bis es ihnen besser geht.«

»Du weißt, dass wir Ende der Woche unserem Tross folgen müssen, sonst werden wir ihn nicht mehr einholen können.«

Erik nickte und sah die Marketenderin durch den Qualm des Krauts nachdenklich an. »Ja, Brigitta. Wir müssen bald weiterziehen. Arne hat unseren Kranken Heilkräuter gegeben und meint, dass sie bereits in zwei Tagen wieder wohlauf sind. Deshalb werden wir uns an den Plan halten und in drei Tagen aufbrechen. Aber was hat das mit den Fremden zu tun? Sie stören uns nicht. Oder?«

»Wenn jemand aus dem Heer erfährt, dass wir Deutschen helfen, könnten wir in Schwierigkeiten geraten«, erklärte Brigitta aufgebracht und blickte Erik wütend an. Sie wusste, dass Gustavsson sie durchschaut hatte und den wahren Grund ahnte, warum sie die Fremden schnellstmöglich loswerden wollte.

»Beruhige dich, Brigitta. Die Frau ist schwer krank, der Mann nur knapp dem Tod entkommen, und ihre Kinder werden uns sicher nicht nach dem Leben trachten«, erklärte Erik und sog mehrmals an der Pfeife. Er hoffte, dass der Qualm seinen Blick verhüllte, denn er konnte nicht anders, als die Frau spöttisch anzusehen.

Johann blickte erst zu der fremden Frau und dann zu den beiden Männern. Er hatte nicht ein Wort verstanden, aber ihre Augen verrieten mehr als Worte. Mühsam krächzte er: »Wir wollen euch keine Schwierigkeiten machen.«

Erik sah Brigitta streng an und wandte sich dann mit freundlicher Miene Johann und Magdalena zu. Nachdem er den Rauch in tiefen Zügen eingeatmet und langsam wieder aus seiner Lunge gelassen hatte, sagte er: »Schwierigkeiten hatten wir, als wir euretwegen mit den Söldnern kämpften. Das hier ist nichts als Weibergeschwätz.«

Brigitta schnappte bei diesen Worten empört nach Luft. Ihre kornblumenblauen Augen wurden eine Spur dunkler. Mit trotzigem Blick forderte sie Arne auf, etwas zu sagen, doch der streckte die Füße weit von sich und stützte sich auf seinen Ellbogen ab. Teilnahmslos lag er da und starrte in die Flammen. Wütend stand Brigitta auf und wollte noch etwas zu ihren beiden Landsleuten sagen, doch sie schloss den Mund und stapfte über den Platz in ihr Zelt.

Magdalena, die das Gespräch kaum verstanden, wohl aber den hitzigen Ton wahrgenommen hatte, ängstigte sich, dass die Schweden wegen ihrer Familie in Streit geraten sein könnten. Was würde geschehen, wenn sich der Zwist verschärfte und man sie gefangen nahm? Schließlich waren diese Menschen nicht nur ihre Retter, sondern auch ihre Feinde. Sie spürte, wie ihr Herz zu rasen begann, und wäre am liebsten davongelaufen. Sie wagte weder Erik noch Arne ins Gesicht zu sehen. Langsam stand sie auf, sah zu ihrem Vater und murmelte: »Ich werde nach Mutter sehen.«

Arne war zornig über Brigitta und hätte sie am liebsten zurechtgewiesen. Sie stellte Erik und ihn als verantwortungslose Trottel dar und tat, als ob allein sie den Weitblick hätte.

Erik sah ihn grinsend an und zwinkerte ihm zu. »Es gibt nichts Schlimmeres als eifersüchtige Frauen. Nicht wahr, Johann?«, fragte er ihn und füllte die Becher mit Anisschnaps auf.

Johann sah Arne an. »Ich kann deine Frau beruhigen. Sobald es Franziska besser geht, werden wir euch verlassen, und ihr werdet uns nie wiedersehen«, erklärte er, und sein Blick unterstrich seine Worte.

Arne wollte ihm gerade erklären, dass Brigitta weder Frau noch Freundin war, als ein Schrei die Stille der Nacht zerriss und Magdalena weinend aus dem Zelt stürmte.

Kapitel 27

Karoline legte sich ihren dicht gewobenen Wintermantel über die Schulter und band sich ein Tuch um den Kopf, damit ihre langen Haare beim Melken nicht störten. Jodokus und sie besaßen nur noch eine Kuh, die zum Glück reichlich Milch gab, sodass sie Butter und Käse herstellen konnte. Die Lebensmittel verkaufte sie auf dem Markt oder tauschte sie gegen nützliche Dinge ein. Dadurch wurde das Leben wenigstens etwas erträglicher.

Sie seufzte leise, denn sie erinnerte sich an die Zeit, als Gesinde jegliche Arbeit auf dem Hof verrichtet hatte. Sie hielt in ihrer Bewegung inne und dachte an die Köchin Berta, die für das Zubereiten der Mahlzeiten zuständig gewesen war. Schon früh am Morgen hatte die Frau in der Küche gebacken und gekocht, damit es der Familie Bonner an nichts mangelte. Eine junge Magd war ihr dabei zur Hand gegangen, und eine andere hatte sich um die Wäsche und den Haushalt gekümmert. Die zahlreichen Knechte hatten das Vieh versorgt und die Stallarbeit sowie die Arbeit auf den Feldern erledigt. Ihr Vater, der Großbauer Bonner, hatte lediglich nach dem Rechten gesehen und die Männer eingeteilt, während Karolines Mutter dafür Sorge trug, dass die Mägde gewissenhaft ihrer Arbeit nachgingen. In all der Zeit hatte Karoline nie helfen müssen. Ihr Vater hätte einen Tobsuchtsanfall bekommen, wenn sie dem Gesinde zur Hand gegangen wäre. Sie war sein Töchterchen, sein Karolinchen gewesen, das er vergöttert hatte.

»Sieh, Vater, was aus mir geworden ist«, flüsterte sie nun und musterte ihr Spiegelbild in der Fensterscheibe. »Meine Augen haben keinen Glanz mehr, und meine Haare sind mit grauen Strähnen durchzogen. Wie die Lefzen eines Köters hängen meine Mundwinkel nach unten.« Karoline betrachtete ihre Hände:

»Die Haut ist von der harten Arbeit, dem Kochen und Stallmisten rissig und wund, und wie Männerhände sind sie mittlerweile breit und verschafft.«

Sie presste ihre Stirn gegen die Scheibe. »Nicht nur der Kummer über den Verlust unseres Kindes, auch die Folgen dieses unsäglichen Kriegs haben uns alle frühzeitig altern lassen«, jammerte sie verhalten.

Karoline wusste, dass es vielen noch schlechter ging als ihr. Durch die anhaltenden Kämpfe und die wiederkehrenden Plünderungen, aber auch wegen der hohen Abgaben, die viele Ortschaften leisten mussten, um den Krieg mitzufinanzieren, waren die Menschen ausgesaugt und verarmt. Auch sie kannte die Berichte über grausame Vorkommnisse, die von Ort zu Ort weitergetragen wurden und denen kaum jemand Glauben schenken wollte – und doch wusste jeder, dass sie wahr waren. Erst vor Kurzem hatte man sich erzählt, dass einige Ortschaften entfernt ein Mann eine frische Leiche ausgegraben habe, da seine Familie am Verhungern gewesen sei. Ebenso sollten vielerorts Hunde, Katzen, selbst Ratten und Mäuse in den Kochtöpfen der darbenden Menschen gelandet sein. Außerdem hieß es, dass Menschen sich gegenseitig die Köpfe einschlugen, um etwas zu essen zu haben. Aber diesen Berichten wollte Karoline nicht glauben. »Das wäre Mord«, flüsterte sie und schüttelte sich.

Immer wieder versuchten die Menschen, ihrem Schicksal zu entgehen. So hofften manche Männer, dass das Leben in einem Heer besser sei, und verließen ihre Familien. Auch der Gedanke, dass ein Esser weniger am Tisch das Überleben der anderen sichern würde, trieb sie fort. Doch recht bald merkten sie, dass sie sich geirrt hatten. Die meisten von ihnen wurden getötet, andere verwundet oder verstümmelt. Auch an der Front wurde die Verpflegung knapp und der Sold nicht mehr ausgezahlt. Ihre Körper waren ausgemergelt, sodass sie zum Opfer von Seuchen wurden.

Ihre Frauen und Kinder, die zurückblieben, mussten zusehen,

wie sie ohne Mann und Vater zurechtkamen. Ebenso wie die Kranken, Schwachen und Alten. Frauen bestellten die Felder und zogen die Pflüge, da sie weder Pferd noch Ochse besaßen. Schon die Kleinsten mussten bei der Feldarbeit helfen, denn niemand konnte geschont werden.

Auch der einst reichste Hof der Umgebung, das Bonner'sche Gehöft, litt unter den Folgen des Kriegs. Die Truhe mit Geld, die Karoline von ihrem Vater für Zeiten der Not anvertraut bekommen hatte, war längst leer. Das Gesinde war fort, das meiste Vieh geschlachtet und ihr Saatgut rar, sodass die Ernte kaum ausreichte, um auch nur einen kleinen Teil davon zu verkaufen.

Karoline schlug mit der Stirn gegen das Fensterglas und lachte dabei spöttisch auf. »Was war ich ein verwöhntes Kind gewesen«, murmelte sie. »Niemals hätte ich auch nur einen Gedanken daran verschwendet, dass ich eines Tages selbst im Stall stehen, melken und misten würde.« Sie trat einige Schritte zurück und band sich das Tuch im Nacken enger. »Solch ein Gedanke wäre ebenso abwegig gewesen wie der, dass dieser verdammte Krieg über sechzehn Jahre anhalten würde«, schimpfte sie leise. Jede Bewegung fiel ihr schwer. Eine tiefe Müdigkeit erfasste ihren Körper, sodass sie mit schleppenden Schritten zur Tür ging. Sie hatte kaum Kraft, die Türklinke nach unten zu drücken. »Es nutzt nichts! Die Kuh muss gemolken werden«, murmelte sie und trat hinaus in die Kälte.

Mit steifen Beinen ging sie über den Hof, als Jodokus das Pferd aus der Scheune führte.

»Ich muss mit dem Gaul nach Worbis zum Schmied. Es kann spät werden«, sagte er und marschierte zum Hoftor hinaus.

Karoline nickte, obwohl ihr Mann es nicht mehr sah.

Jodokus brachte die Stute zur Schmiede, die am Rand des Ortes gelegen war.

»Warst schon lange nicht mehr hier«, brummte der stämmige Mann und besah sich die Hufe. »Sie sind viel zu lang. Kein Wunder, dass alle vier Eisen auf einmal locker sind«, schimpfte er und sah Jodokus vorwurfsvoll an.

»Ich bin nicht der Einzige, der den Hufbeschlag so lange hinauszögert, bis es nicht mehr geht, Götz. Auch wir müssen sparen. Wenn die Hufe der Stute nicht zu weich wären, würde ich sie barfuß laufen lassen. Aber innerhalb kurzer Zeit würde sie lahmen und wäre zu nichts zu gebrauchen«, versuchte Jodokus sich zu verteidigen.

»Dann tausch die Mähre gegen ein anderes Pferd mit besseren Hufen«, schlug der Schmied spöttisch vor.

»Du weißt, dass es in der Umgebung kaum noch Pferde gibt. Die meisten sind alte Klappergäule, und die guten behalten die Besitzer selbst.«

»Halte mir kein Gespräch, sondern sage mir, wie du den Hufbeschlag zahlen willst. Ich fange nicht eher an, als bis das geklärt ist«, sagte Götz und stemmte die Hände in die Hüften.

Jodokus griff in die Satteltasche und zog ein großes Stück Hartkäse heraus. »Reicht das?«

»Hmm«, murrte der Schmied. »Hast du keinen Speck?«

Jodokus schüttelte den Kopf. »Unsere Speisekammer ist leer.«

»Gib her! Besser als nichts«, nuschelte Götz und nahm den Käse, mit dem er in seiner Hütte verschwand.

Der Schmied kam zurück und bat Jodokus, während er sich die schwere Lederschürze umhängte: »Du musst mir helfen, denn mein Lehrling hat sich einem Heer angeschlossen. Einfach so! Ohne ein Wort zu sagen, hat er alles stehen und liegen gelassen und ist nach Duderstadt marschiert. Ich hoffe, dass Gott ihm beisteht. Der Junge war noch grün hinter den Ohren.«

»Die Burschen suchen das Abenteuer und glauben, dass sie zu Hause etwas verpassen«, erklärte Jodokus und führte das Pferd an das Schmiedefeuer. »Dabei wissen sie nicht zu schätzen, dass es ihnen zu Hause am besten geht.«

»Ist das so?«, fragte der Schmied und hob zweifelnd die Augenbrauen.

»Wie meinst du das?«, entgegnete Jodokus und umfasste mit beiden Händen das linke Hinterbein der Stute. Er knickte es im Gelenk nach oben, sodass der Schmied das Hufeisen entfernen konnte.

Schnaufend kam Götz aus der gebeugten Haltung hoch und antwortete: »Wenn du in die Fremde ziehst, begleitet dich die Hoffnung, dass du dort dein Glück finden wirst. Bleibst du jedoch hier« – dabei machten seine Pranken eine weitläufige Bewegung, in der seine schäbige Hütte mit der heruntergekommenen Schmiede enthalten war –, »dann weißt du zwar, was du hast, aber auch, dass nichts mehr hinzukommen wird.«

Jodokus blickte nachdenklich, als er den zweiten Huf der Stute hochhob. »Da magst du recht haben«, stimmte er schließlich zu. »Aber wenn man den Berichten über die Zustände der Heere Glauben schenken kann, möchte ich nicht in einem solchen dienen. Jedenfalls nicht mehr jetzt, wo der Krieg schon so lange andauert. Die Soldaten verrohen, und die Verpflegung ist erbärmlich.« Er ächzte, da sich die Stute mit ihrem ganzen Gewicht gegen ihn lehnte.

»Woher willst du das wissen? Du hast nicht gedient«, warf Götz ihm vor und löste das Eisen vom Huf. »Ich war dabei! Drei Jahre lang habe ich gekämpft, gehofft und doch verloren«, sagte er und hob sein Hosenbein. Über seine Wade verlief bis zum Oberschenkel eine breite Zickzacknarbe. »Jeden Tag habe ich Schmerzen, besonders wenn das Wetter wechselt. Ich kann meinen Lehrling verstehen, dass er der Hoffnung erlegen ist. Ich kann jedoch nicht verstehen, warum er mir nicht zugehört hat, als ich ihm vom Krieg erzählt habe.«

»Bei welcher Schlacht hat es dich erwischt?«, fragte Jodokus neugierig.

»Ich war in Magdeburg dabei«, erklärte Götz und kam aus

der Hocke hoch. »Dort habe ich dem Teufel ins Gesicht gesehen«, sagte er, und sein Blick erstarrte.

»Hast du unter Tilly gedient?«

Götz schüttelte den Kopf. »Unter Pappenheim. Ich habe ihn jedoch nie zu Gesicht bekommen.«

»Es heißt, dass Magdeburg fallen musste, weil sie sich mit den Schweden verbündet hätten«, erklärte Jodokus und hielt den dritten Huf empor, damit der Schmied das Eisen entfernen konnte.

Nachdem er sich auch dem letzten Hufeisen gewidmet hatte, wischte er sich den Schweiß von der Stirn und sagte: »Magdeburg ist vor über hundert Jahren reformiert worden, und seitdem hat daran niemand etwas ändern können. Obwohl verschiedene Kaiser dies immer wieder versucht haben.« Götz bediente den Blasebalg, um das Feuer in Gang zu bringen. Während er sich über die Augen rieb, sagte er: »Es mag nicht richtig gewesen sein, dass die Stadt sich mit unseren Feinden, den Schweden, verbündet hat, aber mit der Katholischen Liga konnten sie es wohl auch nicht.«

Götz prüfte die Glut. Zufrieden mit der Hitze, legte er das Eisen hinein und begann die Hufe des Pferdes mit Kratzer und Messer zu bearbeiten. Nachdem er mit dem ersten fertig war, richtete er sich auf und schnaufte heftig. Als er wieder zu Atem gekommen war, sagte er: »Wie viele andere habe auch ich von dem politischen Kram keine Ahnung. Zudem ist er mir einerlei. Aber was die Angreifer mit der Stadt Magdeburg und ihren Bürgern angestellt haben, kommt einem Verbrechen gleich. Ich habe Gräueltaten gesehen, über die habe ich noch nie gesprochen. Vergewaltigungen und Kindsmord waren an der Tagesordnung und nicht das Schlimmste, was die Soldaten mit den Menschen gemacht haben.« Er blickte Jodokus ernst an. Dann fuhr er sich mit einem Tuch durchs Gesicht und widmete sich wieder den Hufen. »In jedem Ort und jeder Stadt, die von Truppen eingenommen wird, regiert das Chaos«, fuhr er fort, während er das Horn schnitt. »In diesem Krieg geht es nicht mehr um Konfession, sondern um Strategie. Magdeburg musste erobert werden, weil die Stadt einen wichtigen Übergang über die Elbe darstellt. Da kam das Abkommen mit den Schweden gerade recht, um die Stadt niederzubrennen und ihre Bürger zu töten.«

Mit einer schweren Zange nahm der Schmied das leuchtende Eisen aus der Glut und legte es auf den Amboss. Mit aller Kraft schlug er es mit dem Hammer in Form, dass die Funken flogen. »Ich bin nicht stolz auf das, was in Magdeburg geschehen ist, denn ich war dabei. Aber so ist nun mal der Krieg. Kein Abenteuer, keine Hoffnung, sondern pure Gewalt. Dabei gibt es keine Gewinner, sondern immer nur Verlierer«, erklärte er und presste das noch glühende Metall gegen das Horn, sodass die beiden Männer von stinkendem Qualm eingehüllt wurden und Jodokus husten musste.

Kaum war der Rauch verzogen, sahen sie zwei fremde Reiter vor der Schmiede, die sie aus schreckensbleichen Gesichtern anblickten.

Götz nahm das Eisen vom Huf und warf es in einen Trog mit Wasser, wo es zischend unterging. »Was wollt ihr?«, fragte er unwirsch, nahm das nächste Hufeisen aus dem Feuer und begann erneut mit seiner Arbeit. Dabei blickte er neugierig zu den Fremden auf.

»Mein Pferd hat ein Hufeisen verloren«, erklärte der Ältere.

»Könnt ihr mich bezahlen?«, fragte der Schmied und musterte die Männer, die gut gekleidet waren und offenbar nicht aus der Gegend stammten. Der Fremde griff in seine Manteltasche und zeigte ein Säckchen, in dem Münzen klimperten.

»Ihr müsst warten, bis ich mit seiner Stute fertig bin«, murrte Götz und versenkte das nächste Eisen im Wasser.

»Habt ihr einen Schluck Wasser?«, fragte der Ältere und ließ sich ächzend aus dem Sattel zu Boden gleiten.

Der Jüngere der beiden saß zuerst starr und bleich auf seinem Pferd. Dann sprang er würgend zu Boden und verschwand hinter einem Baum, wo er sich erbrach.

»Seid ihr krank?«, fragte der Schmied misstrauisch und hämmerte das Eisen.

»Wo denkst du hin!«, sagte der Reiter. »Ich möchte nur einen Schluck Wasser trinken, damit ich den schalen Geschmack im Mund loswerde. Auch dafür würde ich bezahlen«, erklärte er spöttisch.

»Ich bin ja kein Unmensch«, brummte Götz und ging ins Haus, um kurz darauf mit einem Krug und einem Becher zurückzukommen, den er mit Wasser füllte und dem Mann reichte.

»Ich danke dir«, sagte der Fremde und kippte das Wasser hinunter. Der andere kam zurückgestolpert, griff nach dem Krug und trank ihn aus, ohne einmal abzusetzen.

»Geht es euch besser?«, fragte Jodokus neugierig.

Der Schmied schob ihn zur Seite und blickte die beiden fremden Männer misstrauisch an. »Woher kommt ihr?«, fragte er und verengte seinen Blick.

Die Reiter sahen sich unsicher an, doch dann nickte der Ältere. Der Jüngere, der kurz zuvor am Baum gelehnt hatte, sagte mit brüchiger Stimme: »Was wir euch erzählen, werdet ihr nicht glauben wollen, und wenn ich darüber nachdenke, dreht sich mir erneut der Magen um.« Er zögerte kurz, doch dann sagte er mit gedämpfter Stimme: »Mein Bruder und ich waren auf dem Weg nach Bleicherode …«

»Was wolltet ihr dort?«, unterbrach Götz ihn und zog seine buschigen Augenbrauen zusammen.

»Was spielt das für eine Rolle?«, fragte der Ältere sichtbar entnervt.

»Ich will es wissen«, erklärte der Schmied und sah die Fremden durchdringend an.

Die beiden schnauften laut aus, und der Ältere erklärte: »Wie ihr sicher wisst, verödeten durch die Brandschatzung des Grafen von Pappenheim die Weinhänge in Bleicherode. Aus der Not heraus begannen die Bleicheröder in den Weinbergen Schnecken zu züchten, die sie mittlerweile sogar bis Leipzig verkaufen. Durch diesen geistvollen Einfall war es ihnen möglich, ihre wirtschaftliche Not zu lindern. Mein Bruder und ich kommen aus der Nähe von Erfurt, wo die Weinhänge durch den Krieg ebenfalls brachliegen. Deshalb erwägen wir, in die Weinbergschneckenzucht einzusteigen. Aus diesem Grund wollten wir mit den Bleicherödern sprechen. Zufrieden?«

Der Schmied nickte. »Ja, unsere Schneckenhengste sind für ihre Zucht bekannt«, sagte er grinsend, doch dann wurden seine Gesichtszüge wieder grimmig. »Und warum seht ihr dann aus, als ob der Teufel hinter euch her wäre?«

Erneut sahen die beiden Brüder sich an. »Wie gesagt, wir waren unterwegs nach Bleicherode, als wir vom Weg abkamen und uns verirrten. Der Wald wurde immer dichter, und wir wussten nicht, wie wir da jemals wieder herausfinden sollten, als wir vor uns ein Feuer flackern sahen. Beim Näherkommen erkannten wir einen Knaben, der vor einem Kohlefeuer saß und sich ein Stück Fleisch briet. Der Duft des Bratens zog zwischen den Bäumen hindurch, sodass man Hunger bekommen konnte. Wir stiegen von den Pferden und gingen zu dem Jungen, der nicht älter als zehn Jahre gewesen sein mag, um ihn nach dem Weg und einem Bissen Fleisch zu fragen. Der Junge bemerkte uns anscheinend nicht und summte leise eine Kinderweise. Erst als wir vor ihm standen, blickte er zu uns auf, und wir erkannten, dass er wohl schon längere Zeit nichts gegessen hatte. Sein Gesicht war hohlwangig, seine Haut aschfahl, und die Augen lagen tief in ihren Höhlen.« Der Erzähler schluckte mehrmals und fuhr dann mit leiser Stimme fort: »Der Knabe konnte einem leidtun. Deshalb freute es uns, dass er anscheinend Glück bei der Jagd gehabt hatte. Woher sonst sollte das Fleisch stammen? Doch als wir uns umblickten, konnten wir kein erlegtes Wild sehen, also fragten wir ihn, woher der Braten sei. Daraufhin blickte er uns aus rotgeränderten Augen an und sagte …« Der Mann stockte. Tränen traten in seine Augen, sodass er nach Luft japste und nicht weitersprechen konnte.

Sein Bruder klopfte ihm auf die Schulter und übernahm: »Der Knabe blickte uns freundlich an und gab uns unbefangen Antwort. Er sagte: ›Das ist ein Stück aus dem Oberschenkel meiner kleinen Schwester, die am Mittag gestorben ist.‹«

Jodokus' Augen weiteten sich entsetzt, und auch der kräftige Schmied musste sich an einem Balken abstützen, als er das hörte.

»Das kann ich mir wahrlich nicht vorstellen«, flüsterte Götz und sagte dann mit fester Stimme: »Der Junge hat sicherlich gelogen.«

Doch die beiden Fremden schüttelten den Kopf. »Er sprach die Wahrheit. Das tote Mädchen lag mit einer klaffenden Wunde am Oberschenkel nur wenige Schritte von ihm entfernt im Gebüsch. Sie muss kurz zuvor verhungert sein«, sagte der Fremde mit Wehmut in der Stimme.

Jodokus schloss bei der Vorstellung die Augen. »Dieser verdammte Krieg«, murmelte er und blickte die beiden Brüder mitleidig an. »Ich weiß, dass ausgehungerte Menschen Ungeziefer essen, weil sie sonst nichts haben. Auch habe ich das Gerücht gehört, dass Hungernde sich an Menschenfleisch vergehen, aber dem wollte ich keinen Glauben schenken, da es zu abwegig ist.«

»Wir haben es mit eigenen Augen gesehen, sodass ihr es nun glauben könnt. Es kommt anscheinend öfter vor, als man denkt. Man erzählt sich sogar, dass auf den Friedhöfen die Anverwandten der Verstorbenen abwechselnd Wache halten, weil selbst die Toten in ihren Gräbern nicht mehr sicher sind.«

»Hört auf!«, rief der Schmied. »Obwohl ich ein Baum von einem Mann bin, so bin ich doch empfindlich und will das nicht hören. Wie sehr muss ich von meinem Glauben abgefallen sein, um so etwas zu machen?«

»Die Frage muss anders lauten«, erklärte der ältere der beiden Brüder. »Wie hungrig muss ich sein, dass ich den Oberschenkel meiner Schwester verspeise?«

Kapitel 28

Magdalena wurde von Frauen und Männern umringt, die, aufgescheucht durch den Lärm, aus ihren Zelten gelaufen kamen und die schreiende Fremde anstarrten.

»*Vad hände här?*«, hörte sie jemanden fragen.

»Ich verstehe euch nicht«, wisperte Magdalena zitternd.

Arne erschien, fasste ihre Arme und drehte sie zu sich, damit sie ihn ansah. »Sie wollen wissen, was geschehen ist«, übersetzte er mit ruhiger Stimme.

Magdalena blickte verängstigt in die fremden Gesichter und war unfähig, etwas zu sagen. Sie zeigte zum Zelt, und Arne stürmte hinein. Erik, der seinem Freund gefolgt war, stellte sich breitbeinig vor den Eingang und hielt seine Landsleute davon ab, ihm zu folgen.

Franziska lag bewegungslos auf dem Lager. Die Augen weit aufgerissen, starrte sie an die Zeltdecke. Besorgt fühlte der Schwede ihre Stirn und stellte erstaunt fest, dass sie nicht mehr heiß war. Obwohl die Frau bei Bewusstsein war, schien sie nicht wahrzunehmen, dass Johann und Magdalena ebenfalls an ihrer Bettstatt standen. Arne wedelte mit den Händen vor ihrem Gesicht hin und her, doch Franziska zeigte keine Regung.

Johann trat mit sorgenvoller Miene näher an ihr Lager heran, während die schluchzende Magdalena über seine Schulter die Mutter anschaute.

»Was ist mit meiner Frau?«

Arne blickte Johann betrübt an und zögerte, doch dann sagte er: »Ich glaube, Franziska ist auf dem Weg, unsere Welt zu verlassen.«

Kaum hatte er es ausgesprochen, presste sich Magdalena die Hand auf den Mund und weinte schreiend auf.

»Ist sie so schwer erkrankt?«, krächzte Johann und kämpfte mit den Tränen.

»Sie ist sehr krank, aber nicht sterbenskrank. Ich verstehe es nicht«, erklärte Arne hilflos und schaute Franziska kopfschüttelnd an. Grübelnd legte er den rechten Ellenbogen in die linke Hand und fuhr sich mit der rechten Hand über das unrasierte Kinn. Dann ging er einen Schritt vor, prüfte ihr Gesicht und ihre Augen und musterte ihren Ehemann. Nach mehreren Augenblicken wagte er Johann zu fragen: »Kann es sein, dass deine Frau nicht mehr leben *will*?«

Johann schaute voller Entsetzen von Franziska zu Arne und wieder zu seiner Frau. »Wie meinst du das?«, begehrte er auf.

Der Schwede holte tief Luft, hob die Schultern und ließ sie gleich wieder fallen. »Es ist nur eine Vermutung. Ich erinnere mich, dass während meines Studiums die Frau meines Professors erkrankte. Sie lag ebenso da wie deine Frau – mit offenen Augen und einem Lächeln, als ob sie in eine andere, eine bessere Welt blicken würde. Die Kranke bekam die beste medizinische Versorgung, doch ohne Erfolg. Obwohl die Krankheit sie nicht getötet hätte, starb sie. Später hieß es, dass sie keinen Lebensmut mehr gehabt habe, weil ihr Sohn im Krieg gefallen war.« Arne schwieg und blickte Johann fragend an.

Johann schloss für einen kurzen Augenblick die Augen und nickte. »Es könnte in der Tat sein, dass sie nicht länger leben will«, flüsterte er und kniete auf dem Boden neben dem Lager seiner Frau nieder. Da entspannte ein Lächeln Franziskas Gesicht. Fragend blickte Johann zu Arne auf, der hilflos mit den Achseln zuckte. Johann griff nach Franziskas Hand und zog sie an seine Wange. »Tu mir das nicht an, Liebes. Bleib bei uns. Wenn du willst, gehen wir morgen schon zurück nach Wellingen. Ich mache alles, damit es euch gut geht, aber bitte verlass uns nicht«, stammelte er unter Tränen.

Doch Franziska starrte wieder regungslos mit weit aufgerissenen Augen zur Decke.

Plötzlich griff ihre Hand in die Luft, und ihre Augen bekamen einen leuchtenden Glanz. »Johannes!«, flüsterte sie und schloss die Lider.

»Nein!«, schrien Johann und Magdalena gleichzeitig auf.

Johann umfasste die Schultern seiner Frau, schüttelte sie und schrie: »Du darfst nicht gehen.«

Arne stieß ihn unsanft zur Seite, sodass er zu Boden fiel. Der Schwede legte sein Horchrohr, das er aus der Kiste genommen hatte, auf Franziskas Brust. Wegen des lauten Wehklagens war es ihm unmöglich, etwas zu hören, sodass er schnauzte: »Gebt Ruhe!«

Sofort wurde es still im Zelt.

Arne hielt die Luft an und horchte erneut. Dann atmete er laut aus, wieder ein und presste das Rohr gegen ihre Brust. Schließlich sagte er. »Sie lebt!«

Arne schaute Magdalena, deren Augen vom Weinen gerötet waren, lächelnd an. Johanns Gesicht, das tränenüberströmt war, sah ungläubig aus, doch Arnes Blick ließ keine Zweifel zu.

»Danke!«, murmelte Johann, als eine Stimme krächzte:

»Durst.«

Überrascht blickten alle zu Franziska, die die Augen offen hatte und unsicher umherblickte.

»Wo bin ich?«, fragte sie leise, und alle lachten befreit auf.

Arne und Johann hatten das Zelt verlassen, damit Magdalena

den Brustkorb ihrer Mutter mit Wurstkrautöl einreiben, ihr frische Kleidung anziehen und ihr Kreuzblumensud und Weidenrindensaft einflößen konnte. Schließlich legte sich Franziska erschöpft zurück auf ihr Lager.

Magdalena strich der Mutter liebevoll über die Wange und küsste ihre Stirn. Dabei konnte sie nicht verhindern, dass ihr erneut Tränen in die Augen schossen.

»Weine nicht, Magdalena! Es wird alles gut«, flüsterte Franziska und schlief erschöpft ein.

Es war spät am Abend, als Magdalena ihre Mutter allein ließ und sich zu den Männern ans Feuer setzte.

»Du musst müde sein«, sagte ihr Vater leise und sah sie liebevoll an. Seine Tochter nickte. »Ja, das bin ich, aber ich kann nicht schlafen«, sagte sie und wischte sich über die Augen.

»Dagegen hilft ein Anisschnaps«, meinte Erik und wollte bereits einen Becher füllen, doch Magdalena hob abwehrend die Hände.

»Nein danke«, lachte sie lautlos.

»Ich werde einen Sud aus Hopfen aufbrühen. Der beruhigt und macht schläfrig«, erklärte Arne und ging in sein Zelt.

Kurz darauf kam er mit einem kleinen Leinensäckchen zurück. »Deine Frau schläft«, teilte er Johann mit, der erschöpft nickte.

Arne nahm mit den Fingerspitzen zwei Prisen des getrockneten und zerstoßenen Hopfens aus dem Beutel, ließ ihn in einen Becher rieseln und goss heißes Wasser darüber. »Wie alle Kräutergetränke schmeckt auch dieser Sud bitter. Deshalb musst du ihn so heiß wie möglich trinken«, erklärte er und reichte Magdalena den Becher.

Sie dankte ihm und nahm vorsichtig den ersten Schluck.

»Ich finde nicht, dass alle Kräutergetränke bitter schmecken«, lachte Erik und kippte den Anisschnaps in seinen

Schlund. Dann schüttelte er sich und sagte: »Ich gehe schlafen!« Er stand langsam auf und wankte in sein Zelt.

Johann blickte besorgt von seiner Tochter zu dem Schweden, doch da ihn die Halswunde schmerzte und er kaum noch die Augen aufhalten konnte, stand auch er auf und sagte zu Magdalena: »Sobald du ausgetrunken hast, kommst du nach.«

Magdalena spürte, wie Hitze in ihre Wangen schoss.

Arne konnte sich ein Grinsen kaum verkneifen. »Ich werde dafür sorgen, dass sie dir bald folgt«, versprach er.

Johann blickte ihn zweifelnd an und nickte dann mürrisch.

Arne streckte sich seufzend am Feuer aus und blickte zum sternenklaren Himmel empor. »Welch ein Tag!«, murmelte er und schaute Magdalena eindringlich an.

Sie versenkte ihren Blick in den Becher.

»Wer ist Johannes?«, fragte Arne, den diese Frage beschäftigte, seit die kranke Franziska den Namen geflüstert hatte.

Magdalena blickte erschrocken auf, und sofort verdunkelte sich ihr Blick. Mit zittrigen Fingern stellte sie den Becher auf dem Boden ab und schaute ins Feuer.

Arne konnte erkennen, dass es dem Mädchen schwerfiel, seine Frage zu beantworten. Zärtlich nahm er ihre Hand in die seine und strich sanft darüber. »Du musst nichts erklären«, flüsterte er.

Magdalena sah in Arnes Augen, die von durchdringendem Blau waren. Sie hatte das Gefühl, dass sie umso dunkler wurden, je länger sie hineinstarrte. Verwirrt wollte sie den Blick abwenden, als Arne ihr eine Strähne ihres hellblonden Haars zurückstrich.

»Weißt du, dass du wunderschön bist?«, flüsterte er, und sein Gesicht kam ihren Wangen näher.

Magdalena schüttelte zaghaft den Kopf und wollte verlegen wegschauen, doch sie vermochte es nicht, ihren Blick von Arne abzuwenden.

»Mit deinen himmelblauen Augen und deinen honigfarbenen Haaren könntest du auch eine Schwedin sein«, murmelte er dicht an ihren Lippen und ließ die Haarsträhne zwischen seinen Fingern hindurchgleiten.

Magdalena wagte kaum zu atmen. Sie dachte, dass sie aufstehen und gehen sollte, doch sie saß auf dem Schaffell wie festgewachsen und spürte plötzlich die durchdringende Hitze des Feuers. Feine Schweißperlen bedeckten ihre Stirn, und sie glaubte innerlich zu glühen. Was geschieht mit mir?, schoss es ihr durch den Kopf.

Als sie sich mit der Zungenspitze über die trockenen Lippen fuhr, seufzte Arne leise auf und kam näher. Schon konnte sie seinen Atem auf ihrem Gesicht spüren. Sie schloss die Augen, als ein Geräusch sie zusammenzucken ließ und sie plötzlich fror.

Als am Abend der Schrei durch das Zeltlager gehallt war, hatte Brigitta alles fallen gelassen, um nach draußen zu eilen. Sie folgte ihren Leuten, die vor Arnes Zelt aufgeregt zusammenstanden. Angst, dass ihm etwas geschehen sein könnte, trieb sie an. Doch dann erblickte sie das Mädchen, das in Tränen aufgelöst dastand. Zuerst war Brigitta versucht gewesen, zu ihr zu eilen, aber sie sah, wie besorgt Arne um die Fremde war.

Später am Abend, als Erik und der fremde Mann in ihre Zelte gegangen waren und Arne allein mit dem Mädchen am Feuer saß, stand Brigitta, von einem Fuhrwerk verdeckt, am Rand des Lagers und beobachtete die beiden. Das Spiel der tanzenden Flammen malte abwechselnd Licht und Schatten auf das Gesicht des Mädchens und ließ seine Augen funkeln. Ihre helle Haut erschien makellos, und ihre Haare glänzten wie Gold.

»So muss eine Elfe aussehen«, murmelte Brigitta neidlos. Das Mädchen schien jedoch unerfahren zu sein, was Brigitta an ihrem unsicheren Verhalten zu erkennen glaubte.

Sie weiß ihre Schönheit weder einzusetzen noch ihre Reize auszuspielen, dachte Brigitta, als ihr Blick zu Arne schweifte und sie einen Stich spürte. Arne war ein erfahrener Mann, der wusste, wie er das Feuer in einer Frau entfachen konnte. Sein begehrlicher Blick, mit dem er das Mädchen ansah, versetzte Brigitta in tiefe Traurigkeit. Wird eine Fremde das von Arne bekommen, was er mir verwehrt?, fragte sie sich bitter und spürte, wie sich die Niedergeschlagenheit in Zorn wandelte. Wut ließ ihre Augen funkeln, weil eine Fremde sich zwischen sie und Arne drängte.

Brigitta hatte noch nie in ihrem Leben wegen eines Mannes eine Träne vergossen, einerlei, was er zu ihr gesagt oder ihr angetan hatte – selbst wenn Männer gehässig und gemein waren. Als Marketenderin war sie beschimpft, bespuckt und beleidigt worden. Selbst in solchen Augenblicken hatte sie es sich verboten, ihre wahren Gefühle zu zeigen, und stets so getan, als ob die Gemeinheiten an ihr abprallten. Keiner der zahlreichen Männer, die das Bett mit ihr teilten, hatte sich je die Mühe gemacht, hinter ihre Maske zu blicken. Deshalb hatte sie im Laufe der Zeit gelernt, ihre Gefühle zu verbergen. Doch dann war Arne in ihr Leben getreten.

Brigitta kämpfte mit den Tränen und versuchte sie zurückzudrängen. Nachdem sie einige Male tief Luft geholt hatte, gelang es ihr, ihre Maske wieder aufzusetzen. Ihr Blick wanderte erneut zu den beiden, die noch immer am Feuer saßen.

Magdalena blickte verunsichert zu Arne und rutschte ein Stück von ihm ab. Mit zittrigen Händen nahm sie den Becher vom Boden auf und nippte an dem Hopfensud. Sogleich verzog sie das Gesicht, denn er war kalt und bitter geworden.

»Ich habe dich gewarnt. Man soll ihn nur heiß trinken«, lachte Arne auf, als Magdalena das Gebräu ins Feuer schüttete. Die Flammen zischten, und das Holz qualmte.

»Soll ich dir frischen Sud kochen?«, fragte Arne grinsend.

Magdalena schüttelte den Kopf. »Ich gehe schlafen«, murmelte sie und erhob sich.

Arne sagte hastig: »Du hast meine Frage noch nicht beantwortet.«

Magdalena runzelte die Stirn, und Arne wiederholte: »Wer ist Johannes?«

»Das geht dich nichts an«, flüsterte sie und wandte sich zum Gehen.

»Ist es ein Geheimnis? Habt ihr euch deshalb auf diese gefährliche Reise begeben?«, fragte Arne arglos und bereute seine Frage im selben Augenblick, denn das Mädchen drehte sich ihm mit schmerzverzerrtem Gesicht wieder zu. Bestürzt sprang er auf und nahm sie in den Arm.

»Bitte entschuldige«, flüsterte er in ihr Haar. »Ich wollte dich nicht verletzen oder traurig machen«, sagte er und zog sie zurück auf den Boden ans Feuer.

Magdalena wollte ihn abwehren, doch dann legte sie ihre Wange gegen seine Brust und sog seinen Geruch mit geschlossenen Augen ein. Sie genoss die Wärme, die sein Körper verströmte, und die Sicherheit seiner Arme, die ihre Schultern umschlossen. Magdalena hob ihren Blick und sah in Arnes Augen. Seine Lippen kamen langsam näher, bis sie sich sanft auf die ihren drückten. Erschrocken riss Magdalena die Augen auf, um sie sofort wieder zu schließen.

Plötzlich war ein leises Räuspern direkt neben dem Feuer zu hören. Magdalena und Arne stoben erschrocken auseinander und sprangen wie ertappte Hühnerdiebe auf.

Arne sah Brigitta auf der anderen Seite des Lagerfeuers stehen und ihn spöttisch anlächeln.

Sie sagte kein Wort, sondern blickte Magdalena an, die sich peinlich berührt mit dem Ärmel über die Lippen wischte. »Entschuldigt, dass ich euch störe«, erklärte sie schließlich. »Aber ich wollte nachfragen, ob es dir besser geht, meine Liebe. Kann ich vielleicht etwas für dich oder deine Familie tun?«, fragte Brigitta und schaute das Mädchen mit Unschuldsmiene an.

»Danke«, sagte Magdalena und wagte nicht, zu Brigitta aufzublicken. »Es geht mir wieder gut.« Am liebsten wäre sie im Erdboden versunken. Stattdessen drehte sie sich, schamrot geworden, um und lief, ohne ein weiteres Wort und ohne Arne eines Blickes zu würdigen, ins Zelt.

Kaum war Magdalena hinter dem Tuch des Eingangs verschwunden, fauchte Arne: »Was sollte das?«

Brigitta zuckte heuchlerisch mit den Schultern. »Ich weiß nicht, was du meinst«, sagte sie. »Ich wollte höflich zu unserem Gast sein. Schließlich ist ihre Mutter schwer krank und kann nicht auf ihr Töchterchen aufpassen. Und du weißt, überall lauert Gefahr!«

Arnes böser Blick verriet Brigitta, dass er ihre Bemerkung verstanden hatte.

»Halt dich aus meinen Leben heraus«, zischte er, erhob sich und verschwand in Eriks Zelt.

Brigitta blieb allein am Feuer zurück und starrte in die Flammen. Sie dachte nach, bis ihr eine Lösung in den Sinn kam.

Ein spöttisches Lächeln verzog leicht ihre Mundwinkel. »Man muss sich den Feind zum Freund machen. Dann hat man die Möglichkeit, nach seinen eigenen Regeln zu spielen«, flüsterte sie und schaute in die Richtung, in die Arne verschwunden war. »Und sollte das nicht gelingen, weiß ich, wer mir dabei helfen wird«, schwor sie und ging zurück in ihr Zelt.

Kapitel 29

Franziska merkte, wie ihre Tochter ins Zelt schlüpfte und sich auf dem Boden vor ihrer Bettstatt ausstreckte. Auch hörte sie, wie Magdalena leise schimpfte. Doch schon bald verriet ihr gleichmäßiger Atem, dass sie schlief, während Johann leise schnarchte.

Franziska versuchte, tief durchzuatmen, und musste husten. Das Wurstkrautöl, mit dem Magdalena ihre Haut eingerieben hatte, schien zu wirken und ihre Lunge zu befreien. Auch der Weidenrindensaft und der Kreuzblumensud halfen, denn sie fühlte sich nicht mehr so schwach. Als der Hustenanfall abgeklungen war, schloss Franziska die Augen und holte die Bilder zurück, die sie in ihrer tiefen Bewusstlosigkeit gesehen hatte. Sie erinnerte sich an ein wunderbares Gefühl, als sie in gleißendem Licht durch einen Tunnel gewandelt war und am Ende ihr verstorbenes Kind, das sie so sehr vermisste, erblickte. »Johannes!«, flüsterte sie wieder, und sogleich füllten sich ihre Augen erneut mit Tränen. Nun, bei Bewusstsein, musste Franziska erkennen, dass die Bilder ein Fiebertraum gewesen waren. Ihr wurde im selben Augenblick mit Schrecken bewusst, mit welcher Gleichgültigkeit sie seit dem Tod von Johannes ihren Mann und ihre Kinder Magdalena und Benjamin gequält hatte.

»Was habe ich ihnen angetan?«, weinte Franziska leise und vergrub ihr Gesicht tief in beiden Händen, damit Mann und Tochter durch ihr Schluchzen nicht geweckt wurden.

Johannes' Gesichtchen schob sich erneut in ihre Gedanken. Der Knabe war ihr in dem Augenblick im Licht erschienen, als sie bereit war, darin zu versinken. In ihrem Fiebertraum hatte der Junge vor ihr gestanden und sie mit seinen hellen Augen angelächelt.

Sie wollte ihn mit ausgebreiteten Armen auffangen, doch er

bewegte sich nicht und lächelte sie nur weiter an. Franziska sah, dass Johannes das schöne Kind geblieben war, als das er in ihrer Erinnerung lebte. Als er gestorben war, konnte er gerade laufen, und in ihrem Fiebertraum stand er mit seinen kleinen dicken Beinchen vor ihr, obwohl er doch längst so groß und so alt sein musste wie Benjamin, sein Zwillingsbruder.

Franziska lächelte unter Tränen. Im selben Augenblick erfasste sie tiefe Traurigkeit. Weil der lebende Bruder dem toten Zwilling so sehr glich, hatte sie Benjamin ihre Liebe vorenthalten. Franziska wurde schmerzhaft bewusst, dass sie ihrem Jungen vorwarf, dass er leben durfte, während sein Bruder hatte sterben müssen.

»Mein kleiner Johannes hat mir die Augen geöffnet«, murmelte sie erschöpft, aber von einer großen Last befreit.

Magdalena erwachte und setzte sich sofort auf, um nach ihrer Mutter zu schauen.

Franziska sah sie aus klaren Augen an und lächelte.

»Geht es dir besser?«, fragte das Mädchen leise, und ihre Mutter nickte.

Zur gleichen Zeit betrat Johann das Zelt und brachte einen Teller mit Essen und einen Becher Kräutersud. Als er Franziska aufrecht im Bett sitzen sah, presste er seine Lippen aufeinander, da seine Gefühle ihn zu übermannen drohten. Mit glänzenden Augen ging er zu ihr und küsste sie auf die Wange.

»Schön, dass du wohlauf bist«, flüsterte er heiser. Dann räusperte er sich und murrte: »Die Schweden essen seltsames Brot.« Er zeigte die dünnen Scheiben und hielt sie ins Licht. »Sie platzen auseinander, sobald man sie anfasst.«

»Wir müssen ihnen dankbar sein«, erklärte Franziska leise und lächelte ihren Mann an.

»Trotzdem sind sie unsere Feinde«, erklärte Johann grimmig

und fügte versöhnlich hinzu: »Wenigstens sind sie protestantisch.«

»Wo ist Benjamin?«, fragte Franziska.

»Er sitzt bei den Schwedenkindern und nimmt sein Frühmahl mit ihnen ein. Sicher auch dünnes Brot«, antwortete Johann. »Ich werde ihnen Speck geben. Vielleicht haben sie Eier, die sie dazu braten können. Das wäre ein anständiges Frühmahl für dich, um gesund zu werden, aber nicht dieses Brot«, brummte er und stapfte wieder hinaus. Am Eingang drehte er sich zu seiner Frau um und sagte: »Ich bin froh, dass es dir besser geht.«

Franziska blickte ihrem Mann nachdenklich hinterher. So viel vergeudete Zeit, dachte sie, als Magdalena sie aus den Gedanken riss.

»Möchtest du Benjamin sehen?«, fragte das Mädchen und schaute ihre Mutter erwartungsvoll an.

»Ja«, flüsterte Franziska. »Bring ihn zu mir.«

Ihre Tochter nickte und eilte hinaus.

Kaum hatte Magdalena das Zelt verlassen, blieb sie vor dem Eingang stehen und suchte Arne. Während ihr Blick umherwanderte, schlug ihr Herz vor Aufregung hart gegen ihren Brustkorb. Als sie ihn nirgends entdecken konnte, atmete sie erleichtert aus und ging zu dem Zelt, das Erik ihr am Tag zuvor gewiesen hatte. Je näher sie kam, desto lauter hörte sie Kinder lachen und herumalbern.

Als sie die Unterkunft der Kinder betrat, herrschte sofort Stille. Alle Augen waren neugierig auf sie gerichtet. Zwischen den vielen Blondschöpfen war es für das Mädchen einfach, ihren Bruder mit seinen dunklen Haaren zu finden.

Kaum sah Benjamin seine Schwester, sprang er auf, kam zu ihr und umschlang ihre Hüften.

Magdalena küsste seinen Scheitel und sagte: »Mutter möchte dich sehen.« Sie kniete sich zu ihm nieder und zog ihn dicht an sich.

»Geht es ihr besser?«, fragte der Junge und schaute sie scheu an.

Magdalena nickte. »Sie wird bald wieder gesund sein«, versprach sie.

Benjamin flüsterte: »Ich habe dich gestern schreien gehört.«

»Ich hatte gehofft, dass du nichts gehört hast«, antwortete Magdalena und suchte nach Worten, um ihm ihre Schreie zu erklären.

»Erik ist zu mir gekommen und hat gesagt, dass du dich erschreckt hast und dass ich mich nicht sorgen müsste«, klärte Benjamin seine Schwester auf.

Magdalena dankte Erik in Gedanken für seine Notlüge.

»Lass uns zu Mutter gehen«, sagte Magdalena und wollte sich erheben, doch ihr Bruder zog sie wieder auf Augenhöhe.

»Dauert das lange?«, fragte er.

»Warum willst du das wissen?«

»Erik hat versprochen, uns eine Geschichte zu erzählen. Er ist nämlich der Geschichtenerzähler der Kinder«, erklärte Benjamin mit leuchtenden Augen, und alle Übrigen nickten.

»Aber du verstehst doch die fremde Sprache nicht«, entgegnete Magdalena und stand aus der Hocke auf.

»Ich lerne sie«, erklärte ihr Bruder mit kindlichem Eifer, sodass Magdalena grinsen musste.

»Frag mich, was *Baum* in ihrer Sprache heißt.«

Magdalenas Grinsen wurde breiter, aber sie spielte das Spiel mit und fragte mit ernstem Gesicht: »Was heißt auf Schwedisch *Baum*?«

»Träd«, brüllte Benjamin und sah seine neuen Freunde jubelnd an, die Beifall klatschten. Er hopste vor Freude auf der Stelle und bat: »Und jetzt frag mich, was *Zelt* heißt.«

»Benjamin, kennst du das Wort für *Zelt*?«

»Tält«, schrie er, und seine Freunde schrien mit.

»Aber weißt du auch das wichtigste Wort?«, fragte eine Stimme hinter ihnen, die Magdalenas Beine sofort weich werden ließ, sodass sie sich auf Benjamin abstützen musste.

Ihr Bruder wandte sich Arne zu, der unbemerkt eingetreten war, und fragte mit erwartungsvollem Blick: »Welches Wort ist das?«

»Freund!«

»Das kenne ich auch«, schrie der Junge aufgeregt. *»Vän!«*, jubelte er, riss die Arme in die Höhe, und sofort wurde er von seinen neuen Freunden umringt.

Arne hob ihn hoch und sagte: »Ja, das ist richtig, kleiner *vän*!« Dann setzte er ihn auf den Boden und blickte Magdalena schelmisch an. »Geht es dir gut?«

»Warum fragst du?«, wollte sie wissen und wagte kaum, den Blick zu heben.

»Dein Gesicht sieht erhitzt aus«, erklärte er, sodass das Mädchen erschreckt aufschaute.

Als sie jedoch den Schalk in seinem Blick erkannte, spürte sie, wie die Hitze in ihren Wangen sich verstärkte. »Dummkopf«, fauchte sie und nahm Benjamin an die Hand, um mit ihm das Zelt zu verlassen.

Wütend, weil sie ihre Gefühle nicht beherrschen konnte, und zornig über Arne, der sie damit ärgerte, stapfte Magdalena über den Platz und zog ihren Bruder hinterher. Als sie den Duft von gebratenem Speck erschnupperte, ging sie geradewegs zu Eriks Zelt. Wie sie vermutet hatte, saßen Gustavsson und ihr Vater am Feuer und brutzelten Speck in einer Pfanne.

»Lasst mir eine Scheibe übrig«, bat sie und verließ wieder das Zelt, um Benjamin zu seiner Mutter zu bringen.

Als Magdalena das Tuch des Eingangs zurückschlug, hörte sie ihre Mutter mit einer Frau reden. Kaum erkannte sie die zweite Stimme, stellten sich ihre Nackenhaare auf. Sie schob Benjamin nach vorn, der mitten im Zelt stehen geblieben war und schüchtern von seiner Mutter zu der fremden Frau sah.

»Du musst Benjamin sein«, sagte Brigitta und fuhr dem Jungen über den Kopf.

Er nickte vorsichtig und ging dann zu seiner Mutter, die die Hände nach ihm ausstreckte.

»Komm zu mir, mein Schatz«, sagte Franziska und zog ihren Sohn an sich. »Geht es dir gut? Hast du den Überfall unversehrt überstanden?«, fragte sie und sah ihn besorgt an.

Sein Gesicht kam dicht an ihr Ohr. »Die bösen Männer sind tot«, flüsterte er und schaute ängstlich zu der fremden Frau.

»Deine Mutter hat mir von eurem schrecklichen Erlebnis erzählt«, sagte Brigitta voller Mitgefühl. »Dieser Überfall muss für euch alle furchtbar gewesen sein«, erklärte sie und schaute Magdalena an, die nur nickte.

»Wir können Gott danken, dass Erik und Arne in der Nähe waren«, fuhr Brigitta fort und fügte hinzu: »Auch wenn wir auf dem Schlachtfeld Feinde sind, so seid ihr in unserem Lager in Sicherheit und könnt euch erholen, bis wir weiterziehen.«

»Wann wird das sein?«, fragte Franziska zwischen zwei Hustenanfällen.

»Wie ich hörte, geht es unseren Kranken dank des Bärlauchs bedeutend besser. Ich vermute, dass wir in zwei Tagen aufbrechen werden, damit wir schnell wieder bei unserem Heer sind.«

»Heer?«, fragten Mutter und Tochter wie aus einem Mund.

Brigitta nickte. »Hat man euch das nicht gesagt? Wir gehören zu einem großen Heer, kommen von der Festung Philippsburg in Baden und ziehen nach Norden.«

»Aber hier sind Frauen und Kinder und nur wenige Männer. Was habt ihr mit einem Heer zu schaffen?«, fragte Magdalena, während Benjamin quengelte:

»Kann ich zurück zu meinen Freunden gehen?«

Als Franziska fragend Magdalena anblickte, erklärte sie, dass ihr Bruder den schwedischen Geschichtenerzähler nicht verpassen wollte.

Ihre Mutter stimmte lächelnd zu.

»Kinder scheinen furchtbare Erlebnisse schnell zu vergessen«, meinte Brigitta, als der Junge aufgeregt hinauslief.

»Das ist gut so«, erklärte Franziska ernst.

Magdalena war neugierig geworden und wiederholte ihre Frage.

»Ihr habt wohl noch kein Heer gesehen?«, fragte Brigitta mit spöttischem Unterton. »Zu jedem Heer gehört ein Tross, und zu dem gehören wir.«

»Wir kommen aus dem Land an der Saar, auch Westrich genannt ...«, wollte Franziska erklären, doch ein Hustenanfall hinderte sie daran.

»Hier, Mutter, trink den Kräutertrank«, sagte Magdalena und hielt ihr den Becher an die Lippen. Nachdem Franziska einige Schlucke zu sich genommen hatte, legte sie sich erschöpft zurück.

»Ich denke, wir lassen sie ruhen«, erklärte Magdalena und wies Brigitta an, das Zelt zu verlassen.

Draußen fragte Magdalena die Schwedin: »Was ist ein Tross?«

Brigittas Blick verengte sich, und sie erklärte: »Er ist die Nachhut, in der die Frauen ihren Soldatenmännern folgen.« Dabei sah sie das Mädchen mit ihren kornblumenblauen Augen durchdringend an, sodass es eingeschüchtert schwieg.

Brigitta lächelte freundlich, drehte sich um und ging ohne ein weiteres Wort davon.

Magdalena sah der Schwedin hinterher, die mit wogendem Gang den Platz überquerte. Dabei schwang ihr hellblaues Kleid mit dem dunkelblauen Umhang hin und her. Ihre dunklen, langen Haare, die durch ein Tuch zurückgehalten wurden, wippten im Takt dazu.

Nachdenklich sog Magdalena ihre Unterlippe zwischen die Zähne, als ihr Vater hinter sie trat und sie so unverhofft ansprach, dass sie erschrak.

»Ich habe dir Speck übrig gelassen, aber wenn du ihn nicht bald isst, wird es ein Schwede tun«, sagte er leise und blickte sich grimmig um.

»Vater, du bist ihnen gegenüber ungerecht. Sie haben uns gerettet«, wagte Magdalena zu sagen.

»Ja, ja, das weiß ich! Aber ich bin froh, wenn wir weiterziehen können. Ich traue ihnen nicht«, erklärte er mürrisch und ging zu Franziska ins Zelt.

Magdalena stöhnte leise auf und schlenderte zum Feuerplatz, wo Erik eine Pfeife rauchte.

»Mein Vater sagte, dass du Speck für mich hast«, sagte sie schüchtern. Das Mädchen erkannte selbst durch die Rauchwolke, die seinen Kopf umhüllte, Eriks Grinsen.

»Der Duft des gebratenen Specks hat so manchen meiner Landsmänner angezogen, aber ich habe dein Essen verteidigt«, spaßte Gustavsson und reichte ihr eine Platte mit dem knusprig gebratenen Rauchfleisch. Auch brach er von dem runden, dünnen Brot ein Stück ab, das Magdalena misstrauisch betrachtete.

»Tunnbröd ist etwas Besonderes, denn dank ihm erhalten wir auch in der Fremde die Erinnerung an unsere Heimat lebendig«, erklärte Erik mit der Pfeife zwischen den Zähnen.

»Mit Brot?«, fragte Magdalena ungläubig und biss in den Speck.

»Tunnbröd gibt es nur in Schweden.«

Das Mädchen biss in das Stück, und es zerbrach in weitere Teile. »Ich hoffe, ihr habt noch mehr, was euch an eure Heimat erinnert«, lachte sie.

Erik nickte. »Viele unserer Kinder sind in eurem Reich geboren und haben von Schweden keine Vorstellung. Deshalb versuche ich mit meinen Erzählungen, ihnen unsere Heimat näherzubringen.«

»Mein Bruder Benjamin kann es kaum erwarten, deine Geschichte zu hören. Er lernt sogar eure Sprache.«

»Es ist schön, dass unsere Kinder ihn den Überfall vergessen lassen. Viele der Jungen und Mädchen haben auch Schlimmes gesehen und erlebt. Aber in der Gemeinschaft kommen sie besser darüber hinweg.«

Magdalena blickte auf ihre angebissene Scheibe Speck. »Im Land an der Saar, wo wir lebten, haben wir von den schlimmen Dingen des Krieges nichts gesehen oder kaum etwas gespürt. Nur die Flugschriften haben darüber berichtet, aber alles schien weit weg zu sein.«

»Dafür muss man dankbar sein«, sagte Erik und fragte nachdenklich: »Warum seid ihr auf Reisen gegangen?«

Magdalena legte das Brot auf den Teller, den sie zur Seite stellte. »Wir sind auf dem Weg zum Eichsfeld, wo meine Eltern geboren wurden.« Das Mädchen stockte und schluckte.

Erik blickte sie nachdenklich an und wartete geduldig, bis sie weitererzählte.

»Mein Vater hofft, dass meine Mutter in ihrer alten Heimat vergessen wird, was in der Fremde geschah.«

Der Schwede sog gedankenverloren an seiner Pfeife und nickte schwach. Jetzt ergab Arnes Vermutung vom Vortag, dass Franziska keinen Lebenswillen mehr gehabt habe, einen Sinn und zeigte, dass er recht hatte.

»Was war das?«, fragte Gustavsson leise.

Magdalena sah zu ihm auf, und ihr Blick verschwamm. Doch bevor sie antworten konnte, kamen die Kinder angelaufen und setzten sich lachend und schwatzend ums Feuer. Benjamin nahm dicht neben seiner Schwester Platz und drückte sich an sie.

»*Vad har du att berätta?*«, rief ein Mädchen mit langen blonden Zöpfen.

»Du möchtest wissen, was ich euch erzähle?«, wiederholte Erik die Frage auf Deutsch, und die Kinder nickten.

»Da heute Benjamin und Magdalena unsere Gäste sind, werde ich die Geschichte ausnahmsweise nicht auf Schwedisch, der Sprache unserer Heimat, sondern auf Deutsch erzählen«, erklärte Erik Gustavsson. »Seid ihr damit einverstanden?«, fragte er die Kinder.

Alle nickten.

Erik klopfte gemächlich die Pfeife an einem Stein aus, um die aufgeregten Kinder zu beruhigen. Erst als alle Blicke auf ihn gerichtet waren, schaute er Magdalena und Benjamin an und erklärte ihnen: »Bevor ich mit meiner Geschichte beginne, müsst ihr Folgendes wissen: Einige unserer Legenden handeln davon, dass in schwedischen Wäldern eigenartige Wesen leben, die man Trolle nennt. Zwar kenne ich niemanden, der je einen Troll gesehen hat, aber da sich das Gerücht seit Jahrhunderten hartnäckig hält, müssen die Geschichten etwas Wahres erzählen.«

Er wandte sich nun den übrigen Kindern zu. »Es heißt, dass diese Geschöpfe riesig und nicht besonders hübsch sind. Sie sollen krumme und dicke Nasen sowie Warzen im Gesicht haben. Das verleiht ihrem Aussehen etwas Derbes. Auch haben Trolle, so erzählt die Legende, besonders große Hände und Füße.«

Als Gustavsson das Aussehen dieser Fabelwesen beschrieb, nahm er seine Hände zu Hilfe. »Ihre Haare sind zottelig und lang, sodass man die Trollfrau kaum vom Trollmann unterscheiden kann. Wenn diese Wesen auftauchen, richten ihre plumpen Schritte große Schäden in unseren Wäldern an. Ihr müsst wissen, dass die Kinder der Trolle ebenso hässlich sein sollen – so erzählt man sich jedenfalls –, und deshalb würden die Trolleltern sie gegen hübsche Menschenkinder austauschen.«

Als er während des Erzählens in die Gesichter seiner kleinen Zuhörer schaute, musste er schmunzeln, da sie ihn aus großen Augen aufgeregt anstarrten. Er stopfte sich seelenruhig seine Pfeife und flüsterte dann: »Von solch einem Wechselbalg handelt die Geschichte, die ich euch heute erzählen möchte.«

Magdalena spürte, wie die Kinder den Atem anhielten. Auch

sie konnte es kaum erwarten, bis Gustavsson endlich die Geschichte zu erzählen begann, als sie im Augenwinkel eine Bewegung bemerkte. Das Mädchen blinzelte in die Richtung und erkannte Arne, der sich nur wenige Schritte von ihr entfernt hinsetzte. Sofort spürte Magdalena, wie Röte in ihre Wangen schoss, sodass sie schnell ihren Kopf drehte und starr zu Erik blickte. Gern wäre sie aufgesprungen und gegangen. Aber sie wollte nicht auffallen, und so blieb sie sitzen.

Erik nickte Arne zu, entzündete seine Pfeife und begann zu erzählen: »Es war Winter, und die Landschaft dick mit Schnee bedeckt, als in einem Waldstück ein Troll-Ehepaar sein wenige Tage altes Trollkind betrachtete.

›Ist es nicht wunderschön?‹, fragte die Trollin ihren Mann und küsste die Stirn ihres Sohnes, als plötzlich Hufgetrappel zu hören war. Hastig versteckten sich die Trolle hinter einem breiten Baumstamm, als ein Mann auf seinem Pferd angeritten kam – gefolgt von seiner Frau, die ein Bündel im Arm hielt. Es handelte sich um ein reiches Bauernehepaar, das auf dem Weg zu den Eltern der Bäuerin war, um ihren neugeborenen Sohn vorzustellen.«

Erik sog mehrmals an seiner Pfeife und stieß den Qualm langsam aus. Dabei blickte er den Kindern fest in die Augen und flüsterte: »Vielleicht war es der Gestank der Trolle, der die Pferde ängstigte. Vielleicht aber auch ein fremdes Geräusch, das sie erschreckte. Wer kann das im Nachhinein sagen? Vieles wäre denkbar, warum die Pferde plötzlich ängstlich wieherten und mit den Vorderhufen in die Höhe stiegen, sodass die Bauersfrau vor Schreck aufschrie und ihr Kind in den Schnee fallen ließ. Als sie sah, wie es einen kleinen Abhang hinunterrollte, versuchte sie ihr Pferd zu beruhigen und zum Stehen zu bringen. Aber die Stute hörte nicht auf ihre Befehle und preschte mit ihr auf dem Rücken im gestreckten Galopp dem Bauern hinterher.

Unentdeckt von den Menschen hatten die Trolle den Vorfall

beobachtet und nicht gewagt, sich zu bewegen. Erst nachdem die Bauern nicht mehr zu sehen waren, eilten sie zu dem Bündel und hoben das fremde Kind auf. Da es leise quengelte, zog die Trollfrau die Decke vom Gesicht des Kindes und erschrak. Verwundert blickte sie zu ihrem Mann, der das Kind entgeistert anstarrte.

›Solch ein schönes Kind habe ich noch nie gesehen‹, sagte die Frau leise und blickte von dem fremden zu ihrem eigenen Kind und zurück.

›Gegen das Menschenkind ist unser eigenes Kind hässlich anzusehen‹, flüsterte der Trollmann nachdenklich, als erneut Pferdeschnauben und Hufgetrappel näher kamen. Die Bauersleute hatten ihre Pferde zügeln können und waren umgekehrt, um ihr Kind zu suchen. Schon von Weitem hörten die Trolle den Bauern schimpfen: ›Wie kann man sein Kind verlieren?‹, und die Frau laut aufheulen: ›Ich habe unseren Sohn nicht mit Absicht fallen gelassen!‹

Die Trollfrau sah ihren Mann fragend an, der stumm nickte. Daraufhin wickelte sie ihren eigenen Sohn in die Decke des Menschenknaben und legte ihn auf den Boden, wo sie das fremde Kind gefunden hatte. Dann stampften sie mit dem Sohn der Bauersleute tief in den Wald und überließen ihr eigenes Kind seinem Schicksal.

Kaum hatte die Bauersfrau die Stelle erreicht, an der das Unglück geschehen war, hielt sie ihr Pferd an und sprang in den Schnee. Als sie leises Kinderwimmern hörte, rannte sie los und fand das Bündel, das sie überglücklich hochnahm. Als auch ihr Mann sie erreicht hatte, schlug er freudig die Decke zurück – und blickte in die hässliche Fratze des Trollkinds. Entsetzt schrien er und seine Frau auf, denn sie glaubten sofort zu wissen, dass man ihnen einen Wechselbalg untergeschoben hatte.

Der Bauer wollte das Trollkind zurücklassen, doch die Frau überzeugte ihn davon, den Knaben mitzunehmen. ›Wir können ihn nicht hierlassen, denn sonst werden wir unseren Sohn niemals zurückbekommen‹, weinte die Bäuerin. Da der Mann seine Frau liebte und ihr keinen Wunsch abschlagen konnte, stimmt er zu, den Wechselbalg mitzunehmen. In den folgenden Jahren wollte der Bauer mehr als einmal das hässliche Wesen loswerden und es in einen Abgrund hinabstürzen, es totschlagen oder verhungern lassen. Immer wieder konnte seine Frau ihn davon abhalten. ›Alles Gute und alles Schlechte, was wir dem Wechselbalg antun, wird auch unserem Sohn widerfahren.‹

Heimlich gab sie dem Knaben die besten Speisen zu essen, und als ihr Mann drohte, den Wechselbalg zu ertränken, brachte sie ihn in Sicherheit.

Der Verlust des eigenen Kindes hatte den Bauern früh altern lassen und ihm alle Lebensfreude genommen. Auch die Liebe zu seiner Frau war erloschen. Und so verließ er eines Morgens ohne ein Wort des Abschieds das Gehöft, um in die Fremde zu ziehen, als ihm auf dem Acker ein Jüngling begegnete, der ihm wie aus dem Gesicht geschnitten glich. Erstaunt blieb er vor dem Fremden stehen, der ihn Vater nannte. Tatsächlich war es sein Sohn, den die Trolle zu seinen Eltern zurückgeschickt hatten.

Mit Tränen in den Augen umarmte der Vater den Sohn und rief: ›Dem lieben Gott sei Dank!‹

Doch der junge Mann schüttelte den Kopf. ›Vater, dankt nicht unserem Heiland, sondern meiner Mutter. Die Trolle waren stets in eurer Nähe und haben euch beobachtet. Habt Ihr den Wechselbalg geschlagen, bekam auch ich Schläge. Als Ihr das Trollkind ertränken wolltet, haben sie auch mich über das reißende Gewässer gehalten. Habt ihr dem Troll Abfall vorgesetzt, musste ich Würmer und Frösche essen. Gab Mutter dem Trollkind heimlich schmackhaftes Essen, wurde auch mein Essen genießbar. Ihr seht, Vater, nicht der liebe Gott, sondern meine

Mutter hat dafür gesorgt, dass ich wohlbehalten zu Euch zurückgekommen bin.‹

Da nahm der Bauer seinen Sohn in den Arm und gelobte, seiner Frau zu verzeihen. Von da an lebten sie glücklich und zufrieden«, schloss Erik seine Geschichte und blickte lächelnd in die Augen seiner kleinen Zuhörer, die ihm mäuschenstill gelauscht hatten.

Kapitel 30

Kaum hatte Erik Gustavsson die Geschichte zu Ende erzählt, beugte Arne seinen Kopf zu Magdalena herab und sagte leise: »Ich will die Wunde deines Vaters untersuchen und sehen, ob es deiner Mutter besser geht. Möchtest du mich begleiten?«

Das Mädchen zögerte, denn seit dem Abend zuvor versuchte sie die Nähe des Schweden zu meiden. Allerdings waren es die Eltern, um die sich Arne sorgte, sodass Magdalena es als ihre Pflicht ansah, ihn zu begleiten. Sie nickte und flüsterte Benjamin, der die Frage mitbekommen hatte, zu, dass er zu seinen Freunden gehen könne. Jubelnd lief der Junge davon, und das Mädchen erhob sich. Magdalena glaubte in Arnes Blick ein triumphierendes Lächeln zu erkennen. Hastig glättete sie mit beiden Händen ihren Rock und schaute zur Seite.

»Du solltest ebenfalls Weidensaft trinken, denn anscheinend plagt auch dich das Fieber«, raunte er ihr zu.

Wütend schlug sie ihm auf den Arm. Ohne sich umzublicken, eilte sie aus dem Zelt, wobei sie mit beiden Händen ihre heißen Wangen umschloss. Als sie glaubte, Arne hinter ihrem Rücken leise lachen zu hören, lief sie ihm davon.

Franziska lag auf der Bettstatt und hielt die Augen geschlossen. Obwohl sie sich besser fühlte, fielen ihr das Schlucken und das Sprechen schwer. Sie sah den Becher mit Sud, konnte ihn aber nicht erreichen. Ihr Rachen war ausgetrocknet, und sie musste sich mehrmals heftig räuspern. Ihr Blick fiel auf Johann, der auf einem Schaffell am Boden lag und schlief. Sein Halsverband hatte sich im Schlaf gelöst, sodass sie die hässliche Fleischwunde sehen konnte, die die Henkersschlinge hinterlassen hatte.

Der Anblick der Wunde erinnerte sie an den Überfall vom Tag zuvor. Franziska biss sich auf die Lippe, da heftige Gefühle sie übermannten. War es wirklich erst einen Tag her, dass sie geglaubt hatte, ihre Familie für immer zu verlieren? Bebend schloss sie die Augen, faltete die Hände auf der Felldecke und dankte dem Schöpfer, dass alle den Überfall überlebt hatten.

Franziska atmete tief durch und sah wieder zu ihrem Mann. In Gedanken rechnete sie die Jahre zusammen, die sie nun schon mit ihm zusammen war. Mehr als siebzehn Jahre, dachte sie und betrachtete voller Zärtlichkeit sein Gesicht, in dem ihr jede Falte, jedes graue Haar, das seinen ehemals dunkelblonden Schopf durchzog, vertraut war. Noch immer mochte sie sein kantiges Kinn, das ihn schon mit neunzehn männlich hatte wirken lassen, obwohl er sich damals noch nicht hatte rasieren müssen.

Sie dachte an ihre Gespräche zurück, zu der Zeit, als er vor der Kirche in Tastungen auf sie gewartet hatte. Sie konnte sich gut an ihre Zweifel erinnern, da sie den Liebesschwüren des reichsten Bauernsohns nicht vertrauen wollte. Als Franziska Johann das eingestanden hatte, war er so verzweifelt gewesen, dass er sich Rat bei seinem Patenonkel, dem Pfarrer von Tastungen, geholt hatte.

Franziska seufzte tief. Ich liebe ihn wie am ersten Tag, dachte sie. Einerlei, wohin er uns führt, ich gehöre zu ihm. Wie konnte ich jemals daran zweifeln?, fragte sie sich. Husten schüttelte ihren Körper, und sie griff sich an die Brust. Unter dem Stoff spürte sie den kleinen Anhänger ihrer Kette. Sie zog den Schlüssel hervor und betrachtete ihn nachdenklich, als der Vorhang am Eingang vorsichtig zur Seite geschoben wurde und Magdalenas Kopf erschien. Franziska lächelte ihre Tochter an und zeigte auf den schlafenden Johann.

Das Mädchen verstand und kam auf leisen Sohlen in das Zelt herein, wo es sich auf die Kante der Bettstatt setzte. »Ich grüße dich, Mutter!«, flüsterte Magdalena. »Geht es dir gut?«

Franziska nickte und räusperte sich, wobei sie das Gesicht verzog. »Wasser«, flüsterte sie heiser.

Magdalena griff nach dem Becher, der auf einer Truhe stand. Umsichtig half sie der Mutter zu trinken.

»Das tut gut«, wisperte Franziska und legte sich zurück. »Du siehst erhitzt aus. Wirst auch du krank?«

Magdalena schüttelte heftig den Kopf. »Ich bin über den Platz gelaufen«, erklärte sie ihre geröteten Wangen.

»Dann bin ich beruhigt«, sagte Franziska und fragte heiser: »Würdest du mir einen Gefallen tun?«

Magdalena nickte.

»Ich hatte auf dem Fuhrwerk unter unseren Sitzen eine kleine Schatulle versteckt. Ich hoffe, dass die Halunken sie übersehen haben. Schau nach, ob sie noch da ist, und bring sie mir«, sagte sie mit rauer Stimme.

»Weißt du, wann wir aufbrechen werden?«, fragte Magdalena und erhob sich.

Doch bevor Franziska antworten konnte, sagte jemand: »Zuerst werde ich deine Mutter untersuchen und anschließend entscheiden, ob und wann ihr weiterreisen könnt.«

Arne hatte mit tiefer Stimme gesprochen, sodass Johann wach wurde. Als Magdalena hörte, wie sich ihr Vater bewegte, blickte sie zu ihm und sah, dass er das Gesicht vor Schmerzen verzog. Vorsichtig tasteten seine Fingerspitzen nach dem Verband, der verrutscht war und die Wunde freigab. Verstört riss er die Augen auf.

Arne trat auf ihn zu und sagte: »Keine Bange, guter Mann. Ich werde mich darum kümmern.« Nachdem er das Tuch entfernt hatte, untersuchte er die Wundränder. »Die Verletzung eitert nur noch schwach. Das ist ein gutes Zeichen«, erklärte er und ging zur Truhe, wo er Verbandszeug hervorkramte. »Ich werde dich mit einer anderen Heilpflanze behandeln, die ich in der frühen Morgenstunde hinter einem Busch entdeckt habe.«

Johann blickte den Schweden kritisch an. »Woher weiß ich, dass du mich nicht vergiften willst?«, fragte er krächzend.

Arne stellte sich auf und sah Johann mit lachenden Augen an. »Wenn ich deinen Tod wollte, hätte ich dich auf der Koppel liegen gelassen«, erklärte er und verschwand nach draußen, um sogleich mit handtellergroßen, tiefgrünen Blättern zurückzukommen, die er auf den Deckel der Kiste legte.

»Das ist Wolfskraut«, erklärte er und zerriss die Pflanze in Teile, die er anschließend mit den Händen zermatschte, bis nur noch kleine nasse Stücke übrig blieben. Diese legte er in ein frisches Tuch, das er Johann um den Hals band. »Das Kraut wird helfen, die Entzündung aus der Wunde zu ziehen. Wichtig ist, dass du den Kopf nicht bewegst, damit das Tuch über der Wunde bleibt und der Saft der Pflanze tief einwirken kann.«

»Wie soll ich sehen, was um mich geschieht, wenn ich meinen Kopf nicht drehen darf?«, schimpfte Johann.

»Tu, was ich dir sage! Es ist nur zu deinem Besten«, sagte Arne ungehalten und wandte sich Franziska zu. Er prüfte ihre Stirn, ihre Wangen und Augen und nickte zufrieden. »Das Fieber ist gesunken, trotzdem möchte ich hören, ob deine Lunge noch verschleimt ist. Dazu musst du die Schnüre deiner Bluse etwas öffnen, damit ich das Horchrohr auf die Haut pressen kann«, erklärte er und holte sein Instrument aus der Kiste.

Johann stellte sich dicht neben den Arzt und überwachte misstrauisch jede seiner Bewegungen.

»Du störst«, erklärte Arne barsch und schob ihn zur Seite.

Als Johann aufbegehren wollte, fasste Franziska ihren Mann am Arm und schüttelte den Kopf. »Er weiß, was zu tun ist«, flüsterte sie.

Sie vermochte nicht weiterzusprechen, da ein erneuter Hustenanfall sie quälte. Sogleich reichte Magdalena ihrer Mutter den Sud, und bereits nach wenigen Schlucken ließ der Hustenkrampf nach. Besorgt trat Johann nun einige Schritte zur Seite, sodass Franziska untersucht werden konnte.

Arne presste die größere Öffnung des Hörrohrs auf Franziskas Brustkorb und lauschte mit angehaltenem Atem den Geräuschen, die er am anderen Ende des hohlen Stabs hören konnte.

»Die Lunge ist noch verstopft mit Schleim, jedoch ist das Rasseln schwächer geworden«, erklärte der Schwede, und Franziska lächelte glücklich.

»Das hört sich gut an«, freute sich Johann. »So können wir morgen weiter«, erklärte er frohgemut.

Doch Arne schüttelte den Kopf und schimpfte: »Bist du von Sinnen? Gestern lag deine Frau im Sterben, heute geht es ihr etwas besser, und morgen willst du schon wieder los? Weißt du, was das bedeuten kann?«

»Aber du sagtest doch …«

»Ich sagte nichts dergleichen. Auch du, guter Mann, bist noch lange nicht gesund. Sollte deine Wunde nicht fachkundig versorgt werden, kann das ernste Folgen für dich haben.«

»Magdalena kann das übernehmen«, widersprach Johann starrsinnig.

»Ach ja? Ich wusste nicht, dass deine Tochter heilkundig ist.«

»Alles, was sie wissen muss, hat sie von ihrer Mutter gelernt.«

»Trotzdem ist das nicht zu verantworten«, sagte Arne und blickte Franziska und Magdalena an. »Ihr müsst bleiben.«

Franziska konnte erkennen, dass ihr Mann aufbrausen wollte. Sie blickte Johann eindringlich an und bat: »Vertraue auf seinen Rat, denn auch ich sorge mich wegen deiner Wunde. Lass uns bleiben.«

Johann schaute von seiner Tochter zu dem Schweden, und sein Blick wurde düster. »Wir bleiben nicht meinetwegen, sondern wegen dir«, erklärte er und wandte sich Franziska zu. »Gib meiner Frau, was immer sie benötigt. Ich werde dafür bezahlen«, sagte er zu Arne und setzte sich auf den Schemel, damit der Schwede Franziska die Medizin geben konnte.

Nachdem auch Franziska versorgt war, sagte Arne zu dem Ehepaar: »Es wäre ratsam, wenn ihr beide ruhen würdet. Nur dann können die Heilmittel wirken.«

Arne trat vor den Eingang und gab Magdalena ein Zeichen, mit ihm das Zelt zu verlassen. Ohne Widerspruch folgte sie ihm nach draußen.

Franziska schaute dem Arzt dankbar hinterher. Als sie Johanns grimmigen Blick sah, nahm sie seine Hand und zog sie an ihre Wange. »Hab etwas Geduld, mein Lieber.«

Johann kniete sich mit einem Bein vor ihre Bettstatt und strich ihr sanft über das Haar. »Ich weiß, dass es für dich das Beste ist, wenn du dich weiter ausruhst, Liebes. Aber hast du die begehrlichen Blicke gesehen, mit denen dieser Schwede unsere Tochter anstarrt?«, ereiferte er sich leise und reckte seinen Hals in Richtung Zelteingang.

Franziska schimpfte: »Du darfst dich nicht so bewegen, Johann, sonst reißt die Wunde auf.«

Er blickte sie an und ließ die Schultern hängen. »Nicht auszudenken, wenn sie sich dem Feind hingeben würde.«

»Johann«, rief Franziska aufgebracht. »Wie kannst du so über unsere Tochter denken?«

»Hast du nicht ihre Blicke beobachtet? Ich würde mein letztes Hemd dafür verwetten, dass sie seine Gefühle erwidert.«

»Das Erlebnis mit den Söldnern hat dich verwirrt, sodass du nicht mehr klar denken kannst. Bedenke, dass sie sich erst seit gestern kennen!«, entgegnete Franziska.

»Na und?«, ereiferte sich ihr Mann. »Als ich dich das erste Mal gesehen habe, wusste ich sofort, dass ich dich heiraten will.«

Franziska sah ihn glücklich an, doch dann ermahnte sie ihn: »Unsere Magdalena ist noch unerfahren und unschuldig.«

»Dann bete zu Gott, dass das so bleibt, bis wir weiterziehen.«

Vor dem Zelt wollte Arne nach Magdalenas Händen greifen, doch sie schüttelte sie ab und fragte: »Wo steht unser Fuhrwerk?«

Arne wies hinter eines der äußeren Zelte, und sofort lief Magdalena davon.

Nahe bei den Pferden, die in einem eingezäunten Bereich grasten, standen mehrere Fuhrwerke. Das Mädchen erkannte ihren Wagen, lief darauf zu und stieg auf den Kutschbock. Dort kniete sie nieder und tastete den Fußraum unter den Sitzen ab. Tatsächlich fand sie in der hinteren Ecke einen kleinen Kasten, den sie vorsichtig hervorzog. Magdalena hielt eine Schatulle in Händen, die sie zum ersten Mal sah.

Das Kästchen war aus dunklem Holz gefertigt und mit feinen Schnitzarbeiten versehen. Auf der Vorderseite war ein kleines Schloss eingelassen, das mit filigranen Blumenranken aus geklopftem Silber verziert war.

Vorsichtig versuchte Magdalena den Deckel zu heben, aber die Kassette war verschlossen. Enttäuscht hielt sie sie ans Ohr und schüttelte sie leicht. Das Mädchen glaubte ein Klappern zu hören und rüttelte stärker, als etwas im Inneren laut klimperte. Erschrocken ließ sie die Hand sinken. Hoffentlich habe ich nichts kaputt gemacht, bangte sie und stieg vom Fuhrwerk, um die Schatulle ihrer Mutter zu bringen.

Arne hatte Magdalena hinterhergeblickt und gehofft, dass sie sich nach ihm umdrehte. Doch sie war hinter dem Zelt verschwunden, ohne ihn eines Blickes zu würdigen.

»Störrisches Weibsbild«, murmelte Arne und musste laut lachen. So stelle ich mir meine Frau vor, dachte er und wollte zu Erik gehen, als sich ihm Brigitta in den Weg stellte.

»Ich muss mit dir reden«, erklärte sie ohne Umschweife und schaute ihn bittend an.

»Ich wüsste nicht, worüber«, antwortete er ruppiger als beabsichtigt.

»Was ist mit dir los?«, fragte Brigitta leise und kam einen Schritt näher. »Ich habe das Gefühl, dass du mich seit gestern meidest und abweist.«

Arne zog überrascht eine Augenbraue in die Höhe. »Ist da tatsächlich ein Unterschied zwischen gestern und vorgestern? Ich hatte keine Ahnung, dass wir viel miteinander zu tun gehabt hätten«, erwiderte er und verschränkte seine Arme vor der breiten Brust.

Brigitta warf ihre langen Haare nach hinten und säuselte: »Sei nicht bärbeißig, Arne. Ich war dir stets wohlgesinnt und würde auch jetzt alles für dich tun. Das weißt du.«

Arne ahnte, worauf sie anspielte. Doch er spielte mit, denn er wollte sie wieder loswerden und sagte grinsend: »Wer weiß, wer weiß, was noch so alles auf dieser Reise geschehen kann.« Kaum hatte er zu Ende gesprochen, sah er, wie Brigittas Augen vor Freude aufblitzten, auch wenn sie sich um Gleichgültigkeit bemühte.

Er wollte bereits weitergehen, als sie sagte: »Da du die Reise ansprichst: Wann werden wir unseren Leuten folgen? Wie ich von einigen Kranken hörte, hat der Bärlauch geholfen. Auch meine Freundin Ingeborg ist wieder wohlauf.«

»Zum Glück ist die Ruhr nicht ausgebrochen. Es waren tatsächlich Würmer, die die Gedärme unserer Landsleute befallen hatten«, erklärte Arne.

»Dann könnten wir morgen aufbrechen«, frohlockte Brigitta. Freudig ergriff sie seine Hände, um sich an ihn zu drücken, und rief: »Endlich!«

Arne löste die Arme vor der Brust und schob Brigitta sanft von sich. »Auch wenn die meisten unserer Landsleute die Würmer los sind, klagen einige noch über Leibschmerzen. Außerdem sind unsere Gäste noch nicht reisefähig.«

Brigitta hatte tunlichst vermieden, die Fremden zu erwähnen. Allein der Gedanke an das Mädchen machte sie wütend. Doch auch jetzt beherrschte sie sich und nahm ihre Hände zurück, um sie hinter dem Rücken zu verschränken. »Du weißt, dass das Heer nicht auf uns warten wird, da es den Schutz der Stadtmauern von Stralsund erreichen will. In knapp drei Wochen wird das Schiff von dort in unsere Heimat segeln, und viele unserer Landsleute hoffen, mitfahren zu können. Wie willst du ihnen erklären, dass sie es womöglich verpassen werden, weil du dem Feind helfen willst?«

»Sie ist nicht unser Feind!«, presste Arne zwischen den Zähnen hervor.

»Wer? Die Mutter oder das Mädchen?«, höhnte Brigitta leise.

Arne blickte die Marketenderin wütend an. »Es geht dir nicht um unsere Landsleute oder um das Schiff. Du willst nur schnell zum Heer zurück, weil du im Augenblick nichts verdienen kannst. Warum bist du hiergeblieben?«

Brigitta spürte, wie es in ihrer Brust eng wurde und sie kaum durchatmen konnte. Sie musste sich beherrschen, sich nicht auf Arne zu stürzen, um ihm die Augen auszukratzen. »Wie kannst du es wagen, so mit mir zu reden!«, fauchte sie. »Ich bin geblieben, weil ich mich um Ingeborg gekümmert habe. Du musst nicht so tun, als ob ich ein schlechter Mensch wäre, nur weil ich den Männern das gebe, was sie durch diesen verdammten Krieg am meisten vermissen. Nämlich Liebe und Geborgenheit.« Tränen der Wut standen in ihren Augen, als sie flüsterte:

»Auch du bist kein Heiliger, Arne, denn ich weiß, dass auch du unsere Dienste in Anspruch genommen hast. Wenn auch nicht meine.«

Arne kämpfte mit sich, denn im Grunde war es ihm einerlei, was Brigitta von ihm wollte oder über ihn dachte. Aber als sie so vor ihm stand, verzweifelt und mit Tränen kämpfend, tat sie ihm leid. Also ging er einen Schritt auf sie zu, legte die Arme um sie und zog sie an sich.

»Es tut mir leid«, sagte er leise und ließ sie sofort wieder los, doch sie klammerte sich an ihn und presste sich an seine Brust. Er klopfte ihr mehrmals auf den Rücken und sagte: »Ich muss los. Erik wartet auf mich.«

Arne löste sich aus ihrer Umklammerung und strich sich verlegen das Haar aus dem Gesicht. Dann drehte er sich um und ging mit raschen Schritten davon.

Brigitta blickte ihm hinterher. Dann drehte sie sich um, um zu Arnes Zelt zu sehen, in dem die Fremden wohnten. Sie konnte erkennen, wie das Tuch nachschwang, so als ob gerade jemand durch den Eingang gegangen wäre. Zufrieden tupfte sich Brigitta die Tränen fort und ging zu ihrem Zelt.

Kapitel 31

Verstört stand Magdalena mitten in dem Zelt, das sie mit ihren Eltern bewohnte. Sie kniff die Augen fest zusammen und versuchte die Szene, die sie gerade beobachtet hatte, aus ihrem Gedächtnis zu verdrängen: Arne und diese Schwedin, eng umschlungen wie frisch Verliebte.

Das Mädchen schaute zu der Bettstatt, wo ihre Eltern Hand in Hand nebeneinander schliefen. Leise kam sie näher und stellte die kleine Schatulle ihrer Mutter unter die Schlafstätte, sodass man sie nicht sofort sehen konnte. Dann setzte sie sich auf ein Schaffell, das an einer der Zeltwände auf dem Boden lag.

Zitternd presste Magdalena ihre Hand gegen die Brust, hinter der ihr Herz zu zerspringen drohte. Arne und diese Frau gehören zusammen, dachte sie fassungslos, und sie fragte sich gleichzeitig, warum diese Einsicht sie betrübte. Sie kannte den Schweden erst seit Kurzem. Und doch schien es ihr, dass die Begegnung am Lagerfeuer am Abend zuvor ihr diesen Fremden so nahe gebracht hatte, als wenn sie ihn schon lange kennen würde. Schamesröte schoss ihr in die Wangen. »Wie konnte ich mich so gehen lassen«, murmelte Magdalena kopfschüttelnd. Doch dann schimpfte sie innerlich: Dieser Schwede hat meine Lage schamlos ausgenutzt, denn er hätte sich mir nicht nähern dürfen, wenn er bereits vergeben ist. So etwas macht ein anständiger Mann nicht, versuchte sie ihr eigenes Verhalten zu rechtfertigen. Sobald ich ihn sehe, werde ich ihm meine Meinung sagen, beschloss sie wütend.

Doch dann nahm sie Abstand von dem Gedanken, denn sie wollte Arne nicht verärgern. Er hatte sie und ihre Familie gerettet und kümmerte sich jetzt um ihre Eltern. »Am besten wird es sein, wenn ich ihn meide, zumal sich unsere Wege ohnehin bald trennen werden«, flüsterte Magdalena und war mit dieser Entscheidung zufrieden.

Brigittas Gesicht schob sich in ihre Gedanken. »Sie ist wunderschön!«, seufzte Magdalena und sah die tiefblauen Augen der jungen Schwedin vor sich. »Wieso sollte er nur einen Gedanken an mich verschwenden, wenn er sie haben kann?«, murmelte sie. »Zum Glück mag ich ihn nicht besonders, sodass es mir einerlei sein kann«, belog sie sich selbst. Das Kribbeln in ihrem Bauch, das schon kam, wenn sie nur an ihn dachte, konnte sie allerdings nicht leugnen. Auch nicht, dass sie wie vom Blitz getroffen war, als sie sah, wie Arne die Schwedin umarmte.

Magdalena träumte sich an Brigittas Stelle. Sie träumte davon, wie sie Arne mit den Fingerspitzen durch sein langes Haar fuhr und sich eng an ihn schmiegte. Kaum hatte sie zu Ende fantasiert, erfasste eine ungewöhnliche Hitze ihren Körper.

»Dazu wird es nie kommen. Er ist zu alt und nicht aus unserem Land«, klagte sie leise, als sie hörte, wie ihr Vater sich bewegte. Sofort schloss sie die Augen und stellte sich schlafend.

»Was ist mit dir, Johann?«, fragte Franziska besorgt.

»Ich habe keine Ruhe, den lieben langen Tag hier zu liegen und nichts zu tun. Deshalb werde ich nach den Pferden und dem Fuhrwerk sehen. Außerdem habe ich Benjamin seit gestern kaum zu Gesicht bekommen.«

»Um den Jungen musst du dich nicht sorgen. Er spielt mit den schwedischen Kindern und vergisst hoffentlich den Überfall.«

»Ich werde mich selbst davon überzeugen, dass es ihm gut geht«, sagte Johann und ließ sich von seinem Plan nicht abhalten.

Franziska gab auf. »Überanstreng dich nicht«, bat sie hustend.

»Hier, Liebes, trink den Sud. Magdalena ist bei dir, falls du etwas benötigst«, sagte Johann und zeigte auf das Mädchen.

»Lass sie schlafen«, flüsterte Franziska. »Auch sie hat viel durchgemacht.«

»Wir alle«, sagte Johann leise und verließ das Zelt.

Kaum war ihr Vater gegangen, öffnete Magdalena die Augen.

»Haben wir dich geweckt?«, fragte ihre Mutter.

Das Mädchen schüttelte den Kopf. »Nein, ich habe nicht geschlafen, nur etwas geruht. Die Schatulle war noch dort, wo du sie versteckt hattest. Ich habe sie unter dein Lager gestellt«, sagte sie und zeigte unter die Bettstatt.

»Ich hatte schon befürchtet, dass die Söldner sie gefunden haben.«

»Sind wertvolle Sachen darin?«, fragte Magdalena neugierig und setzte sich zu ihrer Mutter aufs Bett.

»Nicht für Fremde, aber für mich«, sagte Franziska leise und nahm die Kette mit dem Anhänger von ihrem Hals.

»Dafür ist der kleine Schlüssel«, flüsterte Magdalena.

Ihre Mutter nickte. Dann steckte sie den Schlüssel in das Schloss und drehte ihn vorsichtig herum.

Magdalena merkte, wie sie die Luft anhielt, als mit einem klackenden Geräusch der Deckel aufsprang und die Mutter ihn langsam öffnete. Das Mädchen blickte in den kleinen Kasten und war enttäuscht, denn sie hatte Schätze erwartet. Als sie jedoch in die leuchtenden Augen ihrer Mutter blickte, wusste sie, dass für Franziska alle Gegenstände in der Schatulle wertvoll waren.

»Was sind das für Sachen?«, fragte Magdalena leise.

»Sieh nur, mein Kind«, sagte ihre Mutter und zog lächelnd ein Silberkettchen hervor, an dem ein honigfarbenes Steinchen hing. »Das ist deine Kette, Magdalena. Der frühere Amtmann von Wellingen hatte sie dir zur Taufe geschenkt. Der Bernstein sollte dir das Zahnen erleichtern. Seit Johannes' Tod habe ich die Schatulle nicht mehr geöffnet und weiß selbst kaum noch, was ich alles darin aufbewahre.« Dann nahm sie ein Seidentüchlein heraus und wickelte es vorsichtig auf. Es enthielt drei Haarsträhnen, die jeweils mit einem Band unterschiedlicher Farbe zusammengebunden waren. »Schau, das sind Haarlocken von dir und deinen Brüdern. Diese ist von dir, diese von Benjamin und diese von Johannes. Deine Haare waren die hellsten«, sagte Franziska und strich ihrer Tochter liebevoll über die Wange. »Benjamin und Johannes hatten fast die gleiche Haarfarbe. Obwohl ich jetzt sagen würde, dass Johannes etwas hellere Haare hatte.«

Magdalena blickte ihre Mutter überrascht an. »Du kannst seinen Namen nennen, ohne traurig zu sein?«, fragte sie leise.

Franziska nahm Johannes' Locke in die Finger und atmete seufzend aus. »Ich werde über seinen Verlust niemals hinwegkommen, aber ich muss ihn annehmen, denn mein Kind wird nicht zurückkehren. Gestern in meinem Fiebertraum ist mir

Johannes erschienen. In diesem Traum habe ich Abschied von ihm genommen. Mir ist bewusst geworden, dass ich zwei lebende Kinder habe, die mich brauchen. Magdalena«, sagte Franziska unter Tränen, »es tut mir leid, dass ich mich von euch abgewendet habe, aber ich konnte nicht aus meiner Haut schlüpfen. Seit gestern blicke ich nach vorn, und ich weiß, dass wir wieder eine glückliche Familie werden.«

Magdalena wollte ihre Mutter umarmen, als sie draußen eine Stimme hörte und Arne erkannte. Erschrocken schaute sie um sich.

»Was hast du?«, fragte Franziska erstaunt.

»Ich will ihm nicht begegnen«, flüsterte Magdalena und flüchtete zur Zeltwand, wo sie sich auf den Boden legte und unter der Plane hinausrollte.

Franziska blickte ihrer Tochter ungläubig hinterher, als Arne fragte, ob er eintreten dürfte. Sie antwortete mit einem knappen Ja, und sogleich kam er herein.

»Ich wollte mich nur nach deinem Befinden erkundigen«, sagte er, ohne sie anzusehen. Stattdessen schweifte sein Blick durchs Zelt.

»Mir geht es von Mal zu Mal besser«, erklärte sie und sah ihn fragend an.

Als er anscheinend nicht finden konnte, was er suchte, schaute er enttäuscht Franziska an. »Wenn es dir besser geht, dann bin ich zufrieden«, sagte er und verschwand wieder.

»Ich glaube, Johann hat mit seiner Vermutung recht!«, murmelte Franziska schmunzelnd und widmete sich wieder ihren Schätzen in der Schatulle.

Arne war enttäuscht, denn er hatte gehofft, Magdalena bei ihrer Mutter zu finden. Er stand vor seinem Zelt und überlegte, wo sie sein könnte, als ihm einfiel, dass das Mädchen nach dem Fuhrwerk gefragt hatte. Mit einem breiten Grinsen lief er über den Platz zu den Pferden. Dort schlüpfte er unter dem Seil hindurch in den abgegrenzten Bereich, wo die Tiere friedlich grasten, und lief mitten durch die Herde, um schneller zu den Fuhrwerken zu gelangen.

Als Arne Johann bei dem Wagen stehen sah, war es zu spät, um sich zu verstecken oder ungesehen umzudrehen. Also ging er auf den Mann zu, der ihm griesgrämig entgegenblickte.

»Du weißt, was ich dir geraten habe«, sagte Arne vorwurfsvoll, weil er hoffte, dass Johann ein schlechtes Gewissen bekommen würde. Doch weit gefehlt.

Johann musterte Arne von oben bis unten, sodass der Schwede sich klein fühlte, obwohl er fast einen Kopf größer war als Magdalenas Vater. »Ich weiß, dass ich dir und deinem Freund dankbar sein muss. Ihr habt meine Familie und mich vor dem Tod bewahrt, deshalb stehe ich in eurer Schuld. Das gibt dir jedoch nicht das Recht, meiner Tochter nachzustellen. Du bist Schwede, und wir sind Deutsche. Zwar gehören wir einem Glauben an, aber auf dem Schlachtfeld wären wir Feinde …«

Arne hörte Johann nicht mehr zu, sondern überlegte, woher der Mann wusste, dass er seine Tochter suchte. Nachdenklich fuhr er sich über die Bartstoppeln, als das Wort Feind fiel.

Überrascht blickte er Johann an und sagte: »Wir sind keine Feinde. Ebenso wie ihr wollen auch wir endlich Frieden haben. Es heißt, dass wir Schweden uns schon bald mit Frankreich verbünden werden, damit wir gemeinsam die protestantischen Fürsten im Reich unterstützen. Schweden soll von Frankreich als gleichrangiger Partner anerkannt werden, damit es zum Waffenstillstand oder sogar zum Frieden im Reich kommen kann.« Lachend erklärte er: »Du siehst, bald ist der Krieg vorbei, und wir sind Freunde.«

Doch Johann wies ihn zurück: »Das Jetzt zählt und nicht das Morgen, deshalb rate ich dir: Finger weg von meiner Tochter!«

»Wer sagte, dass ich Magdalena will?«

»Es steht dir auf der Stirn geschrieben«, zischte Johann und ging zurück zum Lager.

Arne atmete erleichtert aus und lehnte sich gegen das Fuhrwerk. Er war froh, dass das Gespräch beendet war und er den Mann los war. Woher will er wissen, dass ich Magdalena mag?, überlegte er, denn er konnte nicht glauben, dass man ihm seine Gefühle ansah. Als er an das Mädchen dachte, verformte sein Mund sich zu einem breiten Grinsen. »Wenn ich mit diesem Gesichtsausdruck durchs Lager laufe, weiß jeder, dass der Alte recht hat«, murmelte Arne und lachte schallend.

Johann wollte nach Benjamin sehen und fragte Erik, wo er seinen Sohn finden könne.

»Der Junge spielt mit unseren Kindern dort drüben«, erklärte Erik und zeigte zum Waldesrand. »Du musst dich nicht sorgen, es geht ihm gut. Außerdem wird der Hunger sie schon bald hierhertreiben«, lachte er und rührte in dem Topf.

»Bist du der Koch eurer Leute?«, fragte Johann und setzte sich zu Erik.

»Was soll ich sonst machen? Ich bin es nicht gewohnt, nichts zu tun. Mein ganzes Leben lang war ich ständig in Bewegung.«

Johann nickte. »So geht es mir auch. Es macht mich krank, krank zu sein«, lachte er. »Deshalb würde ich gern weiterziehen, auch, um endlich ans Ziel zu kommen.«

»Wohin soll die Reise gehen?«

»Aufs Eichsfeld, das ich vor fast achtzehn Jahren verlassen habe.«

»Dann weißt du nicht, was dich dort erwarten wird«, meinte Erik nachdenklich.

Johann seufzte. »Ja, da sagst du Wahres. Einerseits freue ich mich, endlich meine Familie und vor allem meine Mutter wiederzusehen. Andererseits habe ich Angst. Lebt sie noch dort? Geht es ihr gut? Was hat der Krieg dort hinterlassen? Oder geraten wir womöglich in Kämpfe, und dieses Mal sind keine Männer da, die uns retten?«, sagte er und blickte Erik fest in die Augen. »Ich möchte mich bei dir für unsere Rettung bedanken.«

Gustavsson winkte ab. »Wir hätten euch nicht eurem Schicksal überlassen können. Erst recht nicht, als wir deine Tochter im Wald entdeckten.«

Sogleich dachte Johann an Arne, und sein Blick verfinsterte sich. »Welch ein Mensch ist dieser Arne?«, fragte Johann.

»Du willst wissen, ob er deiner Tochter zu nahe kommen würde?«

Johann schaute erschrocken auf. »Woher weißt du?«

»Deine Sorge steht dir ins Gesicht geschrieben«, erklärte Erik schmunzelnd.

Johann musste lachen. »Ich habe Arne gegenüber ähnliche Worte benutzt.«

Gustavsson griff nach seiner Pfeife und sagte ehrlich: »Ich kann dir deine Frage nicht beantworten. Allerdings weiß ich, dass in diesen Zeiten ein Mensch wie Arne selten ist. Ich würde für ihn mein Leben lassen.« Johann blickte ihn erstaunt an, und Erik stopfte seine Pfeife. »Das Problem ist, dass wir Schweden sind und ihr aus dem Reich stammt.«

»Deshalb ist es wichtig, dass wir schnellstmöglich weiterreisen«, erklärte Johann.

»Wo liegt dieses Eichsfeld? Ich habe davon gehört, kenne aber nicht die Himmelsrichtung«, fragte Erik neugierig und entzündete das Tabakkraut mit einem glühenden Zweig.

»Es liegt am Rand von Thüringen, das dir bestimmt bekannt ist.«

Erik nickte. »Wir hatten vor drei Jahren Erfurt besetzt.« Er sog an seiner Pfeife, die nicht so recht brennen wollte. Als das Kraut endlich glühte, nahm er einen tiefen Zug. Nachdem er den Rauch wieder ausgeatmet hatte, sagte er: »Dann reist ihr in Richtung Göttingen?«

Johann nickte, und Erik überlegte.

»Das ist auch unsere Strecke«, sagte er und schlug vor: »Ich möchte dir anbieten, in unserem Schutz zu reisen. Wir haben Kundschafter, die stets vorreiten, um die Gegend nach Gefahren abzusuchen. Bedenke, dass ihr erneut auf Soldateska treffen könntet, auch finden überall Kämpfe statt. Reise mit uns bis Kassel. Von dort an seid ihr dann auf euch allein gestellt, aber dann habt ihr es nicht mehr weit.«

Johann blickte Erik an und zögerte.

»Es ist deine Entscheidung. Zwar kann ich deine Bedenken verstehen, aber in unserem Schutz zu reisen bietet auch deiner Tochter und deiner Frau Sicherheit. Davon abgesehen hat Arne eine Verehrerin, die sehr hartnäckig ist«, sagte Gustavsson schmunzelnd.

Johann seufzte vernehmlich. »Weiber«, schimpfte er sanft.

Erik nickte. »Ich habe drei Töchter.«

»Du bist zu bemitleiden«, lachte Johann und reichte ihm die Hand. »Danke für dein Angebot, das ich gerne annehme.«

»Dann sind wir uns einig«, sagte Erik und schlug ein, als die Kinder schreiend zu ihnen gerannt kamen.

»Hunger«, riefen sie schon von Weitem.

»Ich sagte doch, dass der Hunger sie zu uns treiben wird«, lachte Erik und holte Schüsseln und Löffel.

Johann erblickte seinen Sohn, der auf ihn zugerannt kam und an ihm hochsprang. Als Benjamin ihn anstrahlte und ihm die Arme um den Hals legte, fühlte Johann sich seit Langem wieder glücklich.

Kapitel 32

Magdalena schlug die Augen auf und wusste sofort, dass dieser Morgen anders war. Sie trat vor das Zelt, wo sie munteres Vogelgezwitscher hörte. Der Frühling war zurückgekehrt, hatte den letzten Schnee tauen lassen und ließ die Sonne von einem wolkenlosen Himmel strahlen, sodass eine wohlige Wärme das Mädchen umfing.

Sie blinzelte in das Sonnenlicht, als Gustavsson ihr zurief: »Weck deine Eltern. Wir wollen heute weiterreisen.«

Magdalena nickte und ging zurück in ihre Unterkunft, wo der Vater ihr verschlafen entgegenblickte.

»Ich habe den Schweden gehört«, sagte er und schwang die Füße von der Bettstatt. Während Johann sein Schuhwerk überstreifte, bat er Magdalena: »Pack unsere Sachen zusammen. Ich werde derweil ein Frühmahl besorgen.«

Johann ging zum Lagerfeuer, wo Frauen, Kinder und Männer standen, Tunnbröd aßen und heißen Sud tranken.

»Har du sovit gott?«, fragte ein Schwede, dessen helle Haare in alle Richtungen standen und der breit grinste, sodass seine schmal geschnittenen Augen kaum zu erkennen waren. Fragend blickte Johann zu Gustavsson, der übersetzte:

»Lars will wissen, ob du gut geschlafen hast.«

Johann nickte und murmelte: »Danke der Nachfrage.«

»Wir haben fabelhaftes Reisewetter«, erklärte Erik und reichte ihm Brot und einen Becher Kräutergetränk, als Arne hinzutrat und sagte: »Ich habe gehört, dass wir einen Teil der Strecke gemeinsam reisen werden.«

Erneut nickte Johann und blickte den jungen Mann misstrauisch an.

»Das ist eine gute Entscheidung. So kann ich mich weiter um deine Wunde und um die Erkältung deiner Frau kümmern.«

»Mir geht es gut. Ich benötige deine Hilfe nicht länger«, erwiderte Johann barsch.

Arne sagte kein Wort.

Beide Männer tranken stumm ihr Morgengetränk, als plötzlich verhaltenes Gemurmel einsetzte.

Johann blickte hinter sich und sah Brigitta, die sich zu ihren Landsleuten ans Feuer gesellte. Er bemerkte, dass ihr die Männer begehrliche Blicke zuwarfen, während einige Frauen sie eifersüchtig ansahen.

Nur Arne schien für ihre Reize unempfänglich zu sein, denn er wandte sich ab und sagte zu Johann: »Wenn du erlaubst, werde ich nach deiner Frau sehen.«

»Brigitta, möchtest du Kräutersud und Tunnbröd?«, fragte Erik freundlich.

Die Frau schüttelte den Kopf. »Nein, danke! Stimmt es, dass wir heute weiterreisen?«

Gustavsson nickte. »Unsere Leute sind gesund, und das Wetter ist besser geworden. Es gibt keinen Grund, länger zu warten.«

»Sehr schön!«, flüsterte Brigitta und blickte zu dem Zelt, in dem Arne verschwunden war. »Dann werde ich Ingeborg sagen, dass wir zusammenpacken und die Pferde einspannen.« Als sie sich umdrehte, fiel ihr Blick auf Johann.

»Ihr werdet sicher auch weiterreisen. Habt ihr eine weite Strecke vor euch?«, wollte sie wissen.

Bevor Johann antworten konnte, übernahm Erik das Wort. »Da die Familie eine Strecke weit dieselbe Richtung nimmt wie wir, wird sie in unserem Schutz reisen. So kann sich Arne weiter um Johanns Frau kümmern.«

Brigittas Blick erstarrte. Sie hatte Mühe, sich zu beherrschen und nicht aufzubrausen. Während ihre Augen freundlich blickten, presste sie die Hände zu Fäusten, die sie in ihren weiten Ärmeln versteckte. »Das ist ein vortrefflicher Plan«, sagte sie schließlich und sah Erik strafend an. Dann blickte sie zu Johann und meinte höflich: »Schließlich weiß man nicht, welche Gefahren unterwegs lauern können, zumal ihr schlimme Erfahrungen gemacht habt. So werden wir außerdem die Gelegenheit bekommen, uns näher kennenzulernen«, sagte sie und ging zurück zu ihrem Zelt.

»Wie ich sehe und auch hören kann, geht es dir heute besser«, sagte Arne und steckte das Hörrohr zurück in die Kiste.

»Dank deiner Medizin hat der Husten nachgelassen. Auch fühle ich mich nicht mehr so schwach«, antwortete Franziska und schloss ihre Bluse.

»Das hört ein Arzt gern«, erklärte Arne. »Wie du sicher weißt, werden wir einen Teil der Wegstrecke zusammen reisen, sodass ich mich weiter um dich kümmern kann. Damit deine Genesung voranschreitet, solltest du vor der Abfahrt von dem Weidenrindensaft trinken. Außerdem werde ich dir eine Tonflasche mit Kreuzblumensud aufbrühen, den du unterwegs trinken solltest. Ich hoffe, dass die Wärme der Frühlingssonne und die frische Luft dir ebenfalls guttun werden«, sagte er und stand auf. Er wandte sich Magdalena zu. »Wir haben genügend Schaffelle, mit denen du deiner Mutter auf der Ladefläche eures Fuhrwerks ein bequemes und warmes Lager auslegen kannst. Geh zu Erik, er wird sie dir geben.«

Er suchte Magdalenas Blick, die am Fußende des Bettlagers stand und es vermied, ihn anzusehen. Als er merkte, dass das Mädchen nicht antworten würde, seufzte er leise und verließ das Zelt.

»Dein Benehmen gegenüber Arne war unhöflich, Magdalena. Warum antwortest du nicht?«, fragte Franziska und blickte ihre Tochter forschend an.

Die ging auf den Vorwurf nicht ein, sondern schimpfte leise: »Warum reisen wir mit den Schweden, und warum sagt mir das niemand?«

»Gustavsson hat das gestern deinem Vater vorgeschlagen, und er hat zugesagt. Als er ins Zelt kam, hast du bereits geschlafen. Außerdem müssen wir dich nicht um Erlaubnis fragen«, antwortete Franziska mit leichtem Ärger in der Stimme. »Wir können uns über dieses Angebot glücklich schätzen, denn wir fahren unter dem Schutz dieser erfahrenen Männer«, erklärte sie dem Mädchen.

Ihre Tochter presste die Lippen aufeinander, dann zischte sie: »Ich mag diese Menschen nicht, und Arne besonders nicht.«

»Magdalena«, ereiferte sich Franziska. »Wie kannst du so reden?« Sie blickte ihre Tochter vorwurfsvoll an, die es anscheinend nicht wagte, ihrer Mutter in die Augen zu sehen. »Ich verstehe dich nicht! Diese Menschen sind uns wohlgesinnt. Ich fühle mich in ihrer Gemeinschaft sicher.«

Magdalena wollte etwas erwidern, als draußen jemand fragte, ob er eintreten dürfe.

Kaum hatte Brigitta einen Fuß in das Zelt gesetzt, spürte sie, dass die Stimmung zwischen Mutter und Tochter gereizt war. Als sie das verkniffene Gesicht des Mädchens sah, bestärkte sie das in ihrer Vermutung.

Die Marketenderin ließ sich nicht beirren und strahlte die beiden Frauen an. »Ist das nicht ein wunderschöner Morgen? Das rechte Wetter, um sich auf den Weg zu machen. Wie ich soeben erfahren habe, werden wir zusammen reisen, was ich sehr begrüße. So haben wir Gelegenheit, uns ein wenig kennenzulernen. – Geht es dir besser?«, fragte sie und richtete ihren Blick auf Franziska.

»Ja, danke! Ich fühle mich heute deutlich wohler. Dank der Kräuter, die mir Arne gegeben hat, muss ich kaum noch husten.«

Als der Name fiel, wurde Brigittas Lächeln breit. »Ja, unser Arne ist ein guter Arzt und weiß für jede Krankheit das richtige Heilkraut. Viele verdanken ihm sein Leben, doch davon will er nichts wissen. Es war diese Bescheidenheit, mit der er mein Herz erobert hat«, seufzte sie, und ihre leuchtenden Augen blickten zu Magdalena.

Franziska schaute von der Schwedin zu ihrer Tochter, deren Gesicht wie versteinert wirkte.

Brigitta schien das nicht zu bemerken, denn sie plauderte munter weiter: »Ich werde jetzt unsere Sachen zusammenpacken, damit wir abfahren können. Falls ihr etwas benötigt, gebt Bescheid.« Ihre kornblumenblauen Augen musterten Magdalena, die ihren Blick abgewandt hielt und kein Wort sagte. Achselzuckend wandte sich die Schwedin wieder Franziska zu und sagte: »Wir werden sicher noch genügend Zeit haben, miteinander zu schwatzen und uns besser kennenzulernen.« Dann verließ sie summend das Zelt.

Franziska ahnte, was in ihrer Tochter vorging, und sie streckte die Hand nach Magdalena aus, die sich mit unglücklicher Miene zu ihr setzte.

»Mein armes Kind«, sagte Franziska. »Ich kenne diesen Schmerz, der hier drinnen sitzt«, sagte sie und zeigte auf ihre Brust.

Ihre Tochter zog die Augenbrauen zusammen. »Woher weißt du, dass es mir da wehtut?«

»Du bist in Arne verliebt!«, erklärte Franziska lächelnd und strich ihrer Tochter über die Schulter, die entsetzt den Kopf schüttelte.

»Ich kenne ihn kaum, warum sollte ich mich in ihn verliebt haben? Außerdem mag ich ihn nicht besonders«, erklärte das Mädchen so heftig, dass ihre Mutter schmunzeln musste. Als Magdalena ihrer Mutter in die Augen blickte, sagte sie leise: »Selbst wenn du recht hättest: Meine Liebe zu ihm hätte keine Zukunft. Er ist nicht nur Schwede, sondern auch bereits vergeben, und außerdem werde ich ihn schon bald niemals wiedersehen.«

»Ach, mein Kind«, seufzte Franziska. »Wir Mütter wollen

euch vor allem beschützen. Doch vor unglücklichem Verliebtsein gibt es keinen Schutz«, versuchte sie ihre Tochter zu trösten, der Tränen über die Wange rollten.

Gegen Mittag setzte sich der Tross aus mehreren Fuhrwerken und Reitern in Bewegung. Mitten unter ihnen befand sich Johann mit seiner Familie. Obwohl Arne es ihm angeboten hatte, ließ er sich weder einen frischen Verband anlegen, noch erlaubte er dem Schweden, ihm behilflich zu sein. Auch als Arne ihm vorschlug, sich auf der Ladefläche auszuruhen und ihm das Lenken der Pferde zu überlassen, antwortete Johann gereizt:

»Ich bin gesund und kann das selbst übernehmen.«

Magdalena saß neben ihrem Vater, während ihre Mutter aufrecht auf der Ladefläche saß und ihr Gesicht der Sonne entgegenstreckte. Benjamin hatte so lange gebettelt, mit den schwedischen Kindern reisen zu dürfen, bis sein Vater entnervt zustimmte. Nun fuhr er zwei Wagen vor ihrem Fuhrwerk und saß lachend inmitten der Blondschöpfe. Immer wieder lehnte sich der Junge über die Seitenteile der Ladefläche und winkte Magdalena zu, die freudig zurückwinkte.

»Er scheint das furchtbare Ereignis überwunden zu haben. Dank der fremden Kinder wirkt er glücklich«, sagte sie zu ihrem Vater, der nickte.

»Ich bin dankbar, dass wir alle den Überfall heil überstanden haben und dass es deiner Mutter besser geht«, sagte er, und Magdalena wusste, was ihr Vater meinte. Mit leiser Stimme fügte er hinzu: »Auch wenn ich mir bewusst bin, dass ich euch alle in Gefahr gebracht habe, so weiß ich auch, dass es die richtige Entscheidung war, aus Wellingen fortzugehen.«

Magdalena dachte einen Augenblick nach und erzählte ihrem Vater von dem Gespräch mit Franziska vom Tag zuvor: »Ich habe gestern mit Mutter über Johannes gesprochen. Sie scheint seinen Tod endlich anzunehmen und sich nicht mehr die Schuld dafür zu geben.«

Überrascht sah Johann seine Tochter an. »Das ist wunderbar. Es war mir stets unbegreiflich, dass deine Mutter sich für Johannes' Tod verantwortlich fühlte. Ich habe ihr nie Vorwürfe gemacht. Für dieses Unglück konnte niemand etwas. Sie hat ihn abends in seine Krippe gelegt, und am nächsten Morgen war dieser muntere kleine Kerl tot. Es gab keine Anzeichen, dass er krank war und sterben würde. Johannes hatte nicht einmal einen Schnupfen gehabt.«

Johann schluckte schwer und griff nach der Hand seiner Tochter. »Zum Glück haben wir dich und Benjamin. Dank euch können deine Mutter und ich weiterleben.«

Magdalena winkte ihrem Bruder zu, der sich wieder bemerkbar machte. Benjamin legte beide Hände als Trichter vor den Mund und schrie: *»Trevlig resa!«*

»Wir verstehen dich nicht!«, rief Magdalena zurück.

»Er wünschte euch eine gute Reise!«, lachte Gustavsson, der sein Pferd neben das Fuhrwerk gelenkt hatte.

»Bis sich unsere Wege trennen, ist mein Sohn ein halber Schwede geworden«, brummte Johann und schüttelte den Kopf.

»Wäre das so schlimm?«, fragte Erik und grinste breit.

»Ich denke, es gibt Schlimmeres«, erklärte Franziska, die das Gespräch mit angehört hatte. Sogleich drehte Johann ungestüm den Kopf nach hinten und stöhnte im selben Augenblick jämmerlich auf. Er griff sich an den Hals, wo ein dünner Blutfaden unter dem Tuch sichtbar wurde.

Franziska kniete sich erschrocken hinter ihn und hob seitlich den Verband an. »Verdammt, Johann«, schimpfte sie. »Die Wundkruste ist aufgeplatzt, und deine Verletzung blutet wieder.«

»Es brennt höllisch«, klagte er und presste die Hand auf das Tuch.

»Ich werde Arne holen«, sagte Erik und zügelte sein Pferd, sodass er nach hinten abfiel, wo sein junger Freund mit zwei weiteren Männern die Nachhut bildete.

Kaum hatte Erik ihm erklärt, was geschehen war, trat Arne seinem Pferd in die Flanken und holte rasch zum Bonner'schen Fuhrwerk auf. Er brachte seinen Wallach auf Johanns Höhe und sagte grimmig: »Rutscht zur Seite!«

»Es ist nichts weiter. Das Brennen hat bereits nachgelassen«, versuchte Johann Arne abzuwimmeln.

»Sei nicht störrisch! Ich will dir nur einen neuen Verband anlegen, damit sich die Wunde wieder schließt.«

Obwohl auf Johanns Stirn vor Schmerzen Schweißperlen standen, fauchte er Arne leise an: »Verschwinde!«

Arne, der ahnte, wie schmerzhaft die aufgebrochene Wunde brennen musste, beugte sich aus dem Sattel zur Seite, sodass er dicht an Johanns Ohr kam, und zischte: »Glaubst du, dass ich deine Tochter auf dem Kutschbock bespringen will?«

Daraufhin drehte Johann erneut unbedacht seinen Kopf so heftig zur Seite, dass er vor Schmerzen aufschrie.

Magdalena, die das Gespräch nicht verstanden hatte, hörte den Schrei ihres Vaters. Sie sah, dass er die Zügel nur noch in einer Hand hielt und sich die andere gegen den Hals presste. Verwirrt blickte sie hinter sich zu ihrer Mutter, die auf ihren Mann einsprach.

Arne spürte Zorn in sich hochsteigen. Nur zu gerne hätte er Johann sich selbst überlassen, aber er wusste, dass das Nichtversorgen der Wunde böse Folgen haben konnte. Da sie unmöglich den gesamten Tross anhalten konnten, damit Arne sich um Johann kümmern konnte, ließ der Schwede sein Pferd neben der Ladefläche des Fuhrwerks schreiten. Als er auf gleicher Höhe mit Franziska war, rief er ihr zu: »Nimm meine Satteltasche, und dann halte meine Zügel, damit ich zu dir auf den Wagen steigen kann.«

Franziska nickte, legte die Tasche neben sich auf den Boden und hielt die Zügel fest. Als Arne zu ihr auf die Ladefläche sprang, kam Erik angeritten und übernahm sein Pferd. Arne hob dankend die Hand und schimpfte auf Schwedisch: »Alles nur wegen dieses Sturkopfs!«

Erik grinste und antwortete: »Ich kann ihn verstehen!« Dann ritt er ans Ende des Trupps.

Als Arne neben Franziska saß und ihren angsterfüllten Blick erkannte, schaute er sie zuversichtlich an. »Leg dich wieder hin und deck dich zu, sonst bekommst du einen Rückfall. Ich werde mich um deinen Mann kümmern«, versprach er.

Franziska legte sich erschöpft zurück.

Arne kramte in seiner Satteltasche nach einem Fläschchen und einem Tuch. Mit einem großen Schritt stieg er auf den Kutschbock und setzte sich zwischen Johann und seine Tochter.

»Nimm die Hand weg«, befahl Arne.

Johann gehorchte.

Als der Schwede das Tuch abnahm und die Wunde sah, schimpfte er: »Das hast du nur deiner Unbelehrbarkeit zu verdanken.« Mit dem alten Verband tupfte er das Blut von Wunde und Hals. Während er das Fläschchen mehrmals schüttelte und anschließend öffnete, verfolgte Johann jede seiner Bewegungen. Arne träufelte die Tinktur auf den frischen Verband, verriet jedoch nicht, um welches Kraut es sich handelte. Und auch als er das Tuch um Johanns Hals legte, schwieg er. Er schloss den Knoten und sagte zu Johann mit einem Ton, der keine Widerrede duldete: »Du setzt dich zu deiner Frau und ruhst dich aus. Ich werde euren Wagen lenken.«

Johann holte tief Luft, um dem Schweden zu widersprechen, aber der pochende Schmerz hinderte ihn daran. Mit einem warnenden Blick reichte er Arne die Zügel und stieg auf die Ladefläche zu Franziska.

Kapitel 33

Magdalena saß steif neben Arne und wagte kaum zu atmen. Ihre Hände zitterten, sodass sie die Finger unter die Falten ihres Rocks schob. Sie hielt den Blick stur geradeaus gerichtet und überlegte, ob sie zu ihren Eltern auf die Ladefläche steigen sollte. Als sie hinter sich schaute, sah sie, wie sich ihr Vater neben ihrer Mutter ausstreckte, sodass kaum mehr Platz war. Enttäuscht richtete Magdalena ihren Blick nach vorn, als Benjamin ihnen zuwinkte. Während sie nickte, grüßte Arne überschwänglich zurück. Das Mädchen sah, wie der Junge sich lachend zu seinen Freunden setzte, die mit ihm scherzten und johlten.

»Er ist ein munterer kleiner Kerl«, ergriff Arne die Gelegenheit, Magdalena anzusprechen. Als sie nicht antwortete, drehte er den Kopf und betrachtete ihr Gesicht. Verwundert stellte er fest, dass ihre Nähe ein sonderbares Gefühl in ihm auslöste, das er noch nie zuvor gespürt hatte. Wärme schoss ihm durch den Körper, die angenehm und zugleich befremdlich war. Als zusätzlich heftiges Herzklopfen einsetzte, wusste er, was mit ihm los war. Erschrocken blickte er nach vorn und schloss für einen Augenblick die Augen. »Das darf nicht sein!«, flüsterte er auf Schwedisch. »Unsere Wege werden sich bald trennen.« Als er das Mädchen bedrückt von der Seite anschaute, trafen sich ihre Blicke.

Magdalena hatte Arne flüstern gehört, aber nicht verstanden, was er sagte, und deshalb zu ihm aufgeschaut. Als er sich im selben Augenblick ihr zuwandte, zuckte sie erschrocken zusammen. Sie wollte sofort wegschauen, doch etwas lag in seinem Blick, das sie festhielt. Zaghaft betrachtete sie aus dem Augenwinkel sein Gesicht und entdeckte auf seinen Nasenflügeln kleine Sommersprossen, ebenso wie auf den Wangen, wo sie aber von Bartstoppeln verdeckt wurden. Seine buschigen Augenbrauen, die sich fragend zusammengezogen hatten, entspannten sich, und sein Gesicht verlor das grimmige Aussehen. Magdalena war froh, dass ihre Hände unter dem Rockstoff klemmten, damit sie nicht in Versuchung kam, ihm die blonde Haarsträhne, die vor sein Auge fiel, hinters Ohr zu streichen.

Sie wandte ihren Blick ab, als sie merkte, dass auch Arne sie betrachtete. Neugierig, aber zärtlich ließ er seinen Blick von ihren Haaren über ihre Wangen bis zu ihrem Mund wandern. Magdalena spürte, wie ihr Blut schneller floss und sich erneut Hitze in ihrem Körper ausbreitete. Sie schluckte, als Arne plötzlich den Kopf schüttelte und die Augen schloss. Als er sie wieder anschaute, war das Besondere in seinem Blick verschwunden. Er atmete tief durch und richtete seinen Blick auf den Weg.

Enttäuscht starrte Magdalena auf die Rücken der Pferde. Sie spürte, wie Tränen in ihren Augen brannten, sodass sie wütend die Lider zusammenpresste. Ich hasse ihn, redete sie sich ein. Und wusste, dass sie sich selbst belog.

Brigitta fuhr mit ihrer Freundin Ingeborg im Fuhrwerk hinter den Deutschen. Argwöhnisch verfolgte sie die Aufregung um den Alten und den anschließenden Fahrerwechsel. Kaum sah sie Arne vorn neben dem Mädchen sitzen, spürte sie Wut und Eifersucht in sich aufsteigen.

Ihre Freundin, die neben ihr saß und sie beobachtete, meinte abfällig: »Um das Mädchen würde ich mir an deiner Stelle keine Gedanken machen. Das sieht ein Blinder, dass sie unerfahren und schüchtern ist. Welcher Mann sollte an ihr Freude haben?«

»Pffff!« war das Einzige, was Brigitta sagen konnte.

Ingeborg kicherte. »Die schönste und begehrteste Marketenderin weit und breit lässt sich von einer Jungfrau einschüchtern?«

»Was weißt du schon?«, fauchte Brigitta und ließ Arne und das Mädchen nicht aus dem Blick.

»Ich weiß zum Beispiel, dass sie schon bald der Vergangenheit angehören wird, denn sie gehen in Richtung Osten, und wir ziehen weiter nach Norden.«

»Woher weißt du das?«

Ingeborg lachte schallend auf. »Ich hatte schon immer eine Schwäche für Erik und er für mich.«

Nun musste Brigitta grinsen: »Braves Mädchen!«, lobte sie die Freundin. Doch dann wurden ihre Gesichtszüge hart. »Und falls die Jungfrau mir doch in die Quere kommt, weiß ich, wie ich sie loswerden kann.«

Ingeborg riss fragend die Augen auf, doch Brigitta sagte kein Wort, sondern summte eine schwedische Weise.

Der kleine Verbund an Wagen und Pferden war eine Weile unterwegs, als die Kinder quengelten und riefen:

»Jag måste pissa!«

Auch Benjamin schrie: *»Jag måste pissa!«*, und sprang auf dem Fuhrwerk auf und ab.

Besorgt fragte Magdalena: »Was ist geschehen? Haben sie Schmerzen?«

Arne erklärte mit einem breiten Grinsen: »Wenn wir nicht bald anhalten, könnten sie welche bekommen, denn sie müssen dringend hinter einem Busch verschwinden.«

Magdalena verstand und murmelte: »So kann ich mir die Beine vertreten.«

Arne stellte einen Fuß auf den Fahrersitz und sah nach hinten zu Gustavsson, den er zu sich winkte. Erik preschte heran und brachte sein Pferd auf die Höhe des Kutschbockes, sodass Arne ihn um eine Rast bitten konnte. Magdalena hörte, wie sie beschlossen, an dem Wäldchen anzuhalten, das vor ihnen nahe dem Weg lag.

»Wir werden kurz rasten, damit die Kinder hinter den Büschen verschwinden und dann etwas essen können. Ich werde unseren Leuten Bescheid geben, dass sie nicht zu weit auf die Wiese fahren und womöglich im aufgeweichten Boden stecken bleiben. Ich habe keine Lust, Zeit zu vergeuden, weil wir ein Fuhrwerk aus dem Schlamm ziehen müssen. Ich will schnellstmöglich weiter«, sagte Erik und ritt zur Spitze des Trosses, um die Fahrer anzuweisen.

Als die Fuhrwerke hielten, sah Magdalena, wie die Kinder aufgeregt von der Ladefläche sprangen und im Wald verschwanden. Unter ihnen ihr Bruder, der hopste und schwedische Wortbrocken rief. Für ihn ist alles ein großes Abenteuer, dachte sie und stieg vom Kutschbock, um nach ihren Eltern zu schauen. Kaum stand sie neben dem Fuhrwerk, war Arne an ihrer Seite und blickte besorgt zu ihrem Vater.

»Lass mich prüfen, ob deine Wunde erneut eitert. Auch will ich Heilsalbe über deine Verletzungen im Gesicht streichen.«

Dieses Mal weigerte sich Johann nicht, sondern kam von der Ladefläche hoch, sodass Arne ihn behandeln konnte.

Während er vorsichtig den Verband löste, fragte er Franziska: »Wie geht es dir? Musst du noch husten?«

»Nein, mir geht es gut«, erklärte Franziska. »Der kalte Kreuzblumensud schmeckt zwar fürchterlich, aber er hilft.«

Arne rümpfte die Nase. »Ja, ich kenne den bitteren Geschmack des kalten Getränks. Leider hält die Flasche die Wärme nicht«, sagte er entschuldigend und besah sich Johanns Wunde.

»Du hast Glück, guter Mann. Die Wunde hat nicht geeitert und sich wieder geschlossen. Wenn du weiter meine Ratschläge befolgst, müsste sie nun heilen.«

Als von Johann keine Widerworte kamen, blickte Arne ungläubig zu ihm. »Kein Widerspruch?«, fragte er.

»Ich werde mich hüten«, sagte Johann.

Arne schmunzelte. Er nahm das Tuch, strich es glatt und faltete es ordentlich der Länge nach. Dann bat er Magdalena:

»Halt die Enden straff auseinander, sodass ich die Tinktur großzügig darüberträufeln kann.«

»Benötigst du meine Hilfe?«, fragte Brigitta, die dicht an Arne herangetreten war.

»Nein!«, antwortete er knapp, ohne sie anzuschauen. Er öffnete das Fläschchen und verteilte die dunkle Flüssigkeit.

»Welches Gebräu ist es diesmal?«, fragte Johann und sah den Arzt kritisch an.

»Ich kenne den deutschen Namen für diese Pflanze nicht. Sie hat einen gelben Blütenkopf, und ihre großen Blätter bilden die Form eines Hufeisens.«

»Sicher ist es Huflattich«, erklärte Brigitta.

»Woher willst du das wissen?«

»Deine Beschreibung passt auf die Pflanze.«

»Keine Ahnung, ob das der deutsche Name ist. Ich kenne sie als Tussilago«, erklärte Arne und verrieb das Gebräu mit dem Finger.

Brigitta wandte sich Franziska zu: »Die Sonne und die frische Luft scheinen dir gutzutun. Deine Wangen sind rosig und deine Augen klar. Schmerzen die Schwellungen in deinem Gesicht arg?«, fragte sie und betrachtete die Verfärbungen in Franziskas Gesicht näher. »Sie werden sich sicher in allen Farben des Regenbogens verändern«, sagte sie mit einem Lachen, das ihre Augen nicht erreichte.

Nachdem Magdalena Arne den Verband gereicht hatte, bot Brigitta ihr an: »Möchtest du ein Stück des Weges auf meinem Wagen mitfahren? So könnten wir uns besser kennenlernen. Auch würde die Zeit bei einem Schwätzchen schneller vergehen«, erklärte sie und tat begeistert.

Sogleich brummte Johann: »Das ist ein guter Vorschlag. Dann kann ich mich zu Arne auf den Kutschbock setzen, und du hast mehr Platz«, sagte er und strich seiner Frau vorsichtig über die immer noch leicht geschwollenen Wangen.

Franziska hatte den entsetzten Blick ihrer Tochter bei Brigittas Vorschlag aufgefangen und auch ihren verzweifelten Gesichtsausdruck, als Johann zustimmte. Sie war sich sicher, dass ihr Mann Magdalena von Arne fernhalten wollte. Da er jedoch nichts von der Abneigung seiner Tochter gegenüber Brigitta wusste, wandte sie sich an die Schwedin.

»Das ist ein sehr netter Vorschlag, aber ich hätte meine Tochter gern bei uns auf dem Fuhrwerk. Manchmal wird mir übel, und dann bin ich froh, wenn Magdalena mir Sud reicht. Außerdem sollte mein Mann sich heute nicht mehr auf den Kutschbock setzen. Wir haben gesehen, wohin das führt«, erklärte sie und sah Johann scharf an.

»Aber das kann … Au!«, wollte sich ihr Mann einmischen, als Arne ihn in die Haut zwickte und er laut aufschrie. »Vermaledeit! Warum kneifst du mich?«

»Entschuldige«, murmelte Arne. »Ich habe versehentlich eine Hautfalte erwischt.« Der Arzt band das Tuch um Johanns Hals und sagte: »Ich stimme deiner Frau zu. Gönn dir heute noch die Ruhe. Morgen kannst du dein Pferdegespann wieder selbst lenken.« Dann packte er seine Sachen zusammen und ging zum Fahrersitz.

Brigitta merkte, dass sie nichts erreichen würde, und sagte gespielt fröhlich zu Magdalena: »Nun ja, vielleicht kannst du morgen mit mir fahren.« Dann eilte sie Arne hinterher.

»Was willst du?«, fragte er, während er die Satteltasche unter dem Sitz verstaute.

»Ich habe etwas ins Auge bekommen. Kannst du nachsehen?«

Arne wandte sich entnervt Brigitta zu. Die Marketenderin drehte sich so, dass Magdalena nur ihren Rücken sah und deshalb nicht erkennen konnte, was Arne mit ihr machte. Er zog mit der einen Hand ihr unteres Lid herunter, während die andere Hand das obere hochzog. »Ich kann nichts erkennen«, sagte er und wollte gehen.

Doch Brigitta hielt ihn am Arm fest. »Schau genau. Da muss etwas in meinem Auge sein, denn ich kann es spüren. Du musst näher kommen«, flüsterte Brigitta, und Arne trat einen Schritt auf sie zu.

Franziska folgte dem Blick ihrer Tochter, denn sie beobachtete, dass das Mädchen auf der Innenseite seiner Wange kaute. Diese Eigenart hatte sie schon als kleines Mädchen gehabt, wenn ihr etwas nicht passte. Als sie Brigitta und Arne dicht beieinanderstehen sah, ging sie auf noch wackligen Beinen auf ihre Tochter zu und umarmte sie. »Schon bald sind wir in Hundeshagen, und du wirst ihn schnell vergessen«, versuchte sie das Mädchen zu trösten.

Magdalena blickte von Arne zu ihrer Mutter und fragte mit einem schiefen Lächeln: »Gibst du mir die Gewissheit, dass ich ihn schnell vergessen werde?«

Franziska strich ihr die Haare zurück und flüsterte: »Ich hoffe es!«

Magdalena presste ihre Stirn an die Schulter ihrer Mutter, als Benjamin auf sie zugerannt kam. Er umklammerte die Hüften der beiden Frauen und sah zu seinem Vater auf, der mit dem breiten Schal um seinen Hals stocksteif dastand.

»Geht es dir besser?«, fragte der Junge seinen Vater.

»Ja, mein Sohn. Viel besser. Ich wage nur nicht, den Kopf zu bewegen, weil der Arzt sonst schimpft«, sagte er und zwinkerte seinem Sohn zu, sodass Benjamin breit grinste. »Möchtest du auf unserem Gespann weiterreisen?«, fragte Johann.

Benjamin verzog das Gesicht. »Muss das sein?«, fragte er enttäuscht.

Johann sah ihn ungläubig an und atmete hörbar ein und aus, sodass Franziska ihm beschwichtigend die Hand auf den Arm legte.

»Lass den Jungen zu den Schwedenkindern, denn schon bald verliert er seine neuen Freunde wieder.«

»Verschwinde!«, sagte Johann liebevoll zu seinem Sohn, der jubelnd den schwedischen Kindern zurief: »*Jag kommer!* Ich komme!«

»Ich werde verrückt, wenn er anfängt, auch mit mir Schwedisch zu reden«, murmelte Johann und verzog gequält das Gesicht.

»Ach, mein Lieber, so schnell er die Wörter lernt, genauso schnell wird er sie vergessen«, versuchte Franziska ihn aufzumuntern.

»Dein Wort in Gottes Ohr«, sagte ihr Mann und setzte sich auf die Kante der Ladefläche.

Gustavsson rief zum Aufbruch, und alle liefen zu ihren Pferden und Fuhrwerken. Dank der Rösser, die sie der Soldateska abgenommen hatten, konnten nun auch die größeren Kinder reiten, sodass die anderen mehr Platz auf den Wagen hatten.

Arne half Franziska und Johann auf die Ladefläche, während Magdalena zu Benjamin lief und ihn und seine Freunde aufs Fuhrwerk hob.

»Sei artig«, ermahnte sie den Bruder, der kaum ruhig sitzen konnte. Dann ging sie zurück zu ihrem Wagen und stieg auf den Kutschbock, wo Arne auf sie wartete. Sie schaute zu ihren Eltern, die sich hingelegt hatten, und hörte, wie ihr Vater ihre Mutter fragte:

»Liegst du angenehm, Liebes?«

Glücklich drehte sich Magdalena nach vorn.

»Geht es dir gut?«, fragte Arne, der ihren Gesichtsausdruck nicht zu deuten wusste.

»Ja!«, antwortete sie strahlend. »Endlich ist alles wieder gut.«

Da es angenehm warm war, ließ Magdalena ihren Umhang von den Schultern rutschen. Sie warf ihr Haar zurück und schloss die Augen.

Arne schaute ihr überrascht zu, doch da sich der Tross vor ihm in Bewegung setzte, musste er auf das Fuhrwerk achten.

Er schlug den Hengsten mit den Zügeln leicht auf den Rücken, sodass sie losschritten. Erst als alle Fuhrwerke in gleichmäßiger Geschwindigkeit fuhren, entspannte sich Arne. Er betrachtete Magdalena von der Seite und sah die Steine ihrer Kette im Sonnenlicht funkeln. Da er wusste, dass sie nicht schlief, bemerkte er: »Du trägst eine außergewöhnliche Kette.« Er hoffte noch immer zu erfahren, ob es das Geschenk eines Verehrers war.

Magdalena öffnete die Augen und griff nach dem Schmuckstück. Sie hielt das Kreuz mit den leuchtenden Granatsplittern vor ihre Augen.

»Meine Freundin, die wie eine Schwester für mich ist, hat sie mir zum Abschied geschenkt. Sie sagte, dass die Kette mich beschützen soll.«

»Das hat sie!«, erklärte Arne und lächelte Magdalena an.

»Ja, sie war mein Glücksbringer, denn ich habe euch getroffen, und ihr habt mich und meine Familie gerettet.«

Bei dem Gedanken an Maria und den Überfall spürte Magdalena die aufsteigenden Tränen. Dieses Mal versuchte sie nicht, sie zurückzudrängen.

Arne erkannte, dass sie lautlos weinte, und wusste nicht, wie er ihr helfen konnte. Er schaute rasch zu ihren Eltern, und als er sah, dass die beiden die Augen geschlossen hielten, wagte er zaghaft, nach Magdalenas Fingern zu greifen. Sie blickte erschrocken auf, doch sie wehrte sich nicht und überließ ihm ihre Hand. Beide schauten sich an, um dann den Blick nach vorn zu wenden. Als Arnes Fingerspitzen über Magdalenas Handrücken strichen, versiegten ihre Tränen. Sie konnte kaum noch durchatmen, denn seine Berührung ließ ein ungeahntes Verlangen in ihr aufflammen. Als sich ihr Brustkorb heftig hob und senkte, zog sie ihre Hand langsam zurück.

Arne wusste nicht, wie ihm geschah. In ihm loderten Gefühle, die er noch nie gespürt hatte. Er hatte in seinem Leben schon mit vielen Frauen das Lager geteilt. Manche waren jung, manche älter als er gewesen. Einige waren in der körperlichen Liebe unerfahren, andere ließen ihn an ihren Kenntnissen teilhaben. Für Arne war die körperliche Vereinigung ein Spiel, das man beherrschen musste, um Genuss zu verspüren. Niemals hätte er gedacht, dass eine einfache Berührung in ihm leidenschaftliches Verlangen entfachen würde. Verunsichert flüsterte er heiser: »Erzähl mir von deinem Leben.« Er hatte das Bedürfnis, alles über Magdalena zu erfahren.

Arne spürte, dass ihr Blick starr wurde, doch dann entspannte sie sich und begann zu erzählen. Sie berichtete ihm von ihrer Freundin Maria, der Äbtissin, die sie als junges Mädchen vor ihrem Großvater und dem Tod im reißenden Fluss gerettet hatte. Sie erzählte von ihrem Oheim Clemens, den sie zwar so nannte, der aber nicht ihr wirklicher Onkel war, der sie aber, seit sie denken konnte, beschützte und bewachte. Sie beschrieb, wie sie seiner Frau Christel bei der Entbindung des kleinen Sebastian geholfen hatte. Und sie erzählte von Regina Rehmringer, die ihr eine liebevolle Großmutter gewesen war, obwohl sie nicht miteinander verwandt waren. Sie berichtete auch von ihrem kleinen Bruder Johannes, der kaum älter als ein Jahr geworden war, dass ihre Mutter sich für den Tod des Kindes selbst bestrafen wollte und deshalb ihre lebenden Kinder und ihren Mann viele Jahre von sich gestoßen hatte.

Arne hörte Magdalena zu, ohne sie zu unterbrechen. Selbst als sie flüchtig zögerte und ihm dann stockend von dem Hexenverdacht gegenüber ihrer Mutter erzählte, schwieg er. Allerdings riss er über diese unglaubliche Geschichte die Augen weit auf.

Magdalena ergriff seine Hand und drückte sie. »Danke!«, flüsterte das Mädchen und lehnte sich erschöpft auf dem Sitz zurück. Ihre Augen wirkten müde, und trotzdem war sie glücklich. Eine große Last schien ihr genommen zu sein.

In diesem Augenblick hätte Arne alles für sie getan. Nie hatte er sich einem Menschen näher gefühlt, und es schien ihm, als würde er dieses Mädchen schon ewig kennen. In dem Augenblick aber, als er ihr Worte seiner Zuneigung sagen wollte, preschten die schwedischen Kundschafter an dem Tross vorbei, um erst bei Gustavsson ihre Pferde zu zügeln.

Arne drehte sich um, als er sah, dass Erik mit ernstem Gesicht auf ihn zugeritten kam. Fragend blickte er den väterlichen Freund an, als dieser sich in seine Steigbügel stellte, um sich ihm weit entgegenzubeugen. Mit leiser Stimme sagte Erik:

»Es gibt Schwierigkeiten, Arne. In einem Dorf vor uns findet eine Hexenverbrennung statt!«

Kapitel 34

Magdalena hatte Eriks Nachricht gehört und weckte mit schreckensbleichem Gesicht ihre Eltern, die sich verstört aufsetzten.

»Was ist geschehen?«, fragte Johann, der im ersten Augenblick nicht wusste, wo er war.

Nachdem Magdalena von der Hexenverbrennung im nächsten Ort berichtet hatte, wisperte Franziska entsetzt: »Wie fürchterlich.« Ängstlich blickte sie ihren Mann an, der schützend den Arm um sie legte.

»Müssen wir durch den Ort fahren?«, fragte Johann Gustavsson besorgt.

Erik zuckte mit den Schultern. »Das kann ich dir nicht beantworten. Aber ich werde mit meinen Leuten besprechen, was wir machen können«, sagte er und ritt an die Spitze des Trosses. Dort stellte er sich mit seinem Pferd seitlich, sodass alle Wagenlenker ihn sehen konnten. Als er ein Zeichen gab anzuhalten, zügelten sie die Pferde. Kaum standen die Gespanne, rief er ihnen ein knappes Kommando zu und ritt zurück zu den

Kundschaftern. Sogleich sprangen die Fahrer von ihren Sitzen und liefen zu Erik, der von seinem Pferd abgestiegen war und auf sie wartete. Die Männer stellten sich in einem Kreis auf und hörten den Bericht der Späher, die zur Verdeutlichung der Lage mit Stöcken Umrisse auf den Boden zeichneten.

Brigitta kam zum Bonner'schen Fuhrwerk und fragte neugierig: »Was ist geschehen?«

»Die Kundschafter berichteten von einer Hexenverbrennung, die in einer Ortschaft vor uns stattfinden soll«, erklärte Johann mit ernstem Gesicht.

»Vielleicht können wir den Ort umfahren«, überlegte Brigitta und fügte als Erklärung hinzu: »Ich habe kein Verlangen, das Wehgeschrei zu hören oder verbranntes Fleisch zu riechen.«

»Allein die Vorstellung ist schrecklich genug«, murmelte Magdalena und verzog angewidert das Gesicht.

Die Schwedin zuckte ungerührt mit den Achseln. »Hexen darf man nicht ungestraft davonkommen lassen«, gab sie kund.

»Werden auch in Schweden Hexen verbrannt?«, wollte Franziska wissen.

Brigitta überlegte. »Ich habe noch nie gehört, dass in unserem Land Menschen wegen Hexerei verurteilt und hingerichtet werden.«

Ungläubig schaute die Bonner-Familie die Schwedin an. »Heißt das, dass es bei euch keine Hexen gibt?«

Wieder überlegte die Marketenderin. »Ich weiß, dass unsere Legenden von dem blauen Berg Blåkulla erzählen, auf dem sich böse Geister und Hexen treffen sollen. Aber niemand weiß, wo dieser Berg liegt, und demzufolge hat auch niemand Geister oder Hexen gesehen. Vielleicht gibt es diese Wesen auch bei uns im Land, nur hat sie bis jetzt noch kein Mensch entdeckt.«

Magdalena blickte ihre Eltern an, die ungläubig die Köpfe schüttelten.

Arne kam von der Besprechung mit den Kundschaftern zurück und erklärte: »Wir haben keine Möglichkeit, die Ortschaft zu umfahren, denn es gibt nur diesen einen Weg, und der führt mitten hindurch. Zwar könnten wir eine andere Strecke nehmen, müssten aber ein weites Stück zurückfahren, und das würde Zeit kosten. Deshalb haben wir beschlossen, weiterzufahren und gegebenenfalls vor dem Ort zu warten, bis das Urteil vollstreckt ist.«

Magdalena und ihre Eltern nahmen diese Entscheidung schweigend hin. Arne stieg wieder auf den Platz auf dem Kutschbock, und auch die anderen Fahrer eilten zu ihren Fuhrwerken zurück. Brigitta verabschiedete sich und lief zu ihrem Gespann.

Kaum hatte sich der Tross in Bewegung gesetzt, wusste im Gefolge auch der letzte Schwede von der Nachricht der Kundschafter. Entsetzen machte sich unter den Reisenden breit, und je näher sie dem Ort kamen, desto schweigsamer wurden sie. Sogar der fröhliche Lärm der Kinder klang nun verhalten. Über dem Gefolge lag eine gespenstische Stille, die nur vom Rattern der Räder und vom Schnauben der Pferde durchbrochen wurde.

Magdalena spürte Unruhe in sich aufsteigen und wäre gern dicht an Arne herangerutscht. Da ihre Eltern jedoch aufrecht auf der Ladefläche saßen und zwischen ihrer Tochter und dem Schweden nach vorn starrten, wagte das Mädchen weder, etwas zu ihm zu sagen, noch, seine Hand zu ergreifen. Vorsichtig schielte Magdalena zu Arne, der den Kopf zu ihr drehte und sie anlächelte, sodass ihr Herz höher schlug.

Als er seinen Blick wieder der Straße zuwandte, murmelte er: »Du musst dich nicht fürchten.«

Als die Ortsgrenze in Sicht kam, schauten die Reisenden mit bangen Blicken nach vorn, wo sich auf einem Acker außerhalb der Gehöfte eine Menschenmenge versammelt hatte. Da immer mehr Schaulustige zu dem Platz strömten, gab es für die

Gespanne schon bald kein Weiterkommen mehr, sodass sie die Wagen anhalten mussten.

Erik ritt mit Arnes Pferd am Zügel neben ihn und rief: »Lass uns nachsehen, wann wir weiterfahren können.«

Als Arne sich vom Kutschbock aufs Pferd schwang, zwinkerte er Magdalena aufmunternd zu. Doch dann wurde sein Gesicht ernst, und er trat dem Wallach in die Seiten.

Franziska schaute den beiden Schweden mit bangen Gefühlen hinterher. In den letzten Jahren hatte sie nur selten daran gedacht, wie der alte Bonner, von Hass getrieben, sie einst der Hexerei bezichtigt hatte. Doch seit sie unterwegs waren, wurde sie immer wieder mit den Erinnerungen belastet. Ihr wurde übel, wenn sie an die Angst dachte, die sie damals Tag und Nacht beherrscht hatte. Was wäre aus ihr geworden, wenn Johann nicht beschlossen hätte, sie zu heiraten und mit ihr zusammen aus der Heimat zu fliehen?

Und dann steht der Alte eines Tages wieder vor mir und will mich und meine Tochter ertränken, erinnerte sich Franziska jetzt erneut. Sogleich breitete sich eine Gänsehaut auf ihrem Körper aus. Als sie spürte, dass sie zitterte, schlang sie die Arme um ihren Oberkörper.

Johann hatte seine Frau beobachtet und ahnte ihre Gedanken. Als die Schweden von der Hexenverbrennung berichteten, kamen auch bei ihm die Erinnerungen und das Gefühl der Machtlosigkeit zurück, das er damals empfunden hatte. Er schaute zu Magdalena, die wieder auf der Innenseite ihrer Wange kaute. Ihre Blicke trafen sich, und sie versuchte zu lächeln.

Magdalena sah, wie ihre Mutter am ganzen Körper zitterte, und sie setzte sich auf den Sitz neben ihr, um sie zu umarmen. Franziska schloss die Augen und legte den Kopf an die Schulter ihrer Tochter.

Dann schaute sie zu Johann auf und flüsterte mit bleichem Gesicht: »Wer wird dieser Frau helfen?«

In der Nähe der Menschenansammlung saßen Erik und Arne ab und führten ihre Pferde zu Fuß weiter. Da beide noch nie einer Hexenbestrafung beigewohnt hatten, ahnten sie nicht, was sie erwarten würde.

Die Bewohner des Ortes sahen den Fremden misstrauisch entgegen. Manche blieben mitten auf dem Weg stehen, sodass die beiden Schweden um sie herumgehen mussten, andere traten einen Schritt zur Seite. Kinder versteckten sich hinter ihren Eltern oder musterten die beiden Männer ungehemmt.

»Wer seid ihr?«, zischte ein Mann durch die Lücke seines Gebisses, wo ihm ein Schneidezahn fehlte. Sein Gesicht war mit Pusteln bedeckt und von Stirn bis Kinn gerötet.

»Wir sind Reisende«, erklärte Erik freundlich. »Unser Tross steht vor eurem Ort und kommt nicht weiter, da ihr den Weg verstopft. Wir waren neugierig, warum so viele Menschen sich hier zusammenfinden.«

»Heute wird der Gerechtigkeit Genüge getan«, erklärte ein Mann mit lauter Stimme hinter ihnen. Die beiden Schweden drehten sich um und erblickten eine hagere, große Gestalt mit Glatze. Der Mann, der in ein schwarzes Gewand gekleidet war, trat zwischen den Menschen hervor, die sich ängstlich bekreuzigten.

Arne vermutete, dass er ein Mann der Kirche war, und fragte: »Wie meint ihr das?« Dabei schaute er forschend in die Gesichter der Menschen, die um ihn herumstanden. Sie waren ärmlich gekleidet, ausgemergelt und blass. Bei einigen konnte er Krätze feststellen, denn sie hatten Quaddeln auf der Haut, die bei manchen der Erkrankten mit blutverkrusteten Wunden überzogen war. Ein Sud des Wilden Stiefmütterchens würde ihnen helfen, dachte Arne, als seine Aufmerksamkeit wieder auf den Pastor gelenkt wurde, der mit gedämpfter Stimme erklärte:

»Wir konnten eine Frau der Hexerei überführen!« Dabei ließ

er seinen Blick über die Versammelten schweifen, die zustimmend nickten.

Arne zog fragend eine Augenbraue in die Höhe, und der Kirchenmann schrie: »Die böse Frau, die heute bestraft wird, ist für das Elend verantwortlich, das sie über diese armen Leute gebracht hat.« Mit seinen spinnenbeindünnen Fingern zog der Pastor eine eingeschüchterte Frau, die kaum wagte aufzuschauen, aus der ersten Reihe der Schaulustigen neben ihm. Dann packte er einen ebenso verängstigten Mann am Arm, der große Augen machte und seinen Hut vom Kopf zog, und führte ihn neben die Frau. Es waren ärmlich gekleidete, einfache Bauersleute.

»Was ist euch zugestoßen?«, fragte Erik, der neben Arne getreten war, das Paar.

Doch statt ihrer antwortete der Kirchenmann. »Die Hexe hat einen Hexenschwur über diese arme Frau gebracht, sodass sie keine Kinder empfangen kann. Ich frage dich, Fremder, wer soll für diese beiden Menschen sorgen, wenn sie alt und gebrechlich sind?«

Verhaltenes Gemurmel war zu hören, das anschwoll, bis der Pastor die Hand hob und die Meute schwieg.

Arne schaute zweifelnd in die Menge und fragte: »Woher wisst ihr, dass die Verurteilte Schuld am Schicksal dieser armen Bauersleute trägt?«

Des Pastors Augen blitzten auf. »Sie hat gestanden!«, beschied er mit donnernder Stimme, die keinen Widerspruch duldete. Und er erklärte: »Sie hat gestanden, dass der Teufel ihr Zauberpulver gegeben hat. Das hat sie durch das Fenster der Kammer der Bauersleute hineingepustet, als die Frau schlief. Und sie hat der armen Frau vergiftete Beeren zum Naschen gegeben.«

»Das hat sie freiwillig zugegeben?«, fragte Erik erstaunt.

»Natürlich nicht! Sie hat uns verhöhnt«, erklärte der Kirchenmann und sah Erik grimmig an. »Aber wir wussten, wie wir die Wahrheit erfahren konnten. Wir haben sie der peinlichen Befragung unterzogen.«

»Aber warum sollte die Hexe der Frau so etwas antun?«, fragte Gustavsson zweifelnd.

Der Pastor verengte seinen Blick und musterte die beiden Fremden. Er ging um sie herum und fragte mit barscher Stimme: »Warum interessiert ihr euch für die Hexe unseres Dorfes? Seid ihr von der Juristischen Fakultät?« Seine kalten Augen schauten die Männer durchdringend an.

»Nein«, erklärte Erik. »Wir sind Schweden und auf dem Weg nach Norden.«

Ein Raunen ging durch die Menge, und der Pastor riss seine Augen weit auf. »Ihr seid der Feind!«, beschied er brüllend.

»Nur wenn ihr katholisch seid, sind wir Feinde«, erwiderte Arne und griff nach dem Schwert.

Statt sich einschüchtern zu lassen, kamen die Menschen näher, und die Miene eines jeden wirkte entschlossen. »Wir haben genug unter euren Plünderungen gelitten. Bei uns gibt es nichts mehr zu holen. Verschwindet!«, schrie ein hageres Männlein.

Arne ließ die Waffe los und hob die Hände in die Höhe. »Wir wollen keinen Streit. Wir wollen nur mit unseren Fuhrwerken euren Ort durchfahren«, erklärte er.

Die Menge beruhigte sich.

Erik schaute den Pastor mit durchdringendem Blick an und sagte: »Verzeih meine Neugierde, aber in unserem Land gibt es keine Hexen.«

Erneut war Gemurmel zu hören, und der Kirchenmann zog ungläubig seine schmalen grauen Augenbrauen zusammen. »Ihr habt keine Hexen?«, fragte er zweifelnd.

»Nicht, dass ich wüsste«, antwortete Erik. »Allerdings weiß ich nicht, wie ich Hexen erkennen sollte. Deshalb möchte ich mehr darüber von dir erfahren.«

Die Brust des Pastors schwoll sichtbar an. »Da fragt ihr den Richtigen«, erklärte er. »Denn ich habe alles in die Wege geleitet, um die böse Frau unseres Dorfes der Hexerei zu überführen.«

»Bist du ein Richter?«, fragte Arne.

Der Pastor schüttelte den Kopf. »Wegen der Unordnung, die dieser Krieg mit sich bringt, würde es viel zu lange dauern, bis wir ein Urteil von den Spruchkörpern der Juristischen Fakultät bekämen. Deshalb müssen wir selbst richten. Dank der Constitutio Criminalis Carolina …« Als er die fragenden Blicke sah, die sich die beiden Schweden zuwarfen, hielt er inne und erklärte mit gewichtiger Stimme: »Die Constitutio Criminalis Carolina ist das Strafgesetzbuch des Kaisers Karl V., der 1532 dieses Strafrecht für gültig erklärte. Dank der Carolina wissen wir, wie wir mit Hexen zu verfahren haben. Es gibt nur zwei Vorschriften. Erstens: Sobald ein Schaden durch Zauberei vorliegt, muss man die Verdächtige der peinlichen Befragung unterziehen. Und zweitens: Von den Hexen darf nichts übrig bleiben, weswegen sie mit dem Feuer gerichtet werden müssen.« Selbstgerecht blickte der Pastor die beiden Schweden an und rief mit schriller Stimme: »Die Verurteilte hat die vier apokalyptischen Reiter über unser Dorf gebracht. Sie ist für den Krieg, den Hunger, die Krankheiten und den Tod in unserem Ort verantwortlich. Die böse Frau hat den Dorffrieden gestört, weil sie aus Eifersucht gehandelt hat. Sie hat scham- und rücksichtslos den Mann einer anderen begehrt.« Dabei wies er mit dem Finger auf das Bauernehepaar, das blass und ängstlich dastand.

Plötzlich ging ein Raunen durch die Menge. Die Versammelten traten zur Seite, um eine Gasse zu bilden. Die Verurteilte wurde, angebunden auf einem Viehwagen, zur Hinrichtungsstätte gebracht, die Arne und Erik jetzt erst wahrnahmen, da der Scheiterhaufen, der auf dem Acker aufgeschichtet war, zuvor von der Menschenmenge verdeckt worden war.

Die Verurteilte war ein junges Mädchen, dem man trotz der Folterspuren ansehen konnte, dass es eine Schönheit gewesen sein musste. Die Torturen der peinlichen Befragung hatten böse Verletzungen verursacht: Das Messer, mit dem ihr die Haare geschoren worden waren, hatte blutige Wunden auf der Kopfhaut hinterlassen, die nun vertrocknet waren. Ihre Arme und Beine zeigten verbrannte Stellen, die von glühenden Eisen stammten. Angebunden auf dem Viehwagen hing sie kraftlos in den Seilen und schien ihre Umgebung kaum wahrzunehmen.

Der Kirchenmann sah ihr erschüttert hinterher und sagte leise: »Der Teufel zeigte sich der verwirrten Seele als schöner Jüngling, sodass sie sich ihm freiwillig hingab. Erst im Morgengrauen verriet er sein wahres Gesicht.«

»Was geschieht mit ihr?«, fragte Arne und blickte dem Wagen nach.

»Sie wird verbrannt«, erklärte der Pastor ungerührt. »Da sie jedoch geständig war, werde ich Gnade walten lassen. Der Henker wird sie zuvor erdrosseln«, fügte er selbstzufrieden hinzu.

Als Arne und Erik einige Zeit später ihre Pferde aus der Menschenmenge zurück zum Tross am Dorfeingang führten, stieg eine dunkle Rauchsäule zum Himmel empor. In der Luft lag der widerliche Geruch von verkohltem Fleisch. Erschüttert und schweigsam ritten die beiden Schweden zurück zu ihren Landsleuten. Gegen Spätnachmittag, als sich die Schaulustigen zerstreut und den Weg durch das Dorf freigemacht hatten, setzte der Tross seine Reise fort.

Je weiter die Fuhrwerke nach Norden kamen, desto unbeständiger wurde das Wetter. Sonne, Regen und Schneetreiben begleiteten die Reisenden, die müde auf ihren Sitzen hingen. Ihre Gesichter waren von Erschöpfung gezeichnet, denn Erik gönnte den Leuten kaum eine Rast. Die Angst, das Heer nicht mehr zu erreichen, trieb ihn vorwärts.

Mittlerweile lenkte Johann sein Fuhrwerk wieder selbst, und Arne ritt mit Gustavsson und einigen anderen Männern am Ende des Trosses. Da es Franziska besser ging, saß sie manchmal neben ihrem Mann und ihrer Tochter auf dem Kutschbock.

Benjamin weigerte sich lautstark, mit seiner Familie zu reisen, und beharrte darauf, bei seinen neuen Freunden zu bleiben. Als Johann merkte, dass der Junge nicht zu überreden war, gab er seinen Widerstand auf und erlaubte seinem Sohn, den Rest der Reise bei den Schwedenkindern zu bleiben.

Magdalena blickte immer wieder einmal verstohlen zurück an das Ende des Trosses, wo Arne mit einigen Männern in der Nachhut ritt.

»Möchtest du dich auf der Ladefläche ausstrecken, mein Kind?«, fragte Franziska lächelnd. Dankend stieg Magdalena nach hinten, als die Mutter ihr zuraunte: »Man bekommt schnell einen steifen Hals, wenn man ihn immer verdrehen muss.«

Erschrocken schaute das Mädchen hoch und sah den verschmitzten Ausdruck im Gesicht ihrer Mutter.

Immer erst zu später Stunde gestattete Gustavsson dem Tross, anzuhalten und für die Nacht ein Lager zu errichten. Um Zeit zu sparen, wurden nur wenige Zelte aufgeschlagen, in denen die Frauen und Kinder nächtigen sollten. Die Männer mussten mit den unbequemen Ladeflächen der Fuhrwerke vorliebnehmen. Als Erik in ihre grimmigen Gesichter sah, tröstete er sie: »Sobald wir im Heerlager sind, werdet ihr wieder auf bequemen Lagern liegen.«

Nachdem die Pferde ausgespannt waren, wurden die Fuhrwerke zum Schutz wie eine Wagenburg im Kreis aufgestellt. In der Mitte wurde ein Feuer entfacht, um das die Reisenden müde an den Flammen herumstanden, um kleine Mahlzeiten zu sich zu nehmen.

Als Johann beobachtete, wie Arne um seine Tochter schlich und sie umgarnte, zog er Franziska an sich und flüsterte ihr ins Ohr: »Achte in den Nächten auf Magdalena, denn ich kann sie vom Fuhrwerk aus nicht beschützen.« Dabei wies er zu Arne, der mit seiner Tochter am Feuer stand und lachend auf sie einredete. »Ich traue dem Schweden nicht«, sagte er mit verbissener Miene.

Franziska wollte etwas erwidern, doch als sie den entschlossenen Blick in den Augen ihres Mannes sah, schwieg sie.

Vier Tage später – es war in der Nähe von Kassel und später Nachmittag – preschten die Kundschafter an den Fuhrwerken vorbei und rissen erst kurz vor Erik und Arne an den Zügeln, dass die Pferde wiehernd mit den Vorderhufen in der Luft hingen. Wieder ahnten die Reisenden Schlimmes, sodass sie besorgt zum Ende der Wagenkolonne schauten, als Erik schallend lachte und auch Arne jubelte. Sogleich ritt Gustavsson an seinen Leuten vorbei und rief überschwänglich: *»Vi gjorde det! Vi gjorde det!«*

Im ganzen Tross setzten nun Jubelrufe ein, und die Männer schwangen vor Begeisterung ihre Hüte.

Arne kam zum Bonner'schen Fuhrwerk geritten und verkündete laut: »Wir haben es geschafft! Unser Heer liegt nicht mehr weit von hier!« Er strahlte Magdalena an, die verschämt hochblickte, jedoch sein Lachen nicht zu erwidern wagte. Dann schloss Arne zu Erik auf.

Johann war der Blick des Schweden nicht entgangen, und er schaute ihm grimmig hinterher. Seine Hände umschlossen verkrampft das Leder der Zügel, als er Franziskas Finger auf seinem Arm spürte.

»Ich bringe ihn um, wenn er ihr zu nahe kommt«, presste er hervor.

»Du musst Magdalena vertrauen«, antwortete Franziska leise.

Die Nacht brach langsam über dem Land herein, als Magdalena in einer flachen Talsenke das Lager entdeckte, das kreisförmig angeordnet schien. Um die Mitte standen zahlreiche Zelte unterschiedlicher Farben und Größen, an denen eine Vielfalt bunter Fahnen im sanften Wind wehte. Überall brannten Lagerfeuer, um die herum Menschen saßen, die in bunte Uniformen gekleidet waren. Ihre lauten Stimmen und fremden Lieder schwappten bis an Magdalenas Ohr, die von der Größe des Heers eingeschüchtert war.

Vorsichtig schritten die Zugpferde ins Tal hinunter, als die Soldaten die Reisenden entdeckten und Jubel im Lager ausbrach. Einige Männer liefen den Pferdegespannen entgegen und suchten auf den Fuhrwerken nach ihren Frauen und Kindern, die sie krank zurückgelassen hatten. Die Jungen und Mädchen streckten die Arme aus und riefen nach ihren Vätern. Kaum standen die Fuhrwerke still, sprangen sie herunter und liefen zu ihnen. Ein kleines Mädchen mit langen Zöpfen und einer Lumpenpuppe im Arm rief: *»Fader! Fader!«* Aufgeregt rannte es zu seinem Vater, der sich vor das Kind kniete. Es warf sich ihm weinend und vor Freude kreischend an den Hals.

Frauen schmiegten sich an ihre Männer, die sie lachend umarmten und begehrlich küssten.

Magdalena sah, wie ein Mann mit einem Mädchen auf dem Arm und einem Jungen an der Hand zu Arne ging. Sie konnte die schwedischen Worte nicht verstehen, aber sie ahnte, dass der Vater dem Arzt dankte, denn Arne schaute verlegen nach unten. Der Soldat klopfte ihm anerkennend auf die Schulter und verschwand mit seiner Familie zwischen den anderen Menschen, die zum Lager gingen.

Johann stand plötzlich mit seiner Familie allein da, weder Arne noch Erik waren zu sehen. Er beobachtete die Soldaten, die die Gespanne in einen abgesonderten Bereich außerhalb der Zeltstadt brachten, wo auch die Pferde versorgt wurden. Er blickte sich unsicher um, nicht wissend, wohin er gehen sollte.

Benjamin klammerte sich weinend an seine Mutter, denn er verstand nicht, warum seine Freunde plötzlich verschwunden waren. Traurig blickte er zu seiner Schwester empor, die ihm tröstend über die Haare strich, als Arne zwischen den Menschen auftauchte und sagte:

»Folgt mir! Ich habe eine Unterkunft für euch.«

Kapitel 35

Karoline blickte zum Fenster ihrer Schlafstube hinaus. Als sie die Sonne hinter den Wolken hervorspitzen sah, beschloss sie zu waschen. Sie sammelte die schmutzige Wäsche und verließ mit dem Korb unterm Arm das Haus.

Der Waschplatz lag außerhalb von Hundeshagen an einem seichten Arm der Nisse. Karoline seifte das erste Stück Leinen ein, als sie hörte, wie mehrere Frauen schwatzend des Weges kamen. Kaum hatten die Weiber sie entdeckt, verstummten sie.

Sie erkannte die redselige Josefine und die geschwätzige Grete, die mit dem alten Korbflechter verheiratet war. Ihnen folgten die junge Helene und eine Frau, die ihr fremd war, von der sie aber wusste, dass sie mit dem verwitweten Karl verheiratet war, der sechs unmündige Kinder in diese Ehe gebracht hatte.

Die Weiber schienen überrascht, Karoline am Waschplatz anzutreffen, und grüßten sie mit einem knappen Kopfnicken. Karoline ahnte, dass sie mit sich haderten, ob sie in ihrer Gegenwart die Wäsche waschen oder wieder gehen sollten. Schließlich stellte die junge Helene ihren Korb einige Schritte von Karoline entfernt auf dem Kiesbett des Ufers ab und begann die Wäsche zu sortieren. Die drei anderen taten es ihr nach.

Karoline hatte die dürftige Begrüßung ebenso knapp erwidert und sich sofort wieder ihrer Wäsche zugewandt. Sie wollte nicht, dass die Frauen an ihrem Blick erkennen konnten, wie sehr ihr abweisendes Benehmen sie kränkte. Stumm wusch sie die Seife aus dem Wäschestück, als sie hörte, wie Josefine fragte:

»Habt ihr gehört, dass letzten Sonntag nach der Messe ein Landstreicher versucht hat, den kleinen Silberkelch aus der Kirche zu stehlen?«

Grete nickte. »Der Mann wollte den Kelch zu Geld machen.«

»Was sollte er sonst damit machen?«, fragte Josefine höhnisch.

»Das weiß ich nicht«, schimpfte Grete. »Schließlich ist es ein kleines Gefäß. Das Silber wiegt nicht viel, und das dünne Gold, mit dem er überzogen ist, wird den Wert kaum steigern.«

»Von mir aus hätte der Landstreicher den Kelch mitnehmen können. Mir graust, wenn ich daran denke, dass ein Mörder ihn gestiftet hat«, erklärte Helene.

Tine, die Frau des Witwers, hielt in ihrer Arbeit inne, stemmte die Arme in die breiten Hüften und fragte: »Mörder? Davon weiß ich nichts.« Sie schüttelte den Kopf und rief empört: »In welchen Ort hat es mich verschlagen? Das letzte Mal, als wir uns beim Waschen getroffen haben, habt ihr mir von einem Wechselbalg und dem Hexenschwur erzählt. Jetzt höre ich eine Geschichte von einem Mörder.«

Als die Worte »Wechselbalg« und »Hexenschwur« fielen, sogen die drei anderen Frauen erschrocken die Luft durch die Zähne und blickten erschrocken zu Karoline hinüber. Tine, die sich keinen Reim darauf machen konnte, folgte ihren Blicken und verstand plötzlich.

Karoline hatte die Worte ebenfalls vernommen, und es traf

sie wie ein Keulenschlag. Schnaubend kam sie aus der Hocke hoch und schaute die Wäscherinnen zornig an. Einen Augenblick lang war sie versucht, Josefine zur Rede zu stellen, denn sie wusste, dass das Geschwätz nur von der Alten stammen konnte. Doch dann ließ sie die Schultern sinken. Sie ist es nicht wert, dachte Karoline und widmete sich wieder ihrer Wäsche.

Josefine ahnte, dass die Bäuerin wusste, wer für das Gerede verantwortlich war. Da sie befürchtete, Karoline würde auf sie losgehen, verschränkte sie abwehrend die Arme vor ihrer Brust. Aber dann sah sie, wie die Bäuerin sich wieder ihrer Wäsche zuwandte, und sie entspannte sich.

Die alte Grete spürte in Karolines Nähe Furcht hochsteigen, die sich mit Mitleid vermischte. Sie kannte die Bonner'sche Tochter seit ihrer Geburt, hatte sie als Mädchen heranwachsen sehen und war – wie alle anderen damals im Dorf – Zeugin der Tragödie der Familie Bonner geworden. Sie erinnerte sich, dass Karolines Bruder einer Hexe verfallen und mit ihr geflohen war. Grete entsann sich auch des Selbstmords der Mutter, die sich angeblich aus Scham wegen des Sohns in der Schlafstube erhängt hatte. Beide Ereignisse waren monatelang Gespräch in Hundeshagen gewesen. Der alte Casper Bonner, den die Sorge nicht zur Ruhe kommen ließ, war seinem Sohn hinterhergeeilt, um ihn aus den Fängen der Hexe zu retten. Aber er ward seit jenem Tag nicht mehr gesehen. Von da an musste das damals fünfzehnjährige Mädchen Karoline allein für sich sorgen und den Hof bewirtschaften. Grete wusste, dass Karoline ihre Arbeit verstand, doch sie mochte sie nicht. Schon als junges Mädchen war Karoline selbstgefällig, vorlaut und befehlerisch gewesen. Überheblich hatte sie alle Verehrer abgewiesen, bis Jodokus aus Mingerode aufgetaucht war. Grete musste zugeben, dass Karoline sich einen stolzen Mann ausgesucht hatte. Was hat er dir gebracht? Du hättest besser einen aus der Umgebung heiraten sollen, dachte die Grauhaarige und verzog spöttisch den Mund.

Niemand will mit dir reden, und jeder fürchtet sich vor dem Hexenschwur, den die alte Hebamme gegen dich geschleudert hat. Grete dachte mit Ekel an das Wesen in Karolines Keller, den Wechselbalg. »Manchmal kommt Hochmut vor dem Fall«, flüsterte die Alte hämisch und warf ein Wäschestück ins Wasser.

Helene blickte mitleidig zu Karoline hinüber, die auf dem Boden kniete und eine Hose mit der Bürste bearbeitete. Wie traurig muss ihr Leben sein, überlegte die junge Frau. Ständig wird hinter ihrem Rücken über sie getratscht und hinter vorgehaltener Hand gelacht. Ich würde zugrunde gehen, wäre ich an ihrer Stelle, dachte sie, als Josefine ihr zurief: »Deine Wäsche wird nicht von allein sauber.«

Eine unangenehme Stille lag über dem Bach. Schließlich brach Tine, die es vermied, zu der fremden Bäuerin hinzuschauen, das Schweigen der Frauen und bat: »Erzählt mir von dem angeblichen Mörder, der den Kelch gestiftet haben soll!«

»Angeblicher Mörder?«, fragte Josefine entrüstet. »Klaus Elgen, den man auch Busse genannt hat, erschlug vor fast vierzig Jahren den armen Zacharias Naumeyer. Stimmt doch, Grete, oder? Du musst dich daran erinnern können.«

Die grauhaarige Grete nickte. »Ich war das erste Mal schwanger, als dieser Mord geschah. Es wurde damals viel Aufhebens um den Fall gemacht, da der Totschlag auf Westernhagen'schem Gebiet verübt wurde und der Täter ein Westernhagen'scher Untertan war. Deshalb sollte der Fall auch in ihrem Ort Berlingerode verhandelt werden. Die Herren von Wintzingerode forderten hingegen, die Klage solle in Worbis ausgetragen werden, da der Erschlagene einer ihrer Untertanen war. Es ging hin und her, und schließlich musste der Mörder vierzig Taler Wergeld an den Bruder des Getöteten zahlen. Als zusätzliche Buße wurde er dazu verdonnert, diesen Silberkelch zu stiften.« Grete schleuderte das Wäschestück gegen einen Findling, der aus dem Wasser ragte. Sie sah Tine an und deutete mit den

Händen die Größe des Kelchs an. »Er ist nur so groß, aber ich finde ihn schön, denn außer dem Wappen derer von Westernhagen sind mehrere Namen und lateinische Worte eingraviert. Es wäre eine Schande gewesen, wenn der Landstreicher ihn gestohlen und verkauft hätte. Der Kelch macht unsere Kirche in Hundeshagen zu etwas Besonderem«, meinte Grete und wischte sich die nassen Hände an ihrer Schürze ab.

Karoline tat, als ob sie nichts hörte, und würdigte die Frauen keines Blicks. Angestrengt rieb sie einen Blutfleck aus Jodokus' Wams, der von den geschlachteten Fischen stammte, als ein Schatten auf sie fiel. Im selben Augenblick hörte sie Josefine verhalten rufen:

»Komm her, Helene. Was willst du bei der Verfluchten?«

Karoline kam seufzend aus der Hocke hoch und stand der jungen Helene gegenüber, die sie nur flüchtig kannte. Sie waren sich im Spätsommer auf dem Feld begegnet, als die Ernte eingebracht wurde. Da sie wusste, dass Helene damals schwanger gewesen war, schaute sie ihr nun unbewusst auf den Bauch, der sich nicht mehr wölbte. Mit einer fahrigen Bewegung strich sich Karoline die Haarsträhne aus dem Gesicht und fragte bissig: »Was willst du? Hast du keine Angst vor mir?«

Helene schluckte und schüttelte dann den Kopf. »Nein, ich fürchte dich nicht. Warum solltest du mir Böses wollen? Ich war nie gemein zu dir.«

Karoline nickte, und ihre Miene entkrampfte sich. »Du hast dein Kind bekommen?«, fragte sie.

Helene strahlte, als sie antwortete: »Unser Sohn ist am Heiligen Tag geboren worden.«

»Ich erinnere mich, dass du bereits Zwillinge hast. Sie müssen kurz nach meinem Michael geboren sein, demzufolge sind sie jetzt sieben.«

»Fast«, lachte Helene, die sich langsam entspannte. »Sie kamen im Monat September zur Welt.«

»Mit drei Kindern hast du sicher alle Hände voll zu tun«, sagte Karoline.

Die Frau rollte leise lachend mit den Augen. »Ich möchte dir etwas erzählen, das wichtig für dich sein könnte«, flüsterte sie und sah die Bäuerin eindringlich an.

Karoline runzelte die Stirn und fragte argwöhnisch: »Was kann das sein?«

»Nicht hier, denn die anderen sollen davon nichts erfahren«, erklärte Helene.

Karoline schaute über die Schulter der jungen Frau zu den anderen Weibern, die sie neugierig anstarrten. »Wo und wann?«, fragte sie leise.

Helene überlegte. »Mein Mann ist sehr misstrauisch, sodass ich nicht lange wegbleiben kann. Ich werde ihm sagen, ich hätte ein Wäschestück am Bach vergessen. Wollen wir uns nach dem Abendgeläut hier am Waschplatz wiedertreffen?«

Karoline nickte, packte ihre Wäsche zusammen und ging grußlos nach Hause.

»Warum musstest du so lange mit ihr schwatzen?«, meckerte Josefine.

»Das geht dich nichts an«, erwiderte Helene ruhig.

»Natürlich geht mich das was an«, ereiferte sich das Weib. »Schließlich ist sie mit einem Hexenschwur belegt, der auch auf uns übergehen könnte.«

Helene, die sonst eher zurückhaltend war, blickte Josefine ungläubig an. »Du glaubst nicht selbst, was du gerade gesagt hast?«

»Wie meinst du das?«

»Ich war dabei, als die alte Hebamme den Hexenschwur ausgestoßen hat. Mit keinem Wort hat sie gesagt, dass der Schwur auch andere treffen kann, wenn man sich mit Karoline Schildknecht abgeben sollte. Diese Frau ist gestraft genug. Ihr Kind wurde gegen einen Wechselbalg ausgetauscht. Und der Hexenfluch lastet auf ihr. Da musst du keine weiteren Gerüchte in die Welt setzen«, schimpfte Helene und schnaufte verärgert aus.

Grete und Tine sahen neugierig zu Josefine, deren Kopf feuerrot wurde. »Es ist eine Unverschämtheit, mir so etwas zu unterstellen. Ich äußere nur meine Bedenken.«

»Dann ist es ja gut!«, antwortete Helene, nahm ihren Korb unter den Arm und marschierte den Weg hinauf.

Karoline ging unruhig hin und her. Seit dem Morgen, als die junge Frau sie angesprochen hatte, grübelte sie, was sie ihr mitteilen wollte. »Es muss wichtig sein, sonst hätte sie es nicht gewagt, mit mir zu reden«, murmelte Karoline und blickte den Weg entlang. Endlich sah sie Helene, die auf sie zueilte.

»Ich hoffe, es hat mich niemand gesehen«, sagte sie außer Atem und schaute sich unsicher um.

»Wir können uns dort in den Hain stellen, dann kann man uns nicht sofort entdecken«, schlug Karoline vor.

Kaum standen sie versteckt hinter mehreren Bäumen, fragte sie gespannt: »Warum wolltest du mich hier treffen?«

Helene suchte nach Worten, aber als sie Karolines ungeduldigen Blick sah, sammelte sie sich und erzählte: »Ich habe meinem Bruder Hans, der in einem kleinen Ort bei Dresden Pastor ist, bei der Taufe meines kleinen Friedrich von eurem Schicksal berichtet.« Sie stockte und forschte in Karolines Blick, ob sie wütend wurde. Als Karoline keine Regung zeigte, fuhr sie fort: »Hans erzählte mir eine Geschichte, die ich dir nicht vorenthalten möchte, da sie dir vielleicht helfen kann.«

Karolines Blick verengte sich. »Wie kann mir eine Geschichte helfen?«, fragte sie.

»Höre erst und urteile dann«, entgegnete Helene und begann zu erzählen: »Der Reformator Martin Luther soll folgende Geschichte erzählt haben: In Halberstadt, das im Harz liegt, hatte ein Mann einen Wechselbalg, den man auch Kielkropf nannte. Der Balg war ein Nimmersatt, der die Frau des Mannes sowie fünf Ammen leergetrunken hat. Er konnte weder gehen noch sprechen. Die Leute rieten dem Mann, eine Wallfahrt nach Hockelstadt zu machen und dort zur Jungfrau Maria zu beten. Der Bauer befolgte den Rat und nahm das Wesen in einem Korb mit. Als er mit ihm eine Brücke passieren musste, soll ein Teufel unter Wasser den Wechselbalg ›Kielkropf, Kielkropf!‹ gerufen haben. Das Kind, das nie zuvor einen Laut von sich gegeben hatte, habe geantwortet: ›Ho, ho!‹ Der Teufel drunten im Wasser fragte: ›Wo willst du hin?‹, und der Balg antwortete: ›Ich will nach Hockelstadt zu Unserer Lieben Frau, damit ich gedeihe.‹ Als der Bauer das Wechselkind sprechen hörte, war er so erschrocken, dass er es mitsamt dem Korb ins Wasser warf. Nun riefen Teufel und Kind erfreut: ›Ho, ho. Jetzt können wir zusammen spielen‹, und sogleich verschwanden die beiden in der Tiefe.«

Karoline blickte Helene fassungslos an. »Was willst du mir mit dieser Geschichte sagen?«

»Vielleicht solltest auch du den Wechselbalg ins Wasser werfen, dann bist du ihn los.«

»Wenn ich ihn los sein wollte, müsste ich ihn nur erschlagen. Aber ich bekomme meinen Michael nur zurück, wenn ich dem Wechselbalg nicht schade.«

Helene nickte. »Ja, das denke ich auch.« Dann aber gab sie zu bedenken: »Wenn du ihn ins Wasser wirfst, wird er bei seinesgleichen sein. Dann tust du ein gutes Werk.«

Karoline schien nicht zuzuhören, stattdessen jammerte sie: »Warum können seine Eltern ihn nicht einfach holen?«

Helene berief sich erneut auf den Reformator: »Luther sagt, dass Wechselbälger nur ein Klumpen Fleisch ohne Seele seien, weshalb man für sie bei Tisch ein Vaterunser beten solle. Wenn das stimmt, dann sind seine Eltern ebenfalls nur Fleischklumpen, die sich wegen ihrer Seelenlosigkeit nicht zu dir trauen, um den Wechselbalg zu holen und dir deinen Sohn zurückzubringen.«

Als Karoline schwieg, sagte Helene leise: »Auch wenn du dein Kind nicht mehr zurückbekommen solltest, so gäbe es, wie mir mein Bruder sagte, die Möglichkeit, den Wechselbalg loszuwerden, ohne deinem Sohn zu schaden.«

Karoline wischte sich über die Augen und schaute Helene an. »Ich danke dir, dass du mir diese Geschichte erzählt hast.«

»Ich hoffe, ich konnte dir helfen«, flüsterte Helene und ging zurück, während Karoline blieb und über des Pastors Geschichte nachdachte.

Kapitel 36

Magdalena und ihre Familie folgten Arne, der sie rasch mitten durch das Lager der Soldaten führte. Die Männer saßen an Feuerstellen, die überall um sie herum brannten und deren Flammen sich in ihren Augen spiegelten. Manche Soldaten vertrieben sich die Zeit mit Knobeln, während andere genüsslich ihre Pfeife rauchten. Einige unterhielten sich, und andere schliefen. Als sie jedoch Magdalena erblickten, ging ein Raunen durch das Lager der Männer, und viele warfen ihr verlangende Blicke zu oder versuchten sie zu sich zu locken. Ein Mann stellte sich dem Mädchen in den Weg, und sie musste stehen bleiben und senkte ängstlich den Blick. Johann wollte zurück zu seiner Tochter eilen, als Arne auf den Mann zuging, ihn bitterböse ansah und mit eisiger Stimme auf Schwedisch zu ihm sprach. Ohne Widerworte trat der Soldat zur Seite, und Magdalena konnte weitergehen.

Hinter dem Platz mit den Lagerfeuern begann die Zeltstadt, durch die Arne die Familie lotste, bis er vor einem Zelt stehen blieb. »Hier könnt ihr übernachten«, sagte er und schob die Plane des Eingangs zur Seite, sodass sie eintreten konnten.

»Wessen Unterkunft ist das?«, fragte Franziska und schaute sich neugierig um.

»Zwei Soldaten haben hier gewohnt, die nun in ein kleines Zelt umgezogen sind.«

»Freiwillig?«

»Ich habe mit etwas Geld nachgeholfen«, gab Arne zu.

»Das werde ich dir zurückzahlen«, versprach Johann.

»Ich habe dir bereits erklärt, dass ich dein Geld nicht will«, erwiderte Arne und sah Johann verächtlich an.

»Wie lange werden wir rasten?«, fragte Franziska hastig, bevor ihr Mann aufbrausend werden konnte.

Arne zuckte mit den Schultern. »Das kann ich dir nicht sagen, denn ich habe noch keine Anweisung erhalten. Allerdings denke ich, dass wir uns morgen ausruhen können, bevor es weiter nach Göttingen geht.«

»Wie weit ist die Stadt entfernt?«, fragte Magdalena und schaute Arne unglücklich an.

»Wenn wir mit dem Heer ziehen, benötigen wir vier bis fünf Tage. Reist man allein, sind es weniger als zwei Tage.«

Johann überlegte. »Ich weiß, dass man von Kassel aus in Richtung Osten auf den Ort Allendorf stößt.« Er blickte Franziska an. »Kannst du dich daran erinnern, dass wir damals, als wir unsere Heimat verließen, bei Eschwege über die Werra wollten, dann aber durch den Ort Allendorf ins Hessenland gelangten?«

»Ich kann mich noch an alles erinnern«, sagte Franziska, und ein zaghaftes Lächeln legte sich um ihre Augen. »Allendorf und Eschwege grenzen ans Eichsfeld. Von dort können wir über den Hülfensberg nach Hause gelangen«, erklärte sie, und Johann nickte.

Arne hatte ihnen zugehört und versuchte sie umzustimmen:

»Bedenkt, dass jeder Tag, den ihr unter unserem Schutz steht, euch für die weitere Reise allein stärken wird.«

»Ja, das mag stimmen, aber ich bin jetzt zu müde, um eine Entscheidung zu treffen«, erklärte Franziska und gähnte hinter vorgehaltener Hand.

Arne blickte sich in dem Zelt um und sagte: »Es fehlen Decken, Teller, Becher und Löffel für zwei weitere Personen. Magdalena, hilfst du mir, die Sachen aus einer anderen Unterkunft herzubringen?« Er sah das Mädchen inständig bittend an.

Sofort widersprach Johann: »Ich werde dich begleiten.«

»Es wäre mir lieber, wenn du auf deine Frau und deinen Sohn achten würdest für den Fall, dass sich einer der Soldaten in diese Unterkunft verirren sollte. Außerdem müssen wir nur drei Zeltreihen weiter«, erklärte Arne und schaute Johann spöttisch an, der mürrisch nachgab.

Magdalena folgte Arne durch die Zeltreihen, als er sie plötzlich zur Seite zog und ohne Vorwarnung küsste. Überrascht riss sie die Augen auf. Ebenso schnell schloss sie die Lider wieder und gab sich dem Kuss hin.

Als Arne sich von ihr löste, presste er seine Stirn gegen ihre. »Während der letzten Tage glaubte ich wahnsinnig zu werden, weil ich dich nicht berühren durfte«, flüsterte er schwer atmend.

Magdalena schmiegte sich in seine Arme und wollte vor Freude jubilieren, doch stattdessen fragte sie: »Was ist mit deiner Freundin Brigitta?«

Arne blickte sie erstaunt an. »Sie ist nicht meine Freundin. Ich habe nichts mit ihr zu tun. Wie kommst du darauf?«

Magdalena zuckte unsicher mit den Schultern, als Arne seinen Kopf zu ihr beugte und ihr gestand: »Ich habe mich unsterblich in dich verliebt. Du hast mein Herz erobert. Ich glaube, ich bin dir verfallen. Lange habe ich versucht, mich gegen meine Gefühle zu wehren, aber ich kann es nicht.« Er zog sie an sich und küsste sie erneut.

Magdalena erwiderte leidenschaftlich Arnes Kuss, doch als sie sich voneinander lösten, wisperte sie: »Unsere Wege werden sich bald trennen. Was wird dann aus uns werden?« Das Glück, das sie vor wenigen Augenblicken gespürt hatte, wandelte sich in Angst, und sie legte verzweifelt den Kopf an Arnes Brust.

»Ich weiß es nicht, aber mir wird eine Lösung einfallen, *min älskling*«, sagte er leise.

Fragend blickte Magdalena zu ihm auf. *»Min älskling?«*

Arne schmunzelte und übersetzte: »Mein Schatz!«

Auf der anderen Seite des Zeltes, vom Schatten verschluckt, stand Brigitta. Obwohl Arne und das Mädchen leise gesprochen hatten, konnte die Marketenderin jedes Wort verstehen. Das schlechte Gefühl, verloren zu haben, breitete sich in ihrem Kopf aus, ebenso Trauer, weil Arne eine andere begehrte. Brigitta war versucht aufzugeben, doch so schnell wollte sie nicht kapitulieren. Die Deutschen können nicht bei uns bleiben. Und je eher sie abhauen, desto schneller wird Arne dieses Mädchen vergessen, überlegte sie, und ein höhnisches Lächeln zuckte über ihr Gesicht. »Es wird Zeit, eine Schuld einzufordern.«

Als Erik Gustavsson das Zelt Jan Banérs, des Oberbefehlshabers der schwedischen Truppen im Reich, betrat, schlug ihm abgestandene Luft entgegen. Es roch nach saurem Wein und erkaltetem Essen, das auf dem Tisch stand.

Banér saß am Ende der Tafel und blickte aus müden Augen zu seinen Offizieren, die über Karten gebeugt stritten. Als der schwedische Feldmarschall Gustavsson entdeckte, rief er freudig: »Erik! Da bist du endlich.« Mit einem Ruck stand er auf und kam Gustavsson entgegen, um ihn herzlich zu umarmen. »Ich habe bereits vernommen, dass die Kranken keine Ruhr hatten und ihr alle wohlbehalten zu uns zurückgekehrt seid.«

Erik erwiderte die Begrüßung ebenso herzlich und fragte: »Was gibt es Neues?« Dabei blickte er zu den Offizieren, die ihn nickend willkommen hießen.

Banér setzte sich zurück auf seinen Stuhl und bot dem Landsmann den Platz neben sich an. Dann sagte er zu seinen Truppenführern: »Lasst uns morgen weiterstreiten, wer nach Stralsund gehen wird. Allerdings bleibe ich bei meinem Plan, dass wir in das Gebiet von Mecklenburg und Magdeburg ziehen werden.«

Einige der Offiziere sahen den Feldmarschall verständnislos an, während andere den Kopf schüttelten. Geschlossen verließen sie das Zelt.

Als Gustavsson und Banér allein waren, wurde der Blick des Feldmarschalls ernst. »Alles deutet darauf hin, dass die Verhandlungen zwischen dem Kaiser und dem sächsischen Kurfürsten Ende Mai Früchte tragen und sie Frieden schließen werden.«

»Das war abzusehen. Nachdem sich letztes Jahr Kurfürst Johann Georg I. von Sachsen aus dem Bündnis mit uns lösen konnte, haben die Delegationen des Kaisers und des sächsischen Kurfürsten mehrere Monate über die Vertragsbestimmungen verhandelt. Irgendwann mussten sie zu einem Ergebnis kommen.«

Nachdenklich zwirbelte Banér die Enden seines Lippenschnäuzers, die seitlich abstanden, und rieb sich anschließend über den spitz zulaufenden Kinnbart. »Ich vermute«, überlegte er, »dass dieser Frieden uns unsere Verbündeten aus Brandenburg und Sachsen kosten wird. Uns werden außer dem Landgrafen von Hessen-Kassel keine anderen Freunde übrig bleiben.«

»Glaubt Ihr wirklich, dass Wilhelm V. uns weiterhin treu ergeben sein wird?«

Der Oberbefehlshaber wiegte den Kopf hin und her. »Wilhelm steht in unserer moralischen Pflicht«, meinte er. »Schließlich hat er vor vier Jahren von unserem verstorbenen König Gustav Adolf die Stifte Fulda, Hersfeld, Paderborn und das Kloster Corvey als verbriefte Schenkung erhalten und zudem das Bistum Münster in Aussicht gestellt bekommen.«

»Wie Ihr sagt, ist das vier Jahre her. Ob er sich der bindenden Treue noch erinnert?«, fragte Erik zweifelnd. »Auf welcher Seite wird er stehen, wenn es dem Kaiser gelingt, die deutschen Fürsten zu vereinen, um die ausländischen Mächte aus dem Reich zu vertreiben?«

Banér seuftze laut auf. »Um das zu erfahren, müssen wir Wilhelm einen Besuch in Kassel abstatten.«

»Wann gedenkt Ihr weiterzuziehen?«, wollte Gustavsson wissen.

»In drei Tagen.«

»Wird das Heer Euch folgen?«

»Du hast meine Offiziere soeben erlebt. Sie stellen sich gegen meine Befehle. Die Disziplin innerhalb der Truppen ist desolat, und ich habe sie nicht mehr im Griff.«

Gustavsson blickte den Mann nachdenklich an. Er wusste, dass Banér weder die notwendige Geschicklichkeit noch genügend Brutalität besaß, um sich durchzusetzen.

»Jeder Offizier gibt Befehle, wie es ihm beliebt. Kaum einer hält sich an meine Anordnungen«, erzählte Banér weiter.

Erik nickte: »Ja, das ist ein großes Problem, wenn man ein achtzehntausend Mann starkes Heer nach so vielen Kriegsjahren befehligt«, stimmte er dem Feldmarschall zu.

In seinem Rücken spürte er, dass jemand ins Zelt getreten war. Auch wenn er die Person nicht sah, ahnte er, wer es sein könnte, denn in Jan Banérs Augen war reines Verlangen zu erkennen.

»Da ist sie endlich«, murmelte der Oberbefehlshaber der Schweden.

Erik drehte sich nach dem Besuch um. Als er die Frau erblickte, nickte er ihr höflich zu, stand auf und verabschiedete sich.

Banér streckte Arme und Beine von sich. Sein Oberkörper war mit Schweißperlen bedeckt, als er verhalten lachte und sagte: »Du schaffst mich.«

Mühsam stützte er sich auf den Ellenbogen auf und griff nach dem Glas. Er trank gierig einen Schluck Wein und reichte das Glas an Brigitta weiter, die es mit einem Zug leerte und auf das Tischchen zurückstellte.

Als er sich wieder ausstreckte, legte die Frau ihren Kopf auf seine Brust und gurrte: »Hast du mich vermisst?« Da er nicht sofort antwortete, drehte sie sich auf den Bauch, um dem Mann in die Augen blicken zu können.

Banér schaute in Brigittas kornblumenblaue Augen, verzog den Mund und antwortete: »Ich hatte keine Zeit, dich zu vermissen. In meinem Heer geht es drunter und drüber, und jeden Tag höre ich neue Hiobsbotschaften.« Er strich mit seiner Hand durch ihr dunkles Haar und ließ eine Strähne durch seine Finger gleiten. »Aber jetzt, nachdem du mich verwöhnt hast, muss ich gestehen, dass mir deine Dienste gefehlt haben. Es ist entspannend, wenn der Druck nachlässt«, lachte er über seinen eigenen Witz, sodass Brigitta ihm auf den Oberarm schlug.

»Wie geht es deiner Frau, Catharina Elisabeth?«

»Ich hoffe, es geht ihr gut! Ihre letzte Nachricht erhielt ich vor vier Wochen, und sie berichtete nichts Besorgniserregendes. Sie wird nach Magdeburg kommen. Warum willst du das wissen?«

Brigitta zupfte am Fell der Zudecke. »Ich musste gerade daran denken, wie sie uns einmal beinahe erwischt hätte und wie ich mich verstecken musste.«

Banér lachte. »Ja, das war knapp.«

»Mir wäre nichts passiert, aber dich hätte sie sicher in der Luft zerrissen«, stimmte Brigitta in das Lachen ein. »Aber ich war ein braves Mädchen und habe so lange in der Truhe ausgeharrt, bis sie wieder ging. Obwohl ich auf das, was ich hören musste, gern verzichtet hätte«, sagte sie und verzog verächtlich den Mund.

»Sie weiß eben nicht, welche Worte ein Mann hören möchte, und erst recht nicht, was ihm guttut«, erklärte der Feldmarschall und zwinkerte der Marketenderin zu.

»Man könnte sagen, dass ich dich vor ihrem Wutausbruch gerettet habe?«

Banér nickte vorsichtig.

»Dann könnte man auch sagen, dass du in meiner Schuld stehst, Jan Banér?«, fragte Brigitta mit rauchiger Stimme und schaute ihm tief in die Augen.

Er schien zu überlegen, und sie begann, seinen Oberkörper Stück für Stück mit Küssen zu bedecken. Doch kaum erschauerte er unter ihren Berührungen, hörte sie auf.

»Warum machst du nicht weiter?«, keuchte er und sah sie gequält an. Den Blick, den sie ihm zuwarf, kannte er nur zu gut, und er wusste, dass dahinter eine Forderung steckte.

»Ich denke, dass du mir einen Gefallen schuldig bist«, erklärte sie und rutschte mit ihren Lippen etwas tiefer, um gleich darauf mit dem Küssen wieder aufzuhören.

Stöhnend griff Banér in ihre Haare und zog sie sanft zu sich. »Welchen Wunsch soll ich dir erfüllen?«, flüsterte er erregt.

Brigitta weihte ihn in ihren Plan ein.

Er hörte zu. »Das ist alles?«, fragte er.

Sie nickte.

»Du kleines Miststück«, murmelte er heiser und drückte ihren Kopf nach unten. »Mach dort weiter, wo du aufgehört hast, und dein Wunsch wird morgen in Erfüllung gehen.«

Arne rieb sich die Augen, da Erik ihn weckte. »Ich dachte, dass wir uns heute ausruhen können«, schimpfte er gähnend.

»Wir sollen den Feldmarschall begleiten, wenn er sich mit dem Landgrafen von Hessen-Kassel, Wilhelm V., treffen wird.«

»Warum soll ich mitkommen? Gibt es keine Kranken, die ich im Lager versorgen müsste?«

Gustavsson schüttelte den Kopf. »Es ist Banérs ausdrücklicher Wunsch, dass wir beide mit ihm reiten. Ich glaube, es geht ihm nicht sonderlich gut, deshalb will er dich dabeihaben. Seine letzte Nacht scheint sehr anstrengend gewesen zu sein«, lachte Erik.

Arne blickte ihn fragend an.

»Brigitta!«, sagte Erik, und Arne verstand. »Da wir uns auf halber Strecke mit dem Landgrafen treffen werden, sind wir am Abend zurück.«

»Hoffentlich!«, sagte Arne und zog seine Stiefel an.

»Keine Sorge! Du wirst rechtzeitig bei deinem Liebchen sein«, versprach Gustavsson grinsend.

»Woher weißt du …?«, fragte Arne verlegen.

»Schon die größten Kriegsherren haben im Schlaf geplaudert.«

»Du meinst …?«

»Mehr als zehn Mal hast du ihren Namen gemurmelt.«

Arne versteckte sein Gesicht in den Händen. »Wie furchtbar!«

»Komm, du verliebter Gockel. Je schneller wir uns auf den Weg machen, desto eher bist du zurück. Obwohl ich nicht verstehe, warum du dich deinen Gefühlen für dieses fremde Mädchen hingibst. Eure Liebe hat keine Zukunft.«

»Danke, mein Freund, für deine Ehrlichkeit«, spottete Arne. »Als ob ich das nicht selbst wüsste. Aber ich hoffe, dass wir eine Lösung finden.«

Zweifelnd zog Erik eine Augenbraue in die Höhe und verließ mit Arne das Zelt.

Johann legte sich den Umhang um die Schulter, da er nach draußen gehen wollte, um seiner Familie ein Frühmahl zu besorgen, als zwei Soldaten ohne Vorwarnung das Zelt betraten. Franziska stieß vor Schreck einen spitzen Schrei aus, während Benjamin sich hinter seinen Vater und Magdalena sich vor ihre Mutter stellte.

»Was wollt ihr?«, fragte Johann freundlich, denn er glaubte nicht, dass die beiden Männer ihnen Böses wollten.

»Ihr müsst das Lager verlassen«, erklärte der ältere der beiden Soldaten in akzentfreiem Deutsch und mit fester Stimme.

»Uns wurde versprochen, dass wir in eurem Schutz bis Göttingen reisen können«, erklärte Johann immer noch freundlich.

»Dieses Versprechen gilt nicht mehr. Ihr habt unverzüglich eure Sachen zu packen und abzureisen.«

»Ich möchte Erik Gustavsson oder den Arzt Arne sprechen«, forderte Johann mit erregter Stimme.

»Was du möchtest, zählt hier nicht. Auf dem Schlachtfeld würden wir dich nicht bitten, sondern fortjagen. Deshalb verhalte dich ruhig und verschwinde mit deiner Familie. Außerdem würden die beiden euch dasselbe sagen, denn von ihnen kam der Befehl. Wir kommen zur Mittagszeit wieder. Seid ihr bis dahin nicht verschwunden, werden wir keine Rücksicht nehmen und Gewalt anwenden.« Der Ton des Soldaten war laut und bissig geworden, sodass Johann keine Zweifel an der Ernsthaftigkeit seiner Worte hegte.

»Ich verstehe das nicht«, erklärte Franziska und versuchte ruhig zu bleiben und sich ihre Angst nicht anmerken zu lassen. »Gestern Abend verdeutlichten eure beiden Kameraden, dass es besser sei, im Schutz des Heeres weiterzureisen. Warum dieser Sinneswandel?«

»Wir müssen euch nichts erklären, sondern nur dafür sorgen, dass ihr verschwindet. Ihr seid nicht unsere Freunde, sondern unsere Feinde, und die haben hier nichts zu sagen.«

Die Soldaten drehten sich um und wollten das Zelt verlassen, als Magdalena wagte, sie zu fragen: »Wo sind Erik und Arne?«

Die Blicke der Soldaten musterten das Mädchen in unverschämter Weise. Magdalena hatte Angst, dass sie ihr die Antwort schuldig bleiben würden.

Schließlich sagte der Jüngere verächtlich: »Sie gaben uns den Auftrag, da sie mit dem Feldmarschall auf dem Weg nach Kassel sind. Und jetzt macht, dass ihr fortkommt.«

Kapitel 37

Kaum hatte das Bonner'sche Fuhrwerk das Lager der Schweden verlassen, brauste Johann auf: »Das hätte ich mir denken können! Erst versprechen uns die Schweden Schutz, und dann jagen sie uns davon. Zu dumm, dass ich Gustavsson und diesem Arzt nicht meine Meinung sagen kann. Sie waren wohl zu feige, uns selbst mitzuteilen, dass wir verschwinden sollten. Feind bleibt Feind«, schimpfte er und lenkte die Pferde auf die Heeresstraße.

Franziska wagte nichts zu erwidern. Sie war enttäuscht von den beiden Schweden. Trotz allem haben sie uns vor den Söldnern gerettet, beschwor sie die Erinnerung. Das entschuldigt aber nicht ihr jetziges Verhalten. Sie hätten sich wenigstens von uns verabschieden können, dachte sie dann und blickte nach hinten, um nach ihren Kindern zu sehen.

Benjamin saß schluchzend neben Magdalena. »Das ist gemein, denn ich konnte mich nicht von meinen Freunden verabschieden, die nun nicht wissen, wo ich bin. Dabei wollten Gunnar und Björn mir heute die Waffen der Soldaten zeigen«, weinte er und presste sein nasses Gesicht an die Schulter seiner Schwester, die tröstend den Arm um ihn legte.

Magdalena konnte weder weinen noch schreien. Kein Ton kam über ihre Lippen. Verstört saß sie da und starrte zurück zum Schwedenlager, das immer kleiner wurde. Sie hatte das Gefühl, einen Alptraum zu träumen. Alles schien unwirklich, so wie die Worte, die Arne ihr am Abend zuvor zugeflüstert hatte und denen sie nun nicht mehr glauben konnte. Er ist ein verlogener Bastard, dachte sie bitter und stellte sich vor, wie er in Brigittas Armen lag und über ihre Unerfahrenheit lachte. Ich dumme Gans, schalt sie sich selbst. Wie konnte ich nur annehmen, dass er Gefühle für mich hegen könne?

Die Familie setzte schweigend ihre Fahrt fort, ohne zu wissen, wo sie waren oder wohin sie mussten. Als ihnen unterwegs ein Bauer begegnete, der einen mageren Ochsen vor sich hertrieb, zügelte Johann die beiden Hengste neben ihm und fragte: »Kannst du mir sagen, wie ich nach Allendorf komme?«

Der Alte betrachtete aus trüben Augen die beiden Pferde. »Prachtvolle Rösser hast du«, sagte er anerkennend. »Du musst aufpassen, dass man sie dir nicht stiehlt. Die Menschen sind schlecht geworden und achten den Besitz des anderen nicht mehr.« Dann wiesen seine gichtkrummen Finger in eine Richtung. »Du folgst der Heeresstraße bis Witzenhausen, von dort weiter über den Zinnberg durch den Wald, dann siehst du die Stadtmauer von Allendorf vor dir liegen.«

»Wann, glaubst du, werden wir dort ankommen?«

Der Alte überlegte, wiegte den Kopf mit dem schütteren Haar von rechts nach links und blickte zur Sonne, die über ihnen stand. Schließlich meinte er: »Am späten Nachmittag müsstet ihr dort sein.«

Johann bedankte sich und ließ die Pferde antraben.

Nachdem die Tiere ihren Schritttakt gefunden hatten, nahm er Franziskas Hand und versprach: »In Allendorf werden wir uns eine Nacht im Gasthaus gönnen.« Als er den überraschten Gesichtsausdruck seiner Frau sah, fügte er lächelnd hinzu: »Ich freue mich auf ein anständiges Essen und ein kühles Glas Bier. Dieses dünne Tunnbröd kam mir schon aus den Ohren heraus.«

Als die Stadtmauern von Allendorf zu sehen waren, konnte Franziska nicht leugnen, dass sie ein gutes Gefühl spürte. Sie freute sich auf ein behagliches Nachtlager und ein schmackhaftes Essen. Auch der Gedanke, dass sie nicht mehr fern der Heimat waren und die Anstrengungen bald ein Ende haben würden, ließ sie lächeln. Glücklich blickte sie zu ihrem Mann. Letzte Nacht hatten sie sich seit Langem wieder in den Armen gelegen und ihre Liebe füreinander aufs Neue gefestigt. Franziska lächelte entspannt.

Dann sah sie, wie ihr Mann die Augen verengte und nach vorn starrte. »Was ist?«, fragte sie beunruhigt.

»Steht da jemand auf der Stadtmauer und winkt?«, wollte Johann wissen und zeigte nach Allendorf.

Nun engte auch Franziska ihren Blick ein, um besser sehen zu können. »Glaubst du, er meint uns?«, fragte sie unsicher. Da der Mann aufgeregt auf der Mauer hin und her sprang, blickte sie hinter sich, ob jemand ihnen folgte, aber da war niemand.

»Er meint tatsächlich uns«, murmelte Franziska, legte die Hand vor die Stirn und schaute nach vorn.

Je näher sie kamen, desto heftiger winkte der Mann. Schließlich legte er die Hände als Trichter vor den Mund und schrie: »Macht, dass ihr hinter die Stadtmauern kommt. Wir schließen die Tore.«

Überrascht blickte Johann Franziska an. »Es ist noch lange nicht Abend, und sie wollen die Stadttore schließen?«

Im selben Augenblick waren Stimmen zu hören, die wie eine Welle laut wurden und wieder abebbten, laut wurden und wieder abebbten. Fragend blickten die beiden zu dem Mann auf der Mauer hinauf, als Magdalena schrie: »Soldaten!«

Nun sahen auch Johann und Franziska die zahlreichen Männer, die an den Ufern der Werra und auf Wiesen, Feldern und Äckern nahe der Stadt zu lagern schienen. Einige Soldaten hatten das Fuhrwerk entdeckt und liefen darauf zu. Johann schlug seinen Pferden mit den Zügeln auf den Rücken, damit sie schneller wurden. Kaum war ihr Gespann durch das Tor gefahren, fiel das Stadttor von Allendorf mit lauten Rums zu.

Johann zügelte die Hengste, die ihre Nüstern aufblähten und vor Angst die Augen aufrissen. Er blickte den Torwächtern mit verständnislosem Blick entgegen, die zum Fuhrwerk gelaufen kamen und die aufgeregten Pferde am Zaumzeug festhielten.

»Was ist hier los?«, rief er ihnen zu und sprang zitternd vom Kutschbock. Erst jetzt wurde ihm bewusst, in welcher Gefahr sie geschwebt hatten. »Das war knapp«, sagte er zu einer der Torwachen und blickte besorgt zu seiner Familie, die ihn aus schreckensweiten Augen anstarrte.

»Allendorf wird seit einigen Tagen von den Kroaten und den Kaiserlichen belagert«, erklärte einer der Wachmänner.

Johann hielt sich beide Hände vors Gesicht und stöhnte: »Das darf alles nicht möglich sein. Wir sind auf dem Weg nach Hundeshagen und wollten in eurer Stadt nur für einen Tag rasten.«

»Das könnt ihr. Allerdings wird eure Rast länger dauern.«

Franziska war kreidebleich vom Kutschbock gestiegen und half ihrem Sohn und Magdalena, die kein Wort von sich gaben, von der Ladefläche zu springen.

Die Wachmänner des Tores musterten Johann und Franziska. Ihre Blicke blieben an ihren nur langsam verheilenden Verletzungen am Hals und im Gesicht hängen. »Was ist mit euch geschehen?«, fragte der eine misstrauisch.

»Wir wurden vor mehreren Tagen von Söldnern überfallen und sind nur knapp mit dem Leben davongekommen«, erklärte Johann und fasste sich an seine verkrustete Halswunde.

»Da scheint ihr Glück gehabt zu haben. Erst gestern haben die

Kroaten ohne Erbarmen einen Bürger unserer Stadt erschossen, der für die Einhaltung der Schichtzeiten in der Saline zuständig war. Nur weil Johannes Klinckerfuß – so hieß der Unglückliche – die Arbeitszeit ein wenig überzogen hatte, ließen Oberst Beygott und der Regimentsführer Geleen ihn hinrichten.«

»Was wollen die Kroaten und die Kaiserlichen von Allendorf?«, fragte Franziska und legte den Arm um Benjamin, der nicht verstand, was los war, und sich an sie presste.

In diesem Augenblick eilte ein Mann, dessen rundes Gesicht von einem Vollbart bedeckt wurde, um die Häuserecke. »Wer seid ihr?«, rief er schon von Weitem und stellte sich breitbeinig vor Johann auf, der ihn um einen halben Kopf überragte.

»Mein Name lautet Johann Bonner. Da sind meine Frau und meine beiden Kinder«, dabei zeigte er auf seine Familie. »Wir sind auf der Durchreise. Und wer bist du?«

»Ich heiße Christoph Kirchmeier und bin der Bürgermeister von Allendorf und der Saline in Sooden.«

»Wie kann es sein, dass eure Stadt belagert wird?«

»Wir hatten gehofft, dass die kaiserlichen und die kroatischen Regimenter weiterziehen würden, zumal sie bereits in unserer Nachbarstadt Eschwege keine Beute machen konnten. Aber sie müssen ihre Vorräte auffrischen, und die Offiziere glauben, dass wir in der Lage sind, ein viertausend Mann starkes Heer zu ernähren. Dabei haben unsere siebenhundert Bürger selbst kaum genug zu essen. Vor einigen Jahren zogen bereits die Regimenter der Feldherren Tilly, Wallenstein, Pappenheim und noch einige andere durch diese Gegend, und jeder plünderte unsere Stadt. Nun sind die Kassen der Stadt und die Säckel der Bürger leer, denn wir mussten jedem Feldherrn Schutzbriefe abkaufen, damit sie Allendorf nicht anzünden.«

»Wissen das die Kaiserlichen und die kroatischen Feldherren nicht?«

Der Bürgermeister ließ die Schultern hängen und stöhnte

leise. »Sie sind davon überzeugt, dass wir unsere Stadtkassen ebenso wie unsere Vorratskammern weiter auffüllen können, weil wir die Salzgewinnung aufrechterhalten. Doch die Zeiten, als wir eine reiche Stadt waren, sind lange vorbei. Wir haben ihnen unser letztes Geld gegeben, damit auch sie uns einen Schutzbrief ausstellen.«

Johann legte fragend seine Stirn in Falten. »Wofür?«

Der Bürgermeister schnaufte verhalten aus. »Damit unsere Arbeiter unbeschadet nach Sooden gehen können, wo sich unsere Saline befindet. Wir können mit der Salzgewinnung nicht einfach aufhören, schließlich erwirtschaften wir damit zwei Drittel des Landeshaushaltes. Das wissen die Offiziere auch und harren deshalb aus.« Kirchmeier strich sich über seinen struppigen Vollbart. »Als Tilly vor etlichen Jahren hier durchzog, dachte ich, dass bald wieder Frieden herrschen würde, aber ich habe mich geirrt. Nun fordert dieser verdammte Krieg erneut seinen Tribut. Es ist eine Binsenweisheit, dass nach so vielen Kampfjahren der Krieg den Krieg ernährt. Doch irgendwann ist nichts mehr zu holen.«

Johann sah Franziska verzweifelt an. »Was sollen wir machen?«, fragte er seine Frau.

Doch der Bürgermeister antwortete: »Wenn ihr die schützenden Mauern der Stadt verlasst, kann euch niemand helfen, und ihr seid auf euch allein gestellt. Deshalb rate ich euch zu Geduld. Vielleicht haben wir Glück, und die Regimentsführer geben auf und ziehen weiter.«

»Besteht die Hoffnung, dass das bald geschehen wird?«, fragte Franziska und strich ihrem Sohn beruhigend übers Haar.

»Diese Frage kann niemand beantworten. Meine Bürger verhöhnen die Soldaten jeden Tag aufs Neue und sagen ihnen, dass bei uns nichts zu holen ist, aber diese Dummköpfe wollen es nicht glauben. Zwar gehen wir nicht davon aus, dass sie in unsere Stadt eindringen können, denn die Stadtmauer ist hoch und das Holz unserer Tore dick und standhaft. Trotzdem haben wir tagein, tagaus Steine auf die Wälle geschleppt und unsere Waffen für den Ernstfall hinaufgetragen. Aber wenn man die Abertausende Soldaten sieht, wird einem mulmig zumute. Wir hoffen auf den Beistand Gottes und beten täglich in der Kirche Sankt Crucis. Mehr können wir nicht tun.«

Johann knetete nervös seine Hände. »Schon fast daheim und trotzdem so weit entfernt«, jammerte er, sodass Kirchmeier ihn mitfühlend ansah. »Doch wir haben keine andere Wahl und müssen bleiben. Wo können wir die Pferde unterbringen, und wo können wir nächtigen?«

»Im Gasthaus ›Zum Löwen‹ sind Zimmer frei«, lachte der Bürgermeister. »Normalerweise ist das Gasthaus gut besucht, weil dort auch unsere Zollstation ist, aber unter diesen Umständen gibt es nichts zu verzollen. Komm, guter Mann, ich lade dich zu einem Dreimännerwein ein.«

»Dreimännerwein?«, fragte Johann zweifelnd.

»Unser Wein ist so sauer, dass zwei Mann dich festhalten müssen, damit du ihn trinken kannst.«

»Dann nehme ich lieber ein Bier!«, erwiderte Johann.

Johann hatte für seine Familie ein Zimmer im Gasthaus »Zum Löwen« gemietet und der Wirtin ein zusätzliches Geldstück in die Hand gedrückt. »Das sollte reichen, damit meine Familie ein Bad nehmen kann.«

Nachdem er die Pferde in dem Stall hinter dem Gasthaus untergebracht und versorgt hatte, traf er sich mit dem Bürgermeister in der Schankstube. Kaum saß er bei Kirchmeier am Tisch, stellte der Wirt ihm einen Krug Bier vor die Nase.

»Ich weiß nicht mehr, wann ich das letzte frisch gezapfte Bier getrunken habe«, nuschelte Johann und nahm einen tiefen Schluck. Leise seufzend wischte er sich den Schaum von den Lippen und grinste den Bürgermeister zufrieden an.

»So ist es richtig«, sagte Kirchmeier und nickte ihm zu. »Da wir an unserer Lage nichts ändern können, sollten wir Ruhe bewahren und unser Bier genießen. Du sagtest, dass du vom Eichsfeld stammst?«

Johann nickte. »Aus Hundeshagen. Wir waren seit über siebzehn Jahren nicht mehr dort«, erklärte er und erzählte seine Geschichte.

Der Bürgermeister schüttelte den Kopf. »Das ist wirklich unfassbar. Kurz vor der Haustür kommen dir die Kroaten und Kaiserlichen in die Quere. Aber vertraue auf Gott. Es dauert nicht mehr so lang, wie es einmal gedauert hat, und ihr werdet eure Heimat wiedersehen«, prophezeite er.

Die Wirtin hatte der Familie Bonner eine Kammer zugewiesen, in der ein Badezuber stand. »Normalerweise vermieten wir diesen Raum nur an wohlhabende Geschäftsmänner. Aber da wir sonst keine Gäste haben und auch keine zu erwarten sind, könnt ihr hier nächtigen. Zudem war dein Mann großzügig«, hatte sie Franziska mit einem breiten Grinsen erklärt, sodass ihre zahlreichen Zahnlücken zu erkennen waren. »Ich werde die Mägde mit heißem Wasser zu euch schicken.«

Magdalena hatte ihren Bruder eingeseift und schrubbte nun mit einer Bürste vorsichtig seinen Rücken.

»Das tut weh«, jammerte Benjamin.

Doch seine Schwester erwiderte: »Der Gestank der Schweden muss von deiner Haut.«

»Meine Freunde haben nicht gestunken«, ereiferte er sich und blickte Magdalena böse an.

»Ich kann sie immer noch riechen«, murmelte sie und rieb ihm mit einem Lappen über die Haut.

Benjamin rief: »Dann musst du selbst baden, denn du stinkst auch.«

Magdalena blickte ihn empört an, doch dann roch sie an ihrem Rock und musste dem Bruder recht geben. »Ich rieche tatsächlich«, stellte sie mit gerümpfter Nase fest.

Als ihre Mutter das sah, musste sie laut lachen. »Wir alle haben ein Bad bitter nötig. Deshalb kommst du jetzt aus dem Badezuber, Benjamin, damit deine Schwester sich aufweichen lassen kann. Ich werde zum Schluss baden«, erklärte sie und holte einen Eimer mit heißem Wasser.

Kaum war der Junge aus dem Trog gestiegen, kippte sie das frische Wasser dazu. Magdalena entkleidete sich und hüpfte in das warme Badewasser. Sie lehnte ihren Kopf gegen das Holz und winkelte die Beine an, damit das Wasser ihren Körper umspülte. Sie schloss die Augen, und sogleich schob sich Arnes Gesicht in ihre Gedanken. Sie versuchte, nicht an den Schweden zu denken, konnte jedoch das Bild in ihrem Kopf nicht verscheuchen, denn sie vermisste ihn schmerzlich. Die Gewissheit, ihn nie wieder zu sehen, presste ihr Herz zusammen, und Tränen kullerten unter ihren geschlossenen Lidern hervor.

Plötzlich spürte sie eine Hand auf ihrer Wange, und sie blickte auf. »Lass mich dein Haar waschen, Magdalena«, sagte ihre Mutter mitfühlend, und sie nickte.

Arne saß am Lagerfeuer der Soldaten und sackte mit dem Oberkörper nach vorn. Der Anisschnaps, mit dem er versuchte, seinen Schmerz zu ertränken, betäubte zwar seinen Körper, aber nicht seinen Kopf. Er blickte mit glasigen Augen zu Gustavsson, der ihm gegenübersaß und lallte: »Die Weiber sind alle gleich.«

Erik hatte versucht, seinen Freund davon abzuhalten, die Flasche leerzutrinken, doch Arne hatte wie von Sinnen gebrüllt, dass er kein Kindermädchen brauche.

»Sauf nicht so viel!«, ermahnte Gustavsson ihn erneut, als Arne die zweite Flasche öffnete und einen kräftigen Zug nahm.

»Wie kann sie einfach abhauen ohne ein Zeichen des Abschieds?«, jammerte der Hüne wie ein kleines Kind. »Sie hätte warten müssen. Warum bin ich nicht im Lager geblieben?«, klagte er und blickte seinen Freund mitleidheischend an.

Gustavsson sog an seiner Pfeife und überlegte. Dann sah er Arne mit festem Blick an und sagte mit leiser Stimme: »Das ist eine gute Frage!«

Kapitel 38

Arne lag ausgestreckt im staubigen Boden vor dem Lagerfeuer und schnarchte so laut, dass einige Soldaten sich beschwerten.

»Bring den Saufbold in sein Zelt!«, schimpfte ein Mann, der Arne immer wieder mit der Stiefelspitze anstieß, um ihn zu wecken.

Mit verkniffenem Gesichtsausdruck und unter großer Anstrengung zog Erik den Freund auf die Beine. Der Hüne hing schwer in seinen Armen und war kaum fähig, einen Fuß vor den anderen zu setzen.

»Warum musst du so viel saufen?«, schimpfte Gustavsson keuchend. »Davon kommt dein Liebchen nicht wieder.«

»Ich will sie nie wieder sehen«, lallte Arne, der erwacht war und den Zeigefinger hob. »Sollte ich ihr doch begegnen, werde ich sie keines Blickes würdigen.«

»Das wird sicher nicht geschehen, denn wir werden uns in zwei Tagen in Richtung Norden aufmachen.«

»Wer sagt das?«, fragte Arne und blieb schwankend stehen, sodass Erik ihn am Kittel festhalten musste.

»Der Feldmarschall sagt das. Und jetzt geh weiter, sonst kippst du um.«

Als Gustavsson mit Arne im Arm das Zelt erreicht hatte, war er vor Anstrengung nass geschwitzt. Er ließ den Freund aufs Lager plumpsen. Schwer schnaufend zog er ihm die Stiefel aus, als Arne ihn mit glasigem Blick anstierte und jammerte:

»Wie konnte Magdalena mir das antun und ohne ein Wort des Abschieds fortgehen? Ich hatte ihr gestern Abend meine Gefühle gestanden«, nuschelte er. Dann nickte er ein.

Erik warf den zweiten Stiefel zu dem anderen auf den Boden und setzte sich ans Fußende, als Arne erneut aufblickte und ihn mit leidendem Blick anstarrte.

»Ich werde nie wieder einer Frau vertrauen können. Am besten gehe ich zu Brigitta, die mag mich wirklich«, erklärte er und schlief nun fest ein.

Franziska erwachte und streckte sich. Seit ihrem Aufbruch aus Wellingen hatte sie nicht mehr so tief geschlafen. Deshalb war sie auch nicht wach geworden, als Johann zu später Stunde ins Bett gekommen war. Nach dem gemeinsamen Abendessen, das aus einer wohlschmeckenden Fleischpastete bestanden hatte, waren Franziska und die Kinder müde in ihre Kammer gegangen, während Johann in der Schankstube sitzen geblieben war. Sein nach Wein riechender Atem verriet Franziska, dass er von dem Dreimännerwein gekostet haben musste. Sie blickte lächelnd in das schlafende Gesicht ihres Mannes.

Waren tatsächlich erst zwei Wochen vergangen, seit sie Wellingen verlassen hatten?, grübelte sie. Seitdem hatte sich nicht nur ihr Leben völlig verändert, sondern auch sie selbst. »Zum Glück!«, murmelte sie und strich Johann liebevoll über die unrasierte Wange. Franziska freute sich auf das neue Leben, das kommen würde. Zwar beschlich sie hin und wieder ein mulmiges Gefühl, wenn sie an Hundeshagen dachte. Aber einerlei, was sie erwartete: Franziska wusste, dass sie es mithilfe ihrer Familie überstehen würde.

Sie stützte sich auf ihren Ellenbogen, um nach ihren Kindern zu sehen, die ebenfalls schliefen. Da es noch dunkel war, kuschelte sie sich zurück unter die Bettdecke. Da hörte sie vor dem Haus laute Stimmen, die einander erregt etwas zuriefen. Beunruhigt ging sie auf Zehenspitzen zum Fenster und schaute nach draußen, wo sie Menschen erkannte, die mit Fackeln in den Händen zur Stadtmauer eilten.

Franziska lief zu ihrem Mann und rüttelte an seiner Schulter. »Johann«, flüsterte sie besorgt. »Wach auf! Irgendetwas stimmt nicht.«

Johann grunzte gähnend und konnte nur mit Mühe die Augen öffnen. »Was ist?«, fragte er Franziska, doch als er in das ängstliche Gesicht seiner Frau blickte, war er schlagartig wach. Während sie ihm von ihrer Beobachtung berichtete, streifte er seine Kleidung über.

»Glaubst du, dass die Kroaten und die Kaiserlichen angreifen?«

»Das kann ich dir nicht sagen. Aber zieht euch an und haltet euch bereit, falls wir fliehen müssen.«

Magdalena wurde von den Stimmen ihrer Eltern wach, während Benjamin von der Unruhe nichts mitbekam und weiterschlief.

Johann küsste die Stirn seiner Frau und die seiner Tochter, strich seinem Sohn über den Kopf und eilte hinaus.

Es dämmerte, als Arne erwachte und sich im selben Augenblick wünschte, wieder einschlafen zu können. In seinem Kopf schienen mehrere Schmiede gleichzeitig auf ihren Ambossen zu hämmern. Er presste fest die Augenlider zusammen und hoffte, dass der Schmerz nachließ.

»Brummt der Schädel?«, lachte jemand.

Arne erkannte Eriks Stimme und schaute blinzelnd hoch. »Wärst du ein wahrer Freund, dann hättest du mich davon abgehalten, so viel Anisschnaps zu saufen«, schimpfte er und drehte sich stöhnend auf die Seite.

»Das habe ich versucht, aber du bist wie eine Furie aufgesprungen und hast mich beschimpft. Außerdem bist du alt genug, um selbst zu entscheiden, wie viel du trinken kannst.«

»Ich fühle mich wie ausgetrocknet«, murmelte Arne und schluckte schwer. »Doch wenn ich Wasser trinke, werde ich sofort wieder besoffen sein.«

»Ja, dieser Anisschnaps ist ein Teufelszeug. Leider hast du keine Zeit, deinen Kater auszukurieren, denn Banér verlangt nach uns.«

»Er soll mich in Ruhe lassen. Er ist schuld daran, dass ich mich so elend fühle«, erklärte Arne ächzend.

»Ich wüsste nicht, dass er dir befohlen hätte zu trinken.«

»Er hat mir aber befohlen, euch zu diesem Treffen zu begleiten. Was vollkommen unnötig war, denn der Alte erfreut sich bester Gesundheit. Wäre ich im Lager geblieben, hätte ich mich von Magdalena verabschieden können.«

»Du jammerst wie ein altes Waschweib«, schimpfte Erik ungehalten. »Deine Zuneigung für das Mädchen hatte keine Zukunft, wie du weißt. Sei froh, dass sie fort ist, so ist es ein glatter Schnitt. Außerdem bin ich nicht sicher, ob du tatsächlich Gefühle für sie empfindest oder ob du dir das nur einbildest. Du kanntest sie kaum.«

Arne setzte sich mit einem Ruck auf und hielt sich sogleich mit beiden Händen den Kopf. »Wie kannst du es wagen, so mit mir zu reden? Du kennst mich lange genug und weißt, dass ich mir Gefühle nicht einbilde.« Arne blickte zornig zu seinem väterlichen Freund auf. »Und du weißt auch, dass ich so etwas nicht leichtsinnig von mir gebe.«

»Ja, das stimmt«, gab Erik zu. »Aber es nützt alles nichts. Zieh deine Stiefel an, damit wir zum Feldmarschall gehen können.«

Im Beratungszelt hatten sich die Offiziere der verschiedenen schwedischen Regimenter sowie ihre Kundschafter versammelt. Gemeinsam wollte man entscheiden, wie man weiter vorgehen würde. Als Erik und Arne hinzukamen, standen die Männer um einen langen Tisch herum, auf dem zahlreiche Pläne, Dokumente und Karten ausgebreitet lagen.

»Leider haben wir bei unserer gestrigen Zusammenkunft mit dem Landgrafen von Hessen-Kassel, Wilhelm V., keine verbindliche Zusage erhalten, dass er auch weiterhin an unserer Seite kämpfen wird«, erklärte Banér den Männern und blickte verärgert um sich. »Wie man munkelt, will der Kaiser durch den anstehenden Vertrag von Prag die deutschen Fürsten vereinigen, damit sie gemeinsam die ausländischen Mächte vertreiben. Wilhelm will sich nicht beteiligen, was ihn zum Außenseiter macht. Deshalb könnte ich mir vorstellen, dass er sich mit Frankreich verbünden wird.«

Banér ging am Kopfende des Tischs auf und ab. »Wie der Landgraf ebenfalls verlauten ließ, will Erzherzog Ferdinand III., dass die Katholische Liga aufgelöst wird.«

»Welche Auswirkungen hätte das für uns als Bündnispartner?«, fragte einer der Offiziere, der aufmerksam zugehört hatte.

»Das ist ein sehr gute Frage«, erklärte Banér und blickte den Mann anerkennend an. Doch dann verhärteten sich seine Gesichtszüge, und er schnaubte: »Ich vermute, dass alle Truppen, auch die der evangelischen Fürsten, dem kaiserlichen Befehl unterstellt werden. Damit würde Kaiser Ferdinand II. so mächtig wie nie zuvor, und das hätte er allein der einfallsreichen Diplomatie seines Sohnes, des Erzherzogs Ferdinand III., zu verdanken.«

Arne hatte sich hinter die Männer gestellt, sodass man ihn nicht sehen konnte. Er hörte gelangweilt zu, denn wenn es nach ihm gegangen wäre, hätte sich das schwedische Heer mit den

Trollen aus den Sagen verbünden können. Ihm war alles einerlei. Sein Schädel brummte, er war zum Umfallen müde, und außerdem dürstete es ihn nach kühlem Wasser, das er nirgends entdecken konnte. Als ihm der saure Geruch des Weins in die Nase stieg, der auf einem Tischchen neben ihm stand, spürte er Übelkeit in sich hochsteigen, sodass er nach draußen wollte, um frische Luft zu schnappen. Doch da mehrere Offiziere vor dem Ausgang standen, kam er nicht vorbei. Arne versuchte die Übelkeit zu unterdrücken und hörte nur mit halbem Ohr hin, als ein Offizier laut vermutete: »Ich hoffe, dass die protestantischen Fürsten nicht zum Spielball dieses Machtkampfs werden, nur weil sie in ihren Zielen uneinig sind.«

Arne standen feine Schweißperlen auf der Stirn, denn er spürte ein Reißen in seinem Gedärm. Mit schmerzverzerrtem Gesicht blickte er zu Banér, als der Feldmarschall mit sorgenvoller Miene sagte: »Eure Bedenken sind berechtigt. Aber im Augenblick sind die kaiserlichen und kroatischen Regimente, die in Richtung Kassel unterwegs sind, unser größtes Problem. Wie unsere Kundschafter herausgefunden haben, liegt das Heer derzeit vor der Stadt Allendorf, die es plündern will. Da die Bürger ihnen nicht freiwillig die Stadttore öffnen, belagern sie das Städtchen ...«

Das Wort »Allendorf« ließ Arne aufhorchen. Doch er konnte nicht nachfragen, denn ihm wurde so elend, dass er zwischen den Offizieren nach draußen drängte.

Johann stürmte die Treppe des Gasthauses »Zum Löwen« hinunter und rannte dem Schein der Fackeln hinterher. Als ihm ein Allendorfer über den Weg lief, hielt er ihn auf und fragte: »Was ist geschehen?«

»Einige kaiserliche Soldaten versuchen, über die Stadtmauer zu klettern.«

»Habt ihr keine Landwehr?«

Der Mann wandte sich Johann zu. »Um unsere Stadtmauer sind sogar drei Reihen Schwarzdornhecken hintereinander angepflanzt. Normalerweise gibt es durch das dichte Gestrüpp kein Durchkommen. Aber an einer Stelle waren im letzten Jahr zwei hochgewachsene Reihen umgefallen, sodass man sie für das Gradierwerk abgeschnitten hat. Die verbliebene einzelne Reihe haben die Soldaten niedergemäht. Sie versuchen nun, dort über die Mauer zu steigen.«

»Sind ihre Leitern so hoch?«

Der Mann schüttelte den Kopf. »Unsere Mauer ist fünf Meter hoch, aber sie haben einen unserer Weintransporte überfallen und die Fässer neben- und übereinandergestapelt, auf denen sie hinaufsteigen wollen. Jetzt komm, damit wir bei der Abwehr helfen können«, sagte der Mann und lief los.

Johann folgte dem Mann durch den Wehrgang bis zu der Stelle in der Stadtmauer, wo unter ihnen die Soldaten zusammenliefen. Von hier oben konnte er zum ersten Mal das Ausmaß des feindlichen Heers überblicken. Obwohl die schwedischen Truppen fast fünfmal so stark gewesen waren, schüchterten ihn die viertausend Mann der kroatischen und der kaiserlichen Regimenter ein. Wie er es im schwedischen Heer gesehen hatte, brannten überall Lagerfeuer, um die herum Zelte aufgebaut waren. Johanns Blick wurde nach unten zum Fuß der Mauer gelenkt, wo mehrere Soldaten nach oben schauten und laut fluchten.

»Öffnet endlich eure verdammten Stadttore!«, brüllte ein Soldat, den man im anbrechenden Morgen schemenhaft erkennen konnte. Ein anderer war auf zwei übereinandergestapelte Fässer geklettert und stand mit wackligen Knien auf den Holzdeckeln. Weitere Fässer wurden neben ihm aufgestapelt, sodass eine Reihe entstand, die rechts und links noch verstärkt wurde.

»Es dauert nicht mehr lang, und wir werden eure Stadt einnehmen«, brüllte ein junger Soldat, der auf dem obersten Fass stand und die Arme in die Höhe riss.

»Dir werde ich es zeigen«, murmelte eine alte Allendorferin, die neben Johann stand. Sie versuchte einen der Steine aufzunehmen, die Tage zuvor auf die Mauer geschleppt worden waren und zuhauf herumlagen. Aber der Brocken war zu schwer. Johann musste ihr helfen, ihn hochzuheben. Kaum lag er auf der Mauer, gab die Alte ihm einen kräftigen Stoß, und er fiel auf der anderen Seite hinunter.

Am Fuß der Mauer waren ein Krachen und lautes Wehgeschrei zu hören. Johann blickte hinunter und sah Soldaten zwischen den zertrümmerten Fässern liegen.

»Gnade euch Gott, wenn ich euch erwische«, brüllte einer der getroffenen Männer, der humpelnd das Weite suchte.

»Die sind wir fürs Erste los«, sagte Bürgermeister Kirchmeier lachend und schlug der Allendorferin wohlwollend auf den Rücken. »Therese, das hast du gut gemacht«, lobte er. »Doch nun lasst uns wieder nach Hause gehen. Die Wachen werden uns Bescheid geben, sollten sich die Soldaten erneut regen.«

Als die Bonner'sche Familie beim Frühmahl zusammensaß, quengelte Benjamin: »Mir ist langweilig! Ich habe hier keine Freunde. Was soll ich spielen?«

»In Allendorf gibt es auch Kinder«, versuchte Franziska ihren Sohn zu trösten. »Wir werden später einen Rundgang durch die Stadt unternehmen und dabei sicher Kinder treffen.«

Die Wirtsfrau hatte zugehört und sagte: »Seit wir belagert werden, versammeln sich unsere Kinder in der Sankt-Crucis-Kirche. Darin befindet sich die größte Bibliothek der Umgebung. Dort lesen die Scholaren den Kindern manchmal aus einem Buch vor.«

Als Benjamin bei dieser Aussicht die Nase rümpfte, lachte

die Wirtsfrau und schlug vor: »Oder ihr geht zum Diebesturm und schaut nach, ob dort ein gefangener Dieb angekettet ist.«

Nun leuchteten Benjamins Augen, und er nickte eifrig.

Arne hing über einem Holzbalken und wischte sich den Mund ab, als Erik hinter ihn trat.

»Es wird wohl das Beste sein, wenn du zurück ins Zelt gehst und dich hinlegst.«

Arne ging nicht darauf ein, sondern blickte ihn verstört an. »Was hat Banér über Allendorf gesagt?«

»Er hat gesagt, dass die Stadt von den Kaiserlichen und der kroatischen Armee belagert wird. Warum?«

»Weil ich denke, dass Magdalena mit ihrer Familie dorthin unterwegs ist.«

»Wie kommst du zu dieser Annahme?«

»Als ich Johann und seine Familie vor zwei Tagen in die Unterkunft brachte, überlegten sie, ob sie von hier aus in Richtung Osten aufbrechen sollten. Dabei erwähnte Johann die Orte Allendorf und Eschwege.«

»Du wirst dich verhört haben«, meinte Erik und wollte zurück ins Besprechungszelt gehen.

»Nein, das habe ich nicht, denn ich musste sie überzeugen, bei uns zu bleiben und mit uns weiterzureisen«, ereiferte sich Arne und hielt seinen Freund am Ärmel fest.

Der atmete laut aus und fragte entnervt: »Was willst du mir sagen?«

»Ich muss ihnen folgen!«

»Du bist nicht bei Verstand. Schlaf deinen Rausch aus, damit du wieder klar denken kannst.«

»Du verstehst mich nicht«, schrie Arne auf.

Erik blickte ihn fassungslos an. »Herrgott im Himmel«, schimpfte er. »Du weißt nicht einmal, ob sie tatsächlich nach

Allendorf gefahren sind. Vielleicht haben sie eine andere Strecke gewählt.«

»Falls es so ist, wäre ich beruhigt. Aber ich werde es nur erfahren, wenn ich ihnen folge.«

Gustavsson schüttelte ungläubig den Kopf und stemmte seine Hände in die Hüften. »Du scheinst vollkommen verblendet zu sein, Arne. Du bist Soldat und Arzt im Heer des Feldmarschalls Jan Banér und kannst nicht aus einer Laune heraus das Heer verlassen.«

»Das werden wir ja sehen«, sagte Arne mit entschlossener Miene und ging zurück ins Versammlungszelt.

Kapitel 39

Arne stopfte seine wenige Habe in einen Leinenbeutel, als Erik ins Zelt trat.

»Was ist geschehen?«, fragte Gustavsson, und sein Blick folgte den hastigen Bewegungen seines jungen Freundes.

»Ich habe mit Banér gesprochen, und er hat mich beurlaubt«, sagte Arne, ohne aufzuschauen.

»Aha … Er wird dir aber nicht ohne Angabe eines Grundes Urlaub gestattet haben. Was hast du ihm gesagt?«, fragte er.

»Die Wahrheit.«

Gustavsson riss die Augen auf. »Du hast ihm von dem Mädchen erzählt?«

»Ich habe ihm gesagt, dass ich mich nicht wohlfühle und dass ich mich erholen muss. Schließlich haben mich die letzten Tage viel Kraft gekostet«, antwortete Arne lächelnd. Doch dann wurden seine Gesichtszüge ernst. »Ich habe nichts über Magdalena gesagt, sondern versprochen, ihm auch weiterhin zu dienen, wenn er mich beurlaubt.«

»Das ist nicht dein Ernst, Arne! Wir wollten zusammen nach Hause reisen. Fünf Jahre Krieg sind genug.«

»Alles im Leben hat seinen Preis, mein Freund, und diesen habe ich gern bezahlt, denn sonst hätte ich die sechs Wochen nicht gewährt bekommen.«

»Sechs Wochen? So lang?«, fragte Erik. »In sechs Wochen sind wir über die Ostsee in unsere Heimat gesegelt.«

Arne sah suchend umher und murmelte: »Mehr hat er mir nicht zugestanden.«

»Noch mehr? Wozu brauchst du so viele Tage Urlaub? Wenn du nicht so lange wegbliebest, könntest du vielleicht trotzdem mit uns heimreisen.«

»Erik, ich werde nicht eher beruhigt sein, als bis ich weiß, dass Magdalena und ihre Familie wohlbehalten in Hundeshagen angekommen sind«, erklärte Arne gereizt.

»Wenn du sie gefunden hast, kommst du sofort wieder zurück, oder?«, wollte Erik wissen.

Arne zuckte mit den Schultern. »Vielleicht bleibe ich ein paar Tage bei ihr.«

»Welchen Sinn sollte das haben? Ihr werdet niemals ein Paar werden«, ereiferte sich Gustavsson, und seine Stimme wurde laut.

»Halt's Maul«, schimpfte Arne erregt. »Ich benötige diese Zeit, um mir über einiges klar zu werden.«

»Was ist, wenn du sie nicht findest oder wenn sie von den feindlichen Soldaten gefangen wurden?«

»Verdammt, Erik! Sei still! Ich werde mir darüber Gedanken machen, wenn es so weit ist. Jetzt werde ich nach Allendorf reiten.«

»Sechs Wochen«, murmelte Gustavsson. »Ich finde, der Feldmarschall ist sehr großzügig.«

Arne blickte von seinem Beutel auf und zog eine Augenbraue hoch. »Du weißt, alter Freund, umsonst ist der Tod! Ich musste Banér versprechen, ihm in das Gebiet um Magdeburg zu folgen.«

»Aber du willst doch nach Hause!«, erinnerte Erik ihn an ihre gemeinsamen Pläne.

»Ich will nur sie«, antwortete Arne und blickte seinen Freund entschlossen an.

Am Mittag wollten Johann und Franziska mit ihren Kindern in die Sankt-Crucis-Kirche gehen, um für eine sichere Heimreise zu beten. Als sie aus dem Eingang des Gasthauses »Zum Löwen« traten, sahen sie zahlreiche Allendorfer, die in dem Städtchen unterwegs waren. Das Leben schien für sie ganz normal weiterzugehen, und sie schienen unbekümmert, obwohl vor der Stadtmauer der Feind lauerte. Franziska beobachtete zwei Frauen, die zusammenstanden und ein Schwätzchen hielten.

»Sie scheinen sich trotz der Belagerung nicht zu fürchten«, stellte sie erstaunt fest.

»Die Arbeiten müssen erledigt werden, und solange die Menschen hinter ihren Mauern sicher sind, besteht kein Grund, sich zu verstecken. Das Leben geht weiter, und dazu gehört auch ein Tratsch«, meinte Johann.

»Nach dem Vorfall heute Morgen kann ich meine Angst kaum beherrschen«, gab Franziska ehrlich zu.

Johann ergriff ihre Hand und drückte sie sanft. »Wir haben auf unserer Reise einiges durchstehen müssen, was du so schnell nicht vergessen wirst. Aber hier in Allendorf musst du keine Angst haben. Hinter diesen hohen und dicken Mauern sind wir in Sicherheit.«

Franziska versuchte zu lächeln, doch es misslang. Sie nahm Benjamin, der gelangweilt umherblickte, an die Hand und folgte ihrer Tochter und ihrem Mann, die in die Steinstraße einbogen. Als sie auf die Kirchstraße stießen, begegnete ihnen der

Bürgermeister von Allendorf und der Saline, der sie freudig begrüßte.

»Wie es aussieht, haben die Soldaten nach ihrem morgendlichen Fehlschlag kein Verlangen mehr, unser Städtchen zu erobern«, lachte Christoph Kirchmeier. »Ich hoffe, dass sie aufgeben und abziehen werden.«

»Wir werden dafür beten«, versprach Franziska mit ernster Miene.

Kirchmeier blickte zur Sankt-Crucis-Kirche. »Ja, das kann nicht schaden. In unserer Kirche zu beten ist ein Vergnügen, denn Sankt Crucis ist ein Schmuckstück. Links vom Eingang könnt ihr eine Inschrift auf Latein erkennen, die besagt, dass am 26. Mai im Jahr des Herrn 1424 mit dem Bau des Turms begonnen und er erst 1476 beendet wurde. Man muss unseren Vorfahren danken, dass sie uns solch ein prächtiges Bauwerk hinterlassen haben. Ihr müsst euch die Zeit nehmen, das Kreuzrippengewölbe zu betrachten, das von Säulen im Mittelgang und Konsolen an den Wänden getragen wird. Das macht unsere Kirche zu etwas Besonderem. Auch die Bibliothek, die die größte im ganzen Umfeld ist, solltet ihr besuchen. Es wäre eine Schande, wenn sie unseren Feinden in die Hände fiele. Die würden ihren Wert nicht zu schätzen wissen und die Bücher womöglich vernichten. Zum Glück müssen wir uns mit solchen Gedanken nicht quälen, schließlich haben wir schon andere Belagerungen überstanden. – Ich muss weiter, denn die Ratsherren der Stadt und einige andere Herren erwarten mich im Rathaus.«

Mit einem Kopfnicken verabschiedete sich der Bürgermeister und war schon einige Schritte weitergegangen, als er sich umdrehte und Johann zurief: »Am Abend werden wir in den Ratskeller gehen. Falls es dich nach einem anständigen Wein dürstet, kannst du dich zu uns setzen.« Als er Johanns Gesichtsausdruck sah, lachte er: »Der Gastwirt Burhenne ist für seinen guten Tropfen bekannt, der mit dem Dreimännerwein nichts gemein hat!«, und zog grüßend von dannen.

Im großen Versammlungssaal des Rathauses saßen sich die Männer mit erhitzten Gemütern gegenüber. Die Mitglieder der Pfännerschaft, in der sich Geschäftsleute, Kaufleute und reiche Bürger zusammenfanden, waren sich einig, dass man Vorkehrungen treffen müsse, falls der Feind doch die Stadt einnehmen würde. Superintendent Magister Josephi hingegen wollte auf Gott vertrauen, während der Hauptmann der kleinen Truppe, die zum Schutz von Allendorf in der Stadt stationiert war, die Ansicht vertrat, dass die Gefahr eines Überfalls gebannt sei.

»Ihr könnt meiner Erfahrung vertrauen. Ich bin sicher, die Kroaten und die Kaiserlichen haben verstanden, dass wir Allendorf nicht kampflos aufgeben werden.«

»Ihr seid der Ansicht«, erwiderte Kaufmann Schreiber ungläubig, »dass der eine Stein, den eine alte Frau auf die Soldaten warf, sie eingeschüchtert hat?«

»Natürlich nicht«, erklärte der Kommandant. »Aber er hat bewiesen, dass wir uns zu wehren wissen. Außerdem werden die kaiserlichen Soldaten und die Kroaten langsam begreifen, dass bei uns nichts zu holen ist.«

»Ich denke«, warf der Magister ein, »dem Feind geht es nicht allein darum, seine Vorräte aufzufrischen. Er will uns gewaltsam bekehren. Zum Glück sind wir weitsichtig und konfirmieren unsere Kinder schon im Alter von sieben Jahren. Deshalb sind alle Bekehrungsversuche vergeblich. Die Kaiserlichen und die Kroaten können sich das sparen. Sie sollten weiterziehen.«

Bürgermeister Kirchmeier stöhnte leise auf und blickte kopfschüttelnd den Superintendenten an. »Glaubt mir, Magister Josephi, die Truppen wollen Nahrung und Geld. Alles andere ist zweitrangig.«

Christoph Kirchmeier blickte im Kreise der Versammelten

herum und trug dann mit großer Eindringlichkeit seine Meinung vor: »Wir müssen für den Ernstfall vorsorgen. Zwar können dank des Freibriefs die Siedemeister unsere Pfannen weiter unter Feuer halten. Nicht auszudenken, wenn unsere Salzknechte keinen Zugang mehr nach Sooden hätten und die Salzgewinnung ruhen müsste. Ich bleibe bei meiner Meinung, dass wir für den Ernstfall Vorsorge tragen müssen. Deshalb ist es wichtig, dass wir unsere Aufzeichnungen über die Siedekoten schützen. Ich will mir nicht ausmalen, welches Unglück über Allendorf ausbräche, wenn die Siedekoten bei einem Übergriff des Feinds vernichtet würden oder wenn auch nur einige Seiten verloren gingen.«

»Versteckt sie in der Stadt!«, erklärte der Hauptmann unbedarft, sodass die Pfannenbesitzer ihn ungläubig anblickten.

»Was ist, wenn das Haus, in dem sie versteckt sind, abgefackelt wird?«, fragte Franko, der zu einer der ältesten Pfannenbesitzerfamilien in Allendorf gehörte.

»Was schlagt Ihr vor?«, fragte einer der Ratsherren.

»Wir müssen die Dokumente außerhalb der Stadt vergraben.«

»Ha, ha«, lachte der Hauptmann. »Da könnt Ihr die Papiere gleich persönlich dem Feind aushändigen. Wie wollt Ihr ungesehen aus der Stadt hinauskommen?«

Die Männer der Pfannengesellschaft blickten einander an.

»Wie wir wissen, sind die meisten Keller in Allendorf miteinander verbunden. Einige unterirdische Wege führen unter der Stadtmauer hindurch aus Allendorf hinaus. Und ein Weg führt bis zum Zinnberg«, sagte Kirchmeier und blickte in die Runde. Als er fortfuhr, senkte er die Stimme. »Zwei aus unserer Mitte werden sich heute Nacht hinausschleichen und die Unterlagen am Zinnberg vergraben.«

Arne sattelte seinen Wallach, als Erik sein Pferd neben ihn führte.

»Was hast du vor?«, fragte Arne und befestigte den Leinenbeutel.

»Ich bin ebenfalls beurlaubt worden.«

Verständnislos blickte Arne zu Erik auf. »Was heißt das?«, fragte er.

»Banér hat mir ebenfalls sechs Wochen Urlaub zugestanden, sodass ich dich begleiten kann.«

»Du willst mich aufziehen«, lachte Arne den Freund aus und blickte ihn zweifelnd an. Doch plötzlich verstand er und fragte erregt: »Du wirst ihm hoffentlich nicht auch versprochen haben, im Heer zu bleiben?« Und bevor Gustavsson antworten konnte, schimpfte er: »Ich brauche dich nicht. Also geh und mach den Antrag rückgängig.«

»Irgendjemand muss auf dich aufpassen«, erklärte Erik mit todernster Miene.

Arne reagierte wütend. »Verdammt, Erik! Du sturer alter Bock! Ich brauche keinen Aufpasser, denn ich komme sehr gut allein zurecht. Geh heim zu deiner Frau und deinen Kindern.«

»Du kannst dich wieder abregen. Ich habe den Urlaub genehmigt bekommen, ohne mich weiter verpflichten zu müssen. Wie du treffend gesagt hast: Ich bin alt, des Kämpfens müde und nur eine Last für das Heer«, rief Erik mit lauter Stimme, sodass sich einige Soldaten in der Nähe nach ihm umdrehten.

Arne musterte das Gesicht seines Freundes, wo er feine Lachfalten um seine Augen erkennen konnte. »Verdammter Hurenbock«, flüsterte er.

»Sobald wir wissen, ob das Mädchen in Sicherheit ist, werde ich nach Stralsund reiten, um dort mit unseren Leuten nach Schweden zu segeln«, versuchte Erik den Freund zu befrieden.

Arne aber wollte es nicht glauben: »Ich verstehe nicht, dass der Feldmarschall dich mit mir gehen lässt«, erklärte er.

»Manchmal ist es förderlich, überall seine Augen und Ohren zu haben«, erklärte Erik geheimnisvoll und zwinkerte Arne zu, der nichts verstand, aber nicht nachfragte.

Gemeinsam führten sie ihre Pferde aus der Umzäunung hinaus, saßen auf und ritten über die Wiese auf die Heeresstraße in Richtung Allendorf.

Brigitta stand am Rand der Zeltstadt und blickte den beiden Reitern hinterher, die im gestreckten Galopp davonritten. Wütend wischte sie die Tränen fort, die ihr über die Wangen liefen. Wie hat Gustavsson erfahren, dass ich die erzwungene Abreise des Mädchens und seiner Familie eingefädelt habe?, überlegte sie. Die beiden Soldaten, die die Familie davongejagt hatten, müssen geplaudert haben, schlussfolgerte sie.

Sie hatte eine bittere Niederlage erlitten. Stunden zuvor war Erik plötzlich in ihrem Zelt aufgetaucht. Zuerst hatten sie und ihre Freundin Ingeborg geglaubt, dass er die Dienste der Marketenderinnen in Anspruch nehmen wollte. Doch sein finsterer Blick ließ Brigitta sofort erahnen, warum er tatsächlich gekommen war. Erik hatte ihr ohne Umschweife ins Gesicht gesagt, dass sie den Feldmarschall benutzt hatte, um Arne aus dem Lager fortzulocken, damit sie Soldaten anweisen konnte, das Mädchen mit seiner Familie zu verjagen. Zuerst hatte Brigitta geleugnet, doch Erik hatte sie mitleidig angeschaut und gesagt: »Man muss erkennen, wenn man verloren hat!«

»Wenn du schon alles weißt, was willst du dann noch von mir?«, hatte Brigitta gezischt.

»Du wirst Banér überzeugen, dass ich ebenfalls Urlaub benötige.«

»Und wenn nicht?«

»Werde ich dafür sorgen, dass du nicht einen Kunden mehr im Heer findest.«

Brigitta verzog verächtlich ihre Mundwinkel, so sicher war

sie sich ihrer Stellung als Liebesdienerin des Heers. Höhnisch fragte sie: »Wie willst du das anstellen, alter Mann?«

»Das ist einfach. Ein leises Gerücht über eine ansteckende Krankheit und du musst deine Sachen packen.«

»Das wagst du nicht!«, presste sie hervor.

»Fordere mich nicht heraus«, gab Erik ihr lächelnd zur Antwort.

Sie wusste, dass ihr keine Wahl blieb. Mit zusammengekniffenen Lippen stimmte sie Eriks Forderung zu. Als er am Eingang stand, drehte er sich zu ihr um und sagte: »Wenn dich die Eifersucht nicht geblendet hätte, dann wäre Arne aus Schmerz über den Verlust des Mädchens dein geworden, sobald die Familie uns hinter Göttingen verlassen hätte.«

»Ich wollte aber nicht nur seine Seelentrösterin sein«, erklärte Brigitta zornig.

»So aber bist du nichts für ihn«, hatte Erik sie beschieden und das Zelt verlassen.

Brigitta strich sich die Haare aus dem Gesicht, die an ihren nassen Wangen klebten. Sie wusste, wie sie Jan Banér lenken konnte. Es war ihr nicht schwergefallen, den Feldmarschall, Oberbefehlshaber der schwedischen Truppen, davon zu überzeugen, auch dem alten Erik, der des Kämpfens müde und nur eine Last für das Heer sei, Urlaub zu gewähren.

Sie seufzte tief, als ein Soldat sich neben sie gesellte und sie mit seinen dunklen Augen begehrlich anschaute. »So traurig, schönes Kind?«, fragte er mit erregter Stimme.

Die junge Marketenderin blickte ein letztes Mal den beiden Reitern nach, die nur noch als dunkle Punkte am Horizont zu erkennen waren. Dann straffte sie die Schultern und erwiderte den Blick des Mannes. »Willst du mich trösten?«, raunte sie. Und als er nickte, verschwand sie mit ihm in ihrem Zelt.

Arne hatte auf einer Karte im Zelt des Feldmarschalls nachgesehen, in welcher Richtung Allendorf lag. Deshalb wusste er, dass er ein weites Stück des Weges der Heeresstraße folgen musste, um dann über Witzenhausen zu der Stadt zu gelangen.

Mit fliegenden Hufen ritten Arne und Erik über den befestigten Weg und sahen weder nach rechts noch nach links. Die Nüstern ihrer Pferde waren von dem scharfen Ritt weit aufgebläht, doch ihre Reiter wussten, dass sie auf kraftvollen Rössern saßen.

Unterwegs begegnete ihnen nicht eine Menschenseele. Der Landstrich schien wie ausgestorben. Erst am frühen Abend sahen sie einen alten Bauern, der mit einem klapprigen Ochsen das Feld bestellte.

Arne gab Erik ein Zeichen und zügelte sein Pferd am Ackerrand. »Guter Mann«, rief er dem Bauern zu, »kannst du mir den Weg nach Allendorf erklären?«

»Was gibt es in Allendorf Besonderes, dass jeder dorthin will? Ich dachte, die Stadt wird belagert?«, fragte sich der Bauer anscheinend selbst, doch Arne hatte ihn verstanden.

»Wie meinst du das?«

»Erst gestern kam hier eine Familie entlang, die mir dieselbe Frage gestellt hat.«

»War ein blondes junges Mädchen dabei?«, fragte Arne aufgeregt.

Der Bauer überlegte und zuckte dann mit den Achseln. »Das kann ich dir nicht beantworten, denn ich habe mir die Leute nicht betrachtet. Aber sie hatten prächtige Rösser von tiefbrauner Farbe und mit mächtigen Hufen. Die idealen Kutschpferde. Solche schönen Pferde habe ich noch nie gesehen.«

Arne blickte erleichtert zu Erik. »Das waren sie!«, sagte er mit blitzenden Augen.

»Kannst du uns den Weg nach Allendorf beschreiben?«, unterbrach Erik den Alten, der immer noch von den Pferden schwärmte.

Auch dieses Mal wiesen seine gichtkrummen Finger in die Richtung nach Witzenhausen. »... von dort folgt der Heeresstraße bis zum Zinnberg. Dann seht ihr Allendorf vor euch.«

Erik blickte sich in der hügeligen Gegend um. »Woran erkenne ich den Zinnberg? Hier scheint ein Berg neben dem anderen zu liegen.«

»Der Zinnberg ist fast kahlgeschlagen, weil die Saline von Sooden, die unmittelbar neben Allendorf liegt, Feuerholz für die Siedepfannen benötigt, und das bekommen die Pfänner vom Zinnberg.«

»Danke für deine Auskunft«, sagte Erik und warf dem Bauern ein Geldstück zu, das der Alte trotz seines trüben Blicks geschickt auffing.

Sofort steckte er es in den Mund, um mit den Zähnen die Echtheit der Münze zu prüfen. Mit einem breiten Grinsen steckte er sie in die Tasche, und die beiden Schweden ritten davon.

Johann öffnete die schwere Eingangstür des Ratskellers und stieg die Treppe nach unten in die Trinkstube. An der letzten Steinstufe blieb er stehen und sah sich um. Zahlreiche brennende Schalen, die auf den Tischen verteilt standen und mit Talg gefüllt waren, spendeten sanftes Licht. Am Ende des Raums glühten Holzscheite in einem großen Kamin und sorgten für gemütliche Wärme.

Das Wirtshaus »Zum Ratskeller« war gut besucht, sodass Johann den Bürgermeister nicht sofort entdecken konnte. Doch dann sah er Kirchmeiers rundes Gesicht und hörte seine Stimme. Johann ging auf den runden Tisch zu, an dem mehrere Männer saßen und ihm entgegenblickten.

»Da bist du ja«, rief Kirchmeier und winkte Bonner neben sich.

Vor dem Bürgermeister auf dem Tisch stand ein volles großes Weinglas, das er Johann zuschob. »Probier den Wein aus dem Klostergarten und sage mir, ob ich dir zu viel versprochen habe.«

Johann nippte und nickte. »Ein wahrhaft edler Tropfen, aber ich trinke ein Bier«, erklärte er der Magd, die der Bürgermeister zu sich gerufen hatte.

»Bring ihm ein Schwarzbier und Ahrenkuchen mit Zwiebelfleisch«, bestimmte Kirchmeier, ohne Johann zu fragen. »Ab und zu muss man es sich auch in Kriegszeiten gut gehen lassen«, sagte er und prostete seinem Gast zu.

Johann spürte die Blicke der anderen Männer am Tisch und stellte sich vor. Sofort baten einige, er möge erzählen, was ihn nach Allendorf verschlagen hatte. Da er der Aufmerksamkeit der Männer gewiss war, sprudelten die Sätze aus Johann heraus. Sein Redefluss wurde nur unterbrochen, als ihm die Magd den gefüllten Pfannkuchen vorsetzte. Zwischen zwei Bissen berichtete er von dem lebensbedrohenden Überfall der Söldner, und die Augen seiner Zuhörer weiteten sich.

»Jesus und Maria!«, rief der Superintendent. »Da hat Gott seine schützenden Hände über euch gehalten.«

»Ich würde sagen, dass dabei auch die Schwerter zweier Schweden eine Rolle gespielt haben.«

Johann nahm einen Bissen und wollte weitererzählen, als die Turmuhr siebenmal schlug und die Männer am Tisch sich bekreuzigten.

»Ist jemand gestorben?«, fragte Johann.

»Nein«, flüsterte der Bürgermeister. »Zwei unserer Männer begeben sich in diesem Augenblick in Gefahr, und wir hoffen, sie bald wohlbehalten wiederzusehen.«

»Wie meinst du das?«, fragte Johann ebenso leise.

Kirchmeier blickte sich vorsichtig um und erklärte: »Sie versuchen, aus der Stadt zu gelangen und den Zinnberg zu erreichen.«

»Was wollen sie dort? Er ist fast kahlgeschlagen und somit gut einsehbar«, fragte Johann neugierig.

Kirchmeier und einige andere nickten zustimmend. »Deshalb gehen sie in der Dunkelheit. Wir hatten keine andere Wahl, als dieses Risiko einzugehen, denn wir müssen Vorsorge treffen, dass die Saline bei einem möglichen Überfall der Feinde weiter erhalten bleibt.«

Johann hatte zwar nichts verstanden, nickte aber trotzdem.

»Verdammt! Ist das dunkel hier unten«, fluchte Hans Kell, der seinem Bruder Gabriel durch die dunklen unterirdischen Gänge folgte. »Diese abgestandene Luft riecht nach Moder und Tod«, klagte er und hielt sich die Hand, in der er den Spaten trug, vor die Nase. Dabei achtete er nicht auf den Boden und trat in ein wassergefülltes Loch. »Jetzt bin ich bis zum Knöchel klatschnass«, schimpfte er erneut.

»Halt die Klappe und lauf weiter«, rief Gabriel ihm nach hinten zu. Er hielt den Beutel mit den Unterlagen verkrampft in seiner Hand fest, denn er hatte Angst, dass er ihn auf den nassen Boden fallen lassen könnte.

Die Brüder waren Pfänner und besaßen in Sooden zu gleichen Anteilen mehrere Siedepfannen, die ihnen mit allen Rechten von den Eltern vererbt worden waren. Als die Jüngsten in der Pfännerschaft war die Wahl auf sie gefallen, und Gabriel Kell hatte sofort zugestimmt, ohne seinen Bruder zu fragen.

»Warum müssen ausgerechnet wir uns in Gefahr begeben?«, fragte Hans mürrisch und leuchtete die in die Erde gegrabenen Wege aus.

»Besser, wir wissen, wo die Unterlagen liegen, als andere aus der Pfännerschaft. Man kann nicht misstrauisch genug sein«, erklärte Gabriel und wischte sich die Spinnweben aus dem Gesicht, die von der Decke hingen.

Die Brüder eilten stumm weiter, als Gabriel glaubte, einen schwachen Lichtschein in der Ferne zu erkennen.

»Das müsste der Ausgang sein«, rief er erleichtert Hans zu, der sich neben ihn gesellte.

Die beiden Männer liefen mit den Fackeln in Händen erleichtert nach draußen. Sie standen zwischen vereinzelten Bäumen am Rand der Heeresstraße.

»Wo sollen wir die Unterlagen vergraben?«, fragte Hans außer Atem und blickte sich in der Abenddämmerung um.

Gabriel wählte den dicksten Baum in der Reihe und zählte zehn Schritte nach rechts. »Hier kannst du anfangen!«

Hans drückte den Fackelstiel in den weichen Waldboden und begann mit seiner Arbeit. Als er geraume Zeit gegraben hatte, fragte er keuchend seinen Bruder, der auf der Heerstraße Wache schob: »Wie tief soll ich noch graben?« Mit dem Hemdsärmel wischte er sich über die schweißnasse Stirn und besah sich das Ausmaß der kleinen Gruben. Zufrieden fragte er erneut: »Wie tief soll ich graben?«, da er glaubte, sein Bruder habe ihn nicht gehört.

Als er wieder keine Antwort bekam, sah er aus dem knietiefen Loch empor.

Er blickte auf die Spitze eines Schwertes.

Kapitel 40

Zu vorgerückter Stunde wurden die Herren, die an der langen Tafel im Wirtshaus zusammensaßen, mit jedem Atemzug unruhiger. Ihre Blicke schweiften unentwegt zur Eingangstür. Jedes Mal, wenn sie sich öffnete, hielten sie die Luft an, um sie laut wieder auszustoßen, wenn die erwarteten Männer nicht eintraten.

Johann merkte, wie ihn die Unruhe ansteckte und dass er inzwischen ebenso angespannt war wie die Allendorfer Männer.

»Das ist kaum zum Aushalten«, murmelte Augustin Jehner, einer der Pfannenbesitzer in Sooden, und winkte den Wirt Burhenne zu sich. »Bring jedem einen Krug deines besonderen Schwarzbiers. Vielleicht beruhigt das unsere Nerven«, hoffte er.

Burhenne gab Anweisungen, und sogleich brachten mehrere Mägde graue Tonkrüge an den Tisch, aus denen der helle Schaum schwappte. Nachdem man sich mit den Worten »All voll« zugeprostet hatte, tranken die Männer einen großen Schluck.

Johann schluckte, stutzte und schmatzte. »Dieses Bier schmeckt anders als das erste, das ich getrunken habe.«

Der Bürgermeister und die anderen Männer nickten lachend.

»Dies ist das besondere Schwarzbier des Ratskellers«, erklärte Kirchmeier. »Burhenne hat dem dunklen Gerstensaft einen Schuss Met zugefügt. Der Honigwein macht das Bier …« Er suchte nach dem passenden Wort. »… geschmeidig«, ergänzte er grinsend und nahm einen weiteren Schluck.

»Geschmeidig trifft es auf den Punkt«, erklärte einer der Ratsherren und bestellte die nächste Runde.

Die um den runden Tisch versammelten Männer waren inzwischen die letzten Gäste in der Schankstube, und Burhenne schickte die Mägde nach Hause. Er selbst setzte sich zu den Herren und stellte ein Tablett mit kleinen Tonbechern auf den Tisch, die er verteilte.

Johann schnupperte an dem klaren Getränk, und Burhenne erklärte: »Das ist unser gebranntes Wässerchen.« Dann rief er: »All voll!«, und die Männer kippten den Selbstgebrannten hinunter.

In diesem Augenblick öffnete sich langsam die Tür, und alle Augen schauten zu dem wuchtigen Eichenportal. Als Johann die Männer erkannte, die eintraten, schüttelte er heftig den Kopf, da er glaubte, einer Sinnestäuschung zu erliegen. »Verflucht, ist das gebrannte Wässerchen gefährlich«, nuschelte er und wiegte ungläubig sein Haupt hin und her.

Doch als er die Stimmen erkannte, war er schlagartig nüchtern und wusste, dass er sich nicht getäuscht hatte.

»Wer seid ihr?«, rief Kirchmeier und versuchte sich hinzustellen, doch er schwankte und plumpste zurück auf seinen Stuhl.

»Ihr könnt euch glücklich schätzen, dass wir und nicht die Kroaten eure beiden Männer am Zinnberg getroffen haben«, erklärte Arne mit rauer Stimme. Dabei ließ er Johann nicht aus den Augen.

»Du verdammter Mistkerl«, schimpfte Johann leise. »Ich hatte gehofft, dich endlich los zu sein, und jetzt stehst du leibhaftig wieder vor mir.« Er sah zu Gustavsson und hob grüßend die Hand. »Das gilt nicht für dich, Erik, du bist willkommen.«

»Du kennst die beiden Riesen?«, lallte der Bürgermeister und schaute schielend in die Runde.

Plötzlich schoss Johann ein Gedanke durch den Kopf. Er setzte sich kerzengerade auf und rief den beiden Schweden zu: »Ist euer Heer zur Rettung nach Allendorf marschiert?«

»Achtzehntausend Mann?«, fragte Arne ungläubig.

Johann nickte zaghaft.

»Wir müssen dich enttäuschen, guter Mann. Nur wir beide sind hierhergekommen«, beantwortete Erik Johanns Frage.

»Erklärt endlich jemand, wer diese Gestalten sind?«, rief Augustin Jehner umständlich und versuchte mit der Faust auf den Tisch zu schlagen, was kläglich misslang. Während er sich die schmerzende Hand rieb, entdeckte er die beiden Brüder Hans und Gabriel Kell, die wie angekettet neben den fremden Männern standen und anscheinend nicht wagten, sich vom Platz zu bewegen.

»Bringst du mir ein Bier?«, fragte Gabriel den Wirt.

Doch Kirchmeier lallte: »Erst erzählt ihr beiden, was geschehen ist. Dann könnt ihr trinken.«

»Sind unsere Dokumente sicher?«, wollte Jehner laut wissen.

»Ja, das sind sie!«, riefen die beiden Brüder gleichzeitig.

»Dem Himmel sei Dank«, frohlockte Josephi, der während des Wartens eingenickt und durch Jehners Schlag auf den Tisch wieder erwacht war.

Hans Kell fuhr sich mit beiden Händen über den Schopf und berichtete, wie die beiden Schweden sie beim Vergraben der Papiere erwischt hatten. »Den Schrecken, als ich plötzlich auf die Schwertspitze schaute, werde ich mein Leben lang nicht vergessen.«

»Wir wussten nicht, wer ihr seid. Ihr hättet ebenso gut einer der kaiserlichen oder kroatischen Soldaten sein können«, erklärte Erik ihr Vorgehen.

»Was habt ihr auf dem Zinnberg zu suchen? Und woher kennt ihr unseren Freund Johann?«, fragte der Bürgermeister.

»Das sind die beiden Schweden, von denen ich euch erzählt habe«, klärte Johann die Allendorfer Männer auf.

»Diejenigen, die euch vor der Soldateska gerettet haben?«, fragte einer der Ratsherern ungläubig.

Johann nickte.

»Dann sind sie an diesem Tisch willkommen«, bestimmte der Mann und gab dem Wirt ein Zeichen, eine neue Runde von dem besonderen Schwarzbier zu bringen.

»Was um alles in der Welt macht ihr in Allendorf?«, wollte Johann wissen. Dabei sah er Arne herausfordernd an.

»Wir wollten uns überzeugen, dass es euch gut geht«, erklärte Erik. »Unser Feldmarschall hat uns verraten, dass Allendorf belagert wird und du mit deiner Familie durch diesen Ort reisen wolltest. Wir waren beunruhigt.«

»Die beiden Schweden sind anscheinend eure Schutzengel, die euch überallhin folgen. Solche wünsche ich mir auch«, lachte Jehner und leerte seinen Krug.

»Ob wir erwünscht sind, bezweifle ich, denn die Bonners

sind ohne ein Wort des Abschieds aus unserem Lager abgefahren«, stellte Arne klar. Jeder konnte dem Klang seiner Stimme entnehmen, wie verärgert er war.

Johann wollte gerade hitzig widersprechen, als Erik ihm ins Wort fiel: »Wir haben eine wichtige Neuigkeit, die schnelles Handeln erfordert.« So hatte er die Aufmerksamkeit der Anwesenden, und Johann war von Arne abgelenkt.

»Die Armee, die vor eurer Stadt liegt, wird euch morgen einen Freibrief ausstellen, damit ihr euch sicher fühlt und beide Stadttore öffnet«, begann Erik.

Die Ratsherren begannen durcheinanderzureden. »Das ist wunderbar«, meinte der eine, und ein anderer rief: »Darauf haben wir gewartet.« Superintendent und Magister Josephi, der erneut eingeschlummert war, erwachte und rief: »Dem Himmel sei Dank.«

»Wir haben kaum noch Geld, um einen Freibrief bezahlen zu können«, gab Kirchmeier zu bedenken.

»Dafür wird es reichen«, warf Jehner ein, und sofort redeten alle wieder durcheinander.

Arne erhob sich von seinem Stuhl, sodass seine imposante Erscheinung die Männer zum Schweigen brachte, noch bevor er ein Wort sagte. Mit seinen graublauen Augen blickte er ernst in die Runde und berichtete: »Wir hatten uns in das Lager der Kaiserlichen und der Kroaten geschlichen, da wir herausfinden wollten, ob sie Johann und seine Familie gefangen halten. Als ich heimlich die Zelte durchsuchte, konnte ich einige Offiziere belauschen, die sich über diesen Freibrief unterhielten. Wir sind der Ansicht, dass ihr den Soldaten trotz des Freibriefs nicht vertrauen könnt. Ein Dokument solcher Art verspricht zwar, dass die Stadt nicht geplündert wird und den Bürgern nichts geschieht.« Arne schwieg einige Augenblicke, um den folgenden Sätzen mehr Bedeutung zu verleihen. »Diesen Soldaten aber, die euch vor eurer Stadtmauer belagern, ist nicht zu trauen, wie ich aus den Gesprächen ihrer Offiziere heraushören konnte. Sie führen nichts Gutes im Schilde. Ich glaube nicht, dass sie friedlich in euer Städtchen einmarschieren wollen. Sie werden plündern und zerstören, und wenn sie nicht bekommen, was sie wollen, werden sie euch töten.«

Die Männer hielten die Luft an.

»Das glaube ich nicht«, erwiderte Jehner und schaute wie ein Kind starrköpfig in die Runde.

»O doch, das werden sie«, mischte sich nun Erik ein.

»Warum sollten sie ihr Wort brechen?«, fragte Bürgermeister Kirchmeier, der nun schlagartig wieder nüchtern war.

Arne erklärte mit ruhiger Stimme: »Die Soldaten beider Heere sind gelangweilt, ausgehungert und wütend, weil ihr sie seit Tagen hinhaltet. Deshalb sind sie zu allem bereit. Wenn sie erst einmal losgelassen sind, wird niemand sie aufhalten können.«

In der Schankstube herrschte bedrückende Stille, die Hans Kell mit seiner einfachen Frage an die beiden Schweden durchbrach: »Was würdet ihr an unserer Stelle machen?«

»Fliehen!«, erklärten Erik und Arne wie aus einem Mund.

Die Blicke der Allendorfer verrieten ihre Unsicherheit.

»Wenn das stimmt, was ihr sagt, ist Eile geboten. Die Offiziere der Truppen werden am Morgen kommen, um uns den Schutzbrief zu verkaufen. Danach werden wir kaum Zeit haben, die vielen Menschen sicher aus der Stadt zu bringen. Die Kroaten und die Kaiserlichen werden sofort Einlass wollen«, gab einer der jüngeren Ratsherren zu bedenken, als ein älterer mit grauem Haar und Falkennase ihm widersprach: »Ich sage euch, wir pfeifen auf den Schutzbrief und sitzen die Belagerung aus. Irgendwann werden sie aufgeben und weiterziehen.«

»Ihr verkennt den Ernst der Lage, meine Herren«, rügte Erik die Männer. »Ihr müsst den Schutzbrief entgegennehmen und die Tore öffnen, da man sonst mit Gewalt in die Stadt eindringen wird.«

»Ach was«, wehrte Kirchmeier ab. »Das haben sie am Morgen schon versucht und sind kläglich gescheitert.«

Arne lachte höhnisch auf. »Du meinst die Fässer, die sie gegen die Mauer gestellt haben?«

Der Bürgermeister blickte ihn erstaunt an. »Woher weißt du davon?«

»Ich sagte bereits, dass ich die Offiziere belauscht habe. Der Handstreich mit den Fässern sollte euch in Sicherheit wiegen, was anscheinend auch gelungen ist.«

»Es ist schon fast Mitternacht. Wie sollen wir so schnell unser Hab und Gut zusammenpacken und fliehen?«, warf Gabriel Kell ein.

»Ich denke, wenn die Truppen Einlass bekommen und sehen, dass in der Stadt nicht viel zu holen ist und auch keine Bürger da sind, an denen sie ihre Wut auslassen können, werden sie schnell zur nächsten Stadt weiterziehen. Ihr könnt sicherlich rasch wieder nach Allendorf zurückkehren. Deshalb nehmt nur das Nötigste mit«, riet Erik.

»Bei all euren Überlegungen«, warf Kirchmeier ein, »habt ihr eines vergessen: Wenn wir mit fast siebenhundert Menschen durch die Tore fliehen, werden die Soldaten es bemerken.«

»Wer sagt, dass ihr durch die Tore gehen sollt?«, fragte Arne und grinste.

Die Männer sahen verwirrt umher, sodass Arne sie aufklärte: »Wir werden die Stadt so verlassen, wie Erik und ich hereingekommen sind, nämlich durch die Gänge unter euren Häusern. So werden die Soldaten nichts mitbekommen und eine leere Stadt vorfinden.«

»Ich lasse meine edlen Kutschpferde nicht zurück, damit der Feind sie womöglich schlachtet«, rief Johann, der bisher schweigend zugehört hatte, aufgebracht dazwischen.

»Darüber können wir uns später unterhalten. In erster Linie geht es darum, die Menschen zu retten«, meinte Erik.

»Da ihr anscheinend schon alles geplant habt, hätte ich als Bürgermeister eine Frage an euch«, sagte Kirchmeier mit einem leicht spöttischen Unterton und blickte die beiden Schweden an. »Wer soll den Truppen die Tore öffnen, wenn wir alle weg sind?«

»Es gibt in der Seefahrt einen Spruch, der heißt: Der Kapitän geht als Letzter vom sinkenden Schiff.«

Kirchmeier runzelte die Stirn. »Was heißt das?«

»Du bist der Bürgermeister und somit der Kapitän von Allendorf.«

Kirchmeiers Augen weiteten sich entsetzt. »Das könnt ihr nicht von mir verlangen. Ich habe Frau und Kinder und zu kurze Beine, um schnell fliehen zu können«, jammerte er schamlos.

»Auch darüber können wir später noch entscheiden«, tröstete Erik den Bürgermeister. »Ich denke, ihr wisst jetzt, dass wir uns beeilen müssen. Weckt die Bürger und schärft ihnen ein, dass sie nur das Wichtigste mitnehmen und leise sein sollen. Dann geleitet sie zu den unterirdischen Gängen.«

Die beiden Schweden eilten mit Johann zum Gasthaus »Zum Löwen«. Vor dem Eingang blieb Johann stehen, drehte sich Arne und Erik zu und fragte: »Ich verstehe nicht, warum ihr uns nach Allendorf folgt, obwohl ihr euren Soldaten befohlen habt, uns aus dem Lager zu werfen! Was führt ihr im Schilde?« Sein Blick maß die beiden.

Arne schaute Johann verwirrt an. »Ich habe keinem Soldaten befohlen, euch aus dem Lager zu werfen. Wie kommst du auf eine solch unglaubliche Behauptung?«

»Die beiden Soldaten, die am Morgen in unserem Zelt erschienen, sagten, dass ihr diesen Befehl ausgesprochen hattet. Sie ließen uns kaum Zeit, unsere Sachen zu packen, und drohten sogar mit Gewalt.«

Arne stützte sich mit den Händen auf den Knien ab und atmete tief und hörbar durch. Als er sich wieder aufrichtete, blickte er Erik an und fragte: »Denkst du auch, was ich denke?«

Sein Freund nickte und murmelte: »Ich hatte es längst vermutet, dass Brigitta für die Vertreibung der Bonners verantwortlich ist, als ich hörte, dass die Familie ohne ein Wort des Abschieds oder eine Erklärung abgereist war. Da ich keinen Beweis hatte, habe ich Brigitta zur Rede gestellt. Und sie bestätigte widerwillig meinen Verdacht.«

»Warum hast du mir davon nichts gesagt?«

»Was spielt das für eine Rolle?«

Arne atmete aus und nickte. »Keine mehr!«

»Ich werde meine Familie holen, und du hältst dich von Magdalena fern. Ist das klar?«, fragte Johann und stieß Arne gegen die breite Brust, um seine Worte zu verstärken.

Arne blickte ihn grimmig an, sagte aber nichts.

»Wir werden hier warten«, sagte Erik, und Johann stürmte die Treppe hinauf.

Mitten in der Nacht füllten sich die Gassen von Allendorf mit seinen Bürgern. Die Menschen, die die Häuser am Rand der Stadt bewohnten, liefen zu den Häusern nahe dem Marktplatz, deren Kellergewölbe miteinander verbunden waren und aus der Stadt führten. Die meisten Bewohner trugen nur ein Bündel mit dem Notwendigsten, denn sie hofften, bald wieder heimkehren zu können. Trotzdem blickten einige Allendorfer mit traurigen Blicken zu ihrem Heim zurück. Obwohl Hunderte von Menschen sich in den Straßen tummelten, war nur verhaltenes Gemurmel zu hören. Vereinzelt weinten Kinder, die verschlafen ihre Augen rieben und von den Eltern getröstet wurden, damit sie schwiegen.

Die Alten und Gebrechlichen wurden von den Gesunden getragen, denn niemand wurde zurückgelassen.

Als Johann seine Familie weckte und erzählte, dass die beiden

Schweden ihnen gefolgt waren, wäre Magdalena am liebsten nach draußen gestürmt, um sich Arne in die Arme zu werfen. Vergessen war ihre Wut auf ihn, vergessen ihr Schmerz, weil sie geglaubt hatte, er habe sie vertreiben lassen. Er ist da, jubelte sie in Gedanken und war sicher, dass er sie nun nicht mehr alleine lassen würde.

Johann berichtete mit wenigen Worten, was geschehen war, als Franziska einwarf: »Ich verstehe das nicht! Warum sind sie uns gefolgt, wenn sie uns gestern noch loswerden wollten?«

Hastig schilderte Johann Brigittas Intrige, und Franziska blickte zu ihrer Tochter, die rasch ihre Sachen zusammenpackte.

Arne stand vor dem Gasthaus und spürte, wie seine Hände vor Aufregung feucht wurden. Angespannt blickte er zum Eingang, als Magdalena herausstürmte. Ihr Anblick ließ sein Herz schneller schlagen, und er wollte auf sie zueilen und sie in seine Arme reißen. Doch er hielt sich beherrscht zurück.

Magdalena stand da, unfähig, sich zu bewegen. Sie schaute Arne verlangend an. Sie wollte ihn berühren, ihn riechen und ihn küssen. Doch sie wusste, dass ihr Vater sie beobachtete. Auf schwachen Beinen ging sie zu Erik, um ihn zu begrüßen. Als sie vor Arne stand, flüsterte sie mit rauer Stimme: »Schön, dass ihr da seid.« Als sie sich von ihm wegdrehte, berührte sie für einen kurzen Augenblick seinen Handrücken und hörte, wie er leise aufstöhnte.

Johanns Stimme riss alle aus ihren Gedanken. »Was ist' mit meinen Pferden? Ich kann sie unmöglich zurücklassen.«

Erik nickte. »Während du deine Familie holtest, haben wir beschlossen, dass ihr mit den anderen durch die Keller flieht. Ich werde das Gespann durch das hintere Tor nach draußen bringen.«

»Das ist zu gefährlich und die Sache nicht wert«, beschwor Franziska den Schweden.

In diesem Moment kam der Bürgermeister von Allendorf mit seiner Familie an. In seinem Blick lag blanke Angst.

Erik winkte ihn zu sich. »Du kannst dich beruhigen, denn ich werde das Steintor öffnen und den Schutzbrief entgegennehmen. Anschließend werde ich mit dem Fuhrgespann der Bonners durch das andere Tor fliehen.«

Kirchmeiers Augen weiteten sich und glänzten ungewöhnlich, als er Eriks Hand nahm und ergriffen flüsterte: »Danke!«

Kapitel 41

Arne stand auf dem Marktplatz der Stadt und achtete darauf, dass kein Bürger von Allendorf vergessen wurde. Immer wieder blickte er die Gassen entlang, ob Nachzügler zu sehen waren, denen er helfen musste.

Fast siebenhundert Allendorfer Bürger flohen am frühen Morgen durch die unterirdischen Gänge der Häuser zum nahe gelegenen Zinnberg. Sie schleppten auch Hunde und Katzen mit, die von Kindern getragen oder hinterhergezogen wurden. Sogar Hühner und anderes Vieh, das man dem Feind nicht überlassen wollte, wurden mitgenommen, sodass es in den Kellern blökte und meckerte. Als die letzten Bewohner der Stadt in den Häusern am Markt verschwunden waren, die zu den Kellereingängen führten, winkte Arne seinem Freund Erik zu, der am Bonner'schen Fuhrwerk stand und auf sein Zeichen wartete. Gustavsson hob die Hand, und sein Freund rannte zum nächstgelegenen Haus, um ebenfalls in die unterirdischen Gänge abzusteigen.

Erik blickte sich auf dem leeren Marktplatz um. Die Stadt wirkte gespenstisch, und jedes Geräusch hallte unheimlich wider. Plötzlich hörte er grobe Soldatenstimmen vor der Stadtmauer, die nach Bürgermeister Kirchmeier riefen.

»Es geht los!«, murmelte er und schlenderte zum Steintor. Dort sog er tief die Luft in die Lunge und blähte seinen Oberkörper auf. Dann öffnete er die eine Seite des wuchtigen Portals einen Spalt und schlüpfte hindurch.

Wie erwartet, standen mehrere Soldaten in einer Linie vor dem Stadttor und blickten ihm in kampfbereiter Haltung entgegen.

»Wir wollen euch einen Schutzbrief anbieten, der eurer Stadt Sicherheit und Frieden bringt. Schickt den Bürgermeister heraus, damit wir alles regeln können«, forderte einer der ranghohen Soldaten mit kräftiger Stimme.

»Der Bürgermeister und der gesamte Rat der Stadt liegen krank danieder und kotzen sich die Seele aus dem Leib. Ich vertrete sie«, log Erik ebenso laut und blickte mit argloser Miene die Männer an.

Der Soldat musterte Gustavsson mürrisch. Dann drehte er sich um und blickte zögerlich zurück, wo einige Pferdelängen hinter ihm ein Offizier auf einem prachtvollen Ross saß. Der Truppenführer hob leicht die Hand, und der Soldat forderte: »Wir verlangen für den Schutzbrief 250 Gulden.«

Erik hätte um die Höhe der Summe verhandeln können, doch er nickte. »Ich werde es dem Bürgermeister mitteilen«, sagte er und verschwand wieder hinter dem Tor, das er zuschlug und mit einem Querbalken verschloss. Er lehnte sich gegen das Holz und pfiff die Luft aus der Lunge. Dann marschierte er wie ein Wachsoldat mit Schritten, die laut auf dem Pflaster knallten, auf und ab, um Zeit zu schinden. Nach einer Weile schlich er zum Fuhrwerk, wo auf dem Sitz ein Geldsack lag.

Die Ratsherren, der Bürgermeister und alle anderen wohlhabenden Leute hatten ihr letztes Geld zusammengelegt und Gustavsson 350 Gulden anvertraut. Erik zählte die geforderte Summe ab und steckte sie zurück in den Geldsack. Die restlichen Münzen verstaute er in einem kleineren Beutel auf dem

Fuhrwerk. Dann ging er wieder auf und ab, zählte bis hundert und öffnete schließlich das Tor. Als er vor die Stadt trat, warteten nur noch drei Männer auf ihn. Der ranghohe Soldat, der ihm die Forderung der Belagerer überbracht hatte, stand nun neben seinem Pferd und blickte ihm grimmig entgegen.

Erik reichte ihm den Sack mit dem Geld, das nachgezählt wurde. Weil die Summe stimmte, bekam er das Dokument, den Schutzbrief, ausgehändigt.

»Sobald die Turmuhr zur Mittagsstunde schlägt, öffnet ihr das Tor und gewährt uns Einlass!«, forderte der Soldat mit herausforderndem Blick und kalter Stimme.

Erik nickte und verschwand, ohne ein Wort mit den Männern gewechselt zu haben, hinter dem Steintor, das er wieder zuschlug und verschloss. Er atmete mehrmals heftig, doch der Druck in der Magengegend blieb. Diese Aufregung ist nichts mehr für einen alten Mann, dachte er und ging zum Fuhrwerk.

Die beiden Schweden hatten vereinbart, dass Arne die Menschen durch die Tunnel begleiten und Erik die Angelegenheit mit dem Schutzbrief aushandeln würde. Arne, der jung und von hoher und kräftiger Gestalt war, mit blonden Haaren, die bis zu den Schultern fielen, eignete sich nicht als Mittelsmann, weil die Gefahr, dass die Kroaten oder die kaiserlichen Soldaten bei seiner Erscheinung misstrauisch würden, zu groß schien.

»Deshalb muss ich meinen Kopf hinhalten«, murmelte Erik und prüfte das Geschirr der Kutschpferde ebenso wie das Zaumzeug ihrer eigenen Rösser, die er und Arne an dem Fuhrwerk festgebunden hatten.

Er führte das Hengstgespann am Kopfgestell zum Waldistor, das sich am anderen Ende der Stadt befand. Dieses Tor, das von den feindlichen Truppen nicht einsehbar war, öffnete er so weit, dass das Fuhrwerk durchpasste. Dann löste er den Zügel seines Pferdes und ritt in langsamem Schritt zurück zum Steintor. Dort saß er ab und öffnete die beiden Torflügel weit.

Als er sich wieder in den Sattel schwang, hörte er Soldaten laut rufen, doch er gab keine Antwort. Stattdessen peitschte er sein Pferd mit dem Zügel vorwärts, dass das Hufgeklapper auf dem Kopfsteinpflaster zwischen den Hauswänden dröhnte. Beim Fuhrwerk angekommen, sprang er vom Pferderücken, band hastig seinen Gaul fest und nahm auf dem Kutschbock Platz. Erik glaubte zu hören, wie die Soldaten in die Stadt einfielen, und jagte die Hengste vorwärts.

Als er außerhalb der Stadtmauern war, grinste er breit. »Die Kroaten und die Kaiserlichen werden bitter enttäuscht sein, wenn sie die leere Stadt vorfinden.«

Er trieb die Pferde an und umfuhr in einem weiten Bogen Allendorf in Richtung Zinnberg. Er hatte mit Arne vereinbart, dass sie sich an der Stelle treffen würden, wo sie in der Nacht die beiden Brüder getroffen hatten.

Arne schlängelte sich an den vielen Menschen vorbei, die durch die Gänge der Tunnel strömten, und suchte Magdalena. Er wusste nicht, durch welchen Keller die Familie Bonner in die unterirdischen Tunnel gelangt war, denn als er auf dem Marktplatz aufgepasst hatte, dass keiner zurückblieb, hatte er sie aus den Augen verloren. Der Schwede überragte zwar die meisten Menschen, sodass er über ihre Köpfe hinwegschauen konnte, doch an manchen Stellen verlief der Gang so tief, dass er den Kopf einziehen musste. Als er vor sich in der Menschenmenge einen hellen Schopf erkennen konnte, hüpfte sein Herz vor Aufregung, und er musste lächeln. Kaum denke ich an sie, schlägt mein Herz Purzelbäume, dachte er, als sich eine Hand in seine schob. Erschrocken blickte er neben sich und sah Magdalena.

Sie hatte Arne in der Menge entdeckt, die sich vor ihr durch die Gänge schob. Sie war überzeugt, dass er sie suchte. Voller Freude hatte sie ihrer Mutter ein Zeichen gegeben und sich von dem Strom der Menschen mitreißen lassen, bis sie neben Arne ging. Als er sie nicht sofort bemerkte, ergriff sie seine Hand. Arne war erschrocken, blickte sie dann aber voller Zuneigung an und strich mit dem Daumen über ihren Handrücken. Magdalena konnte ihr Glück noch immer nicht fassen, dass Arne zurückgekommen war, dass er *zu ihr* zurückgekommen war. Gott, hilf mir, dass unsere Liebe eine Zukunft hat, betete sie inbrünstig und wusste doch, dass selbst Gott nicht würde helfen können. Es gab zu viele Hürden, die sie überwinden müssten.

Die Menschen drängten immer schneller durch die Gänge. Jemand schrie: »Ich bekomme keine Luft!« Ein anderer jammerte: »Ich muss sofort hier raus!«

Arne versuchte sie zu beruhigen. »Geht weiter und atmet tief in eure Lunge. Wir haben es bald geschafft.«

Magdalena blickte sich nach ihren Eltern und ihrem Bruder um, die sie nur wenige Schritte hinter sich erkennen konnte. Beruhigt drückte sie Arnes Hand, der den Druck fest erwiderte.

Die abgestandene Luft und der Geruch nach fauler Erde verursachten bei vielen Menschen Unwohlsein und Ekel. Die Kinder hielten sich Nase zu. Als ein kleines Mädchen neben Arne jammerte, dass sie nicht so schnell laufen könne, ließ er Magdalenas Hand los und nahm die Kleine auf den Arm.

Magdalena sah, wie er das Kind mit leisen Worten beruhigte. Diese Geste berührte sie so sehr, dass sie sich vornahm, mit ihrem Vater zu sprechen. Ich werde Vater überzeugen, dass Arne der Richtige für mich ist. Zur Not laufe ich mit ihm davon, dachte sie, ließ den Gedanken aber schnell wieder fallen. Wohin sollten sie laufen?

Ihre Gedanken wurden unterbrochen, als sie freudige Stimmen hörte: »Wir haben es geschafft!«

In der frischen Luft schloss das Mädchen für einen Augenblick die Augen und atmete tief ein, um den Moder aus ihrer Lunge zu vertreiben.

Vor dem Ausgang des unterirdischen Gangs warteten bereits die ersten Allendorfer auf ihre Familien, die noch in den Tunnelgängen steckten. Kinder weinten und riefen nach ihren Eltern. Väter und Mütter suchten ihre Töchter und Söhne. Auch Magdalena blickte sich um, bis sie ihre Eltern und Benjamin sah. Erleichtert, dass sie das Ende der Tunnel erreicht hatten, fielen sich die Bonners in die Arme. Sogar Arne wurde umarmt. Johann übersah, wie der Schwede seine Tochter trotz scheinbar flüchtiger Umarmung fest an sich drückte.

Als Arne sah, wie Johann wegschaute, drückte er Magdalena einen Kuss auf den Mund.

Bürgermeister Christoph Kirchmeier sowie die Ratsherren und der Superintendent Josephi prüften, ob es Familien gab, die Angehörige vermissten. Erleichtert stellten sie fest, dass alle Bürger der Stadt gerettet waren.

Kurz darauf kam auch Gustavsson mit dem Fuhrwerk der Bonners die Heeresstraße entlang, die über den Zinnberg führte, und wurde mit lautstarkem Jubel von den Menschen begrüßt. Kaum sprang er vom Kutschbock, umringten ihn die Allendorfer und klopften ihm anerkennend auf die Schulter.

Plötzlich zerriss ein schriller Schrei die Luft, und eine Frau zeigte hinunter zur Stadt.

Voller Entsetzen sahen die Menschen die schwarzen Rauchsäulen in der Mitte Allendorfs aufsteigen. Zuerst war es nur eine, dann zwei, drei, vier – und schließlich brannte jedes Gebäude in Allendorf.

Die Einwohner der Stadt schrien auf und weinten laut, andere jammerten leise, gingen in die Knie oder hielten sich aneinander fest.

Kirchmeier stand da und krallte sich fassungslos die Finger in die Haare. Mit Tränen in den Augen starrte er stumm auf seine Stadt, als erneut jemand aufschrie. Vorne stand ein Mütterlein, das kläglich heulte. Die alte Frau zeigte gerade zur Marktkirche, aus deren Dach die Flammen emporschlugen, als in der Sankt-Crucis-Kirche das Kreuzgewölbe einstürzte. Kurz darauf konnten die Allendorfer hören, wie etwas mit unglaublichem Getöse auf dem Boden aufschlug und zerbrach. Im selben Augenblick ging Superintendent Josephi weinend in die Knie und schrie: »Die Marienglocke!«

Der Geruch des verbrannten Holzes wurde vom Wind zum Zinnberg getragen und verstärkte das Leid der Allendorfer, das sie laut hinausschrien.

Bürgermeister Kirchmeier sah es als seine Pflicht an, seine Bürger zu beruhigen. Damit sie ihn sahen und hörten, stellte er sich auf einen Findling, der aus der Erde ragte, und rief den Menschen zu: »Bei all dem Schmerz, den wir empfinden, müssen wir dankbar sein, dass alle Allendorfer überlebt haben.«

Die Leute verstummten und nickten. »Dass nicht ein Allendorfer sein Leben lassen musste, verdanken wir diesen beiden Männern«, erklärte Kirchmeier und zeigte auf die beiden Schweden. Es hatte sich längst herumgesprochen, dass die Menschen ihr Leben den beiden Fremden zu verdanken hatten, die mitten in der Nacht in der Stadt aufgetaucht waren.

Nun strömten die Leute zusammen und bedankten sich lautstark und überschwänglich bei Arne und Erik, denen das sichtlich unangenehm war. Auch der Bürgermeister und die hohen Ratsherren kamen und drückten ihnen die Hände.

Pfänner Augustin Jehner trat auf Johann zu und sagte: »Du kannst dich glücklich schätzen, die beiden Schutzengel zu kennen, denn ohne diese Männer würden wir samt unserer Stadt brennen.«

Traurig saßen die Allendorfer auf dem abgeholzten Waldboden und schauten hinunter zu ihrer Stadt, die lichterloh brannte und deren Hitze man glaubte spüren zu können.

Erst als das letzte Haus in Allendorf angezündet war, schienen die kroatischen und die kaiserlichen Soldaten zufrieden zu sein und verließen die Stadt. Kurze Zeit später konnten die Menschen auf dem Zinnberg beobachten, wie die Soldaten ihr Lager abbauten und in einem langen Zug in Richtung Kassel aufbrachen.

Der Superintendent Josephi blickte ihnen mit bitterböser Miene hinterher und flüsterte: »Schon bei Moses wird im zehnten Kapitel von Heuschrecken als achte Plage berichtet. Und wie Heuschrecken sind diese Soldaten, die erst weiterziehen, wenn sie alles vernichtet haben.«

Die beiden Schweden gingen mit Johann zum Bürgermeister. Christoph Kirchmeier stand mit seinen Ratsherren abseits und beratschlagte. Gustavsson überreichte den Männern den Beutel mit den hundert Gulden, die er den Belagerern vorenthalten hatte. Er fragte: »Was werdet ihr machen?«

»Da wir nicht wissen, ob alle Soldaten abgerückt sind, werden wir die Nacht hier auf dem Berg verbringen. Morgen werden unsere Männer hinuntergehen und schauen, was noch zu retten ist.«

»Viel wird das nicht sein«, vermutete Arne, der mit kummervoller Miene nach unten zu den brennenden Häusern schaute.

Kirchmeier folgte mit traurigen Augen Arnes Blick. »Wir können in den ausgebauten Gewölbekellern leben, bis wir die Stadt wieder aufgebaut haben.«

Johann zog erstaunt eine Augenbraue in die Höhe. »Ihr wollt eure Stadt wieder aufbauen?«

Nun erhellte ein zaghaftes Lächeln die Gesichtszüge des Bürgermeisters. »Wir sind Allendorfer, die lassen sich nicht unterkriegen!«

Da Johann und die beiden Schweden nichts mehr für die Menschen auf dem Zinnberg tun konnten, beschlossen sie, weiter nach Hundeshagen zu fahren.

»Ich hoffe, dass der Rest eurer Reise ohne Zwischenfälle verläuft«, wünschte ihnen Kirchmeier.

»Wir sind fast vor der Haustür«, lachte Johann. »Am Abend müssten wir Hundeshagen erreichen.«

»Gott wird euch begleiten«, prophezeite Josephi.

»Und die schwedischen Schutzengel auch«, fügte Augustin Jehner lächelnd hinzu.

Als die Allendorfer außer Hörweite waren, blickte Arne sorgenvoll Erik an und sagte: »Ich hoffe, dass unter diesen Menschen nicht die Pest ausbricht, wenn sie in den Gewölbekellern hausen.«

Erschrocken blickte Gustavsson zu seinem Freund auf, der mit ernster Miene nickte.

Die beiden Schweden schwangen sich auf ihre Pferde. Johann und Franziska nahmen auf dem Kutschbock Platz, während sich Benjamin und Magdalena auf die Ladefläche hockten. Als Magdalena sich sehnsuchtsvoll nach Arne umschaute, zwinkerte er ihr zu, und das Fuhrwerk setzte sich in Bewegung.

Kapitel 42

Karoline saß auf der dritten unteren Treppenstufe und betrachtete nachdenklich das schlafende Dämonenkind. Seit Tagen beschäftigte sie das Gespräch mit der jungen Nachbarsfrau Helene.

»Bist du wirklich ein seelenloses Wesen, wie der Reformator behauptet hat?«, murmelte Karoline und rutschte eine Stufe tiefer. »Wenn ich Luther glauben kann, bist du ein gefühlloser Fleischklops, den ich ohne Folgen für mich oder meinen Sohn ertränken darf.« Sie seufzte verzweifelt. »Was soll ich machen? Ich kann dich nicht auf ewig in diesem Keller einsperren. Auch wenn du hager und klein geraten bist, du wirst älter und größer werden. Und wenn ich eines Tages alt und gebrechlich bin, werde ich die Treppe hinunter in den Keller und wieder hinauf nicht mehr steigen können, um dich zu versorgen. Wer wird diese Aufgabe dann an meiner statt übernehmen? Niemand!«, gab sie sich selbst die Antwort. »Wenn ich dich jedoch ersäufen würde, wärest du bei deinesgleichen und sicher glücklich, so wie der Wechselbalg in Halberstadt, den der Teufel zu sich in die Tiefe gezogen hat. Aber wer weiß, ob du Glück empfinden kannst? Glaube ich Luther, so bist du unfähig, Glück zu empfinden. Doch in Halberstadt schien der Balg glücklich zu sein, als der Teufel ihn holte.« Karoline versenkte ihr Gesicht in beiden Händen. Sie schmeckte Tränen auf den Lippen, die ihr aus den Augen quollen, ohne dass sie es merkte. »Könnte mir doch jemand mit einem Rat zur Seite stehen«, jammerte sie leise. Sie wusste, dass Jodokus nicht zögern würde, das Dämonenkind in die Nisse zu werfen. Deshalb hatte sie ihrem Mann von dem Gespräch mit Helene nichts erzählt. Sie wischte sich die Tränen fort und schnäuzte sich in ein Tuch, das sie aus der Rocktasche zog.

Hin und wieder zuckte das Gesicht des Kindes, als ob es träumte, und manchmal glaubte Karoline ein Lächeln um seinen Mund zu erkennen. Einzelne helle lange Locken, die verfilzt und strähnig waren, hingen dem Kind über eine Wange. Karoline war versucht, sie zurückzustreichen. »Es kommt mir vor, als ob er manchmal menschliche Züge hat«, dachte sie und murmelte leise: »Wenn man dir doch nur die verzottelten Haare abschneiden könnte.« Wehmütig überlegte sie: Ob deine Dämoneneltern meinem Michael ebenfalls beim Schlafen zusehen?

Karoline strich sich die dunklen Haare zurück, als die Ketten des Kindes klirrten. Erschrocken sah sie, wie der Balg sich reckte und streckte.

Als das Kind die Frau erblickte, verzog es sein Gesichtchen. Es setzte sich auf und raunzte: »Mutr«, wobei es zu dem Loch an der Decke zeigte. »Piep, piep«, sang das Kind, und Karoline lächelte zaghaft.

Plötzlich hörte sie draußen im Hof Stimmen und Pferdeschnauben, da die Geräusche durch die Öffnung in der Decke in den Keller drangen.

»Wer könnte das sein?«, fragte sie, erhob sich und drehte sich zur Treppe.

Sogleich verzog sich das Gesicht des Wechselbalgs wieder, und er grunzte klagend auf, während er versuchte, den Rock der Frau zu greifen.

»Nimm deine Finger von meinem Gewand!«, schimpfte Karoline und eilte die Stufen hinauf.

Ausdruckslos schaute ihr das Kind hinterher und weinte leise.

»Ja, so habe ich unseren Hof in Erinnerung«, murmelte Johann und kämpfte mit seinen Gefühlen. »Zwar hat er damals prachtvoller ausgesehen, aber es ist der Hof meiner Kindheit und Jugend.« Vom Kutschbock aus ließ Johann seinen Blick zum Scheunendach schweifen, das an vielen Stellen ausgebessert werden musste. Das Tor hing windschief in den Angeln, und in den Ecken rosteten Gerätschaften. »Das sind die Auswirkungen des Kriegs, die es überall gibt«, entschuldigte Johann den heruntergekommenen Zustand des Hofs. »Sicher haben sie kaum noch Gesinde und müssen die Arbeit allein bewältigen. Mutter ist betagt und Karoline vielleicht fortgezogen«, mutmaßte er.

Franziska wagte kaum zu atmen. Sie griff nach Johanns Hand, denn die Erinnerungen an ihre Zeit auf dem Bonner'schen Hof kamen mit einem Schlag zurück. Manche Erinnerung entlockte ihr ein Lächeln, andere Erinnerungen versenkten sie in trübe Gedanken.

Sie sah sich wieder als junges Mädchen über den Hof zum Backhaus gehen, das sich hinter der Küche befand. Franziska erinnerte sich, wie die Köchin Berta sich die Hände am heißen Topfkuchenblech verbrannt hatte und man ihr, der Magd, die

Schuld dafür gegeben hatte. Rasch verscheuchte sie die dunklen Gedanken, und ihr Blick schweifte zu der schmalen Stiege, die zu ihrer damaligen Kammer führte und der jetzt einige Holzstufen fehlten.

Johann und Franziska Bonner wagten nicht, vom Fuhrwerk zu steigen. Wie angekettet saßen sie Hand in Hand da und starrten zu den Gebäuden, die sie vor mehr als siebzehn Jahren verlassen hatten. Erst als ihr Sohn quengelte, erwachten sie aus ihrer Starre.

Benjamin blickte seine Eltern verständnislos an. »Warum steigt ihr nicht vom Kutschbock? Ich will endlich spielen«, schimpfte er.

Magdalena stieg ab und half ihm herunter.

Arne und Erik, die ihre Pferde neben das Fuhrwerk lenkten, schwangen die Beine aus den Sätteln und stiegen ab.

»Ihr habt es geschafft. Ihr seid endlich zu Hause angekommen«, sagte Arne mit belegter Stimme und blickte Magdalena forschend an, die traurig nickte. Als der Schwede sah, dass Johann nach Fassung ringend auf sein Elternhaus starrte und ihn nicht beachtete, wagte er es, Magdalena über die Wangen zu streicheln und über ihre Grübchen, die ihm so sehr gefielen. Bei dieser Berührung huschte ein zaghaftes Lächeln über Magdalenas Gesicht.

»Wir müssen dringend miteinander reden«, raunte er ihr zu.

Sie nickte. Da sie seit dem Auftauchen der beiden Schweden in Allendorf keine Gelegenheit gehabt hatten, allein miteinander zu sprechen, wusste Magdalena noch nicht, dass der geliebte Mann sechs Wochen Urlaub hatte und einige Zeit bei ihnen bleiben konnte, bevor er wieder in den Krieg würde ziehen müssen.

Karoline stand versteckt hinter dem Fenster der Stube und schaute ungläubig nach draußen. Sie hatte einige Augenblicke gebraucht, bis sie begriff, wer auf den Hof gefahren war. Als sie ihren Bruder erkannte, wusste sie nicht, ob sie sich freuen sollte. Was will er hier?, überlegte sie. Dann sah sie ihre Schwägerin. Er ist noch immer mit dieser Hexe zusammen. Kinder haben sie auch, stellte sie gefühllos fest. Das Mädchen drehte ihr den Rücken zu, während der Junge umherhopste. Wer aber sind diese beiden Riesen?, fragte sie sich kopfschüttelnd und trat einen Schritt näher ans Fenster, um besser hinausschauen zu können. Da sah sie ihren Mann über den Hof kommen.

»Wer seid ihr?«, fragte Jodokus, der die fremden Menschen vom Stall aus gesehen hatte.

»Wer bist du?«, wollte Johann wissen und blieb dem Mann die Antwort schuldig.

Jodokus runzelte befremdet die Stirn. »Ich bin der Bauer dieses Gehöfts«, erklärte er.

»Karolines Mann?«, fragte Johann.

Jodokus nickte.

Mit einem Sprung stand Johann neben dem Fuhrwerk und ging auf den Mann zu, um ihn zu umarmen, doch der stieß ihn verärgert von sich.

»Wer bist du? Wer seid ihr?«, fragte er gereizt und schaute griesgrämig in die Runde.

»Das ist Johann, mein Bruder«, sagte Karoline, die plötzlich hinter ihnen stand.

Als Johann die Stimme seiner Schwester hörte, drehte er sich zu ihr um und erschrak. Während der fast achtzehn Jahre in der Fremde war Karoline, wenn er sich an sie erinnerte, in seiner Vorstellung stets das junge, hübsche Mädchen gewesen, das er zurückgelassen hatte. Doch heute stand eine verbitterte, alt gewordene Frau vor ihm, die ihn mit bösen Augen anfunkelte. Johann hoffte, dass sie seine Bestürzung nicht bemerkte, und trat auf sie zu, um sie an sich zu ziehen. »Karoline!«, flüsterte er. »Endlich sehen wir uns wieder.«

»Was willst du mit deiner Brut auf meinem Hof?«, fragte Karoline, ohne Franziska, die Kinder oder die beiden Fremden eines Blickes zu würdigen. Sie schaute starr auf ihren Bruder und verschränkte die Arme vor der Brust.

»Lass uns später reden«, bat Johann, der tat, als ob er die Abweisung der Schwester nicht bemerkte. »Wo ist Mutter?«, wollte er wissen und sah sich suchend um.

»Tot!« war die knappe Antwort seiner Schwester, die ihn wie ein Keulenschlag traf.

»O nein!«, flüsterte er.

»Was hast du erwartet?«, höhnte Karoline. »Hast du erwartet, dass alles so ist wie damals, als du uns verlassen hast? Hast du erwartet, dass wir hier auf dich warten und dich nach so vielen Jahren mit offenen Armen empfangen?«

Johann schloss für einige Augenblicke die Augen, um sich zu sammeln, und blickte dann seine Schwester ernst an. »Du weißt, warum ich damals fortmusste. Vater hätte uns das Leben zur Hölle gemacht und Franziska auf den Scheiterhaufen gebracht.«

»Könnt ihr das nicht im Haus besprechen?«, forderte Jodokus, der bemerkte, dass einige neugierige Hundeshagener sich auf der Straße versammelt hatten und zu ihnen in den Hof gafften.

»Er betritt mit seiner Hexenbrut nicht das Haus«, zischte Karoline und blickte Franziska gehässig an.

»Mutter!«, fragte Benjamin verstört. »Warum ist die Frau böse und redet so über uns?«

Franziska strich ihrem Sohn stumm über den Scheitel.

»Karoline, beherrsche dich«, wies Jodokus seine Frau barsch zurecht. »Ich bin der Mann im Haus, und ich bestimme, dass dein Bruder und seine Familie bei uns willkommen sind.« Er wandte sich Franziska zu. »Ihr seid von der Reise sicher müde. Tretet ein.« Jodokus wandte sich dann den beiden großen

Fremden zu. »Ich weiß nicht, wer ihr seid, aber auch ihr seid willkommen.«

»Die Pferde müssen versorgt werden«, erklärte Erik.

Jodokus nickte. »Bringt sie in den Stall. Ich werde euch den Weg zeigen.«

In Karoline brodelte es sichtlich. Wütend blickte sie von ihrem Bruder zu Franziska, als Magdalena sich vor sie stellte und sagte:

»Ich freue mich, dich kennenzulernen, Muhme.«

Erst jetzt schaute Karoline dem Mädchen ins Gesicht und riss entgeistert die Augen weit auf.

Arne und Erik brachten die Pferde in den Stall, um sie mit Futter und Wasser zu versorgen und ihre verschwitzten Körper mit Stroh abzureiben. Als Benjamin, der ihnen gefolgt war, quengelte, baten sie den Jungen, ihnen zu helfen. »Komm, kleiner *vän*, du kannst dich nützlich machen«, rief Arne ihm zu.

Begeistert verschwand auch Benjamin im Stall. Franziska dankte Arne mit einem Lächeln. Sie war froh, dass der Junge die bevorstehende Aussprache mit Karoline nicht mitbekommen würde.

Johann hatte die Lebensmittel vom Fuhrwerk genommen und ging mit der Kiste durch die Hintertür in den Flur des Haupthauses. Von Gefühlen übermannt blickte er sich um. Er konnte sich noch genau erinnern, wo welcher Raum lag und wie er aussah. Langsam ging er von Kammer zu Kammer und blickte hinein. Es schien, als ob sich nichts verändert hätte, zumal manche Räume anscheinend seit langer Zeit nicht mehr bewohnt wurden. Johann ging zum Treppengeländer im Flur und schaute ins obere Stockwerk, wo einst seine Kammer gelegen hatte. Dann ging er zurück in die Küche und stellte die Kiste ab. Mit einem tiefen Seufzer setzte er sich an den Tisch zu seiner Frau und seiner Tochter.

Karoline stand an der Feuerstelle und rührte angestrengt in einem Eisentopf. Immer wieder schweifte ihr Blick zu Magdalena, deren Aussehen sie erschreckt hatte. Das Mädchen erinnerte sie an ihren Sohn. Sie hat das blonde Haar und die blauen Augen wie Michael, und ihre Gesichtsformen sind sich verblüffend ähnlich, dachte Karoline erschüttert.

Der Geruch des geräucherten Schinkens, den Johann auf den Tisch gelegt hatte, breitete sich in der Küche aus, sodass Jodokus, als er eintrat, schluckte und erklärte: »Unsere Speisekammer ist fast leer. Geräucherten Schinken gab es bei uns lange nicht mehr.«

Johann nickte ihm freundlich zu und wagte zu fragen: »Können wir einige Zeit bei euch wohnen, bis ich weiß, wo wir uns niederlassen werden?«

Noch bevor Jodokus antworten konnte, schrie Karoline: »Nein! Ich will euch nicht im Haus haben!«

»Er ist dein Bruder, und sie sind deine Familie!«, wies Jodokus erneut seine Frau zurecht und blickte Karoline vorwurfsvoll an.

»Sie«, rief Karoline und zeigte dabei mit dem Kochlöffel auf Franziska, »wurde der Hexerei verdächtigt, und sie ist sicher eine Hexe geblieben.«

»Dann ist sie bei dir in bester Gesellschaft!«, spottete ihr Mann.

Fragend blickten Johann und Franziska zu Jodokus.

Karoline wusste, dass er an den Hexenschwur der alten Hebamme dachte, die ihr einst Krankheit und Seuchen, Hunger und Not gewünscht hatte, und zischte: »Schweig.«

Doch Franziska war hellhörig geworden. »Wie meinst du das?«, fragte sie.

»Das geht dich nichts an«, giftete ihre Schwägerin.

»Der Einzige, der Franziska der Hexerei bezichtigte, war unser Vater«, brauste Johann auf. »Weder ein Magier noch eine Kinderhexe oder andere Fachleute haben den bösen Verdacht wiederholt, den Vater erhoben hatte«, verteidigte Johann seine Frau, indem er mehr zu Jodokus als zu seiner Schwester sprach.

»Er ist nicht dein Vater«, fauchte Karoline.

Johann schaute erschrocken seine Tochter Magdalena an. An ihrem Gesichtsausdruck konnte er erkennen, dass sie verwirrt war. »Ich werde dir ein anderes Mal das letzte Geheimnis unserer Familie erzählen«, versprach er und wandte sich wieder seiner Schwester zu. »Wann ist Mutter gestorben?«, fragte er leise.

Widerstrebend setzte sich Karoline an den Tisch und legte den Holzlöffel zur Seite. Müde fuhr sie sich durch das Gesicht. »Es war gleich nachdem ihr geflohen seid. Wenn ich mich recht erinnere, war es noch am gleichen Tag.«

Johann sah seine Schwester bestürzt an. »Um Himmels willen, was ist geschehen?«, fragte er leise.

Karoline blickte zu ihrem Mann, der ihr aufmunternd zunickte, trotzdem schluckte sie schwer. »Mutter hat sich im Schlafzimmer mit Vaters wertvollem Gürtel, den er damals beim Wettschießen gewonnen hatte, erhängt«, wisperte sie.

»Nein«, stöhnte Johann auf und schluchzte, sodass Franziska ihren Arm um ihn legte. Er presste sein Gesicht an ihre Schulter und weinte wie ein Kind. Als sein Schluchzen nachließ, schaute er seine Schwester an. »Warum hat sie das gemacht?«, fragte er und gab sich die Antwort selbst: »Ich bin schuld. Ich habe sie alleingelassen.«

Karolines Gesichtsausdruck veränderte sich. Sie sah tiefunglücklich aus. »Nein, ich bin schuld«, flüsterte sie. »Ich habe Mutter beschimpft, weil sie Vaters Goldmünzen aus der Kiste gestohlen und dir gegeben hatte. Ich habe ihr gedroht, dass sie deshalb in den Kerker kommen würde. Ich war so böse zu ihr«, schluchzte Karoline auf. »Deshalb hat sie sich umgebracht.«

Johann lehnte sich in seinem Stuhl zurück und schloss die Augen.

So viel Leid, so viel Schmerz, dachte er, als er Franziskas

Hand auf seinem Arm spürte und zu ihr schaute. Er schnaufte tief durch und sagte: »Mach dir keine Vorwürfe, Karoline. Weder du noch ich sind schuld an Mutters Freitod. Wir wissen beide, dass nur einer sie in den Tod getrieben hat – Vater!«

Kaum hatte Johann den alten Bonner beschuldigt, sprang Karoline vom Tisch auf und schrie den Bruder an: »Mein Vater trägt keine Schuld an ihrem Tod! Er ist ein lieber Mensch ...«

»Du belügst dich selbst«, unterbrach Johann seine Schwester. »Vater war brutal und gemein. Denk an die vielen Schläge mit der Hundepeitsche. Denk an seinen Jähzorn.«

»Ich höre mir diese Unverschämtheiten nicht länger an«, sagte Karoline und wollte aufspringen und die Küche verlassen.

Johann aber befahl ihr mit eisiger Stimme: »Du bleibst! Ich hatte mir mein Nachhausekommen anders vorgestellt, aber anscheinend muss es sein, dass wir gleich am ersten Abend einiges klären.«

Und dann erzählte er seiner Schwester und ihrem Mann Jodokus, wie Bonner, ihr Vater, versucht hatte, seine Frau Franziska und seine kleine Tochter Magdalena zu ertränken.

»Er war verblendet und verwirrt gewesen.«

»Gewesen?«, fragte Karoline ahnungsvoll.

Johann gab sich einen Ruck. Leidenschaftslos schilderte er nun, wie den alten Bonner vor siebzehn Jahren beim Versuch, Schwiegertochter und Enkelin umzubringen, der Schlag getroffen hatte und er verstorben war.

Kapitel 43

Es war späte Nacht, als auf dem Bonner'schen Gehöft Ruhe einkehrte.

Die Familien hatten noch lange in der Küche zusammengesessen und geredet. Johann war nicht müde geworden, seiner Schwester zu erzählen, wie es ihm und Franziska in den letzten Jahren ergangen war, und er erklärte auch, warum die beiden Schweden bei ihnen waren.

Obwohl Karoline jetzt mehr über ihren Bruder wusste, wusste sie nicht, ob sie sich über sein Erscheinen freuen sollte. Im Gegensatz zu ihrem Mann Jodokus, der Gefallen an der neuen Verwandtschaft zu haben schien. Seit Langem waren seine Gesichtszüge nicht mehr so entspannt gewesen. Karoline hatte ihrem Bruder und seiner Familie sowie den beiden Schweden – nur widerstrebend und erst, als Jodokus es ihr befohlen hatte – Schlafplätze im Haus zugewiesen.

»Endlich ist das große Haus wieder mit Leben ausgefüllt«, sagte Jodokus lächelnd und legte sich zu Karoline ins Bett. »Seit die alte Hebamme den Hexenschwur über uns gelegt hat, kam niemand mehr zu Besuch. Ich habe nicht gewusst, wie sehr ich es vermisst habe, dass Leute bei uns am Tisch sitzen.«

Karoline runzelte nachdenklich die Stirn. »Was werden sie sagen, wenn sie vom Fluch erfahren?«

»Dein Bruder und seine Frau wissen am besten, wie es ist, wenn man solch eine Last zu tragen hat.«

»Da magst du recht haben, aber was wird sein, wenn sie von dem Wechselbalg erfahren?«, fragte Karoline mit ängstlicher Stimme.

Jodokus drehte sich zu ihr. »Wir müssen ihnen von dem Wesen schon morgen erzählen, denn die Menschen in Hundeshagen werden es sofort ausplaudern, wenn sie mit Johann oder Franziska ins Gespräch kommen. Je früher sie von unserem Schicksal erfahren, desto besser ist es.«

»Vielleicht haben wir Glück, und Johann und seine Familie verschwinden schnell wieder«, sprach Karoline die Hoffnung aus.

Jodokus blickte ihr forschend in die Augen. »Ich glaube nicht, dass du das wirklich willst, Karoline. Sei ehrlich! Auch du bist glücklich, dass wir in Zukunft nicht mehr allein sind, wenn sie bleiben. Wir haben uns immer eine große Familie gewünscht.« Jodokus legte den Arm um seine Frau und zog ihren Kopf auf seine Brust.

Überrascht schielte Karoline zu ihrem Mann. Sie konnte sich nicht erinnern, wann Jodokus das letzte Mal die Nähe zu ihr gesucht hatte. Als seine Hand über ihren Kopf strich, schossen ihr vor Glück Tränen in die Augen.

»Freu dich über sie, Karoline. Unser Leben war trostlos, einsam und traurig. Doch jetzt habe ich Hoffnung, dass wir wieder glücklich werden können. Von mir aus können Johann und seine Familie sogar bei uns einziehen. Das Haus ist groß genug, Arbeit haben wir auch reichlich, und Kinder haben auf dem Hof gefehlt. Obwohl ich denke, dass Magdalena schon bald eine eigene Familie gründen wird.«

Erstaunt hob Karoline den Kopf. »Wie kommst du darauf?«

Jodokus schmunzelte. »Hast du nicht die Blicke gesehen, die sich der jüngere Schwede und deine Nichte zugeworfen haben? Ich würde mich nicht wundern, wenn sie sich gerade in der Scheune träfen.«

»Das müssen wir unterbinden«, sagte Karoline und wollte aufspringen, doch Jodokus hielt sie zurück.

»Darum müssen sich dein Bruder und seine Frau kümmern«, lächelte er und zog sie zu sich.

Magdalena lag auf dem Bett in dem einstigen Kinderzimmer ihres Vaters und horchte auf die Geräusche in dem fremden Haus. Als sie mehrmals niesen musste, verstärkte sich ihr Gefühl, dass schon lange niemand mehr diese Kammer betreten hatte. Hoffentlich findet Vater bald ein Heim für uns, dachte sie, denn ich will nirgends bleiben, wo ich nicht willkommen bin.

Die Stunden, als sie alle in der Küche um den Tisch herumgesessen hatten, waren furchtbar gewesen. Magdalena sah das verbissene Gesicht ihrer Tante vor sich. Ob Karoline Kinder hat?, überlegte sie. Sie hat keine erwähnt, fiel ihr auf. Auch das Haus ließ nicht darauf schließen. Vielleicht ist sie deshalb so sauertöpfisch, überlegte das Mädchen. Sie scheint Vater und uns nicht zu mögen, mutmaßte Magdalena weiter. Ich glaube, sie hasst alle Menschen dieser Welt, so eklig, wie sie ist. Nur ihr Mann scheint uns wohlgesinnt zu sein. Sie stöhnte: Warum mussten wir aufs Eichsfeld kommen?

Doch dann entspannte sich ihre Miene, und sie flüsterte: »Sonst hätte ich Arne nicht getroffen.«

Seit er in Allendorf plötzlich aufgetaucht war, hatten sie kaum ein Wort miteinander wechseln können, denn ständig war jemand zugegen. Wieder dachte sie an den Streit zwischen ihrem Vater und der Muhme. Es kann mir einerlei sein, ob meine Tante uns erlaubt zu bleiben oder nicht. Lange werde ich nicht in Hundeshagen bleiben, denn ich werde Arne folgen und mit dem Tross im schwedischen Heer weiterziehen, dachte sie und spürte bei dem Gedanken ein aufregendes Kribbeln im Bauch.

Magdalena drehte den Kopf zu Benjamin, der neben ihr lag, und lauschte angestrengt dem Atem ihres Bruders. Der Junge wälzte sich unruhig hin und her, und sie befürchtete, dass er aufwachen würde, sobald sie sich von ihm fortbewegte. Doch sie musste es riskieren, denn für nichts auf der Welt wollte sie in diesem Zimmer liegen bleiben, wenn Arne auf dem Dachboden über ihr lag.

Aber wie soll er wissen, dass ich draußen auf ihn warte?, grübelte Magdalena und kaute auf der Innenseite ihrer Wange. Es hat keinen Sinn, ich muss versuchen zu schlafen, entschied sie und drehte sich zu Seite.

Franziska lag neben ihrem Mann, und beide schwiegen. Da sie wusste, dass Johann nicht schlief, fragte sie: »Wie geht es dir?«

Er atmete laut aus und sagte leise: »Ich hatte gehofft, meine Mutter in die Arme schließen zu können, doch nun ist sie seit vielen Jahren tot, ebenso wie mein Oheim.«

Während des Gesprächs mit seiner Schwester in der Küche hatte Johann auch erfahren müssen, dass der Bruder seiner Mutter, sein Patenonkel Lutz Lambrecht, ebenfalls verstorben war.

»Die beiden Menschen, denen ich in meiner Familie am engsten verbunden war und die wiederzusehen ich mich gefreut habe, leben nicht mehr.«

»Aber du hast noch deine Schwester!«

Johann seufzte leise, doch dann sagte er: »Karoline scheint sehr verbittert zu sein.«

»Ich kann mich nicht daran erinnern, dass deine Schwester selbst in jungen Jahren ein fröhlicher Mensch war. Im Gegensatz zu dir, der du schon immer ein sonniges Gemüt hattest. Trotzdem muss ich dir recht geben. Karoline erinnert mich an mich selbst, so wie ich vor Kurzem noch war.«

»Wie meinst du das?«

»Es kommt mir vor, als ob sie jeden und alles für etwas verantwortlich macht, und deshalb stößt sie dabei jeden von sich. Genauso, wie ich es mit euch gemacht habe, bevor ich diesen Fiebertraum hatte.«

»Ich verstehe nicht, was du damit sagen willst.«

»Vielleicht hat auch sie einen schrecklichen Verlust erlitten. Womöglich ein Kind verloren.«

Johann überlegte.

»Weder Karoline noch Jodokus haben ein Kind erwähnt.«

»Sie können uns nicht am ersten Abend alles erzählen. Auch ich konnte über Jahre nicht über unseren Johannes sprechen.«

»Ja, das stimmt. Und darunter haben wir alle sehr gelitten«, flüsterte Johann und zog Franziska an sich. »Deshalb bin ich sehr dankbar, dass sich unser Leben durch diese Reise gewandelt hat.«

»Johann«, sagte Franziska und wartete, bis sie wusste, dass

er ihr zuhören würde. »Wir müssen uns über Magdalena und Arne unterhalten.«

»Warum?«

»Du weißt, warum!«

»Sie ist noch ein Kind.«

»Du kannst nicht so tun, als ob sie keine Gefühle hätte.«

»Ich will darüber nicht sprechen«, erklärte Johann brüsk und drehte seiner Frau den Rücken zu.

Als der Morgen dämmerte, hatte Magdalena das Gefühl, kein Auge zugemacht zu haben. Sie sah zu Benjamin, der quer auf dem Lager lag und tief schlief. Vorsichtig stieg sie aus dem Bett, kleidete sich an und ging auf leisen Füßen aus dem Zimmer. Auf dem Gang horchte sie nach Geräuschen, doch alles blieb ruhig. Sehnsuchtsvoll blickte sie die Treppe zum Obergeschoss hoch, als sie glaubte, eine Bewegung zu sehen. Auf Zehenspitzen stieg sie die ersten Stufen hinauf und erblickte Arne, der mitten auf der Treppe saß, den Kopf in beide Hände gestützt. Er schlief. Sogleich begann Magdalenas Herz heftig zu klopfen, und das Durchatmen fiel ihr schwer. Arne spürte ihre Anwesenheit, denn er erwachte und streckte sich. Als er sie erblickte, überzog ein Strahlen sein Gesicht, und er flüsterte: »Da bist du endlich!«

Sogleich stand er auf und nahm Magdalenas Hand, und gemeinsam verließen sie das Haus. Sie liefen mit eiligen Schritten über den Hof in die Scheune, wo Arne Magdalena an sich zog und sie leidenschaftlich küsste. Als sie sich voneinander lösten, führte er sie zu einem Heuhaufen, in den sie sich lachend fallen ließen.

»Ich habe seit gestern Abend auf der Treppe gesessen, weil ich hoffte, du würdest kommen.«

»Das tut mir leid«, zwitscherte Magdalena lachend und zupfte ihm einen Halm aus dem Haar. »Wenn ich das geahnt hätte, wäre ich mitten in der Nacht zu dir gekommen.«

Erneut küssten sie sich.

Dann sagte Arne: »Der Feldmarschall hat mir sechs Wochen frei gegeben, die ich mit dir verbringen will.«

»Und danach?«

»Muss ich zurück zu meinem Heer.«

»Dann komme ich mit dir!«, erklärte Magdalena und strahlte ihn an.

»Das geht nicht.«

»Warum nicht?«, fragte sie und schob trotzig ihre Unterlippe vor.

»Weil wir in den Krieg ziehen werden, und da ist es in einem Heer zu gefährlich für dich.«

»Aber ich könnte im Tross mit euch reisen, so wie es die anderen Frauen auch machen«, erklärte sie.

Arne schüttelte den Kopf.

»Brigitta begleitet euch schließlich auch«, fauchte Magdalena.

Arne lachte laut. »Du weißt nicht, wer oder was Brigitta ist. Habe ich recht?«

»Sie ist eine wunderschöne Frau, die ...«

»... die sich für Geld den Männern hingibt.«

Magdalenas Augen weiteten sich ungläubig.

»Du meinst, sie ist ...?« Sie wagte das Wort nicht in den Mund zu nehmen, doch Arne hatte sie verstanden und nickte.

»Hast du auch schon ... ich meine ... Brigitta?«, stotterte sie.

Arne musste schmunzeln. »Wenn du wissen willst, ob ich Brigittas Dienste in Anspruch genommen habe: Nein, das habe ich nicht.«

Erleichtert schaute Magdalena zu ihrem Liebsten, doch dann wurde ihr Blick ernst. »Was soll aus uns werden, wenn du wegmusst und ich nicht mitkommen darf?«

Arne küsste ihre Stirn und sagte mit leiser Stimme: »Ich hoffe, du wirst bei deinen Eltern hier in Hundeshagen auf mich warten. Ich werde schnellstmöglich zu dir zurückkehren.«

Johann wollte am Morgen zum Grab seiner Mutter gehen und bat seine Schwester, ihn zu begleiten. Zuerst wollte Karoline seine Bitte ablehnen, doch dann erkannte sie seinen bangen Blick und sagte zu.

»Wieso hat man Mutter als Selbstmörderin nicht am Rand des Friedhofs beerdigt?«, fragte Johann überrascht, als er vor dem Grab stand, das sich mitten unter den anderen Ruhestätten befand.

»Dafür hat Oheim Lutz Sorge getragen, obwohl Vater es nicht wollte«, erklärte Karoline. »Aber der Oheim hatte als Pfarrer die Macht, Mutter ein anständiges Begräbnis zu geben. Vater war damals außer sich, doch Lutz drohte ihm, ihn nach seinem Ableben irgendwo ohne kirchlichen Beistand zu verscharren. Du kanntest unseren Vater, er hatte eine Heidenangst vor dem Fegefeuer. Deshalb ließ er Lutz seinen Willen und verschwieg Mutters Selbstmord.«

Johann spürte, wie die Trauer sich seiner bemächtigte, und er schlug die Hände vors Gesicht.

Karoline blickte zu ihrem Bruder, der voller Verzweiflung über den Tod der Mutter weinte, die schon vor mehr als siebzehn Jahren verstorben war. Obwohl sie die Jüngere war, hatte sie das Bedürfnis, Johann zu beschützen und ihm die Trauer zu nehmen. Sie trat auf ihn zu und umarmte ihn. Er erwiderte die Umarmung. Als seine Arme sich um sie schlossen und er seinen Kopf gegen ihren lehnte, hatte Karoline auf einmal das Gefühl, nicht mehr allein zu sein. Es schien, als ob der Tag plötzlich heller und die Last, die ihre Schultern niederdrückte, leichter wurde.

Franziska hatte Johann nicht auf den Friedhof begleitet, denn sie wollte, dass die beiden Geschwister allein das Grab der Mutter aufsuchten. Sie saß mit Benjamin in der Küche, während Jodokus mit Erik unterwegs war, um ihm das Bonner'sche Land zu zeigen. Arne war mit Magdalena in den Stall gegangen, um die Kuh zu melken, was sie zögerlich genehmigt hatte.

»Mir ist langweilig«, jammerte Benjamin zum wiederholten Mal und stützte sein Kinn auf die Tischplatte.

»Das ist wohl dein Lieblingssatz geworden«, schmunzelte Franziska und begann, Steckrüben zu putzen.

»Als wir mit den Schweden unterwegs waren, hatte ich viele Spielkameraden, aber hier ist alles langweilig.«

»Was hältst du davon, wenn du in dem Haus auf Schatzsuche gehst?«, fragte sie ihren Sohn.

Sofort ruckte sein Kopf hoch. »Du meinst, ich darf in jeden Raum gehen?«

»Nur, wenn du versprichst, dass du nichts kaputt machst.«

»Ich verspreche es«, rief Benjamin und lief hinaus in den Flur.

Nach einer Weile hatte er alle Räume gesehen, und alle waren gleich *langweilig* gewesen. In keinem konnte er einen Schatz entdecken. Es gab nur noch eine Tür, hinter die er noch nicht geschaut hatte. Als er die Klinke hinunterdrückte und die Tür aufstieß, murmelte er enttäuscht: »Nur ein blöder Keller!«

Doch dann hörte er leises Klirren und ein anderes Geräusch, das er nicht erklären konnte. Vielleicht ist hier unten ein Hund eingesperrt, dachte er freudig und ging langsam die ersten Treppenstufen hinunter.

Arne trug den Eimer mit der Milch und hielt Magdalenas Hand. »Du schaust keine fremden Männer an, bis ich aus dem Krieg zurückkehre?«, fragte er scherzhaft, doch sein Blick war ernst.

»Das muss ich mir reiflich überlegen«, antwortete Magdalena und öffnete ihm die Tür zur Küche.

Als er den Eimer auf dem Tisch abstellte, war ein fürchterlicher Schrei zu hören.

»Benjamin«, flüsterte Franziska und eilte hinaus, wobei sie gegen den Tisch stieß, sodass die Milch überschwappte.

Kapitel 44

Der Schrei hallte durchs Haus, und Franziska eilte zu der offenen Tür im Flur. Sie sah die Treppe und stieg eilig einige Stufen hinunter, um nachzusehen, als sie Benjamin am Fuß der Kellertreppe entdeckte. Er hielt sich die Ohren zu. Verstört blickte der Knabe zu ihr hinauf, und Franziska erkannte, dass nicht er es war, der schrie.

»Wer schreit hier so fürchterlich?«, rief sie ihm zu und ging weiter nach unten. Sofort presste sie die Hand vor die Nase. »Igitt«, nuschelte sie. »Was stinkt hier so?« Erst jetzt sah sie das Kind, das sich gegen die Kellerwand presste und schrille Schreie ausstieß. Dann nahm sie den Dreck, die Ecken voller Fäkalien und die Essensreste wahr, die verwesten.

»Herr im Himmel«, flüsterte Franziska fassungslos und nahm ihren Sohn in den Arm. Verwirrt blickten beide zu dem Kind, das sich weder mit Gesten noch durch Worte beruhigen ließ. Es schrie und weinte gleichzeitig. Sie nahm die Hand von der Nase und betrachtete das verwahrloste Wesen, als sie das Eisen an seinem Knöchel entdeckte. »Wer bist du, und wer hat dir das angetan?«, wisperte sie erschüttert.

Arne und Magdalena waren Franziska in den Keller gefolgt und standen dicht hinter ihr. Auch Magdalena hielt wegen des Gestanks die Luft an, als sie das schmutzige Kind entdeckte. Bestürzt blickte sie Arne an, der kopfschüttelnd dastand.

Das Schreien wurde kraftlos, und schließlich verstummte das

Kind. Schluchzend saß es da, nuckelte an seinem Daumen und blickte mit leerem Blick an den fremden Menschen vorbei.

»Wer kann das sein?«, flüsterte Magdalena und machte einen Schritt auf das Kind zu, als es sofort den Mund aufriss und erneut brüllte. Hastig wich das Mädchen zurück, und das Kind verstummte wieder.

»Ich wollte dir die Nase putzen und deine Tränen trocknen«, entschuldigte sich Magdalena und sah Arne fragend an.

Er zuckte mit den Schultern.

Plötzlich drang das Piepen eines Vogels in den Kellerraum, und das Kind zeigte mit seinem dünnen Finger zur Wand. »Piep, piep«, grunzte es, und sein Gesicht entspannte sich.

Arne betrachtete das fremde Kind und erklärte: »Das Kind ist ein Schrumpfkopf. Es ist geistig zurückgeblieben.«

Da sagte hinter ihm eine Stimme: »Es ist ein Wechselbalg.«

Jodokus kam die Treppe herunter, und sofort veränderte sich der Gesichtsausdruck des Kindes. Es keuchte und versteckte sein Gesichtchen in den Händen.

»Lasst uns nach oben gehen. Ich werde euch berichten, wie wir zu dem Dämonenkind gekommen sind«, sagte Jodokus mit müder Stimme.

Franziska gab ihrem Sohn zur Beruhigung warme Milch mit Honig zu trinken, während sich Jodokus, Magdalena, Erik und Arne an den Tisch setzten. Kaum hatten sie Platz genommen, kamen Karoline und Johann vom Friedhof zurück.

Karoline konnte am Blick ihres Mannes erkennen, was geschehen war. »Sie wissen es?«, fragte sie und wurde kreidebleich.

»Du hattest die Tür nicht abgesperrt«, sagte Jodokus, doch dieses Mal klang kein Vorwurf mit.

»Ich muss es gestern vergessen haben, als ich das Pferdegetrappel und die fremden Stimmen auf dem Hof hörte. In dem

Trubel danach habe ich nicht mehr daran gedacht«, erklärte sie und setzte sich an den Tisch.

»Zum Glück ist es angekettet«, meinte ihr Mann, und Karoline nickte.

»Was ist im Keller?«, fragte Johann.

Seine Schwester erzählte von ihrem Sohn Michael und dem Tag, als die Dämonen ihn entführten und an seiner statt ihr eigenes, hässliches Kind, einen Wechselbalg, zurückließen.

»Seitdem lebt er in unserem Keller, und wir hoffen täglich aufs Neue, dass die Dämonen eines Tages ihr Kind gegen unseren Michael zurücktauschen werden. Unsere Hoffnung sinkt ständig, auch haben wir kaum noch Kraft weiterzumachen.«

»Wie kommen die Dämonen dazu, ausgerechnet euer Kind zu stehlen?«, fragte Johann, fassungslos ob des Leids, das über seine Schwester und ihren Mann gekommen war.

Karoline blickte ihren Mann an, der nickte. Und sie berichtete von der alten Hebamme Berta, die kurz vor ihrer Hinrichtung auf dem Scheiterhaufen den Hexenschwur ausgestoßen hatte. »Die Hexe musste sterben«, erklärte Karoline, »weil sie uns die Dämonen schickte, die unseren Michael mitnahmen. Aus Rache hat sie mich verflucht. Seitdem sind wir nicht mehr glücklich gewesen.«

Karoline zitterte am ganzen Körper. Sie blickte mit bangem Blick zu ihrem Bruder, denn sie hatte Angst, dass er sich wie alle anderen, die von ihrem Schicksal wussten, von ihr und ihrem Mann abwenden und sie fortan mit Ekel und Abscheu beurteilen würde.

Doch Johann griff über den Tisch nach Karolines Hand und schaute sie voller Zuneigung und Mitgefühl an.

Erleichtert atmete sie aus und sah zu ihrem Mann. »Es wird Zeit, dass sich etwas ändert«, sagte sie zu Jodokus und erzählte ihm von dem Gespräch mit der Nachbarsfrau Helene, die den Reformator Martin Luther zitiert hatte, der Wechselbälger als Fleischklumpen ohne Seele bezeichnete. »Deshalb«, wies Karoline ihren Mann an, »wirst du den Balg heute noch in der Nisse ertränken.«

Magdalena, die stumm zugehört hatte, schrie auf: »Das dürft ihr nicht!«

Mit schreckensweiten Augen blickte sie zu Erik, der sich eine Pfeife ansteckte. Sie forderte ihn auf: »Erzähl ihnen die Geschichte, die du den Kindern auf unserer Reise erzählt hast.«

Erik wiegelte ab. »Das ist eine Legende, Magdalena«, erklärte er und sog den Rauch in seine Lunge.

»Das wissen wir nicht, Erik«, mischte sich Arne ein, der nachdenklich dagesessen hatte. »In jeder Legende ist ein Funken Wahrheit zu finden.«

»Was berichtet diese Legende?«, wollte Johann wissen.

Und Erik erzählte von den Trollen, die ein schönes Bauernkind gegen ihren hässlichen Balg ausgetauscht hatten, und dass sie das Kind genauso behandelt hatten wie dessen Mutter den Wechselbalg.

»O mein Gott«, flüsterte Karoline, als Erik geendet hatte. »Wenn diese Legende stimmt, dann sitzt unser Michael irgendwo in einem verwahrlosten Keller und darbt seines Schicksals.« Sie japste nach Luft und schloss die Augen. Tränen rannen unter ihren geschlossenen Lidern hervor. »Was haben wir gemacht?«, schluchzte sie und sah ihren Mann an, dessen Gesichtszüge ebenfalls voller Schmerz verzerrt waren.

Jodokus griff nach der Hand seiner Frau und flüsterte: »Es wird Zeit, dass wir Freude in das Leben unseres Michael bringen und den Wechselbalg aus dem Keller holen.«

»Das ist unmöglich«, wisperte Karoline. »Er schreit, wenn man ihn anfasst, bis er keine Luft mehr bekommt.«

Arne starrte auf den Tisch und dachte nach. Schließlich sagte er: »Ich glaube, ich habe eine Lösung.«

Verzagt stieg Karoline die Treppe in den Keller hinunter, wobei sie aufpassen musste, dass sie die Schüssel mit Brei nicht fallen ließ.

Der Wechselbalg saß auf seinem Lager und versuchte einen Sonnenstrahl zu fangen, der durch das Loch in der Wand vor seine Füße fiel. Immer wieder griff er in den hellen Strahl, doch als er Karoline hörte, hielt er inne und blickte ihr regungslos entgegen.

»Schau, was ich hier habe«, sagte sie lächelnd und setzte sich auf den Schemel. Als das Kind näher kam, klirrte die Kette, und Karoline musste an sich halten, um nicht laut aufzuheulen.

»Komm, Dämonenkind«, flüsterte sie. »Iss den Brei!«

Sie schöpfte mit einem Löffel das Mus aus der Schüssel und fütterte das Kind.

Arne hatte sich leise auf die Treppe geschlichen und setzte sich so, dass das Kind ihn nicht sehen, er es aber beobachten konnte.

Er hoffte, dass das Laudanum, das er dem Brei untergerührt hatte, bald wirken und das Kind betäuben würde. Da das Mittel bitter schmeckte, hatte Karoline dem Gerstenmus mehrere Löffel Honig beigemischt. Das Kind schien den süßen Geschmack nicht zu kennen, denn es schmatzte laut und verlangte grunzend nach mehr. Als es plötzlich in seine Richtung blickte, erschrak Arne. Er glaubte in den Zügen des Kindergesichts Ähnlichkeiten zu erkennen, die nicht sein konnten. Vorsichtig rutschte er eine Stufe tiefer, um besser sehen zu können. Der Sonnenstrahl, den das Kind fangen wollte, beschien nun sein Gesichtchen, und Arne schloss geschockt die Augen.

Müde rieb sich das Kind die Augen, als es die Schüssel mit dem Brei leergegessen hatte. Das Betäubungsmittel zeigte Wirkung. Nicht mehr lange und es würde schlafen.

Karoline schaute Arne mit verzweifeltem Blick an.

Er nickte ihr zu und flüsterte: »Es wird alles gut werden.«

Franziska und Magdalena erwärmten Wasser, um das Kind zu baden, und Arne stellte verschiedene Salben und Tinkturen bereit, um die Schürfwunden und Flohbisse zu versorgen. Johann ging in die Scheune und schärfte die Schere, damit sie dem Kind die zotteligen Haare abschneiden konnten, während Jodokus das Kinderbett vom Speicher holte, das Karoline mit Seifenwasser gründlich reinigte. Alle mussten sich sputen, denn Arne konnte nicht sagen, wie lange das Schlafmittel das Kind ruhigstellen würde. Da er auch nicht wusste, wie viele Tropfen ein Kind vertrug, hatte er dem Mus nur eine geringe Menge des Betäubungsmittels beigemengt.

»Ist alles vorbereitet?«, fragte er, und jeder nickte. »Dann werde ich das Kind jetzt holen«, sagte er.

Jodokus bat: »Ich möchte das Dämonenkind aus dem Keller tragen. Schließlich habe ich es da unten angekettet«, erklärte er und kämpfte mit seinen Gefühlen.

Das Kind lag auf seinem schäbigen Lager und schlief tief und fest. Es hörte nicht, wie die Männer zu ihm kamen und seine Fesseln lösten. Auch als Jodokus es hoch ins Leben trug, regte es sich nicht.

Karoline entkleidete das Kind, während ihr Mann es sanft festhielt.

»Es ist ein Junge!«, flüsterte Franziska.

Arne nickte. »Das habe ich mir gedacht«, murmelte er und betrachtete das Kind nachdenklich.

Jodokus hob den Knaben vorsichtig in das warme Wasser. Als das Wasser den Körper des Kindes umspülte, zuckte es und grunzte leise im Schlaf. Vorsichtig wusch Karoline den angetrockneten Schmutz von dem dünnen Leib. Danach nahm Johann die geschärfte Schere und schnitt dem Kind die verfilzten Haare ab. Je klarer das Gesichtchen zu erkennen war, desto öfter schaute Arne von dem Kind zu Magdalena. Als er Eriks forschenden Blick bemerkte, nickte er.

»*Hur kan det vara så?*«, fragte Erik erschüttert.

»Ich weiß nicht, wie das sein kann, aber es ist anscheinend so. Die Ähnlichkeit zwischen Magdalena und dem Knaben ist nicht zu leugnen«, flüsterte Arne ihm zu.

Als Johann die Haare abgeschnitten hatte, legte Jodokus den Knaben auf ein Handtuch, das Franziska auf dem Tisch ausgebreitet hatte. Karoline trocknete sich die nassen Hände ab und schaute das Kind an, als sie wisperte: »Das kann nicht möglich sein!« Fassungslos schauten nun alle zu dem Knaben und von ihm zu Magdalena.

»Was ist?«, fragte das Mädchen, das auf der anderen Seite des Tisches stand. Als sie keine Antwort erhielt, stellte sich Magdalena neben ihre Tante und schaute in das schlafende Gesicht des Kindes.

»Er sieht aus wie ich«, flüsterte sie.

»Wir müssen uns beeilen«, durchbrach Arne die Stille, da niemand etwas sagte und alle nur auf das Kind starrten. »Ich weiß nicht, wie lange das Laudanum wirkt.«

Karoline nickte unter Tränen und trocknete den Jungen ab. Arne versorgte die Flohbisse im Gesicht, am Hals und an Armen und Beinen und seine Schürfwunde am Fußknöchel, die das Eisen verursacht hatte. Dann zog Karoline dem Knaben einen frischen Kittel über, während Benjamin ihn ängstlich betrachtete. Jodokus nahm das Kind hoch, das schlapp auf seinen Armen lag, und brachte es in die gute Stube, wo sie das Kinderbett aufgestellt hatten. Am Bettchen war ein Gitter befestigt, damit es nicht herausklettern konnte. Jodokus legte den Knaben behutsam hinein und zog eine weiche Decke über seinen Körper.

Bekümmert sah er in das Gesicht des Kindes. »Wer bist du?«, flüsterte er und ging zurück zu den anderen, die wie betäubt am Tisch saßen.

»Ich verstehe das nicht! Warum sieht das Dämonenkind Magdalena ähnlich?«, fragte Karoline und blickte zu ihrem Mann. »Ich habe Angst, den Verstand zu verlieren«, flüsterte sie.

Erik schaute in die Runde und sprach als Erster. »Die Dämonen haben das Kind bereits ausgewechselt, nur ihr habt es nicht gemerkt. Wie solltet ihr auch? Es hat kaum wie ein Mensch ausgesehen«, begründete er seine Meinung.

»Du glaubst, dass das Kind, das in dem Bettchen liegt, unser Michael ist?«, fragte Jodokus.

Erik nickte, und Karoline schrie laut auf.

»Er ist unterernährt und verwahrlost, weil er nicht gut versorgt wurde. Seine verformten Gliedmaßen sind ein Zeichen mangelhafter Ernährung«, sagte Arne. »Ich weiß, dass Hering helfen soll, die Knochen zu stärken. Außerdem ist der Fisch nahrhaft und für vieles andere gut.«

»Hering?«, fragte Jodokus. »Wo sollen wir Hering herbekommen?«

»Heere führen oft Pökelhering mit sich, aber unser Heer ist zu weit weg. Meist gibt es Fisch in größeren Städten, in denen es noch einen Markttag gibt.«

Jodokus überlegte. »In Mühlhausen könnte es Fisch zu kaufen geben, denn die Stadt wurde vom Krieg bis jetzt verschont. Es heißt, dass sie über eine Million Gulden bezahlt haben, damit sie nicht zerstört wird. Aber wir haben kein Geld, um den Hering zu bezahlen.«

»Darüber musst du dir keine Gedanken machen«, erklärte Johann und sah seiner Schwester in die Augen. »Die Goldmünzen, die Mutter Vater einst weggenommen hat, habe ich aufbewahrt. Sie werden jetzt helfen, euren Sohn zu retten.«

Kapitel 45

Schon vor dem Morgengrauen wollte sich Johann auf den Weg nach Mühlhausen machen, um Heringe zu kaufen. Da die Stadt weniger als eine halbe Tagesreise entfernt lag, würde er am Abend zurück sein. Er hatte die Hengste eingespannt und auf dem Fahrersitz Platz genommen, als Erik auftauchte. Fragend blickte er den Schweden an, als der grinsend meinte: »Vielleicht benötigst du wieder einen Schutzengel.«

Die beiden Männer saßen müde und wortkarg nebeneinander auf dem Kutschbock. Doch kaum graute der Morgen und die Umgebung wurde deutlich sichtbar, begann Johann dem Schweden die Landschaft und die Dörfer, die er so gut kannte, zu beschreiben. Kindheitserinnerungen wurden wieder wach, und Erik lachte laut. Johann erzählte auch von seiner Hochzeit damals auf Burg Bodenstein und von dem Freiherrn von Wintzingerode, der sie mit einem großzügigen Festessen beschenkt hatte. »Gleich nach dem Hochzeitsmahl mussten wir von der Burg fliehen, weil mein Vater uns verfolgte.«

Erik konnte Johann die Freude, dass er wieder auf seinem geliebten Eichsfeld war, ansehen und auch anhören, denn er redete unentwegt. Doch dann verstummte Johann und schaute über Wiesen und Äcker zu einem Dorf am Ende der Flure.

»Was ist?«, fragte Erik, der seinem Blick gefolgt war.

»Mein Freund Clemens stammt aus dem Ort Dingelstedt, der dort vor uns liegt. Er wollte mit seiner Familie im Herbst ebenfalls aufs Eichsfeld zurückkehren. Ich denke, dass ich schon bald seine Schwester aufsuchen werde, um ihr von der bevorstehenden Heimkehr ihres Bruders zu berichten. Anna wird sich freuen, von ihm zu hören.«

Johann hing seinen Gedanken nach, als Erik ihm mitteilte: »Ich werde morgen zu meinem Heer aufbrechen, um schon in wenigen Tagen nach Stralsund zu reiten. Ich will mit dem ersten Schiff, das den Hafen verlässt, nach Schweden zurücksegeln.«

»Ich dachte, du würdest einige Zeit bei uns bleiben«, meinte Johann bedauernd, weil er den Schweden mochte.

Erik nickte. »Ja, das hatte ich vorgehabt, zumal mir der Feldmarschall sechs Wochen Urlaub bewilligte. Aber da wir euch rasch gefunden haben, benötige ich diesen langen Urlaub nicht mehr.« Er stockte einen Augenblick und blickte in die Ferne. »Seit ich dich und deine Familie kenne, spürte ich eine unbändige Sehnsucht nach meiner eigenen Familie. Ich habe meine Frau und meine drei Töchter seit fünf Jahren nicht gesehen. Die jüngste war fünf, als ich in den Krieg gezogen bin, und die älteste ist jetzt schon fast eine junge Frau. Ich möchte mich überzeugen, dass es ihnen gut geht, und so schnell wie möglich heimwärts reisen.«

Johann blickte Erik verständnisvoll an. »Das kann ich gut verstehen. Wird Arne mit dir gehen?«, fragte er ohne Umschweife.

»Soll ich ihn mitnehmen?«, wollte der Schwede wissen.

Johann musste nicht lange überlegen und antwortete: »Es wäre sicher das Beste.«

»Für wen?«

»Wie meinst du das?«

»Ganz einfach: Wäre es das Beste für dich, oder wäre es das Beste für Magdalena?«

»Für meine Tochter natürlich. Je schneller Arne fort ist, desto eher hat sie ihn vergessen.«

»Wie ich erfahren habe, will Magdalena auf Arne warten, bis er aus dem Krieg zurückkehrt.«

Als Johann das hörte, lachte er laut auf. »Welch ein Unsinn! Kaum ist Arne wieder bei eurer Truppe, wird er nicht mehr an sie denken. Zumal Brigitta dort auf ihn wartet. Davon abgesehen ist er Schwede. Zwischen meiner Tochter und ihm kann es nicht gut gehen.«

Nun war es Erik, der laut lachte. »Du verwunderst mich, mein Freund! Hast nicht auch du für deine Liebe zu Franziska gekämpft? Hast du nicht sogar deine Heimat verlassen, um mit ihr zusammenleben zu können?«

»Ja, das ist richtig, aber das war etwas anderes!«

»Inwiefern?«

»Wir kommen beide aus dem Reich.«

»Das ist wohl wahr. Allerdings wurde deine Frau der Hexerei bezichtigt. Welch größeres Hindernis gibt es zwischen zwei Menschen? Versteh mich nicht falsch. Ich will dir nur aufzeigen, dass Liebe alles überwinden kann, wenn man es will.«

»Magdalena weiß noch nicht, was Liebe ist«, ereiferte sich Johann. »Arne ist ein gestandenes Mannsbild mit Erfahrungen. Ich schwöre dir, er wird Magdalena vergessen haben, kaum dass er einen anderen Weiberrock sieht.«

»Dann hör mir gut zu, mein Freund. Arne hätte längst auf dem Weg nach Stralsund sein können, denn wir beide hatten die Genehmigung des Feldmarschalls, zurück nach Schweden zu reisen. Als Arne jedoch hörte, dass Allendorf, das auf eurem Reiseweg lag, von feindlichen Truppen belagert wurde, hat er um Urlaub gebeten. Allerdings hat der Feldmarschall erst zugestimmt, als Arne sich länger für den Kriegsdienst verpflichtete und so sein Leben erneut riskierte. Er hat dieser Forderung ohne Zögern zugestimmt. Aus Liebe, nicht aus Berechnung.«

Johann grübelte: »Warum, Erik, musstest du dich nicht verpflichten?«

»Weil ich ein alter Mann und des Kämpfens müde bin. Feldmarschall Banér weiß das und lässt mich heimziehen. Außerdem hat mir jemand dabei geholfen, der mir einen Gefallen schuldig war, aber das geht dich nichts an«, gab Erik schmunzelnd zu.

Johann schaute den Schweden verunsichert an.

»Gib ihnen deinen Segen«, bat Erik leise. »Du darfst nicht vergessen, dass er euer Schutzengel ist«, setzte er hinzu.

Johann atmete tief ein und aus. »Ich glaube«, antwortete er, »dass Arne ein anständiger Mensch ist. Auch hoffe ich, dass er es mit meiner Tochter ernst meint. Es blieb mir nicht verborgen, dass Magdalena ihn mag, ja ihn vielleicht sogar liebt.« Er beschrieb seinen letzten Vorbehalt: »Aber ich kann ihnen meinen Segen nicht geben, denn ich will meine Tochter vor dem Schmerz schützen, wenn Arne nicht aus dem Krieg wiederkommt.«

»Das kenne ich! Wir Väter wollen unsere Kinder immer beschützen. Und deshalb horch, was ich dir vorschlagen möchte!«

Erik erklärte einen Plan, den er ausgeheckt hatte.

Als Johann zugehört hatte, flüsterte er: »Darauf steht die Todesstrafe!«

Erik nickte.

»Warum gehst du dieses Risiko ein?«

Erik blickte nach vorn und murmelte: »Weil ich glaube, dass der Krieg noch lange nicht vorbei sein wird. Das Gemetzel fängt erst an.«

Karoline hatte zusammen mit ihrem Mann Jodokus die Nacht über in der Stube am Bettchen gesessen und den Schlaf des Jungen bewacht. Wegen des Betäubungsmittels schlief das Kind durch und rührte sich kaum.

Seit Erik die Vermutung geäußert hatte, dass er glaubte, die Dämonen hätten die Kinder zurückgetauscht, wurde die Mutmaßung für Jodokus von Augenblick zu Augenblick mehr zur Tatsache. Er nahm die kleinen verformten Hände in seine Pranke und betrachtete die krummen Fingerchen. »Was haben dir die Dämonen angetan?«, schluchzte er leise.

»Sie werden ihn in einem ebensolchen dunklen und feuchten Keller gehalten, ihm schlechtes Essen gegeben und ihn geschlagen haben«, beantwortete Karoline die Frage ihres Mannes. Ihr

Blick war voller Mitleid auf ihren Sohn gerichtet, und aus ihren Worten sprach das schlechte Gewissen. »Hätte ich doch nur … wie konnte ich …«, weinte sie leise.

Jodokus unterbrach sie. »Wir haben es nicht besser gewusst. Sogar der Reformator Martin Luther wusste keinen besseren Rat, als Wechselbälger zu ertränken.«

Karoline schlug die Hand vor den Mund. »Schweig«, schrie sie auf. »Nicht auszudenken, wenn wir ihn in die Nisse geworfen hätten.«

Der Junge regte sich, als Arne die Kammer betrat. »Die Wirkung des Laudanums lässt nach«, sagte er, da das Kind langsam erwachte. »Es wäre ratsam, Jodokus, dass wir beide den Raum verlassen.«

»Warum? Ich will bei unserem Michael bleiben.«

»Das kann ich gut verstehen, aber dein Sohn muss sich an die neue Umgebung erst gewöhnen. Er war so lange fort, dass er sich an nichts mehr erinnern kann. Er kennt dich nicht und wird nur Karoline, seine Mutter, nicht vergessen haben. Wie bei einem scheuen Tier, dem man sich langsam annähert, um Schritt für Schritt sein Vertrauen zu gewinnen, so musst du euer Kind an dich gewöhnen. Ihr dürft nichts überstürzen.«

Jodokus verstand, was Arne sagen wollte. Widerstrebend verließ er den Raum.

Die Sonne schien durch das Fenster der Stube, als Karoline das langsame Wachwerden ihres Sohnes beobachtete. Seine Wangen waren blass, und um seine Augen lagen dunkle Schatten. Vorsichtig strich sie ihm über die zarte Kinderwange. Da schlug er die Augen auf. Kaum sah er sie, setzte er sich winselnd auf und rutschte bis in die Ecke seines Bettchens, von wo er sie mit leerem Blick anstarrte. Als Franziska in der Tür erschien, blickte er verängstigt zu ihr und riss den Mund auf, um zu schreien.

»Schschh«, versuchte Karoline das Kind zu beruhigen und

streichelte ihm zärtlich über das kurz geschorene Haar. »Du musst nicht weinen. Das ist deine Tante Franziska«, versuchte sie ihrem Sohn zu erklären, der sich zu beruhigen schien. Mit seinen großen blauen Augen blickte er starr zu den beiden Frauen.

Franziska reichte Karoline eine Schüssel mit Gerstenmus. »Arne sagte, dass Michael wach ist. Deshalb habe ich ihm rasch sein Frühmahl zubereitet. Ich habe Honig unter den Brei gemengt.«

»Danke!«, flüsterte Karoline und drückte die Hand ihrer Schwägerin, die zurück in die Küche ging.

Der Knabe saß im Bettchen und blickte sich, am Daumen nuckelnd, um, wobei er den Kopf hin und her wippte. Als Karoline ihm den Löffel mit Brei hinhielt, roch er daran und wollte mit den Fingern darin panschen. »Öffne deinen Mund«, sagte sie sanft und machte es ihm vor. Tatsächlich riss das Kind den Mund auf und schluckte den Brei. Als es die Süße schmeckte, grunzte es, und seine Augen leuchteten.

Plötzlich setzte sich ein Vögelchen vor das Fenster, und das Kind blickte erschrocken zu ihm hin. Es legte den Kopf von rechts nach links und betrachtete das Tier, das es zuvor noch nie gesehen hatte. Als der Vogel anfing zu trällern, schaute der Knabe erstaunt zu Karoline und rief: »Mutr! Piep, piep!«

Arne und Magdalena trafen sich heimlich auf der Wiese hinter dem Bauerhof, wo niemand sie sehen konnte. Obwohl ihr Vater unterwegs war, meldete sich das schlechte Gewissen des Mädchens, und sie blickte sich scheu um. »Hoffentlich sieht uns Mutter nicht«, murmelte sie und setzte sich auf den trockenen Boden neben Arne, wo sie sich gegen die Scheunenwand lehnte, um sich von der Sonne bescheinen zu lassen. »Es ist unglaublich, dass Karoline und Jodokus ihren Sohn wiederhaben. Ich stelle es mir furchtbar vor, sein Kind zu verlieren und nicht zu wissen, wo es ist.«

Arne drehte sich seitlich zu ihr und spielte mit ihrer Haarsträhne. »Ich würde gerne wissen, seit wann Michael in ihrem Keller gelebt hat. Sein Wesen und sein Körper mit den entstellten Gliedmaßen sind kennzeichnend für Menschen, die der Schlag getroffen hat.«

»Um Himmels willen! Wie kann so etwas geschehen?«, fragte Magdalena fassungslos.

Arne zuckte mit den Schultern. »Der Schlagfluss kann jeden ereilen. Während des Studiums habe ich zwar gelernt, dass er nur selten Kinder trifft. Aber unter den Umständen, unter denen dieser Knabe seine ersten Lebensjahre bei den Dämonen verbrachte, wäre es kein Wunder, wenn er vom Schlag getroffen worden wäre.«

»Wird Michael gesund werden?«

Wieder zuckte Arne mit den Schultern. »Das weiß ich nicht, aber wenn Karoline und Jodokus ihm anständig zu essen geben, sodass er kräftig wird, und wenn sie ihn an die frische Luft und in die Sonne lassen, könnte sein kranker Zustand gemildert werden. Ich hoffe, dass dein Vater und Erik Heringe aus Mühlhausen mitbringen werden. In unserem Land weiß man um die Kraft des Salzwasserfischs. Dort bekommen ihn alle kranken Menschen zu essen.« Arne lehnte sich zurück und schloss die Augen.

Magdalena seufzte leise auf. »Erst gestern Morgen noch wollte ich aus diesem Haus fort. Doch innerhalb eines Tages hat sich alles verändert. Es gefällt mir hier«, sagte sie lächelnd und nahm Arnes Hand.

Arne zog Magdalena an sich, sodass sie ihm das Gesicht zuwandte. Er küsste sie mit ungestümer Heftigkeit, und sie erwiderte seine Leidenschaft mit Hingabe. Doch als er ihre Brust streicheln wollte, stieß sie ihn sanft von sich. »Ich will das nicht«, japste sie mit roten Wangen, doch ihr Blick strafte ihre Aussage Lügen.

»Ich werde verrückt, wenn ich dich verlassen muss«, murmelte Arne und küsste sie wieder, wobei seine Hände langsam über ihre Hüften und ihren Bauch streichelten. Als seine Lippen ihren Hals liebkosten und Magdalena aufstöhnte, wagte er erneut ihre Brust zu streicheln, und dieses Mal gab sie sich der Zärtlichkeit hin.

Als sie sich voneinander lösten, sagte Arne verzweifelt: »Was soll aus uns werden? Dein Vater mag mich nicht, und ich muss wieder in den Krieg. Wirst du auf mich warten?« Angst schwang in seiner Stimme mit.

Magdalena setzte sich auf und versprach: »Ich werde mit meinem Vater sprechen, damit er mich mit keinem anderen verheiratet, wenn du fort bist. Er wird verstehen, dass ich nur dich heiraten will.« Sie flüsterte: »Denn er liebt meine Mutter so, wie ich dich liebe«, und warf sich wieder in Arnes Arme.

Am Abend kamen Johann und Erik mit einem Fass Salzheringe aus Mühlhausen zurück. Jodokus half Erik, das Fass in die Vorratskammer zu bringen.

»Es sind genügend Heringe da, sodass ich uns welche braten kann«, frohlockte Erik und brachte einige Fische in die Küche.

Benjamin besah sich die Heringe. »Sie stinken«, rief er angewidert und hielt sich die Nase zu.

Schon bald zog der Geruch von gebratenem Fisch über den Hof, und im Bonner'schen Gehöft versammelten sich alle am langen Küchentisch, während der kleine Michael in seinem Bettchen schlief.

Mit großem Appetit wurden die Heringe verspeist. Und selbst Benjamin schmeckten sie.

»Ich war schon lange nicht mehr so gesättigt«, lachte Jodokus, und die anderen nickten. Nur Erik stimmte in das Lachen nicht ein, sondern blickte mit betrübtem Blick um sich. Schließlich teilte er den Familien mit, dass er sie am nächsten Morgen verlassen würde. Als Arne ihm widersprechen wollte, hielt Erik die Hand in die Höhe, sodass der Freund verstummte, und erklärte seine Gründe.

»Ich kann dich verstehen«, murmelte Arne mit trauriger Stimme. »Du wirst mir fehlen, denn ich muss mir jetzt einen anderen suchen, mit dem ich Seite an Seite kämpfen kann.«

Erik schaute zu Johann, der den Blick erwiderte. Fast gleichzeitig standen beide Männer auf. Erik rief Arne zu: »Komm mit nach draußen. Wir haben dir etwas mitzuteilen.«

»Was ist geschehen?«, fragte Magdalena mit bangem Blick und wollte hinterhereilen.

Doch Johann befahl ihr mit strenger Miene, in der Küche zu bleiben. »Jodokus kann mitgehen!«, sagte er zu seinem Schwager. »Schließlich betrifft das auch ihn.«

Kaum hatten die Männer die Küche verlassen, sahen sich die drei Frauen fragend an.

»Was hat das zu bedeuten?«, murmelte Franziska und blickte nachdenklich zu ihrer Tochter.

Karoline ging in die Stube und fütterte ihren Sohn, während Franziska die Küche aufräumte. Nervös blickte Magdalena durch das Fenster zur Scheune hinüber, in der die Männer verschwunden waren.

»Sie werden Arne hoffentlich nichts antun!«, sagte Magdalena leise.

»Kind, ich glaube, deine Fantasie geht mit dir durch«, lachte ihre Mutter kopfschüttelnd.

Es war stockdunkel, und Benjamin lag längst im Bett, als die vier Männer in die Küche zurückkamen. Franziska blickte in die glasigen Augen ihres Mannes und trat dicht an ihn heran.

Als sie seinen Atem roch, schaute sie in die Runde und sagte: »Ihr habt getrunken.«

Alle nickten und grinsten.

»Schließlich gab es etwas zu feiern«, erklärte Jodokus und schlug Arne auf die Schulter, dann schob er ihn in Richtung Magdalena.

»Sag es ihr endlich«, rief Erik.

Arne schaute zu Johann, der nickte.

»Was ist los?«, fragte Magdalena wütend, weil die Männer nur dämlich grinsten.

»Ich werde sterben!«, erklärte Arne feierlich.

Magdalena schrie auf. Franziska und Karoline schauten entsetzt ihre Männer an, die immer noch grinsten.

Unter Tränen forschte Magdalena im Gesicht ihres Liebsten. »Bist du krank?«, wimmerte sie.

Arne schlug sich eine Hand gegen die Stirn: »Es tut mir leid, ich wollte dich nicht erschrecken. Dein Vater und Erik haben sich einen Plan zurechtgelegt, sodass ich nicht in den Krieg zurückkehren muss.«

»Jetzt erklärt endlich, was los ist, oder es setzt Prügel«, rief Franziska und holte den Besen aus der Ecke.

»Sie macht Ernst«, mahnte Johann lachend.

Und Erik erklärte den Plan. »Wenn ich zurück bei unserem Heer bin, werde ich dem Feldmarschall Banér berichten, dass Arne bei dem Versuch, die Allendorfer zu retten, umgekommen ist und ich ihn beerdigt habe.«

Die drei Frauen sahen mit ungläubigem Blick von einem Mann zum anderen.

»Werden sie dir das glauben?«, fragte Karoline zweifelnd.

»Warum sollten sie nicht? Niemand wird auf den Gedanken kommen, dass Arne versteckt im Reich leben könnte.«

»Aber wird sich nicht herumsprechen, dass alle Allendorfer überlebt haben?«, wollte Franziska wissen.

»Deshalb werde ich auch den Bürgermeister von Allendorf aufsuchen und ihm die traurige Nachricht überbringen, dass Arne sich das Genick gebrochen hat, als sein Pferd durchging und er beim Sturz gegen einen Baum prallte.«

»Was ist, wenn euer Feldherr dir nicht glaubt und Arne suchen lässt?«

»Arne ist nur einer von achtzehntausend Soldaten im schwedischen Heer. Unser Feldmarschall hat andere Sorgen, als einem einzelnen Soldaten hinterherzueilen, denn er wird schon bald in Richtung Mecklenburg und Magdeburg aufbrechen. Ihr seht, ihr müsst euch nicht sorgen.«

Magdalena blickte verständnislos von ihrem Vater zu Arne und wieder zurück. »Heißt das, dass du bleiben wirst?«, wisperte sie.

»Das heißt noch etwas anderes«, antwortete Arne mit rauer Stimme und nahm sie vor allen anderen in den Arm.

Ihr schoss die Röte in die Wangen. Ängstlich schaute sie zu ihrem Vater, als Arne Johann direkt ansprach.

»Ich bitte dich um deinen Segen, deine Tochter heiraten zu dürfen.«

Magdalena glaubte, ihr Herz würde vor Freude zerspringen, doch sie schaute voller Bangen auf den Vater.

Johann verengte den Blick und betrachtete seine Tochter und Arne und sah dann zu seiner Frau Franziska, die ihn voller Liebe anlächelte. Seine Miene entspannte sich, und er antwortete: »Wie könnte ich meiner Tochter den Schutzengel verwehren?«

»Es gibt nur ein Problem«, erklärte Erik grinsend, und alle blickten ihn fragend an. »Arne muss sich einen anderen Namen zulegen.«

Epilog

Drei Monate später

Magdalena öffnete das Fenster ihrer Stube und schaute zum wolkenlosen Himmel hinauf. In ihrem Bauch schienen Schmetterlinge zu fliegen, die ein heftiges Kribbeln verursachten. »Kein Wunder«, flüsterte sie, »heute ist mein Hochzeitstag mit Markus.« Magdalena lächelte. Der Name kam ihr immer noch schwer über die Lippen. Aber einerlei, wie sich ihr zukünftiger Ehemann nannte – Hauptsache, er war Arne.

In einer Fensterscheibe besah sich Magdalena ihr Spiegelbild, und es gefiel ihr. Sie trug das Brautkleid ihrer Tante Karoline, das aus wertvoller heller Spitze genäht worden war. Passend dazu hatte Franziska ihrer Tochter am Hochzeitsmorgen Blumen ins helle Haar geflochten, sodass ein Blütenkranz um ihren Kopf lag.

Magdalena schaute zum Hof hinunter, wo Michael fröhlich quietschte. Jodokus trug seinen Sohn zu den Bäumen, wo er ihn ins warme Gras setzte. Mit einem zärtlichen Lächeln betrachtete Magdalena ihren kleinen Vetter, der zu dem Baumwipfel emporschaute, wo Vögel zwitscherten. Michael würde nie so wie andere Kinder in seinem Alter sein, aber er machte jeden Tag kleine Fortschritte.

Benjamin lief über den Hof und schmückte die gedeckte Hochzeitstafel mit Blumen, die er auf der Wiese gepflückt hatte. Als er glaubte, unbeobachtet zu sein, naschte er von dem frischen Brot, das auf dem Tisch stand.

Der Geruch des Festbratens zog durch das offene Fenster zu

Magdalena hinauf. Ihr Vater war einige Tage zuvor mit seinem zukünftigen Schwiegersohn nach Mühlhausen gefahren, um dort ein Schwein zu kaufen, das auf dem Hof geschlachtet wurde. Dank der Goldmünzen, die ihre verstorbene Großmutter dem alten Bonner gestohlen hatte, konnte die Familie sich ein üppiges Hochzeitsmahl leisten.

Magdalena kannte inzwischen ein weiteres Familiengeheimnis. Der leibliche Vater ihres Vaters, ihr wahrer Großvater, war ein Schäfer gewesen, den man auf dem Feld bei Ferna vor der Geburt seines Sohnes erschlagen hatte. Der Name dieses Großvaters war Johannes, so wie der Taufname ihres verstorbenen Bruders.

Sie setzte sich auf das Bett in ihrer Kammer, die sie ab diesem Tag mit ihrem Mann bewohnen würde. Schon am zweiten Tag nach ihrer Ankunft hatte Oheim Jodokus ihrer Familie angeboten, auf dem Bonner'schen Gehöft zu bleiben. Da es groß genug war, würden auch Magdalena und Arne hier wohnen.

Das Mädchen seufzte vor Wonne und strich sich das Kleid glatt. Sie konnte immer noch nicht glauben, wie sich ihrer aller Leben zum Guten gewandelt hatte. Sogar die misstrauischen Hundeshagener, die dem hünenhaften Schweden anfangs mit Misstrauen begegnet waren, hatten ihre Zweifel begraben.

Es war kurz nach Eriks Abreise gewesen, als der Enkelsohn der geschwätzigen Josefine, die am gehässigsten über das Bonner'sche Gehöft und seine Bewohner getratscht hatte, krank wurde. Schnell war zu hören, dass der Körper des Knaben mit Bläschen bedeckt sei, sodass gemunkelt wurde, er habe die Pest. Schreiend war Josefine durch das Dorf gelaufen und hatte um Hilfe gefleht, woraufhin Johann Arne bat, sich des Kindes anzunehmen. Arne behandelte Josefines Enkel mit seinen Tinkturen und Kräutern und heilte ihn damit von der vermeintlichen Pest. Nur er erkannte, dass eine giftige Pflanze Ursache der Bläschen war.

Seit diesem Vorfall wagte niemand in Hundeshagen etwas Schlechtes über den Fremden vom Bonner'schen Hof zu sagen, von dem niemand genau wusste, wo er herkam. Die Heilung sprach sich schnell herum, und immer öfter kamen kranke Menschen zu Arne, um seinen Rat als Arzt einzuholen. Da die Leute meist mit Naturalien bezahlten, war die Speisekammer auf dem Bonner'schen Gehöft immer gut gefüllt.

Arnes Stimme drang zu Magdalena in die Kammer hoch, und sie spitzte heimlich hinunter. Als sie seine große Gestalt erblickte, schossen ihr Tränen in die Augen. Sie hatte solche Angst gehabt, dass ihr Vater der Hochzeit seinen Segen verweigern würde. Doch Arne hatte die Gunst der Stunde und den richtigen Augenblick genutzt, als er um Magdalenas Hand anhielt.

Sie betrachtete ihren zukünftigen Ehemann, der in seinem neuen Wams prächtig aussah und mit ihrer Mutter redete. Seine blonden Haare glänzten im Schein der Sonne. Magdalena konnte es kaum erwarten, in seinen Armen zu liegen. Als sie an die bevorstehende Nacht dachte, spürte sie, wie die Hitze in ihre Wangen stieg, und setzte sich hastig aufs Bett.

Als die Kirchenglocken läuteten, wusste Magdalena, dass er gleich kommen würde. Sie nahm den kleinen Blumenstrauß, der neben ihr auf dem Bett lag, und rief »Herein«, als es klopfte. Die Tür öffnete sich, und Magdalena blickte ihm strahlend entgegen. »Da bist du endlich«, murmelte sie.

»Du bist wunderschön«, sagte ihr Vater und reichte seiner Tochter den Arm.

Nachwort

Der Dreißigjährige Krieg im damaligen Reich begann 1618 nicht flächendeckend, sondern erreichte das heutige Saarland erst viele Jahre später. Erst im Sommer 1635 kam es im einstigen Westrich zu heftigen Kampfhandlungen, sodass das kleine Land stark verwüstet wurde. Allerdings waren Hunger, Armut und Krankheit auch dort schon früher zu spüren gewesen, da in jener Zeit die sogenannte Kleine Eiszeit herrschte, die das Korn auf den Feldern verfaulen ließ.

Der Spruch »Der Krieg ernährt den Krieg« wurde in dieser Zeit geprägt. Da die Kassen der Feldherren ebenso leer waren wie die Speisekammer der Heere, wurden Ochs und Pferd von den Fuhrwerken und Pflügen gerissen und das Vieh von den Weiden geholt, sodass eine Bestellung der Felder fast unmöglich wurde. Überall wütete fremdes Kriegsvolk, das durch Blut und Schlachten verwildert war und vor kaum etwas zurückschreckte. Plünderungen, Zerstörungen, Diebstähle, Misshandlungen, Mord und Vergewaltigungen durch die sogenannte Soldateska waren an der Tagesordnung. Zogen die Heere, die Tausende von Soldaten stark waren, mit ihren Trossen weiter, hinterließen sie »verbrannte Erde«, auf der viele Jahre nichts mehr wuchs. Beim Verlassen der Ansiedlungen ließen die Heere zudem meist sittliche Verwahrlosung und Krankheiten zurück. Frauen verließen ihre Männer, Männer ihre Familien und Kinder ihre Eltern, um den Soldaten zu folgen. Die Pest wurde verbreitet und forderte ihre Opfer.

Habgier und Missgunst bemächtigten sich der Menschen,

und auch der Aberglaube verstärkte sich. Hexenverfolgungen flammten wieder auf, denn irgendjemand musste Schuld an dem unsäglichen Leid der Menschen tragen. Durch das Chaos im Land brach vielerorts die Verwaltung zusammen, sodass manche Verdächtige ohne ordentlichen Prozess als Hexe abgeurteilt wurde.

Diese Tatsachen bieten reichlich Raum für einen historischen Roman, aber auch für meine Fantasie. Da sich nicht alles, was ich in meinem Roman *Der Hexenschwur* erzähle, tatsächlich ereignet hat, möchte ich die wahren Fakten in diesem Nachwort klarstellen:

WECHSELBALG

Tatsächlich war der Aberglaube in unseren Vorfahren der damaligen Zeit so tief verankert, dass sie annahmen, Dämonen würden aus den genannten Gründen Menschenkinder gegen Dämonenkinder austauschen. In der Kirche von Undløse auf der dänischen Insel Sjaelland kurz vor der schwedischen Küste gibt es eine Deckenmalerei aus dem 15. Jahrhundert, die einen Wechselbalg bzw. die Entführung eines Kleinkinds von der Seite der Mutter durch einen bösen Geist darstellt. Diese Malerei beweist, ebenso wie die Legende über die Trolle, dass diesem Irrglauben auch die nordischen Völker verfallen waren – ebenso wie der Reformator Martin Luther, der angeblich gesagt hat, dass man solche Kinder erschlagen oder ertränken solle.

Heute weiß man, dass diese vermeintlichen Dämonenkinder meist von Geburt an kranke, körperlich behinderte oder geistig zurückgebliebene Kinder waren. Vielfach wiesen diese »Wechselbälger« die Symptome von Rachitis auf. Auch dass ein Kleinkind einen Schlaganfall erlitten haben könnte, lag durchaus im Möglichen. Vielleicht verfielen die Eltern diesem Irrglauben, weil sie die Symptome der Behinderung nicht sofort erkennen konnten oder diese Krankheiten nicht wahrhaben wollten. Das ist heute nicht mehr zu prüfen, denn leider gibt es über Wechselbälger nur sehr wenige literarische Quellen.

Ich muss gestehen, dass es mich einige Kraft gekostet hat, der Figur des Dämonenkinds Leben einzuhauchen. Der Gedanke, dass Kinder in einem dunklen Keller dahinvegetierten und misshandelt wurden, weil die Menschen damals glaubten, dass man sie schlecht behandeln müsse, damit die Dämonen ihnen ihr eigenes Kind wiederbrächten, war nur schwer zu ertragen. So bin ich sehr froh, dass ich den »Wechselbalg« in meiner Geschichte aus seinem Verlies befreien konnte.

ALLENDORF/(BAD) SOODEN

Als ich im Sommer 2012 nach Allendorf eingeladen wurde, um dort meinen Roman *Das Hexenmal* vorzustellen, war ich sofort von dem Städtchen begeistert. Der Stadtkern und Marktplatz, der umrahmt wird von alten Fachwerkhäusern, sucht seinesgleichen. Kaum erfuhr ich von dem Schicksal der Allendorfer im Dreißigjährigen Krieg, war für mich sofort klar, dass diese Geschichte einen Platz in meinem neuen Roman finden würde. Alles, was ich in *Der Hexenschwur* über Allendorf berichte, ist tatsächlich passiert – allerdings erst 1637.

Christoph Kirchmeier war tatsächlich Bürgermeister von Allendorf und der Saline in Sooden, die wegen der fast dreitausend Arbeiter und Handwerker eine eigenständige Verwaltung hatte. Die Kell-Brüder Hans und Gabriel, der Superintendent und Magister Josephi, die Pfannenbesitzer Augustin Jehner, Franko sowie Johannes Klinckerfuß – dessen Schicksal im Roman der Wahrheit entspricht – waren Bürger Allendorfs und haben zu jener Zeit gelebt. Auch haben sie die Siedekoten auf dem Zinnberg – dem heutigen Klausberg – versteckt, damit sie nicht in feindliche Hände fielen.

Leider hat sich Arnes Vermutung im Roman, dass die Pest ausbrechen könne, wenn die Menschen in den unterirdischen

Gängen hausen würden, bewahrheitet. 141 Menschen fanden noch im gleichen Jahr nach dem Niederbrennen Allendorfs durch die Seuche den Tod. Aus Angst, dass sich die Pestilenz weiter ausbreiten könnte, schenkte der Landesgraf den Allendorfern 10 000 Eichenstämme, damit das Städtchen schnellstmöglich wieder aufgebaut werden konnte und die Menschen die Kellergewölbe verlassen konnten. Noch heute kann man das Resultat bewundern, und Allendorf ist wahrlich eine Reise wert.

Johann Michael Moscherosch war tatsächlich von 1631 bis 1634 Amtmann im heutigen Saarwellingen sowie Satiriker und Pädagoge. Nach dem Tod seiner Frau ging er nach Finstigen, das heutige Fénétrange im französischen Lothringen, und wurde dort ebenfalls Amtmann. Auch gründete er mit drei geistesverwandten Freunden in Straßburg die Literatengemeinschaft »Aufrichtige Tannengesellschaft«, um, wie man damals sagte, die Reinheit unserer Muttersprache zu bewahren.

Joost van den Vondel war ein niederländischer Dichter und Dramatiker, geboren in Köln. Seine Lebensgeschichte im Roman deckt sich mit der tatsächlichen. Auch die Geschichte um die Festung Deutz soll sich damals so ereignet haben.

Jan oder Johann Banér war schwedischer Feldmarschall und Oberbefehlshaber der schwedischen Truppen während des Dreißigjährigen Krieges. Sein Leben, seine Pläne, seine Hoffnungen habe ich versucht so genau wie möglich darzustellen, doch das Verhältnis mit der Marketenderin Brigitta habe ich ihm angedichtet.

HEXENVERFOLGUNGEN IN SCHWEDEN

Erik Gustavssons Aussage »... Allerdings weiß ich nicht, wie ich Hexen erkennen sollte ...« könnte damals tatsächlich ein

Schwede von sich gegeben haben, denn zu dieser Zeit gab es in Schweden keine Hexenverfolgungen – noch nicht! Sie begannen dort erst im Jahr 1660, aber dann mit brachialer Gewalt.

MORD IN BERLINGERODE

Da sich 1596 der Mord an Zacharias Naumeyer durch Klaus Elgen in Berlingerode zugetragen hat, kam die Hundeshagener Kirche damals tatsächlich zu dem kleinen gotischen Kelch, weswegen ich die Geschichte in meinem Roman verewigt habe.

DER JUNGE UND SEINE SCHWESTER

Durch Berichte aus dem Dreißigjährigen Krieg weiß man, wie sehr die Menschen in dieser Zeit gelitten haben. Meist waren es Tagebuchaufzeichnungen, die Mönche, Pfarrer, Pastoren oder Lehrer niedergeschrieben haben, sodass die Nachwelt über die Gräueltaten, aber auch über den Hunger im Volk erfahren konnte.

Die Szene in meinem Roman, in der ein Junge das Fleisch seiner verstorbenen Schwester isst, habe ich in einem solchen Tagebuch nachgelesen. Jedoch ereignete sich diese spezielle Tat nicht auf dem Eichsfeld. Allerdings bin ich mir sicher, dass sich während des Dreißigjährigen Kriegs überall im Reich ähnlich schreckliche Verzweiflungstaten abgespielt haben.

Was ich über die Schneckenhengste von Bleicherode geschrieben habe, ist tatsächlich in den Geschichtsbüchern überliefert.

Und auch das Wort »beurlauben« oder »Urlaub« war zur damaligen Zeit in der Soldatensprache gebräuchlich, auch wenn es in unseren Ohren modern klingt.

Danksagung

Auch bei meinem achten Roman gilt es einigen Menschen zu danken, die mir mit Rat und Tat geholfen haben.

Nachdem ich in groben Zügen wusste, wie die Geschichte des Hexenschwurs verlaufen sollte, konsultierte ich den Historiker und Sachbuchautor in Oxford und Mainz Herrn Dr. phil. habil. Johannes Dillinger, um die Historie in dem Roman mit ihm zu besprechen. Dank seiner Fachkenntnisse erschuf ich die Figur des Dämonenkindes bzw. die des kleinen Michaels. Zwar kannte ich den Ausdruck »Wechselbalg«, doch die genauen Hintergründe dazu waren mir fremd. Auch der Figur des Amtmanns Moscherosch, die in der Historie kaum Beachtung findet, konnte ich dank der Anregung des Historikers Leben einhauchen. Deshalb möchte ich mich sehr herzlich bei Herrn Dr. Dillinger bedanken, der mir wieder einmal geholfen hat, eine interessante Geschichte zu erfinden, deren historischem Hintergrund man vertrauen kann!

Über das Thema Wechselbalg gibt es in der Literatur kaum niedergeschriebene Quellen. Die wenigen, die darüber berichten, kann man nur finden, wenn man weiß, wo man suchen muss. Deshalb bin ich sehr glücklich, dass mir erneut der Historiker und Sachbuchautor Dr. Dieter Staerk aus Saarbrücken seine private Bibliothek mit über 7000 Büchern zur Verfügung gestellt hat. Zudem unterstützte er mich, indem er unermüdlich in den Fachbüchern nach besonderen Geschichten suchte, die ich in meinen Roman einweben konnte. Deshalb gilt auch Herrn Dr. Dieter Staerk mein besonderer Dank!

Einerlei, wie viele Romane man geschrieben hat – es ist immer wichtig, dass jemand mit geschultem Blick über das Entstehen einer Geschichte wacht. So bin ich sehr glücklich und dankbar, dass ich erneut die Journalistin MONIKA METZNER aus Lübeck für diesen Roman begeistern konnte. Dank ihres Fachwissens und ihrer konstruktiven Kritik an den richtigen Stellen konnte ich an den Sätzen feilen, sodass unser Motto »Liebe, Hiebe, Triebe« in ausgewogenem Maße die Seiten in *Der Hexenschwur* füllte. Deshalb auch ihr ein herzliches Dankeschön für die unermüdliche Hilfe!

Dafür, dass auch regionale Historie ihren Platz in meinem Roman finden konnte, möchte ich verschiedenen Personen danken:

Mein Dank gilt Herrn WOLFGANG FRÜHAUF, Buchhändler aus Allendorf, der mir die Geschichte seines Städtchens näherbrachte und den Kontakt zu Herrn GERHARD RADEMACHER, Heimathistoriker in Allendorf, herstellte. Er hat mir so manche Frage beantwortet und die Seiten über das Schicksal Allendorfs Korrektur gelesen, sodass ich das historische Geschehen genau darstellen konnte.

Auch Herrn GERHARD TRUNKHAN aus Hundeshagen, einem weiteren Heimatkundler, gebührt mein Dank, denn durch ihn erfuhr ich die Geschichte über den kleinen gotischen Kelch.

Da das Thema »Wechselbalg« sehr speziell ist und nach meiner Kenntnis bis jetzt in keinem belletristischen Roman so ausführlich darüber berichtet wurde, war ich sehr dankbar, mehrere Testleserinnen zur Seite zu haben. Dank ihres kritischen Lesens und ihrer Anmerkungen ist es ein Roman geworden, der trotz der verschiedenen Handlungsstränge in sich schlüssig geworden ist. Deshalb gilt mein Dank Frau MARION LEBUGLE, Konstrukteurin in Offenbach, Frau REBECCA MARBAISE, Diplom-Gymnasiallehrerin aus Offenbach, sowie Frau DIANA JACOBY, Vertriebsmitarbeiterin im Innendienst, aus Bretten.

Trotz ihrer Berufstätigkeit sind meine Testleserinnen auch Vielleserinnen und in verschiedenen Leseforen aktiv, sodass ich ihrem fachlichen Urteil vertrauen konnte.

Damit eine Geschichte gedruckt werden kann und zu einem Buch wird, durchläuft sie normalerweise ein umfangreiches Lektorat. Bei meinem Roman waren für diese Arbeit Frau ANDREA GROLL vom Goldmann Verlag und Frau EVA WAGNER vom Textstudio Eva Wagner (www.textstudio-wagner.de) zuständig. Auch bei unserem dritten Roman hat sich gezeigt, dass wir ein eingespieltes Team sind, das selbst hohem Druck standhalten kann. Dafür bin ich den beiden sehr dankbar, und ich hoffe, dass wir gemeinsam noch einige Romane auf den Weg bringen werden.

Erneut gilt mein Dank INY und ELMAR LORENTZ, die es sich auch dieses Mal nicht nehmen ließen, den Roman vorab zu lesen, und mir ihre Begeisterung mitteilten.

Im Grunde ist es nicht mehr nötig, meiner Familie zu danken, denn mittlerweile ist das Schreiben unser Alltag geworden. Trotzdem ist es mir ein Bedürfnis, ihnen ein großes Dankeschön zu sagen, denn wieder einmal haben sie mir bewiesen, dass sie meinen Beruf akzeptieren und mich – besonders in der harten Endphase – voll und ganz unterstützen.

Bibliographie

Callot, Jacques, *Das gesamte Werk in zwei Bänden,* Herrsching: Verlagsgesellschaft mbH, 1975

Dillinger, Johannes, *Hexen und Magie,* Frankfurt: Campus Verlag, 2007

Dillinger, Johannes, *Böse Leute,* Trier: Paulinus Verlag, 1999

Dillinger, Johannes, Fritz Thomas & Mährle Wolfgang, *Zum Feuer verdammt,* Stuttgart: Franz Steiner Verlag, 1998

Franz, Gunther & Irsigler, Franz, *Hexenglaube und Hexenprozesse im Raum Rhein-Mosel-Saar,* Trier: Paulinus Verlag, 1995

Franz, Günther, *Der Dreißigjährige Krieg und das deutsche Volk,* Stuttgart-Hohemheim: Gustav Fischer Verlag, 1961

Freytag, Gustav, *Der Dreißigjährige Krieg – Das Heer,* Bad Langensalza: Verlag Rockstuhl, 2010

Freytag, Gustav, *Der Dreißigjährige Krieg – Die Städte,* Bad Langensalza: Verlag Rockstuhl, 2010

Freytag, Gustav, *Bilder aus der deutschen Vergangenheit Band II,* Hamburg: Albrecht Klaus Verlag, 1983

Friesenegger, Maurus, *Tagebuch aus dem Dreißigjährigen Krieg,* München: alliteraverlag, 2007

Heintz, Philipp Kasimir, *Pfalz-Saarbrücken während des Dreißigjährigen Krieges,* Kaiserslautern: Verlag von Eugen Crußius, 1810

Hoppstädter, Kurt & Herrmann Hans-Walter, *Vom Faustkeil zum Förderturm,* Ottweiler: Minerva Verlag, 1960

König, York-Egbert & Kollmann, Karl, *Bad Sooden-Allendorf. Ein Lesebuch,* Husum: Husum Druck, 2007

Lagerlöf, Selma, *Gesammelte Erzählungen*, Frankfurt: Fischer Taschenbuch Verlag, 2012

Peuckert, Will-Erich, *Deutscher Volksglaube des Spätmittelalters*, Stuttgart: W. Soemann Verlag, 1942

RECCIUS, Adolf, *Geschichte der Stadt Allendorf in den Soden*, Nordhausen: Kartographische Kommunale Verlagsgesellschaft mbH, 2000

Roper, Lyndal, *Hexenwahn. Geschichten einer Verfolgung*, München: Verlag C. H. Beck, 2007

Rug, Karl, *Das Köllertal erzählt*, Püttlingen: Eigenverlag der Stadt Püttlingen, 1980

Staerk, Dieter, *Das Saarlandbuch*, Saarbrücken: Minerva Verlag, 1985

Schmidt Georg, *Der Dreißigjährige Krieg*, München: C.H. Beck Verlag, 2006

Trappe, Wolfgang, *Eichsfeld, Hexen und Geschichten*, Duderstadt: Mecke Druck, 1994

Von Grimmelshausen, Hans Jacob Christoph, *Der abenteuerliche Simplicissimus*, Stuttgart: Philipp Reclam jun., 1996